Kai Meyer

Die Winterprinzessin

Ein unheimlicher Roman
um die Brüder Grimm

aufbau taschenbuch

ISBN 978-3-7466-2537-9

Aufbau Taschenbuch ist eine Marke der Aufbau Verlag GmbH & Co. KG

1. Auflage 2009
© Aufbau Verlag GmbH & Co. KG, Berlin 2009
© Rütten & Loening, Berlin GmbH 1997
Umschlaggestaltung Mediabureau Di Stefano, Berlin
unter Verwendung von Motiven der Agenturen veer und iStockphoto
© Joe Cicak, © Brian Evans, © Duncan Walker, © John Woodcock
Druck und Binden CPI Moravia Books, Pohořelice
Printed in Czech Republic

www.aufbau-verlag.de

Findet, so werdet ihr suchen
Eintrag im Gästebuch der Brüder Grimm,
3. Januar 1808

Fünf Große Fragen gibt es. *Wann* ist die jüngste, denn jung ist unser Maß der Zeit. Kaum älter ist auch *Wo*, gefolgt bald von der Frage *Wer*, mit ihr begriff der Mensch sich selbst. Altehrwürdig dagegen *Wie*, sie hinterfragt den Lauf der Dinge. Die älteste, die klügste ist *Warum*, denn sie steht am Beginn des Denkens. Fünf Große Fragen. Sie beherrschen die Sprachen, sie regieren die Welt.

Und da sind fünf, die es ihnen gleichtun wollen. Sie gaben sich selbst einen Namen:

Quinternio der Großen Fragen.

Prolog
Weimar, im Dezember 1812

»Warum?« fragte die Dienstmagd Dorothea, als der Kaiser auf ihre Schwelle trat, denn sie wußte nicht, daß er der Kaiser war, und hätte sie es gewußt – nun, er war Franzose. Davon gab es zu jener Zeit in Weimar viele, und sie mochte keinen einzigen von ihnen, ganz gleich ob Bettler oder Söldner oder Kaiser oder Gott (denn hieß es nicht: »Essen wie Gott in Frankreich« oder »Gott ißt in Frankreich« oder »Gott *ist* in Frankreich«?).

Die Frage schien ihr angemessen, denn es war tiefste Winternacht. Tief waren Dunkelheit und Schnee und sicher auch der Schlaf des Herrn, den der Besuch zu sprechen wünschte. Der Herr Geheimrat brauchte Ruhe, er war nicht mehr der Jüngste. Die Uhr hatte längst Mitternacht geschlagen, als er die letzte Kerze löschte; und nun ging es schon bald auf vier – am Morgen, wohlgemerkt.

Der kleine Gast – er reichte kaum zu Dorotheens Schulter – bedachte sie mit einem Wortschwall. Die Kälte in seinem Blick übertraf dabei selbst jene, die vom Frauenplan herein ihr Nachtgewand durchwehte. Der Schnee lag kniehoch und würde noch viel höher steigen, wenn der Flocken dichter Fall so anhielt wie bisher.

Schnee lag auf der Mütze des Franzosen, Schnee lag auf seinen Schultern und auf dem schlichten Pferdeschlitten, der draußen vor dem Haus hielt. Der Schlittenlenker saß in Felle gehüllt auf seinem Bock, die Zügel der schnaubenden Pferde locker in der Hand. Ob in der Kabine des Schlittens weitere Fahrgäste saßen, vermochte Dorothea nicht zu erkennen. Der Vorhang des Einstiegs war zugezogen. Wohl fiel durch Ritzen sanftes Licht, ein gelbes, zartes Lampenflackern.

Sie dachte nicht daran, den Fremden einzulassen. Er hatte sich nicht vorgestellt, machte auch keine Anstalten, dergleichen nachzuholen. Als kennte sie jeden Franzosen auf der Welt! Sollte der dreiste Zwerg doch im Kalten stehen, bis ihm die Ohren klirrten!

Da sprach die Stimme des Herrn in ihrem Rücken: »Den Gruß des Unbekannten ehre, Dorothea. Der erste Gruß ist viele tausend wert, drum grüße freundlich jeden der begrüßt.« Ein humoriger Klang schwang in seinen Worten, wie oft, wenn er sich selbst zitierte.

Goethes Hände ergriffen sie von hinten an den Schultern und schoben sie beiseite. Verwirrt, wenngleich mit Reden solcher Art nur allzu vertraut, machte Dorothea Platz und musterte verwundert ihren Herrn. Er trug nur ein Nachthemd, hielt seine Schlafmütze in der linken, einen Kerzenleuchter in der rechten Hand. Er hatte den nächtlichen Gast wohl längst erkannt, denn nun drückte er Mütze und Kandelaber in Dorotheens Hände, ergriff die behandschuhte Rechte des Kleinen und schüttelte sie aufs herzlichste. »Tretet ein«, bat er.

Dies tat der Gast und strafte Dorothea mit Mißachtung. Ihr sollte es recht sein. Der Flegel war ihr längst zuwider. Wollte wohl durch schlechtes Benehmen wichtig tun, der Gnom.

Der Herr bat den Franzosen, ihm hinauf ins Haus zu folgen. Dorothea ging in gehörigem Abstand hinterher. Nicht einmal den Schnee hatte der Fremde von seinen Stiefeln geklopft. Bei jedem Schritt hinterließ er eine Pfütze, selbst der Salve-Schriftzug am oberen Treppenabsatz grüßte alsbald durch Wasser und Eis.

Die beiden schlugen den Weg zum Arbeitszimmer ein. Nur einmal blieb Goethe stehen, wandte sich zu Dorothea um und gestattete ihr, wieder zu Bett zu gehen. Sie fragte noch, ob er den Dienst des Kammerdieners nötig habe; der Herr aber gedachte keineswegs, sich anzukleiden. Der Besuch mußte wahrlich wichtig sein, wenn er ihn gar die Regeln des Anstands vergessen ließ. Nun, es war nicht ihr Besuch. Nicht ihre Sorge.

Sie machte sich auf zu ihrer Kammer, doch wie so oft ließ ihr die Neugier keine Ruhe. Sie schlich zurück, so leise sie konnte, preßte ihr Ohr an die Tür des Arbeitszimmers. Zu ihrer Enttäuschung unterhielten sich die beiden Männer in der Sprache des Besuchers. Nur Bruchstücke waren es, die Dorothea verstehen konnte.

Es ging wohl um ein Kind, gerade erst geboren, irgendwo im Badischen. Das Leben des Kleinen schien bedroht, von fremden Mächten war die Rede, von – Gott bewahre! – Götzendienern. Der Besucher mußte der Großvater des Kindes sein, und ihm schien viel an seinem Sproß zu liegen. So war es wohl solch zarte Zuneigung, die ihn bewog, Ungeheueres zu verlangen. Dorothea traute ihren Ohren kaum und war geneigt, das Gehörte auf ihr mangelndes Französisch zu schieben – bat doch der kleine Mann den großen Dichter, er möge sich der Erziehung des Kindes annehmen! Ihr Herr Goethe eine Amme!

Unverfroren war der Fremde, in der Tat, fraglos ein Nichtsnutz, von Größenwahn getrieben. Um so mehr erstaunte sie, wie ruhig und höflich der Herr Geheimrat blieb. Er lehnte ab, natürlich, doch er tat es mit den freundlichsten, den sanftesten Worten, als begreife er das Anliegen seines Gastes durchaus und könne es gar nachvollziehen. Trotzdem, er sagte nein, und dabei blieb es.

So nahm man Abschied voneinander, und Dorothea beeilte sich, davonzulaufen. Dabei rutschte sie in einer der Eispfützen aus, setzte sich im Nachtgewand ins Nasse und hatte alle Mühe, zu verschwinden, ehe man sie bemerken mochte. Holla, sie würde einiges zu erzählen haben, wenn sie sich am nächsten Tag mit dem Bauer Rosenberg zum Stelldichein traf!

Vom Fenster aus beobachtete sie, wie der Franzose durch den Schnee zum Schlitten stapfte. Goethe schloß die Tür. Dann hörte sie, wie ihr Herr die Treppe hochstieg und abermals ins Arbeitszimmer trat. Niemand sonst schien die Störung bemerkt zu haben, weder der Kammerdiener noch Goethes junge Frau Christiane. Nach Minuten endlich herrschte Ruhe.

Der Schlitten wartete immer noch vorm Haus. Der kleine Franzose stand unterhalb des Kutschbocks und redete auf den vermummten Lenker ein. Da, plötzlich, blickten sich die beiden um, gleichsam erschrocken, ängstlich gar. Der Franzose sprang gehetzt ins Innere der Kabine, der Lenker gab seinen Rössern die Peitsche. Eilig glitt der Schlitten davon, so geschwind, als ginge es um Leben und Tod.

Und während sich Dorothea noch über den hastigen Aufbruch wunderte, preschten sechs Pferde auf der Spur des Schlittens dahin, darauf sechs schwarze Reiter. Gefolgsleute oder Verfolger? Ihre weiten Mäntel flatterten. Der dampfende Atem ihrer Pferde ließ sie dahinschweben wie auf einer Nebelwolke, die sie mit jedem Schritt umwogte. Nur dem Schnee war es zu danken, daß nicht ganz Weimar vom Trampeln der Hufe erwachte.

Irgend etwas stimmte nicht mit den Gesichtern der Reiter. Dorothea preßte Handflächen und Nase an die Scheibe. Durch das Netz der Frostkristalle erhaschte sie einen letzten Blick, nunmehr von hinten. Das waren doch keine Mützen auf ihren Hinterköpfen, auch kein Haar. Waren es ... Federn?

Nein, dachte sie, es war die Nacht, die sie täuschte. Die Nacht, ihre Aufregung und die Kälte auf den Scheiben. Schlitten und Reiter verschwanden im Dunkel. Bald schon würde der Schnee ihre Spuren zudecken; alle, bis auf die Pfützen im Haus.

Lange noch stand Dorothea am Fenster und starrte zitternd hinaus in die Nacht. Doch alles, was sie sah, waren Eisblumen, die ihr Atem zu funkelndem Tau zerschmolz.

Erster Teil

*Barfuß durchs Feuer – Träume von Blumen und Haarausfall –
Ein totes Kind, das lebt? – Fünf Fragen, fünf Teufel
und eine Prinzessin – Vogelmenschen im Schmetterlingshaus –
Leichenregen – Der Feind wünscht guten Abend*

1

In der Wirtsstube roch es beißend nach Zwiebeln und Schweiß – und noch etwas anderem, seltsam Exotischem, das weder Jacob noch ich zu benennen wußten. Die beiden Fenster standen offen, trotz der Januarkälte, doch die frische Luft blieb ohnmächtig angesichts der Wirtshausschwaden. Über den Wipfeln des Hardtwalds herrschte düsteres Grau und brachte Kunde von mehr und noch mehr Schnee, der die Wege verstopfen und die Ödnis der Wälder noch einsamer, noch finsterer gestalten würde. Wollten wir vor Anbruch der Nacht und neuerlichen Schneemassen von hier fort sein, schien es ratsam, dies so schnell als möglich zu tun. Unsere Kutsche lag ein Stück weiter nördlich am Wegrand, ein Vorderrad geborsten, und dies Gasthaus schien der einzige Ort in der Wildnis, an dem wir auf Hilfe hoffen durften. Zwei Wagen standen vor dem Haus bereit zur Abfahrt, und unser Streben war es, in einem davon zwei Plätze zu ergattern, wenigstens bis zur nächsten größeren Stadt. Der eine war eine Postkutsche, und sie war es, die uns besonders geeignet erschien.

Wir schrieben den ersten Tag des neuen Jahres 1813. An mehrere Tischen lärmten Holzfäller nach einer durchzechten Nacht und einem durchfeierten ersten Januar. Als wir den Schankraum betraten, stimmten sie gerade ein Lied an. Einer forderte uns mit erhobenem Bierkrug auf, uns den frohen Gesängen anzuschließen – was freilich weder an diesem noch an jedem anderen Tag unseren Neigungen entsprochen hätte. So traten wir einfach an ihnen vorüber, nicht ganz ohne Unbehagen, wie ich gestehen muß, und näherten uns der Theke, wo der Postillion beim Essen saß. Außer ihm und den Holzfällern gab es zwei weitere Gäste, wohl die Reisenden aus der zweiten Kutsche, die an einem Ecktisch saßen und

Eintopf in die Schatten ihrer hochgeschlagenen Kapuzen löffelten. Ihre Gesichter lagen völlig im Dunkeln.

Der Postillion trug einen Mantel mit Fellbesatz, ganz ähnlich wie Jacob und ich. Sein zackiges Vogelgesicht musterte uns mißtrauisch, als wir an seine Seite traten und ihn grüßten.

»Wohl bekomm's«, sagte ich mit Blick auf den zähen Zwiebeleintopf in seiner Schale, der einzigen Speise, die der Wirt seinen Gästen anbot. Auch die Holzfäller hatten einen großen Topf davon auf einem ihrer Tische stehen. Einer kippte gerade sein Bier hinein. Seine Kameraden begrüßten es mit lautem Gejohle und rangen miteinander um Nachschlag.

Der Postkutscher brummte etwas und warf einen Blick auf das halbe Dutzend Postsäcke, die er neben sich an die Theke gelehnt hatte. Offenbar fürchtete er, Jacob könne sich daran zu schaffen machen, während ich ihn ablenkte.

Nun, wir wollten nur mit ihm nach Süden fahren, nicht seine Freunde werden. Ich beeilte mich, unser Anliegen vorzubringen, und nachdem wir einen viel zu hohen Preis geboten hatten, erklärte er sich bereit, uns mitzunehmen.

»Aber die Kutsche ist bis obenhin voll mit Gütern«, sagte er und deutete auf die Säcke, »eigentlich ist kein Personentransport vorgesehen. Ihr werdet euch dünn machen müssen.« Er duzte uns. Wahrscheinlich hielt er uns für Gesellen auf der Wanderschaft, oder auch für Studenten, die nach Heidelberg reisten, denn eben das war sein Ziel.

Wir selbst jedoch wollten nach Karlsruhe. Heidelberg lag fast auf dem Weg dorthin, und so war ich insgeheim erleichtert. Noch außen hin freilich zeigte ich dies nicht; zweifellos hätte er gleich den Preis noch mehr in die Höhe getrieben.

»In einer Stunde will ich weiter«, erklärte er. »Zahlen müßt ihr aber gleich.«

Widerwillig gab Jacob ihm den vereinbarten Betrag, worauf die Münzen in seiner speckigen Uniform verschwanden. Wir selbst wollten die Zeit bis zur Abfahrt nutzen und etwas Warmes zu uns nehmen – selbst wenn es Zwiebeleintopf sein mußte. Ich hatte Hunger und mir war kalt, um so mehr, als wir geraume Zeit versucht hatten, gemeinsam mit unserem Kutscher unser Gefährt aus dem Graben zu heben, in den es bei dem Unglück gekippt war. Ein Wunder, daß weder Mensch noch Tier dabei zu Schaden gekommen waren. Der Kutscher war auch jetzt noch draußen und versuchte, den Wagen zu bergen. Wir waren vorausgegangen, sah doch selbst ein Kind, wie aussichtslos das Unterfangen war. Er aber wollte erst aufgeben, wenn die Dämmerung anbrach. Dann würden wir schon auf dem Weg nach Heidelberg sein. Das hatte er nun von seiner Halsstarrigkeit.

Jacob und ich setzten uns an einen Tisch unweit des offenen Kamins. Die Wärme knisterte wohlig auf der Haut, und selbst der Eintopf schmeckte trotz ungesunder Färbung nicht übel.

Ich hatte Goethes Empfehlungsschreiben vor mir auf den Tisch gelegt, damit es am Mantel nicht knitterte. Er hatte mir im beiliegenden Brief aufgetragen, es am Hofe zu Karlsruhe dem badischen Außenminister, einem gewissen Herzog von Dalberg, auszuhändigen. Jener hatte, so schrieb Goethe, eine Stellung anzubieten, die mir sicherlich behagen würde. Alles, was er mir darüber sagen konnte, war, daß man einen Privatlehrer suchte, überaus verläßlich und schweigsam, wie unser väterlicher Freund betonte. Zwar war das fern von meinen wahren Interessen, doch seit Ausbruch meiner Krankheit konnte ich nicht wählerisch sein.

Tatsächlich war ich mehr als dankbar. Endlich erhielt auch ich Gelegenheit, zum Auskommen der Grimmschen Familie beizutragen. Bislang hatte Jacob dies allein vollbracht, denn seine Arbeit als Verwalter der Königlichen Bibliothek im Kasseler Schloß brachte ihm immerhin regelmäßig tausend Taler. Davon ernährte er sich und uns Geschwister.

Mir selbst hatte mein Herzleiden bislang jede geregelte Arbeit verlitten, obgleich mein Zustand sich seit einer Kur, für die gleichfalls der arme Jacob aufgekommen war, auf dem Wege zum Beßren befand. Sicher vermag man sich vorzustellen, daß mich solche Abhängigkeit zutiefst beschämte. Allein daher schon war eine Stellung gelehrter Art, wie Goethe sie in Aussicht stellte, ein ganz besonderer Glücksfall.

Erst wenige Tage zuvor, im Dezember 1812, war der erste Band unserer *Kinder- und Hausmärchen* erschienen, den wir mit einem zweiten Band gleicher Art abzurunden gedachten. Es war ein hübsches Büchlein geworden, in einer Auflage von neunhundert Stück vom Berliner Verleger Reimer gedruckt. Es würde uns wohl ein wenig Geld einbringen, sobald eine bestimmte Anzahl davon verkauft worden war, doch keiner von uns erwartete, Reichtum aus dieser Arbeit davonzutragen.

Nichtsdestoweniger war das frischgedruckte Märchenbuch unser ganzer Stolz, mehr noch als unsere beiden vorhergegangenen Arbeiten über altdeutschen Meistergesang und dänisches Legendengut. Wir trugen ein knappes Dutzend Exemplare in unserem Gepäck für den Fall, unterwegs damit unsere Ernsthaftigkeit unter Beweis stellen zu müssen (und um sie, soviel sei eingestanden, hin und wieder stolz zur Hand zu nehmen, über die Seiten zu streichen, am Buchbinderleim zu riechen und mit den Fingern den Schriftzug des Titelblattes nachzuzeichnen).

Überhaupt war jene Sammlung, oder vielmehr ihr geplanter zweiter Teil, der Grund, warum Jacob mich auf der Reise begleitete. In Karlsruhe nämlich, so hatten wir von unserem Freund Brentano erfahren, war eine alte Märchenfrau zu Hause, von der wir neues Garn zu erhalten hofften – ganz ähnlich jener Frau Lenhard, der Kinderamme unseres Lehrers Savigny, deren Geistesschatz an alter Mär uns bereits beim ersten Band unversieglicher Quell gewesen war. So hatte Jacob sich schweren Herzens einige Tage von der Arbeit freistellen lassen, um mit mir ins Badische zu reisen und der alten Märchenfrau einen Besuch abzustatten.

Doch ich greife vor, man möge mir verzeihen, und so will ich den geneigten Leser schnell zurück in den Lauf der Ereignisse ziehen. Und was für einen Lauf sie mit einem Male nahmen …

Ich hatte gerade die Hälfte meines Eintopfs verspeist, als sich die beiden Kapuzengestalten in der Ecke des Zimmers von ihren Plätzen erhoben, an uns vorüberdrängten und zum Ausgang eilten. Sie hatten kaum die Tür geöffnet, als ein scharfer Luftzug hereinwehte. Der Wind fuhr in die Glut des Kaminfeuers, Funken stoben auf. Das nächste, was ich wahrnahm, war, wie der Postillion schreiend von seinem Platz aufsprang und mit bloßen Händen auf einen seiner Postsäcke einschlug. Der Leinensack hatte Feuer gefangen, schon leckten die Flammen nach den Briefen im Inneren. Innerhalb weniger Atemzüge war der ganze Schankraum von dichtem grauem Qualm erfüllt. Alles stürzte hinaus ins Freie, die Holzfäller zuerst, wir selbst und der Wirt hinterher. Allein der tapfere Postkutscher blieb zurück. Wir hörten, wie er jenseits der rußigen Schwaden schimpfte und schrie und mit seinen Briefsäcken hantierte.

Der Wirt fluchte kaum weniger lautstark und stürzte zur Brüstung seines Ziehbrunnens, der freilich zugefroren war bis auf eine winzige Öffnung, aus der er seinen nötigsten Bedarf bestritt. Zum Feuerlöschen taugte sie nicht. Statt dessen griff er nun mit ausgebreiteten Armen in den Schnee, hob einen gewaltigen Klumpen empor und verschwand damit im Inneren seiner Schenke. Wir anderen standen da, noch unsicher, ob wir es wagen sollten, ebenfalls Schnee ins düstere Gewölk zu tragen. Gerade hatten wir uns entschlossen, dem armen Mann nach besten Kräften beizustehen, als jener auch schon wieder ins Freie taumelte und verkündete, das Feuer sei gelöscht.

Der Rauch quoll aus der Tür und den beiden Fenstern und hatte sich bald schon so weit verzogen, daß wir uns zurück ins Innere wagen konnten. Hustend schwankten wir durch den stickigen Dunst. In der Eile hatten wir unsere beiden Reisetaschen zurückgelassen und, am wichtigsten von allem, Goethes Empfehlungsschreiben. Wie groß war mein Entsetzen, als mein Blick auf den Tisch fiel!

»Wo ist es?« rief ich aus, stolperte auf den Tisch zu und hob in Panik die beiden Schalen auf. Der versiegelte Umschlag blieb verschwunden. Fort! In Luft aufgelöst!

»Runtergefallen«, bemerkte Jacob, einsilbig geworden angesichts solchen Schreckens. Doch als wir unsere Blicke zum Boden wandten, mußten wir erkennen, daß der Postillion in seiner Mühe, seine Briefe zu retten, die brennenden Säcke ausgekippt hatte. Im Umkreis von fünf, sechs Schritten war der Boden knöchelhoch mit Papier bedeckt, Umschlägen und gefalteten Sendungen, manche farbig, die meisten aber ebenso weiß wie Goethes Empfehlungsbrief. Wie sollten wir das lebenswichtige Schreiben in all dieser Masse je wiederfinden? Zumal der Postillion bereits dabei war, auf allen vieren seine Schätze zurück in die heilgebliebenen Säcke zu schaufeln.

Uns blieb nur, es ihm gleichzutun und zu hoffen, daß wir den Brief rechtzeitig fanden. Jacob und ich fielen auf Hände und Knie und begannen eilig, in den Papierbergen zu wühlen, in der schmalen Hoffnung, dabei das vertraute Dichtersiegel zu entdecken.

Wer einmal versucht hat, unter Tausenden Siegeln ein bestimmtes zu finden, wird erahnen können, wie aussichtslos unser Unterfangen war. Nicht, daß wir dergleichen nicht gewußt hätten. Trotzdem gruben und lasen und verglichen wir weiterhin, krochen durchs Papiergestöber und scherten uns nicht um die Verwünschungen des Postillions, der natürlich bemerkte, was wir taten, ohne es jedoch zu begreifen. Auch war mir klar, daß es wenig Sinn hatte, ihm den Fall auseinanderzulegen.

Mit tränenden Augen – nicht allein vom Rauch, denn meine Zukunft stand auf dem Spiel – griff ich immer wieder mit beiden Händen in die Brieffluten, hob sie empor und ließ sie wieder herabregnen, wie ein Kind, das im Herbstlaub spielt. Meine Verzweiflung wuchs mit jedem Handgriff, mit jedem verworfenen Siegel, mit jedem unbekannten Schriftzug.

Da legte sich mir eine Hand auf die Schulter. Sanft, nicht unfreundlich. Widerwillig ließ ich von meiner kläglichen Tätigkeit ab und blickte empor.

Eine der beiden Kapuzengestalten war neben mich getreten. Noch immer lag ihr Gesicht im Schatten, doch eine feingliedrige Damenhand war aus einem der weiten Ärmel zum Vorschein gekommen und hielt mir den gesuchten Brief entgegen.

»Ist es das, worauf Ihr Streben zielt, mein Herr?« fragte eine Mädchenstimme mit merkwürdig singendem Tonfall.

Mit selbstvergessenem Jauchzen sprang ich auf und ergriff das Schreiben. Ja, kein Zweifel, es war Goethes Brief. Überglücklich wandte ich mich an meine Retterin.

»Tausend Dank, meine Dame, ich hoffe, ich kann –«

Jacob, der nun neben mir stand, ging unwirsch dazwischen. »Wie kommen Sie an den Brief?« fragte er und machte seinem mürrischen Ruf alle Ehre. Herrgott, ich hatte den Brief zurück, was tat es da zur Sache, wie er zu dieser Frau gelangt war?

Sie senkte den Kopf, als wollte sie vermeiden, daß wir ihr Gesicht erblickten. »Ich sah, wie er von Ihrem Tisch fiel, und hob ihn auf.«

Ich blickte Jacob an. Sein Mißtrauen war ihm überdeutlich anzusehen. Und doch kam keiner von uns dazu, die Worte der Unbekannten zu hinterfragen, denn in jenem Augenblick geschah das, was niemals, *niemals* hätte passieren dürfen: Ich verlor den Brief ein zweites Mal. Ein neuer Windstoß, heftiger noch als der erste, schoß in die Wirtsstube, wirbelte die Rauchschwaden auf und entriß meinen Fingern das Schreiben. Ich übertreibe nicht, wenn ich sage »entriß«: Fast war mir, als hätte eine unsichtbare Hand danach gegriffen.

Das kostbare Dokument segelte auf der Bö in den hinteren Teil der Schenke, während der Wind die Reste der Glut zu neuer Wut entfachte. Einen Herzschlag später loderte ein hüfthoher Flammenwall aus den Briefen am Boden empor und schnitt ein Viertel des Raumes von uns ab. Und ebendort, gleich jenseits des Feuers und ihm zweifellos bald schon ausgesetzt, kam Goethes Schreiben zum Liegen. Schon griffen die ersten Flammen danach. Jeden Moment konnte des Papier im Feuer vergehen. Mein Glück, meine Zukunft, mein Leben würden bald nur noch Asche sein. Ich schrie auf, voller Verzweiflung, und übertönte damit das erstaunte Stöhnen, das durch die Menge ging. Denn plötzlich warf die zweite Kapuzengestalt ihren Mantel ab. Darunter kam ein alter Mann zum Vorschein, hochgewachsen und dürr wie ein Reisigbündel, dabei braungebrannt und – das war es, was alle so verblüffte – halbnackt! Der Mann trug nur ein Tuch um seine Lenden, nichts sonst. Er verstieß damit gegen alle guten Sitten – und hätte im Freien auf der Stelle erfrieren müssen. Offenbar aber bekümmerte ihn weder das eine noch das andere.

Doch damit der Wunder nicht genug. Unter den ungläubigen Blicken aller trat er mitten in die Flammen, sehr langsam, sehr bedächtig, durchquerte den Feuerwall, bückte sich nach dem Schreiben, hob es auf und brachte es uns unbeschadet zurück. Jetzt erst sah ich, daß er barfuß war. Die Flammen hatten ihm nicht das geringste anhaben können. Nicht einmal ein Rußfleck war zu sehen. Derweil stürzten sich der Wirt und der Postillion mit Decken und mit Schnee auf die Flammen und löschten sie.

Ich nahm den Brief wie im Schlaf entgegen und steckte ihn ein, mit offenem Mund und ohne den Blick vom dürren Leib des Alten zu nehmen. Niemand sagte ein Wort.

Dann, nach einem Augenblick des Atemholens, begann einer der Betrunkenen zu klatschen. Andere fielen mit ein, als wären sie gerade Zeugen einer gelungenen Jahrmarktgaukelei geworden.

Jacob, ich selbst und die Dame im Kapuzenmantel, wir enthielten uns des Beifalls. Auch der Wirt und der Postkutscher hatten Besseres zu tun. Der Alte nahm derweil seinen Überwurf auf und verhüllte seine Blößen, als sei nichts geschehen. Den Beifall der Holzfäller schien er gar nicht wahrzunehmen.

»Wer sind Sie?« wandte ich mich an die Frau im Schatten.

Sie hob den Kopf, offenbar ebenso erstaunt über die Darbietung ihres Begleiters – obgleich sie weniger seine Fähigkeiten zu überraschen schienen als vielmehr die Tatsache, daß er sie uns allen offenbart hatte. »Kommen Sie«, sagte sie nur und wandte sich dem Ausgang zu.

Jacob und ich wechselten einen Blick, nahmen dann unsere Taschen auf und folgten ihr zögernd. Hier drinnen bekam man kaum mehr Luft vor lauter Rauch, und auch die Betrunkenen strömten ins Freie. Ich brannte darauf, endlich das Gesicht der Frau zu sehen. Ihre Stimme klang ungewöhnlich jung und zart und –

Jacob gab mir einen Knuff in die Seite. »Gib acht, Wilhelm, ich traue ihr nicht.«

»Du traust niemandem«, gab ich flüsternd zurück.

»Manches Mal mit gutem Grund, werter Wilhelm. Falls du dich erinnerst …«

Werter Wilhelm – das sagte er stets, wenn er mich aufziehen wollte. Ich schnitt eine griesgrämige Grimasse. »Natürlich, großer Bruder.« Ich war sechsundzwanzig Jahre jung, Jacob nur ein ganzes älter. Er wurde nimmer müde, dies herauszustellen, deshalb kam ich ihm diesmal zuvor. Ich hoffte, die Diskussion damit zu beenden, und tatsächlich gab er Ruhe. Zumindest für den Augenblick.

Die Frau und der alte Mann führten uns hinter ihre Kutsche, wo wir vor den Blicken der Holzfäller geschützt waren. Dort drehte sich die Dame zu uns um und schlug ihre Kapuze zurück.

Anna! durchfuhr es mich. Wiewohl: eine Täuschung. Es war nicht meine geliebte Anna, meine einst so heiß Begehrte, die seit Jahren verschollen war. Und doch schien mir der Winterabend mit einemmal weniger eisig, denn der Anblick dieses Geschöpfes mußte ganz andere Gewalten zum Schmelzen bringen als nur den schnöden Schnee.

»Mein Name ist Jade«, sagte sie, »Prinzessin Jade von Rajipur, Tochter des Maharadschas und rechtmäßige Maharani des Jadeherzens Indiens.«

Ihr Haar war ebenso seidig schwarz und wallend wie das meiner Anna, doch damit hörte die Ähnlichkeit auf. Die Prinzessin besaß zartbraune Haut, ebenmäßig und glatt wie poliertes Holz. Ihre Augen waren groß und beinahe schwarz, so daß Iris und Pupille nicht voneinander zu trennen waren. Die Flügel ihrer feinen Nase hatte sie mit je einem glitzernden Rubin durchstochen, eingefaßt in Gold; ein, sagen wir, bemerkenswerter Schmuck, in der Tat. Und doch betonte er das Edle, wahrhaft Königliche in ihren Zügen um so mehr.

Ich hätte mich auf der Stelle in sie verlieben mögen, hätte ihr erster Anblick nicht die Erinnerung an Anna von neuem geweckt, und mit ihr die Trauer um die verlorene Freundin. Jedoch, dies war schwerlich der rechte Zeitpunkt, der Vergangenheit nachzuweinen. Zu viele Jahre waren seither verstrichen, mehr als sieben.

»Eine Prinzessin?« fragte Jacob düster. »Das kann jede behaupten.«

»Jacob«, schalt ich ihn leise. Himmel, hatte er den Verstand verloren?

Die Prinzessin kicherte und warf ihrem Begleiter einen belustigten Blick zu. »Was muß ich tun, um meine Aufrichtigkeit unter Beweis zu stellen?«

»Sie könnten damit beginnen, daß sie uns die Wahrheit über den Brief sagen«, entgegnete Jacob frech. Wahrlich, er war ein rechter Stoffel.

»Was meinen Sie damit, junger Herr?«

Ich begriff sehr wohl, was sie tat. Sie nannte ihn Herr, wie es eine Dienerin getan hätte; augenscheinlich spielte sie mit dem

Vorurteil des Europäers gegen ihresgleichen. Jacobs Benehmen war mir peinlich bis ins Bein.

An ihm selbst schoß dieser Pfeil um Ellen vorüber. »Sie können den Brief unmöglich vom Boden aufgehoben haben«, behauptete er sachlich. »Zu jenem Zeitpunkt, da er vom Tisch gefallen sein soll, waren Sie längst zur Tür hinaus. Erinnern Sie sich: Der Luftzug, als Sie die Tür öffneten, brachte das Feuer erst zum Ausbruch.«

In ihren Augen glühte der Schalk, und ich sah, daß sie versucht war, das ungleiche Spiel fortzusetzen. Dann aber beherrschte sie sich und lenkte ein. »Sie haben recht. Wahr ist, daß ich sah, wie der Brief zu Boden fiel. Ich bat meinen Begleiter, den treuen Kala, das Schreiben für mich aufzuheben. Sie haben vielleicht bemerkt, daß er über manch ungewöhnliche Fähigkeit verfügt. Die Kraft seines Geistes war es, die den Brief in meine Hände brachte – um ihn für Sie zu bewahren.«

Wir hatten in der Tat gesehen, was dieser Kala vermochte, und es gab kein Argument, das dem standhalten konnte. Ohne Genaueres über seine Kräfte zu wissen, konnte Jacob ihre Worte schwerlich in Zweifel ziehen. Der Sieg des Mysteriums über die Ratio war wohlverdient.

Mein Bruder brummte etwas und gab sich fürs erste geschlagen. Ich wußte, daß er nur auf die Gelegenheit wartete, einen neuen Angriff zu wagen.

Jade wandte sich nun an mich. »Es zieht Sie gen Süden, Herr –«

»Grimm«, beeilte ich mich zu ergänzen. »Jacob und Wilhelm Grimm, meine Wenigkeit der letztere.«

Sie kicherte erneut. Vielleicht hatte ich zu verklausuliert gesprochen? Dabei fiel mir auf, wie perfekt ihre Handhabung des Deutschen war. Nur der singende Klang in ihrer Aussprache verriet die fremdländische Herkunft, nicht jedoch Wortwahl oder Satzbau. Ich schätzte sie auf wenige Jahre jünger, als ich selbst es war, einundzwanzig oder zweiundzwanzig, und so konnte es noch nicht lange her sein, daß sie eine gelehrige Schülerin gewesen war.

Später erst sollte ich erfahren, worin sie besonders gelehrig war.

»Nach Süden, ja«, beantwortete ich ihre Frage. »Unsere Kutsche hatte einen Unfall, und nach dem Unglück des Postillions steht zu befürchten, daß wir die Nacht hier im Gasthof verbringen müssen.«

Jade sah ihren Begleiter an, als bitte sie um Erlaubnis für das, was sie nun sagte. »Kala und ich reisen nach Karlsruhe. Wenn wir Sie ein Stück des Weges mitnehmen können, so sind Sie herzlich eingeladen.«

»Vielen Dank«, sagten Jacob und ich zugleich, und uns war klar, daß jeder einen anderen Gedanken dabei hatte. Mein Bruder wollte das Angebot zweifelsohne ausschlagen, ich aber dankte, um es anzunehmen. *Nach Karlsruhe.* Wir hätten es von Anfang an wissen müssen.

Die Prinzessin öffnete die Kutsche und nahm auf einer der Bänke Platz. Aus dem Einstieg drang der würzig-exotische Duft, den wir bereits beim Betreten der Schenke bemerkt hatten; nun wußten wir, woher er rührte. Es mußte sich um ein Gewürz oder einen fremdartigen Duftstoff handeln.

Kala schwang sich mit wehendem Mantel auf den Kutschbock. Er hatte die ganze Zeit über barfuß im Schnee gestanden.

»Steigen Sie doch ein«, bat Jade.

Ich schenkte Jacob ein aufmunterndes Lächeln und wollte der Aufforderung folgen, er aber hielt mich am Arm zurück.

»Weißt du noch, was geschah, als wir das letzte Mal in die Kutsche einer Fremden stiegen?« flüsterte er unheilschwanger.

»Aber ja doch«, entgegnete ich, und ich muß schamvoll gestehen, es war eben jener Gedanke, der mich nur noch eiliger ins Innere der Kutsche trieb.

2

»Mein wahrer Name ist Bharatavarsha«, erklärte Jade, während sich draußen die Nacht über die Wälder legte, »doch niemand hier würde ihn aussprechen können. Deshalb gab mein Vater mir für die Reise den Namen Jade. Beides bindet mich an die Heimat. Jade, weil sie einer unserer größten Schätze ist. Bharatavarsha aber bedeutet: das Königreich von Bharata, dem Stammvater unserer tapfersten Helden. Es ist eine große Ehre, den Namen der eigenen Heimat zu tragen.«

Ich sah Jacobs galliger Miene an, daß er überlegte, wie es wohl wäre, »Hessen« zu heißen.

»Ich bin im Auftrag meines Vaters unterwegs«, fuhr die Prinzessin fort. »Sie müssen wissen, er ist höchst interessiert an der Kunst des Uhrenbaus. Seine Sammlung europäischer Chronometer füllt einen ganzen Flügel des Palastes, und er wünscht nun, einige Meister dieser Kunst in sein Reich einzuladen, damit sie ihre Uhren ausschließlich zu seiner Freude herstellen.«

»Wie interessant«, sagte ich mit jugendlicher Euphorie, wenngleich ich gestehe, sie war nicht ganz echt.

Jacob blieb mürrisch. »Ich wußte gar nicht, daß Karlsruhe für seine Uhren bekannt ist, geschweige denn bis nach Indien.«

»Aber ja«, widersprach die Prinzessin. »Die Kunst der Chronometrie und das ihr verwandte Handwerk wird in vielen deutschen Städten ausgeübt. Für Sie mag sie längst zur Selbstverständlichkeit geworden sein, doch für uns birgt sie immer noch viel Neues.«

Ich stieß Jacob an. »Zeig der Prinzessin Vaters Uhr.«

Die Taschenuhr war das einzige Erbstück, das unser Vater uns bei seinem Tod hinterlassen hatte. Seit Jahren trugen wir sie Tag für Tag abwechselnd. Die morgendliche Übergabe war längst zum Ritual geworden. Heute war Jacob an der Reihe, morgen würde ich sie mein eigen nennen dürfen.

Es gefiel Jacob keineswegs, unseren Schatz vor diesen Fremden zu offenbaren, doch auf mein Drängen überwand er sich. Ehrfürchtig zog er die Uhr unterm Mantel hervor, ohne die Kette zu lösen. Mit sichtlichem Widerwillen legte er sie in Jades zarte Hand, mußte sogar näher an sie heranrücken, weil die Kette zu kurz war. Die Prinzessin besah sie sich von allen Seiten, klappte sie auf, betrachtete das ziselierte Ziffernblatt und gab sie Jacob schließlich zurück. »Ein feines Stück, in der Tat.«

Blitzschnell schob Jacob sie zurück in seine Tasche, als fürchtete er, Kala könne sie kraft seiner Gedanken vom Kutschbock aus rauben. Und, wer weiß, vielleicht hätte er das wirklich vermocht.

Jade beugte sich vor und griff zwischen ihren Füßen unter den Sitz, wobei sie Rock und Mantel bis zu den Waden anheben mußte. Sie trug enganliegende Stiefel, schien also keineswegs so unempfindlich gegen den Schnee zu sein wie der alte Mann. Zu meiner stillen Freude machte sie das menschlicher, fassbarer.

Als sie die Hand wieder unter dem Griff hervorzog, hielt sie eine kleine hölzerne Kiste umklammert. Sie klappte den Deckel auf und entnahm ihr eine seltsam geformte Pfeife, stopfte etwas hinein und entzündete es mit Feuerstein und Stahl. Wenig später schon paffte sie hellgelbe Wolken in die Luft.

»Möchten Sie vielleicht auch –«

»Nein, vielen Dank«, unterbrach Jacob sie streng. Ich war froh, daß er das Angebot ablehnte, denn so blieb mir diese Unhöflichkeit erspart. Der süßliche Geruch schlug betäubend auf meine Sinne.

»Ich hoffe, es stört Sie nicht«, sagte die Prinzessin.

»Wir sind nur Gäste«, entgegnete Jacob knapp und ließ keinen Zweifel daran, was er wirklich dachte.

Jade sah mich an. »Ich hörte, in Ihrem Land ist es ungewöhnlich, wenn Frauen Pfeife rauchen.«

»Ein wenig, in der Tat«, erwiderte ich.

»Sie rauchen gar nicht?«

»Aber nein«, beeilte ich mich zu versichern.

Sie zuckte mit den Schultern. »Nun, den hiesigen Tabak würde ich auch nicht rauchen.«

Die Kutsche rumpelte durch ein Schlagloch, und etwas Großes löste sich aus dem Gepäckfach über meinem Kopf. Um Haaresbreite sauste es an meinem Gesicht vorüber und krachte auf den Boden. Erschrocken zuckten Jacob und ich zurück.

»Oh«, entfuhr es Jade, »das gehört Kala ...«

Der seltsame Gegenstand bestand aus zwei leicht gewundenen Tierhörnern, horizontal miteinander verbunden, so daß die Spitzen in entgegengesetzte Richtungen wiesen. In der Mitte, wo die stumpfen Enden aneinanderstießen, befand sich ein handgroßer Rundschild, dahinter ein Griff.

»Ein Madu«, erklärte Jade, während sie das gefährliche Ding wieder verstaute. »Es dient heiligen Männern wie Kala, die keine Waffe tragen dürfen, zur Verteidigung.« Sie mußte auf Zehenspitzen stehen und ihren zarten Körper strecken, um die Waffe zurück ins Fach zu legen. Ich wollte aufstehen, um ihr zu helfen, doch sie preßte mich mit einem sanften Druck ihrer Hand zurück auf die Bank.

»Lassen Sie nur, Herr Grimm, es geht schon.«

Wenig später saß sie uns im Schneidersitz gegenüber. Ihr hochgeschobenes Kleid entblößte unschicklich die Knie. Ich bemerkte bebend, wie schlank und wohlgeformt ihre Beine waren; sie hatten die Farbe von Tee mit Milch. Jade lächelte und sprach immerzu, während die gelblichen Schwaden ihrer Pfeife die Kabine durchzogen. Anders als der Rauch gewöhnlichen Tabaks brannte dieser nicht in den Augen, nahm mir auch nicht den Atem. Statt dessen fühlte ich mich mit jeder Minute gelöster und zugleich auch schläfrig. War das die Erschöpfung, die ihren Tribut verlangte, oder lag es an den süßen Dämpfen aus Jades Pfeife? Je länger ich darüber nachsann, desto gleichgültiger wurde es mir, und selbst Jacob zog es vor, zu schweigen. Ich bemerkte, wie sich seine Lider senkten. Seine Zügen verklärten sich zu einem Ausdruck sanften Traums. Auch ich fühlte mich befreit und so beschwingt, so unsagbar glücklich.

Einmal war mir, als schriebe Jade etwas auf einen Zettel. Dabei redete sie ohne Unterlaß. Wie durch Federkissen vernahm ich, daß sie von Kala erzählte; er sei Fakir und könne über Feuer, Glas und Schwertklingen schreiten. Meine Sinne schwebten außerhalb meines Körpers, eingenebelt von güldenem Frohsinn. Ich war berauscht, ohne Verstand, und wünschte mir, es möge ewig so bleiben. Irgendwann glaubte ich, in der Ferne Reiter zu hören. Schließlich schlief ich ein.

Einmal noch muß ich kurz aufgewacht sein, denn ein Bild brannte sich in meinen Schlaf, das mir seltsam wahrhaftig erschien. Mir war, als beugte sich Jade über mich, ganz nah, bis ich ihren Atem auf meinen Lippen spürte. Sie roch süß, so süß, und steckte mir einen Kranz aus Trockenblumen ins Haar. Dann wich sie zurück, und das Bild verblaßte.

* * *

Am nächsten Abend erreichten wir die Stadt. Es dunkelte bereits, als die Kutsche durchs nördlichste der Tore rollte. Der alte Fakir hatte den Pferden kaum Rast gegönnt. Die geschundenen Tiere hatten uns wacker durch Schnee und über spiegelndes Eis gezogen, und obgleich es mir nicht gerecht schien, sie so schlecht zu behandeln, war ich doch froh, endlich am Ziel zu sein.

Was die Ereignisse der Nacht betraf, nun, ich hatte beschlossen, darüber zu schweigen. Verstohlen tastete ich nach Goethes Empfehlungsschreiben, doch weder der Brief noch meine Börse waren entwendet worden. Die beiden Inder hatten uns nichts Übles gewollt. Jacob allerdings war zutiefst verwirrt. Ihn, den ehernen Verfechter der Vernunft, verstörte die eigene Achtlosigkeit. Ich fragte mich, ob ihm ein ähnliches Traumbild erschienen war wie mir selbst, wagte aber nicht, es zur Sprache zu bringen. Er hätte mir doch nur Schwärmerei vorgeworfen.

Die Stadt war angelegt wie ein Fächer. Die Residenz des badischen Regenten war der alles beherrschende Angelpunkt, von ihr aus strahlte ein fächerförmiges Netz von Straßen nach Süden. Die prächtigen Parkanlagen des Schlosses grenzten an den Hardtwald. In jenen Tages hieß es, daß sich Räuberbanden in den Forsten versteckten, junge Männer, die vor den Truppenaushebungen Napoleons geflohen waren und Überfälle auf Höflinge unternahmen, die sich zu tief in die Schatten wagten. Kala hatte die Kutsche tollkühn über einsame Wege gelenkt, mitten durch finstere Waldesgründe, doch das Schicksal schien es gut mit uns zu meinen. Es hatte keinerlei Zwischenfälle gegeben.

Karlsruhe schien mir selbst im Glanz seines Wintergewandes reizlos und spröde. Die langen, geraden Straßen hatten auf dem Reißbrett eines Mathematikers ihren Anfang genommen und endeten nun in der Wirklichkeit, ohne dabei an Leben zu gewinnen. Schloß und Stadt waren noch keine hundert Jahre alt. Manchem mochten sie in ihrer künstlichen Vollkommenheit prächtig erscheinen; mir aber, der ich gewachsene, behagliche Orte schätze, war dieses Monument kalter Planung zuwider. Wohl ahnte ich, daß Jacob sich mit der baulichen Logik Karlsruhes anfreunden mochte, zu sehr entsprach das starre Gitterwerk der Straßen dem Muster seines Denkens. Die meisten Häuser hatte man aus Gründen der Sparsamkeit aus Holz errichtet. Die Wände waren rot gestrichen, um den Eindruck solider Ziegelmauern zu erwecken, doch schon ein kurzer Blick enthüllte die Täuschung. Eine traurige Offenbarung.

Wir hatten kaum den Fuß in die Stadt gesetzt, da fanden wir uns bereits in einem wilden Tumult. Eine große Horde abgerissener Gestalten war umringt von Dutzenden Bürgern, meist Frauen, Kindern und Alten. Überall fielen sich Menschen in die Arme, es kam zu Ausbrüchen von Jubel ebenso wie zu stillen

Szenen am Straßenrand, wo einzelne weinend zusammenbrachen und das Gesicht in den Händen bargen. Es war ein seltsamer Anblick, dieser Gegensatz von heißer Erregung vor der kühlen Sachlichkeit der Stadt.

Die abgerissenen Männer, die diesen Aufruhr verursacht hatten, waren offenbar Soldaten, die aus dem Krieg heimkehrten. Von einer Niederlage, wohlgemerkt. Ihre Uniformen waren zerfetzt, manche trugen nur noch Lumpen am Leib. Mit Decken, Fellen und Stoffwickeln schützten sie sich vor der Kälte. Einige Offiziere saßen noch auf Pferden und suchten sich den fahlen Anschein von Würde zu geben. Dem widersprach jedoch ihre Kleidung. Manche waren in Damenmäntel aus Seidenzeug gehüllt, besetzt mit Zobel – in der Kälte Rußlands war alles erlaubt, um am Leben zu bleiben. Die Männer waren versprengte Überlebende von Napoleons Großer Armee, die im russischen Winter so kläglich gescheitert war. Der Kaiser hatte bereits im Dezember den Rückweg angetreten, bei Nacht und Nebel, wie man hörte, und nun folgten seine Getreuen. Später erfuhr ich, daß von den mehr als siebentausend Männern, die Baden bereitgestellt hatte, nicht einmal fünfhundert die Heimat wiedersahen. Ähnliches geschah in den übrigen Regionen des Reiches. Nichts beschäftigte die Menschen in jenen Tagen so sehr wie Napoleons Niederlage in der brennenden Tundra.

Kala lenkte die Kutsche an dem Menschenauflauf vorüber, während wir unsere frierenden Nasen voller Neugier aus dem Fenster steckten. Der Weg zum Schloß war nicht schwer zu finden, wir mußten nur einer Querstraße folgen. Zwischen Schneewehen und dreigeschossigen Häuserblöcken, einer von so falschem Ziegelrot wie der andere, schaukelten wir meiner Hoffnung entgegen. Meiner ersten Anstellung. Ich war beim Anblick der Stadt nicht mehr sicher, ob ich wirklich glücklich darüber war. Doch der Gedanke an die schamvolle Abhängigkeit von Jacobs Geldbeutel überzeugte mich schnell eines Besseren.

Schließlich erblickten wir jenseits schneegezuckerter Schmuckgärten das Schloß, die Residenz des jungen Großherzogs Karl. Unser unheimlicher Kutscher ließ die Pferde haltmachen. Jacob und ich stiegen aus. Ein scharfer Wind trieb Eiskristalle über die kahlen Hecken und Wandelwege. Schmerzhaft biß mir die Kälte ins Gesicht.

Zum Abschied reichten wir Jade die Hände, auch Jacob gab sich höflich und dankbar. Ich wünschte der Prinzessin viel Glück bei der Suche nach Uhrmachermeistern und mühte mich, ihren Blick einen Herzschlag länger zu halten als nötig. Sie bemerkte es natürlich und lächelte, keineswegs schüchtern, wie es sich für eine Dame ihres Standes geziemte. Sie war ein merkwürdiges Geschöpf. Ein bezauberndes, ohne Frage, wenngleich auch so unkeusch.

Als wir auch Kala danken wollten, beugte sich dieser vom Kutschbock herab. Seine uralten Augen richteten sich auf Jacob.

»Ich habe von dir geträumt heute nacht«, sagte er mit starkem Akzent. »Du hattest keine Haare.«

Meine Verwunderung über seine Worte war zu groß, als daß ich hätte fragen können, wie er wohl träumen konnte, während er die Kutsche lenkte.

»Keine ... Haare?« fragte Jacob verblüfft.

Ich unterdrückte meine Belustigung, während der Fakir keine Miene verzog, im Gegenteil. Er wirkte so ernst, als habe er Jacob gerade eine Hiobsbotschaft überbracht.

»Ein böses Omen«, erklärte Jade, die ihren Kopf aus dem Kutschfenster reckte. »Wir Inder glauben, wenn wir von einer Person ohne Haare träumen, dann steht demjenigen Schlechtes bevor.«

Jacob rümpfte die Nase. »Wie erfreulich.«

»Sie sollten auf sich achtgeben«, sagte Jade ernsthaft. »Auf sich und Ihren Bruder. Kala irrt sich selten, er ist –«

»Ein heiliger Mann, ich weiß«, entgegnete Jacob unwirsch. »Wir werden aufpassen.«

»Tun Sie das«, sagte Jade, dann gab Kala den Pferden die Peitsche. Selbst da noch hing sein Blick an Jacob.

Was ich darin las, gefiel mir keineswegs.

Mir schien, es war Mitleid.

* * *

Emmerich Joseph Herzog von Dalberg empfing uns in dem prunkvollen Saal, der ihm als Arbeits- und Empfangszimmer diente. Wände und Decken waren mit Malereien geschmückt, possierlichen Engeln mit goldenen Flügeln, Bauern in bunter Trachtenkleidung und Heiligen mit Leidensmienen. In der Mitte hing ein Kronleuchter, darunter stand ein gewaltiger Schreibtisch. Vor den hohen Fenstern senkte sich die Dunkelheit auf die Stadt. Die roten Häuser sahen aus wie Blutflecken im Schnee.

»Die Herrn Grimm!« rief Dalberg aus, als sein Sekretär uns durch die Doppeltür schob. Strahlend eilte er uns entgegen und begrüßte uns mit Handschlag. Nach den üblichen Willkommensfloskeln ließ er uns auf der Besucherseite des Schreibpults Platz nehmen.

Ich reichte ihm Goethes Empfehlungsschreiben. Er betrachtete erstaunt die Brandflecken, die der Funkenflug hineingesengt hatte, dann erbrach er das Siegel und überflog mit zufriedenem Lächeln den Inhalt.

»Ihr Gönner hält große Stücke auf Sie«, sagte er schließlich.

»Wir haben einiges gemeinsam erlebt«, erwiderte ich vage und kämpfte mit einem Kloß im Hals. Ich war bemüht, den bestmöglichen Eindruck zu erwecken. Meine Nerven widersetzten sich.

Dalberg war ein großer Mann, der seinem vierzigsten Jahr entgegeneilte. Seine wachen Augen musterten mich aufmerksam, und seine Mundwinkel schienen stets zu einem spöttischen Lächeln verzogen, was ihm eine Aura von Überlegenheit verlieh. Dabei wirkte er freundlich und korrekt.

»Ich habe eine gute und eine schlechte Nachricht für Sie«, sagte er und legte den Brief beiseite. »Ich nenne die schlechte zuerst, nicht, weil es sich so gehört, sondern weil sie die gute bedingt.«

Jacob und ich wechselten einen verunsicherten Blick.

»Wie Sie wohl wissen, war es vorgesehen, daß Sie die gelehrte Erziehung eines Kindes übernehmen. Leider gab es einen tragischen Zwischenfall: Der Junge, um den es ging, ist tot, wenige Tage nach der Geburt verstorben.«

»Nach der ... Geburt?« fragte ich betroffen. »Ich sollte der Lehrer eines Neugeborenen sein?«

Dalbergs Lächeln wurde eine Spur breiter. »Wie man's nimmt.«

In mir zerbrachen tausend Träume. »Dann bin ich umsonst gekommen?«

Der Minister verschränkte die Finger vorm Kinn. »Ich wiederhole: Wie man's nimmt. Die gute Nachricht nämlich ist, daß Ihr Posten nach wie vor besetzt werden soll.«

Da er mit Goethe gut bekannt war, schien es mir ausgeschlossen, daß er sich über mich lustig machte. Und doch zweifelte ich an seiner Ernsthaftigkeit.

Jacob kam mir zuvor. »Bitte, erklären Sie das.«

Dalberg räusperte sich, stand auf und trat an eines der Fenster. Draußen begann es zu schneien, dichte graue Vorhänge, die jede Sicht auf die Gärten verwehrten.

»Mein Freund Goethe schreibt, ich könne mich auf Ihre völlige Diskretion verlassen«, sagte er und wandte uns dabei den Rücken zu. Es klang wie eine Feststellung, zweifellos, doch dahinter verbarg sich eine Warnung.

»Ohne jeden Vorbehalt.«

Mit einem Ruck drehte er sich um. Hinter ihm peitschten die Schneeflocken fast waagerecht gegen die Scheibe. Der Wind heulte in den Mauerfugen. Es sah aus, als stünde Dalberg in einem Tunnel, der rundherum vorüberraste.

»Das Kind gilt als tot – und ist es vielleicht doch nicht. Es gibt derzeit einige Unstimmigkeiten über das weitere Vorgehen in dieser Sache«, erklärte er. »Sie müssen wissen, es hängt sehr viel ab von diesem Jungen. Seine Zukunft ist von erheblicher Importanz. Nicht nur für mich und das Herzogtum Baden. Glauben Sie mir, es steckt soviel mehr dahinter.«

Wir schwiegen und hofften, daß er seine Ausführungen vertiefen würde. Mein Herz schlug schneller. Ich rief mir ins Gedächtnis, was ich aus Goethes Schreiben über Dalberg wußte: Während seines Studiums in Ingolstadt war er in Kontakt zu Weishaupt und den ersten Illuminaten getreten. Heute noch schlug sein Herz für die geheime Gesellschaft, woher auch seine persönliche Bekanntschaft mit dem Dichter rührte; Goethe war lange Zeit einer der führenden Köpfe des Ordens gewesen. Im Jahre 1803 war Dalberg in die Dienste Badens getreten, wurde ein Jahr später dessen Gesandter in Paris. 1809 berief ihn Bonaparte zum badischen Außenminister. Vor zweieinhalb Jahren erst, 1810, hatte er die französische Staatsbürgerschaft und die Herzogswürde erhalten, was ihm bei manch einem Deutschen den Ruf eines Überläufers eingebracht hatte.

Dieser Mann, der doch alle Macht in Händen hielt, stand nun vor uns und suchte nach den richtigen Worten.

»Sie müssen wissen, es ist ungemein wichtig, daß dieses Kind gleich in den ersten Jahren in bester und gelehrter Gesellschaft heranwächst. Sein Großvater wünscht es so.«

»Sein Großvater?« meinte Jacob wissbegierig. Mir selbst schien die Frage verwegen.

»Ja«, entgegnete Dalberg. Noch einmal zögerte er, dann fuhr er endlich fort: »Ach, was soll's, Sie werden es ohnehin bald erfahren. Die Eltern des Kindes sind der Großherzog Karl und seine Gattin Stephanie.«

Himmelherrgott, durchfuhr es mich, das bedeutete ja, daß …

»Sein Großvater ist Kaiser Napoleon, der große Bonaparte persönlich«, sagte Dalberg. »Ich muß Sie noch einmal an Ihr Stillschweigen erinnern. Nicht einmal der Großherzog selbst kennt jedes Detail. Es ist Ihre unbedingte Pflicht, kein Wort davon nach außen dringen zu lassen. Ich spreche so offen zu Ihnen, weil Goethe Sie mir ans Herz legte, doch Sie sind beide noch jung, und ich kenne die Jugend. Also, Diskretion über alles, meine Herren. Ich muß Ihnen diesen Schwur abnehmen.«

Wir nickten und fühlten uns geehrt. Freilich änderte dies nichts an meiner angstvollen Unruhe.

»Der Sohn des Großherzogs und seiner Gattin, der Adoptivtochter Bonapartes, wurde am 29. September geboren, vor rund drei Monaten also. Siebzehn Tage später verstarb er namenlos nach einer Nottaufe. Die Ärzte stellten am Leichnam Gicht und Schlagfluß fest. Das zumindest ist die offizielle Fassung der Geschehnisse. Alles, was ich Ihnen derzeit dazu sagen kann, ist, daß es noch eine zweite Version der Ereignisse gibt, und jene ist es, die Bedeutung für Sie haben soll.«

»Dann lebt das Kind tatsächlich noch?« fragte Jacob.

Dalbergs angeborenes Lächeln wirkte nunmehr gequält. »Es haben sich in den vergangenen Tagen einige Dinge ergeben, die es mir unmöglich machen, darauf in diesem Augenblick eine Antwort zu geben. Haben Sie bitte Verständnis, wenn ich es vorerst bei meiner Andeutung belasse.«

»Verzeihen Sie«, bat ich, »aber es gibt eine andere Frage, die ich Ihnen stellen muß. Ich bin Gelehrter, ich erkunde die Sprache und das geschriebene Wort. Was, glauben Sie, könnte ich einen Säugling lehren?«

Dalberg trat wieder hinter sein Schreibpult. »Es ist ein wenig schwierig, das zu erklären, und ich würde es gerne dann erst versuchen, wenn ich Ihnen auch den Rest der Angelegenheit offenbaren darf.«

»Wann soll das geschehen?« fragte Jacob vorlaut.

»Bald. Vielleicht schon morgen. Ich muß Sie bitten, bis dahin Geduld zu haben. Ihre Räumlichkeiten im Gästehaus stehen bereit, und es ist selbstverständlich, daß Ihre Entlohnung, Herr Grimm« – dabei sah er mich an – »vom Tag Ihrer Abreise in Kassel an erfolgt. Sie werden also durch diese Verzögerung keinen Verlust erleiden müssen.«

Ehe wir weitere Fragen stellen konnten, läutete Dalberg nach seinem Sekretär. Der Mann erschien im selben Atemzug, als hätte er vor der Tür bereitgestanden.

»Bitte, Bernard, lassen Sie die Herrn Grimm in ihr Gästequartier führen.« Und zu uns sagte der Minister: »Wir sehen uns morgen wieder. Seien Sie versichert, alles wird sich zu Ihrem Besten fügen.«

Damit entließ er uns, und Bernard, der Sekretär, geleitete uns hinaus. Im Vorzimmer wartete ein Diener, der die Führung ins Gästehaus übernahm. Es lag im äußeren Flügel des Schlosses und schien völlig verlassen. Offenbar waren wir die einzigen, die man hier unterbrachte – obgleich ich mir kaum vorstellen konnte, daß an einem deutschen Hof, noch dazu dem badischen, der durch seine Nähe zu Frankreich von erheblicher Bedeutung war, nicht das ganze Jahr über Besucher empfangen wurden. Doch die Gemächer, an denen wir vorübergingen, waren still und augenscheinlich unbewohnt. Der schweigsame Diener wies uns zwei Räume mit zur Stadt gelegenen Fenstern zu und erklärte, man würde uns die Mahlzeiten aufs Zimmer bringen. Wir traten in den vorderen der beiden Räume und verriegelten die Tür.

»Er hat es wieder getan«, schimpfte Jacob und ging unruhig auf und ab.

»Was meinst du?« fragte ich und besah mir die Einrichtung. Sie war edel, aber ohne Pomp. Außer Seidenbett, Kommode und Schrank gab es mehrere Portraits, die stolz von den Wänden blickten. Ich erkannte kein einziges.

»Was ich meine?« fuhr Jacob zornig auf. »Goethe! Er ist es doch, dem wir diese Kalamität zu verdanken haben. Wieder einmal.«

Obgleich ich seine Meinung in gewisser Hinsicht teilte, ergriff ich doch Partei für den Dichter, mochte der Himmel wissen, weshalb. »Bislang ist doch gar nichts geschehen. Außerdem: Ich bin es, der hierherbestellt wurde. Ich soll mich mit dem Kind herumschlagen, nicht du.«

»Und das gefällt dir?«

»Natürlich nicht. Aber welche Wahl bleibt mir denn? Willst du mich ewig durchfüttern?«

Er tat meinen Einwand mit einer fahrigen Handbewegung ab. »Du weißt doch, wenn erst das Buch –«

»Das Buch«, unterbrach ich ihn scharf, »wird uns kein Geld bringen, das weißt du so gut wie ich. Die beiden ersten haben es nicht getan, und dieses wird es ebensowenig. Die paar hundert Exemplare werden sich verkaufen, gewiß – über die nächsten zehn Jahre hinweg. Dann werden sie in Regalen und Truhen verstauben, und ich werde immer noch an deinem Rockzipfel baumeln und dich um Geld bitten müssen.«

»So ist es doch gar nicht«, widersprach er mürrisch, denn ihm war das Thema ebenso unlieb wie mir. Nicht, weil es ihm um seine Taler leid tat, ganz im Gegenteil: Er hing nicht am Geld, und es kümmerte ihn nicht, daß die ganze Familie davon lebte. Er haßte es vielmehr, überhaupt davon zu sprechen. Unter seiner spröden Schale schlug ein goldenes Herz.

Ich aber blieb beharrlich. »So geht es nicht weiter, glaub mir. Jeder deiner Taler, den ich ausgebe, frißt mir ein Loch ins Gewissen, jeder Kreuzer brennt mir auf der Seele. Mir ist es gleich, was von mir verlangt wird, ich werde es tun. Und bedenke doch: Goethe weiß um meine Gesundheit. Wenn es wirklich nur darum ginge, ein schreiendes Kind zu hüten, hätte er für diese Aufgabe sicher keinen Herzkranken empfohlen. Zudem gibt es sicher auch in Karlsruhe Ammen.«

»Ich traue ihm nicht. Ich habe ihm nie getraut. Nicht nach dem, was damals geschah.«

»Er ist kein schlechter Mensch.«

Jacob lachte gehässig. »Das war sicher auch Schillers letzter Gedanke, als er das Gift seines Freundes trank und starb.«*

»Du kennst seine Motive«, widersprach ich, doch mir war klar, wie schal das klang. Ein Mord blieb ein Mord, auch wenn man ihn verübte, um die Welt zu retten.

»Seine Motive! Ha! Welche Motive leiteten ihn, als er dich hierher entsandte?«

»Er hat immerhin einiges gutzumachen.«

Jacob schlug mit der Faust auf die Kommode, so heftig, daß das Waschwasser aus der Schüssel schwappte. »Nicht er«, rief er aus, »nicht der ›große Dichter‹. Goethe rechtfertigt sich nur vor sich selbst, und wenn er etwas gutzumachen hat, dann nur an seinem schlechten Gewissen.«

Ich zuckte die Achseln. »Mag er sein Gewissen beruhigen, was kümmert's mich? Es ist zu meinem Besten.«

»Das muß sich erst noch erweisen.« Er seufzte, nun ein wenig ruhiger. »Wenn du so lange abwarten willst, bitteschön. Ich habe einen Posten auszufüllen. Ich muß zurück nach Kassel.«

»Und die Märchenfrau?«

»Können wir morgen früh aufsuchen. Spätestens übermorgen reise ich ab.«

Ein kurzes Schweigen trat ein. Da fiel mir plötzlich etwas auf.

»Hörst du das?« fragte ich.

Jacob lauschte. Dann nickte er und sprang vom Bett. »Was ist das?«

Wir eilten zum Fenster, denn das Geräusch kam von außerhalb des Schlosses. Geschwind zogen wir die Riegel beiseite und klappten das Fenster auf. Schnee wehte aus der Dunkelheit ins Zimmer.

Es war ein klagender, lang anhaltender Laut, der auf und ab schwoll und niemals abbrach. Er drang aus dem offenen Fenster eines Wohnhauses auf der anderen Seite der Straße, die an den

---

* Nachzulesen in: Kai Meyer, *Die Geisterseher* (Anm. d. Verlages)

vorderen Schloßgarten grenzte. Alle übrigen Scheiben des Häuserblocks waren geschlossen.

Kerzenschein warf den gebeugten Schatten einer Gestalt gegen die Rückwand des einsamen Zimmers. Mehr war durch das Schneegestöber nicht zu erkennen.

»Ein Scherenschleifer«, vermutete Jacob. Es klang in der Tat, als reibe ein Schleifstein über Metall. Immer und immer und immer fort.

Ich verriegelte das Fenster. Es war zwecklos. Nun, da ich einmal auf das furchtbare Kreischen aufmerksam geworden war, ließ es sich nicht mehr aussperren. Wie eine Klinge schnitt es durch Holz und Glas und fand seinen Weg in mein Ohr. Es würden unruhige Tage werden.

Nachdem Jacob sich in sein Zimmer zurückgezogen hatte, packte ich meine Tasche aus.

Auf ihrem Grund lag ein Kranz aus getrockneten Blumen.

3

»Du siehst schlecht aus«, sagte Jacob nach dem Frühstück.

»Ich hab kein Auge zugetan«, entgegnete ich und blickte in den Spiegel neben meinem Bett.

»Wegen des Scherenschleifers? Ich hab ihn gehört, bis ich einschlief.«

»Er hat keine Minute Ruhe gegeben. Horch nur, da ist das Geräusch noch immer!«

Das schrille Schleifen ertönte ungebrochen jenseits des Fensters. Eigenartig, daß sich im Schloß niemand daran störte.

Wir zogen unsere Mäntel über und wagten uns ins Freie. Die Wachposten am Tor rührten sich nicht, als wir an ihnen vorübergingen. Jacob befragte einen von ihnen nach der Gasse, die Brentano uns genannt hatte. Dort sollte die alte Märchenfrau zu Hause sein. Der Wächter beschrieb uns den Weg und blickte dabei stur geradeaus. Ich habe nie begriffen, welchen Zweck diese soldatische Leichenstarre hat.

Wir stapften durch den hohen Schnee und schützten uns dabei so gut es ging vor den eisigen Winden. Sie drangen einem durch Mark und Bein. Die Sonne war hinter grauen Winterwolken verborgen, tintiges Dämmerlicht erfüllte die Straßen. Dickvermummte Männer und Frauen kämpften sich durch die Schneewehen und hielten ihre Wege so kurz wie möglich. Keiner, der es nicht mußte, ging bei solchem Wetter auf die Straße. Rußiger Qualm aus den Kaminen dräute über den Dächern.

Im Südosten der Stadt gab es ein Viertel, dessen dörflicher Charakter nicht von schnurgeraden Hauptstraßen und klotzigen Beamtenhäusern zerstört worden war. Hier fühlte ich mich gleich viel wohler, denn es gab Gassen und enge Wege, die trotz ihrer Kargheit Gemütlichkeit verhießen. Die Schatten unter den vorspringenden Walmdächern waren wie die Falten im Gesicht eines Greises, sie sprachen von Vergangenem und der Vielfalt des Lebens. Nur hier konnte die Märchenfrau, die wir suchten, zu Hause sein.

»He, du!« rief Jacob einen ärmlichen Jungen an, der munter im Schnee spielte. »Kennst du eine alte Frau, die Märchen erzählt? Ihr Name ist –«

»Die alte Runhild«, rief der Kleine. Sogleich sprang er auf und führte uns geschwind um eine Ecke, eine schmale Gasse entlang und zwischen windschiefen Fachwerkwänden in einen engen Hof. Dort stand ein schmales Häuschen, kaum vier Schritte breit, zwei Stockwerke hoch, gekrönt von einem spitzen Giebel. Aus dem Kamin stieg Rauch, und es roch nach heißem Wachs. Neben der Tür hing eine Öllampe, die munter flackerte, als solle sie selbst am Tage die Leute an diese Schwelle führen.

Der Junge deutete auf das Haus, und Jacob drückte ihm eine

Münze in die Hand. Ohne ein Wort fuhr der Kleine herum und rannte davon.

Wir traten an den niedrigen Eingang und pochten. Niemand antwortete, doch die Tür war nur angelehnt. Beim zweiten Klopfen schwang sie von selbst nach innen.

»Frau Runhild!« rief ich in die dunkle Stube, denn so hatte auch Brentano sie genannt. »Frau Runhild, sind Sie daheim?«

Hinter uns, draußen auf dem Hof, knirschte ein Scharnier. Ich schaute mich um und entdeckte das Gesicht eines alten Mannes, der aus dem Fenster eines Nachbarhauses zu uns herabstarrte. Sein Blick war düster und sorgenvoll. Als er bemerkte, daß ich ihn entdeckt hatte, warf er geschwind das Fenster zu.

Jacob trat ins Haus. »Frau Runhild?«

Das untere Geschoß des Hauses bestand aus nur einem Raum und wurde von einem mächtigen Spinnrad beherrscht. Links und rechts an den Wänden standen Schränke und Regale mit allerlei Töpfen und Tiegeln. Auch hier hing der Geruch von Wachs in der Luft. Das einzige Fenster war mit faserigem Stoff verhängt. Eine einsame Kerze warf fahles Halblicht in das enge Zimmer. Im hinteren Teil der Stube führte eine schmale Holztreppe nach oben.

Wir blickten uns unschlüssig an, dann drangen wir tiefer ins Heim der Alten vor.

»Sie ist nicht zu Hause«, raunte ich Jacob ins Ohr.

»Warum flüsterst du dann?«

»Laß uns umkehren.«

Seine Stirn legte sich in Falten. »Glaubst du, ich habe den Weg nach Karlsruhe für nichts gemacht?«

»Wir können später zurückkommen. Vielleicht ist sie beim Bauer oder beim Fleischer oder weiß der Teufel wo.«

Mein Bruder schüttelte den Kopf. »Egal, was geschieht, ich muß morgen nach Hause fahren. Heute ist die einzige Möglichkeit, sie zu treffen. Abgesehen davon glaube ich, daß sie sehr wohl daheim ist. Hör doch!«

Aus der Luke zum ersten Stock war ein leises Knarren erklungen. Jetzt noch einmal! Es wiederholte sich im Rhythmus mehrerer Herzschläge. »Frau Runhild, dürfen wir eintreten?« rief ich. Keine Antwort.

Wir durchquerten den schmalen Raum, umrundeten das Spinnrad und blickten die Treppe hinauf. Oben war es düster. So stiegen wir gemeinsam – ich zögernd, Jacob voller Neugier – die leise ächzenden Stufen empor. Jacob ging voran. Auf halber Höhe blieb er stehen und wandte sich zu mir um.

»Das Ganze wirkt recht verheißungsvoll, oder?« sagte er schmunzelnd.

»Ich weiß nicht. Wir sollten – Jacob!« Mein Schrei ließ ihn herumwirbeln. Alarmiert blickte er hinauf ins Dunkel der Luke – und sah ebenso wie ich, wie etwas auf seinen Kopf zuschoß, direkt aus der Dunkelheit. Zwei Augen blitzten auf. Dann zuckte es zurück. Wieder das knarrende Geräusch.

Ich war bereits herumgetaumelt und wollte die Stufen hinabspringen, doch Jacob hielt mich lachend zurück. »Bleib hier, du Hasenfuß. Was glaubst du, was das war? Ein Drache? Wilhelm, Wilhelm …«

Verwundert sah ich erst ihn, dann die schwarze Öffnung an. Da war es erneut, und es war zweifellos ein Schädel, der aus den Schatten ins Licht drängte. Der Schädel eines Schaukelpferdes. Er zuckte vor und zurück, immer wieder.

Beschämt zwang ich mich zu einem Lächeln.

Eine brüchige Stimme sagte: »Ich hoffe, ich habe euch erschreckt, meine Kinder, denn eben das war meine Absicht.« Dem folgte ein krähenhaftes Kichern. »Hat eure Mutter euch nicht gelehrt, daß man nicht so einfach in fremder Leute Häuser eindringt?«

Ich entsann mich der Moral eines unserer Märchen, in dem sich zwei Geschwister zu nahe ans Haus einer Hexe wagten. Die Alte hatte recht. Gerade wir hätten es wissen müssen.

Wir stiegen die letzten Stufen hinauf, darauf bedacht, dem vorstoßenden Schädel des Schaukelpferdes auszuweichen. Es stand gleich neben der Luke im Dunkeln, ein geschnitztes, häßliches Ding mit funkelnden Augen aus Glas.

Im Sattel saß ein altes Weib, Runhild, die Märchenfrau. Kein Zweifel, sie war es, die wir suchten.

»Oha!« rief sie lachend aus. »Ihr seid mir ja recht große Kinder, wenn ich euch so beschaue.«

Wir stellten uns vor, konnten ihr aber nicht die Hand schütteln, denn ihre Finger waren in die Mähne des Pferdes verkrallt. Auch jetzt machte sie keinerlei Anstalten, mit dem Schaukeln aufzuhören. Vor und zurück wippte das Pferdchen, vor und zurück. Das trübe Kerzenlicht, das von unten durch die Luke fiel, verlieh den Zügen der Alten etwas Gespenstisches.

»Ich deute den Menschen die Zukunft«, sagte sie, »das ist meine Berufung. Sie alle wollen ihr eigenes Märchen hören, ganz gleich, ob groß oder klein.«

Jacob bat sie, uns einige ihrer Geschichten zu erzählen, von denen wir durch Brentano gehört hatten (mochte der Leibhaftige wissen, wie er an diese Alte geraten war). Mein Bruder erklärte auch, daß wir ihre Märchen mitschreiben und später veröffentlichen wollten. Erstaunlicherweise begriff sie sofort, um was es ging, und erklärte sich gegen geringe Entlohnung einverstanden. Jacob bezahlte sofort.

Kurz darauf saß sie an ihrem Spinnrad im Erdgeschoß und begann, es mit flinken Fingern zu bedienen. Wir kauerten auf zwei winzigen Schemeln, die wohl eher für die Kinder gefertigt waren, die sonst ihre Gäste waren. Im Licht der Kerze vermochte ich Runhild erstmals in genaueren Augenschein zu nehmen. Sie trug Kleid und Schürze, und auf ihrem Kopf saß eine Haube, die ihr Haar verbarg. Sie war so alt, daß ich mir eine verläßliche Schätzung nicht zutrauen mochte. Sicherlich war sie über Achtzig.

Bevor wir Platz genommen hatten, hatte sie ein paar Holzspäne in den Ofen gesteckt, so daß uns nun wohlige Wärme umhüllte. Ich fragte mich, was sie in den Hunderten von Schalen und Töpfchen aufbewahrte, die in den Schränken aufgereiht waren, fand aber keine Antwort darauf.

»Es war einst ein König, der hatte eine Tochter«, begann sie und sponn dabei ihr Garn. »Als die Prinzessin groß genug war, um eigene Gedanken zu fassen, da fragte sie den König: ›Vater, sag mir, warum ist unser Reich kleiner als das des Königs im Norden?‹ Da antwortete der Vater: ›Weil der Waldriese von unserem abgebissen hat.‹ Die Prinzessin gab sich eine Weile zufrieden, dann fragte sie: ›Aber, Vater, warum sind unsere Türme nicht so hoch wie die der Königsburg im Süden?‹ Ihr Vater erwiderte: ›Weil der Waldriese die unseren umgeblasen hat.‹ Einige Wochen vergingen, dann wollte die Prinzessin wissen: ›Vater, warum tragen unsere Bäume nicht so schöne Äpfel wie die der Bauern im Osten?‹ Und der König antwortete geduldig: ›Weil der Waldriese unter unseren geschlafen hat.‹

Lange Zeit schwieg die Prinzessin, bis sie eines Tages sah, daß die Händler auf dem Burghof ihre Stände abbrachen und zum Tor hinauszogen. Da fragte sie den König: ›Sag mir, Vater, warum verlassen uns diese Händler und ziehen gen Westen?‹ Der Vater dachte einen Augenblick nach, dann sagte er: ›Im Westen wohnt der Waldriese, und er hat ihnen allen Reichtum und Glück versprochen.‹ – ›Dann sollten auch wir zu ihm gehen‹, schlug die Prinzessin vor, doch ihr Vater wurde wütend und schickte sie davon. Der Gedanke an die Geschenke des Riesen aber ließ ihr keine Ruhe, und so sprang sie in der Nacht vom Turmfenster in den Burggraben und schwamm eilig an Land. Auf diese Weise nämlich mußte sie nicht an den Wachen vorüber, die sie sicher nicht fortgelassen hätten. Die Prinzessin zog sich die Böschung hinauf und lief, so schnell ihre zarten Füße sie trugen, in den westlichen Wald hinein. ›Riese!‹ rief sie, während sie durchs Unterholz irrte. Und immer wieder: ›Wo bist du, Riese?‹ Doch sie erhielt keine Antwort.

Die Prinzessin suchte weiter, und dabei stieß sie immer tiefer in die Wälder vor, ohne eine Spur des Giganten zu finden. Als schließlich der Morgen dämmerte, gab sie ihre Suche schweren Herzens auf. Nun wollte sie zurück zum Schloß ihres Vaters, doch sie hatte sich verirrt und brauchte fast den ganzen Tag, ehe sie wieder zum Waldrand fand. Erleichtert, mit wirrem Haar und schmutzigem Kleidchen, lief sie zur Zugbrücke und rief zum Wachmann hinauf: ›Laßt mich ein, guter Mann, ich bin die Prinzessin.‹ Der Wachmann musterte sie mißtrauisch, dann lachte er. ›Du willst die Prinzessin sein? Nichts als ein Bettelweib bist du. Schau dich doch an!‹ – ›Aber ich bin es wirklich. Erkennst du mich denn nicht?‹ fragte sie verzweifelt. Der Wächter aber schüttelte nur den Kopf. ›Unsere Prinzessin«, so sagte er stolz, ›wird von Tag zu Tag schöner. Du aber siehst so aus, wie unsere Prinzessin gestern aussah. Du kannst also nicht sie sein.‹ Und damit schickte er sie fort, mit der Drohung, wenn sie je wiederkäme, würde er sie im Graben ertränken.

Die unglückliche Königstochter verstand plötzlich, daß ihr Vater sie auf die Probe gestellt hatte. Er hatte ihr vom reichen Waldriesen erzählt, um herauszufinden, ob sie der Versuchung widerstehen würde – denn nur dann war sie ihm eine würdige Nachfolgerin auf seinem Thron. Sie aber war ihrer Gier gefolgt und hatte dem Schloß den Rücken gekehrt.«

Die alte Märchenfrau verstummte und fädelte an ihrem Spinnrad.

Jacob, der fleißig mitgeschrieben hatte, besah sich im Zwielicht seine Notizen. »Ein feines Märchen, fürwahr.«

Ich stimmte zu, in der Hoffnung, der Alten noch weitere Geschichten zu entlocken. »Prächtig, prächtig, in der Tat.«

Runhild blickte auf und lächelte milde. »Aber ich bin noch nicht am Ende«, schnarrte sie. »Ihr Jungen seid immer so ungeduldig.«

»Verzeiht«, bat ich kleinlaut, während Jacob wieder die Feder ansetzte.

Die Alte fuhr fort: »Die Prinzessin streifte lange Zeit durch die Welt, immer auf der Suche nach Glück und Wohlstand, denn trotz der Lehre, die sie erfahren hatte, mochte sie vom Reichtum nicht lassen. Und je länger sie arm durch die Straßen irrte, desto übermächtiger wurde ihr Wunsch, wieder Gold zu besitzen und Pferde und Wiesen und Wälder und Schlösser. Finster waren ihre Gedanken, und wenngleich ihr die Schönheit erhalten blieb, so wurde sie doch innerlich häßlich und böse.

Auf ihren Wegen lernte sie zwei Brüder kennen. Beide waren schlaue Köpfe mit großer, gelehrter Zukunft, doch als sie die Prinzessin erblickten, da verwirrten sich ihre Gedanken, und all ihr Streben galt fortan dem Ziel, das schöne Mädchen zu freien. So sagte der eine zum anderen: ›Was willst du mit ihr? Sie wird dich ins Unglück stürzen.‹ – ›Mir ist sie gleichgültig‹, schwindelte der andere, ›doch was ist mit dir? Willst du dein Glück für sie aufs Spiel setzen?‹ – ›Ich will nichts von ihr‹, behauptete der erste, und so ging es immerzu, Tag für Tag, und keiner wollte zugeben, daß er im geheimen längst alles tat, um die Prinzessin für sich zu gewinnen.

Jene aber war in ihrer üblen Art nur zu glücklich über das verzweifelte Tun der Brüder, denn obgleich einer allein ihr zu minder war, glaubte sie doch, mit beiden gemeinsam eine gute Partie zu machen. Wie aber sollte ihr das gelingen?

Schließlich tat sie, als gewähre sie jedem der beiden ihre Liebe, freilich ohne daß der andere davon wußte. Sie ließ sich große Geschenke machen, erst süße Leckereien, dann Kleider und schließlich Gold und Edelsteine. Obwohl jeder für sich nicht genug besaß, um sich reich zu nennen, so waren sie doch zusammen durchaus vermögend und willig, mit der Liebsten zu teilen.

Die Prinzessin saugte jeden Kreuzer aus ihren Taschen, und als kein Geld mehr da war, da verschlang sie auch ihre Sanftmut und schließlich das Leben der beiden. Das war keineswegs schwer, denn nachdem sie der Brüder überdrüssig geworden war, gestand sie jedem ihre Liebe zum andern. Daraufhin trafen sich die beiden und hieben so lange mit ihren Säbeln aufeinander ein, bis nur noch Stücke im grünen Wiesengrund lagen. Die sammelte die Prinzessin auf, legte sie in einen Korb und stellte ihn an den Waldrand. Und, siehe da, nur wenig später kam der Waldriese zum Vorschein, den sie als Kind vergeblich gesucht hatte, und nahm die Überreste der unglücklichen Brüder an sich. Riesen, müßt ihr wissen, haben auch riesigen Hunger, und dieser hier war keine Ausnahme. Die Brüder waren ihm rechte Leckerbissen, und er verspeiste sie an Ort und Stelle. Die Prinzessin, die all das im verborgenen beobachtet hatte, sprang aus ihrem Versteck, und alles kam, wie sie es geplant hatte. Der Riese entdeckte sie, schloß sie in sein Herz und machte sie zu seiner Frau. Es dauerte nicht lange, da hatte sie alle Macht über ihn gewonnen und stachelte ihn auf, gegen die Burg ihres Vaters zu ziehen. Der Riese, eigentlich ein zahmer Tölpel, tat, was sie verlangte. Er ertränkte die Wächter im Graben, fraß den König und schenkte seiner Braut den Thron. Jene aber, endlich ans Ziel ihrer Wünsche gelangt, ließ zwei kleine Grabsteine am Waldrand errichten, für jeden der Brüder einen. Und immer, wenn sie vom Turm auf sie herabsah, da lachte sie und dankte Gott für die Torheit dieser Narren.«

Noch lange nachdem die Alte geendet hatte, herrschte Schweigen. Nur das Surren des Spinnrads war zu hören. Jacob war kreidebleich geworden. Während der letzten Minuten hatten seine Finger sich geweigert, weiterzuschreiben, und so war das Ende der Geschichte, zumindest auf dem Papier, offengeblieben.

Auch ich saß wie versteinert da. Ich fragte mich, ob all das wirklich Zufall war: die Prinzessin, die beiden Brüder, der unglückliche Ausgang. Vor allen Dingen aber beschäftigte mich plötzlich eine andere Frage: Hatte auch Jacob einen Blumenkranz in seinem Gepäck gefunden?

Er fand als erster seine Stimme wieder. »Haben sich diese beiden Brüder nicht sehr dumm verhalten?« fragte er die Alte.

Runhild lächelte milde, während ihr die Fäden durch die Finger huschten. »Fünf Fragen und fünf Teufel gibt es, welche die Menschen regieren. Nur sie tragen die Schuld an allem – auch am Schicksal der Brüder. Wenn nicht die Teufel, dann die Fragen, oder umgekehrt.«

Wie hätten wir damals bereits begreifen können, wovon sie sprach?

»Wie meinen Sie das?« fragte ich mit erstickter Stimme. Es ist nur ein Märchen, versicherte ich mir. Aber gab es das: *nur* ein Märchen?

»Karlsruhe ist eine merkwürdige Stadt«, entgegnete die Alte »Es wird viel über sie gemunkelt, über die Stadt und ihre Gründer. Viel Rätselhaftes geschieht hier.«

Obgleich mir nicht klar war, was dies mit der Geschichte der Brüder zu tun hatte, wagte ich nicht, sie zu unterbrechen. In den Worten alter Menschen liegt trotz aller Wirrnis oft eine tiefere Weisheit. Auch Jacob wußte das und schwieg.

»Habt ihr die hölzerne Pyramide auf dem Marktplatz gesehen?« fragte die Alte. Wir schüttelten die Köpfe. »Sie wurde über dem Grab des Markgrafen Carl Wilhelm errichtet, jenes Mannes, der Karlsruhe vor einem Jahrhundert gründete. Scheint euch eine Pyramide als Grabstein nicht höchst ungewöhnlich, gerade in unseren Breiten? Niemand weiß, was sie wirklich bedeutet. Es gab ein paar kümmerliche Erklärungen der Obrigkeit, nichtssagendes Geschwafel – aber die Wahrheit, die kennt keiner, nämlich das geheime Erbe, das in dieser Stadt gepflegt wird. Wer aufmerksam durch die Straßen geht, bemerkt an vielen Stellen Obelisken und seltsame Säulen. Das Wappentier der Stadt ist der mythische Greif, und wenn ihr euch den Plan der Stadt genauer betrachtet, so werdet ihr entdecken, daß ihr Aufbau Kreis und Dreieck darstellt. Der achteckige Bleiturm des Schlosses, in dem Carl Wilhelm einst seine hundertsechzig Kurtisanen hielt, bildet den Mittelpunkt eines Runds aus Bauten und Gartenwegen. Zugleich ist er die obere Spitze des Straßendreiecks, das im rechten Winkel von ihm fortläuft.«

Plötzlich war mir, als spräche nicht mehr die Märchenfrau. Ihr Tonfall war anders, sogar die Art, wie sie Sätze baute – ganz zu schweigen vom Inhalt ihres Vortrags. Hätte ich es nicht mit eigenen Ohren vernommen, ich hätte nicht glauben mögen, daß die Worte dem Mund einer solchen Greisin entstammten.

Die Alte fuhr fort: »Kreis und Dreieck, das sind Zirkel und Winkelmaß. Sie versinnbildlichen das Weibliche und das Männliche in der Natur, Ursymbole, die unser aller Dasein bestimmen. Diese Stadt ist ein geheimes Denkmal. Sie ist der Altar uralten Denkens, im Guten wie im Schlechten. Was immer hier geschieht oder noch geschehen mag, liegt außerhalb der Gesetze des Schicksals. Hier sind andere Mächte am Werk. Deshalb, meine Kinder, gedenkt der fünf Großen Fragen.«

»Welche fünf Fragen?« In Jacobs Augen loderte die Wißbegier.

»Ihr kennt sie längst«, behauptete die Alte. »Sie sind die fünf Spitzen des großen Pentagramms. Gemeinsam bilden sie die Quinta Essentia, die fünfte Wesenheit des Seins. In der Kabbala ist die Fünf das Symbol der zusammengesetzten Kraft.«

Das reichte. Ich sprang vom Schemel und packte Jacob beim Arm. »Laß uns gehen«, verlangte ich grob.

»Warte noch«, entgegnete er, ohne mich anzusehen. »Welches sind diese fünf Großen Fragen, Frau Runhild?«

Die Alte grinste zahnlos. »*Warum* ist die älteste. Ihr folgen *Wie*, *Wer*, *Wo* und *Wann*.«

»Bitte, Jacob!« drängte ich ihn. »Das ist doch sinnlos. Sie ist alt und –«

»Ich mag alt sein, mein Junge«, fiel mir die Frau ins Wort, »aber es ist nicht mein Alter, das zählt. Seid ihr nicht gekommen, um von meinem Wissen zu kosten? Ihr habt sogar dafür bezahlt.«

Jacob schenkte mir einen giftigen Blick. »Das stimmt«, zischte er.

»Wir gehen!« beharrte ich.

»Noch nicht.«

Einen Moment lang starrten wir einander an, beide voller Zorn. Die Alte kicherte. »Nun streiten sie, die Kinder. Denn Kinder, das seid ihr.«

Ich hätte eine passende Antwort auf ihre Unverschämtheit gewußt, zügelte jedoch meine Wut. Es gab wahrlich Wichtigeres, als einen Streit mit ihr zu beginnen. Vielleicht ahnte ich auch im Innersten, daß ich ihr unterlegen war.

Statt dessen richtete ich nun all meinen Ärger auf Jacob. »Wenn du nicht mitkommst, gehe ich ohne dich.«

»Du bist alt genug, um den Weg allein zu finden.«

»Ist das dein Ernst?«

Das keckernde Lachen der Alten wurde lauter, brach dann mit einemmal ab. »Hört schon auf. Habt ihr denn nicht zugehört? Habt ihr nichts aus meiner Geschichte gelernt?«

Beschämt sahen wir uns an und rangen nach Worten. Natürlich hatte sie recht, ganz gleich, wie verrückt sie war.

Sie schüttelte den Kopf. »Ich habe genug geredet. Das Sprechen strengt mich an.« Sie sagt das ohne Müdigkeit, geschweige denn Erschöpfung.

Jacob wollte widersprechen, doch die Alte blieb eisern. »Geht jetzt«, bat sie. »Die Antworten werden euch auch ohne mich finden.«

Wir verabschiedeten uns steif und verließen sie. Draußen auf dem Hof bemerkte ich, daß man uns durch mehrere der umliegenden Fenster beobachtete, daher wartete ich, bis wir die Straße erreichten. Ich wollte das Wort ergreifen, doch Jacob kam mir zuvor.

»Warum, in Gottes Namen, hast du sie nicht aussprechen lassen?« fragte er barsch.

»Du hättest dich sehen sollen! Deine Augen, Jacob. Ich kenne diesen Blick, und er hat uns bisher nichts als Schwierigkeiten eingebracht.«

»Wir sind zu ihr gegangen, um zuzuhören.«

»Wir sammeln Märchen, kein Kräutergartengeschwafel.«

»Ach ja? Vielleicht mangelt es dir nur an Wagemut?«

Entrüstet blieb ich stehen. »Erinnere dich, wohin uns dein Wagemut das letzte Mal geführt hat.«

»Wer wollte denn in die Kutsche dieser Prinzessin steigen?« fragte er aufgebracht. »Du oder ich?«

»Es war ein Märchen, nichts sonst. Wir sind heil in Karlsruhe angekommen, oder?« Fast hätte ich ihn nach dem Blumenkranz gefragt, doch die Vernunft gebot mir, darüber zu schweigen. Es war nicht nötig, unseren Disput um einen weiteren Streitpunkt zu bereichern.

Er schüttelte resigniert den Kopf und ging weiter. Ich folgte ihm.

»Du hast das Ende der Geschichte nicht mitgeschrieben«, bemerkte ich leise.

»Ich hab's im Kopf.«

»Mir geht's genauso.«

Wir erreichten den Rand des verwinkelten Viertels und betraten eine der schnurgeraden Hauptstraßen. Jacobs Blick war starr geradeaus gerichtet.

»Hast du je von diesen Großen Fragen gehört?« fragte er nachdenklich.

»Die Säulen jeder Verständigung und Sprache.«

»Sie hat das anders gemeint.«

»Dann erklär mir, *wie* sie es gemeint hat.«

»Das könnte ich, wenn du sie nicht unterbrochen hättest.«

Ich seufzte. »Fünf Fragen, die die Menschheit regieren ... Das ist lächerlich. Sie ist alt, alte Leute machen sich seltsame Gedanken. Sie suchen nach Begründungen für ihr Scheitern.«

»Fünf Fragen und fünf Teufel, hat sie gesagt. Die fünf Spitzen des Pentagramms.«

»Gesetzt den Fall, ihre Worte hätten Hand und Fuß, woher weiß sie dann soviel darüber?«

»Diese Frage hättest du *ihr* stellen sollen, nicht mir.«

»Sie war müde«, widersprach ich schwach, wohl wissend, daß er es wieder einmal geschafft hatte: Ich verteidigte mich. Jacob war ein Meister darin, anderen die Schuld zuzuweisen. Das mochte daran liegen, daß er redete, wie ein Schachspieler spielte: Er plante jeden Zug im voraus, war in Gedanken meist zwei Schritte weiter. Er war in der Lage, einen Disput zu beenden, ohne ein einziges Argument vorzubringen. Sein Gegner, und das galt ganz besonders für mich, erstickte an den eigenen Antworten.

Es schneite wieder, heftiger noch als am Vortag, und es war kälter geworden. Meine Ohren taten weh, jeder Atemzug schmerzte in der Kehle.

Ein dunkler Umriß brach durch den wirbelnden Schnee. Finster schob er sich uns entgegen. Bei diesem Wetter waren kaum Kutschen unterwegs, diese war die einzige weit und breit. Ihre Räder schnitten tiefe Kerben ins Eis.

Ich wußte, was Jacob dachte. Mir erging es genauso. Die Prinzessin aus dem Märchen. Der Untergang der beiden Brüder.

In der Rückschau mag es töricht erscheinen, und doch kann ich nicht umhin, davon zu berichten. Was wir taten, taten wir aus der Furcht, die das Geschwätz der Alten in uns hervorgerufen hatte.

Wir sahen uns an, zögernd noch – dann rannten wir los. Rannten vor der Kutsche davon.

Die Pferde hatten Mühe im hohen Schnee, die Räder drohten steckenzubleiben. Trotzdem nahm der Kutscher die Verfolgung auf. Von ihm war nicht mehr als eine vage Silhouette zu erkennen. Eine Gestalt in weitem Mantel, die Kapuze tief in die Stirn gezogen. Ich mußte Kalas Gesicht nicht sehen, um den Fakir zu erkennen.

Trotz der langen Stunden am Schreibpult hatten Jacob und ich uns Schnelligkeit und Gewandtheit bewahrt – beides war im

Schnee von geringem Nutzen. Wir mochten uns noch so anstrengen, das widrige Wetter erschwerte unser Entkommen. Der gerade Weg zum Schloß war durch die Kutsche abgeschnitten, so blieb uns nur, in eine Seitenstraße zu fliehen. Dort waren die Schneemassen locker und tief, mit jedem Schritt versank ich bis zur Wade.

Ich weiß nicht, wie es dem Fakir gelang, die Kutsche in Bewegung zu halten. Noch immer rollte sie hinter uns her, nicht langsamer als wir selbst, wiewohl auch nicht schneller. Die Rösser schnaubten und zerrten, und jedesmal wenn ich glaubte, die Räder seien endlich festgefahren, belehrte mich das Trampeln und Knirschen in meinem Rücken eines Besseren. Die Kutsche mußte noch etwa zwanzig Schritte hinter uns sein. Ich erwog, an einer der Türen um Schutz zu bitten, doch in der Zeit, die es gebraucht hätte, uns einzulassen, hätte die Kutsche uns längst erreicht. Kein einziges Mal kam mir der Gedanke, Kala habe gar nichts Übles im Sinn; zu tief saß die Prophezeiung der Alten – so es denn überhaupt eine war.

Obgleich ich eben erst beharrlich gegen ihre Worte gewettert hatte, trieb mich nun die blanke Furcht. Und mit jedem Schritt, jedem Schnauben der Pferde, jedem Klatschen der Peitsche vervielfachte sich meine Angst.

Eine weitere Kreuzung. Wir bogen nach rechts. Nicht ein Mensch auf den Straßen. Laufen! Nur Laufen! Die Kehle trocken, zu Eis erstarrt. Die Augen verklebt vom Schnee. Der Atem auf den Lippen gefroren.

Dann – das Schloß.

Die Gärten, die verschneiten Hecken. Vor uns die Wachen.

In Sicherheit.

Ich sah mich um, blickte noch einmal ins wirbelnde Weiß. Die Kutsche war verschwunden.

Wir eilten an den erstarrten Wachposten vorüber ins Gästehaus. In Decken gehüllt saßen wir schließlich da, immer noch zitternd, nicht allein wegen der Kälte. Durchs Fenster drang das zermürbende Kreischen des Scherenschleifers.

»Warum sind wir fortgelaufen?« Ich schämte mich, ohne zu wissen, wofür. Vielleicht für meine Angst, vielleicht auch für meine Inkonsequenz. Die Saat der Märchenfrau gedieh auch in mir, mochte ich mich noch so sehr gegen die Wahrheit sträuben.

»Du weißt es, und ich weiß es«, erwiderte Jacob bedrückt und starrte hinaus in den Schneesturm. Es mochte kaum drei Uhr sein, und doch verging die Welt im Zwielicht. Allein das Schleifgeräusch übertönte den Aufruhr der Natur.

»Sie waren gut zu uns. Kala hat den Brief gerettet, und Jade …« Ich verstummte. Sinnlos, Dinge auszusprechen, die wir beide längst wußten. Es beruhigte nicht einmal mich selbst.

»Gefällt sie dir?« fragte Jacob. »Ich meine, *sehr*?«

»Wir kennen sie doch nicht einmal.«

»Sprich nicht in der Mehrzahl. Ich habe *dich* gefragt, nicht mich selbst. Könntest du dir vorstellen, sie zu …«

»Heiraten?«

»Ich weiß nicht. Küssen, vielleicht.« Himmel, was waren wir naiv.

Ich sah Jacob entgeistert an. »Du hattest denselben Traum, nicht wahr? Von Jade und dem Blumenkranz.«

Zu meinem Erstaunen verging kaum ein Augenblick, da nickte er. »Du also auch.«

»Hast du … ich meine, hast du die Blumen in deiner Tasche gefunden?«

Zuckte er zusammen? Was ging in ihm vor? Er hatte doch nicht annehmen können, er sei der einzige. Nicht wirklich.

Und was war mit mir? Hatte ich es nicht ebenfalls gehofft? Hatte nicht auch ich mich der Illusion hingegeben, ihr Herz könne mir allein gehören?

Und was sprach eigentlich dagegen? Nur das Märchen eines alten Weibes. Ihr Neid auf die Freuden des Jungseins. Der Haß auf ihre eigene Einsamkeit. Tatsächlich? Herrgott, was geschah mit mir – mit uns?

»Ich muß morgen abreisen, um jeden Preis«, sagte Jacob plötzlich.

»Du willst davonlaufen?«

Er lachte nervös. »So war es von Anfang an geplant.«

»Ja, das war es wohl.« Doch bei mir dachte ich: Wenn er fort ist, dann bin ich allein. War es wirklich das, was ich wollte? Jacob und ich waren stets unzertrennlich gewesen, und nun sollte das ein Ende haben? Ganz gleich, wie die Dinge zwischen uns lagen, es war ein erschreckender Gedanke.

Er sah mir in die Augen. »Wirst du versuchen, sie wiederzusehen?«

Gegen meinen Willen mußte ich lachen. »War nicht eben die beste Gelegenheit dazu?« Dieses Gespräch führte ins Nirgendwo, so ging es nicht weiter. »Laß uns zu Dalberg gehen«, sagte ich. »Er soll endlich mit der Wahrheit herausrücken.«

Jacobs Blick belebte sich. Neugier war stets das beste Mittel gegen seine Gemütsschwankungen. Er sprang auf und warf seine Decke ab. »Ich will nur die nassen Sachen ablegen«, sagte er und eilte hinüber in sein eigenes Zimmer.

Wenig später standen wir vor der Tür zu Dalbergs Empfangssaal. Bernard, der Sekretär, öffnete. »Oh«, meinte er erstaunt, »Sie sind's.«

»Wir sollten uns heute beim Herrn Minister melden.«

Der Sekretär, ein pausbackiger Kerl in grünem Frack und Rüschenhemd, wand sich in verlegenen Zuckungen. »Herzog von Dalberg erbittet Ihre Vergebung, meine Herren, aber er hat die Stadt für wenige Tage verlassen müssen. Dringliche Geschäfte, nicht voraussehbar, machten dies nötig. Er bat mich, Sie um zwei weitere Tage Geduld zu bitten, bei voller Kost, Logis und Bezahlung, versteht sich.«

»Dies scheint mir ein reichlich ungehöriges Verhalten, mein

Herr«, meinte Jacob ohne falschen Respekt. »Wie kann der Minister meinen Bruder einladen und ihm Versprechungen machen, um sich dann auf dringlichere Geschäfte zu berufen?«

Der Sekretär, dem all das recht peinlich zu sein schien, zog den Kopf zwischen die Schultern, die Bewegung einer Schildkröte, die sich in ihrem Panzer versteckt. »Ich erflehe Ihre Verzeihung. Aber glauben Sie mir, der Herr Minister ist vollkommen unabkömmlich. Staatsgeschäfte, Sie wissen schon ...«

»Nichts weiß ich«, entgegnete Jacob frech. Sein grober Ton war angebracht, wenn auch zweifellos gewagt. Ich selbst hielt mich wohlweislich zurück; nach wie vor mochte Dalberg mein künftiger Dienstherr sein.

Ein Funken Ärger glühte in den Augen des Sekretärs auf. »Ich kann nur wiederholen, was ich bereits sagte. Herzog von Dalberg ist in zwei Tagen wieder da, und ich bin sicher, er wird sich sogleich um Ihre Belange kümmern. Guten Tag, meine Herren.«

Damit schloß er die Tür vor unserer Nase. Wir standen da wie zurechtgewiesene Schulkinder. Jacob, feuerrot im Gesicht, hob die Faust, um erneut anzuklopfen, doch ich hielt seine Hand zurück. »Laß ihn, er kann nichts dafür.«

Jacob schnaubte verächtlich. »Dieser Emporkömmling!«

»Dalberg trägt die Schuld, nicht er«, sagte ich ohne rechte Überzeugung. Letztlich war es gleich, wer die Entscheidung getroffen hatte.

Wir beschlossen, einen Rundgang durchs Schloß zu machen, wobei ich Jacob überzeugen wollte, noch zwei Tage länger an meiner Seite zu bleiben. So konnten wir gemeinsam den Heimweg antreten, falls sich die Sache zerschlagen würde. Um ehrlich zu sein, begann ich mehr und mehr darauf zu hoffen. Dieses Schloß, diese Stadt, sie waren keine Orte für mich.

Wir hatten kaum zwei Dutzend Schritte getan, da blieb Jacob unvermittelt stehen und sprach einen Diener an, der mit Bettwäsche im Arm den Flur entlangeilte. »Verzeihung.«

Der Mann blieb stehen. »Womit kann ich dienen?«

»Sagen Sie«, bat Jacob, »wer entbindet hier im Schloß die Kinder?«

Der Diener verbarg seine Verwunderung. »Die Gesindekinder oder jene der Herrschaft?«

»Die Kinder der Großherzogin.«

»Doktor Hadrian«, kam nach kurzem Zögern die Antwort.

»*Der* Doktor Hadrian?«

»Allerdings. Er gilt als einer der besten im Land.«

»Natürlich.« Jacob dankte ihm, dann setzten wir unseren Weg fort.

»Was hast du vor?« fragte ich leise, als der Diener außer Hörweite war.

»Ich bin der Ansicht, wir sollten die Dinge ein wenig beschleunigen. Wenn jedermann meint, er müsse geheimnisvoll tun, werden wir eben selbst ein wenig Licht in die Angelegenheit bringen.«

»Du willst diesen Doktor Hadrian aufsuchen?«

»Warum nicht?«

»Dalberg könnte es erfahren.«

»Mir scheint, er hat andere Sorgen.«

»Man wird uns beide hinauswerfen.«

Er schüttelte energisch den Kopf. »Keineswegs. Wollte der Minister uns nicht in alles einweihen? Und hat er uns nicht selbst bereits einen Teil offenbart? Das scheint mir doch dafür zu sprechen, daß er uns früher oder später ins Vertrauen ziehen wird. Ich will die Sache nur ein wenig beschleunigen.«

Ich schöpfte neue Hoffnung. »Dann reist du nicht ab, ehe alles entschieden ist?«

Jacob lächelte. »Wohl kaum, kleiner Bruder. Wohl kaum.«

4

Der Schneesturm hatte seine Gewalt inzwischen noch gesteigert und trieb selbst den Wagemutigsten zurück in die Wärme des Schlosses. Die Diener hatten die Türen zum Park verriegelt, und es kostete einiges Redegeschick, einen von ihnen zu überzeugen, uns ins Freie zu lassen. Ungläubig starrte er uns hinterher, als wir uns dickvermummt gegen das peitschende Schneetreiben stemmten. Die Sicht reichte nicht weiter als fünf Schritte, alles, was dahinter lag, verschmolz mit dem wirbelnden Weiß. Es gelang mir kaum, die Augen aufzuhalten, und jedes gesprochene Wort war zwecklos, der Sturm riß es ungehört von den Lippen.

Doktor Hadrian, so hatten wir in Erfahrung gebracht, genoß ein besonderes Privileg: Sein Haus lag im Nordosten des Schloßparks, am Rande jenes Wegezirkels, von dem die alte Frau gesprochen hatte, unweit der Obstgärten und der Fasanerie des Großherzogs. Die weiten Wiesen, die ans Schloß grenzten und weithin sichtbar von der achteckigen Säule des Bleiturms überragt wurden, gingen nach hundert Schritten ins Dickicht kahler Bäume über. Die Gärtner hatten einen Teil des Waldes, der sich jenseits der Anlage erstreckte, ins Rund des Schloßparks einbezogen und mit einem Netz von Wegen durchrodet. Einem von ihnen folgten wir, in der ungewissen Hoffnung, den richtigen gewählt zu haben.

Kurz darauf standen wir vor dem Haus des berühmten Arztes. Es überschaute eine kleine Lichtung, war zweigeschossig und von einem Ring mächtiger Eiben umwachsen. Merkwürdig, dachte ich: Weshalb umgab sich ein Doktor, der berühmt war für die hohe Zahl seiner geglückten Entbindungen, ausgerechnet mit jenen Bäumen, deren Früchte in der Volksmedizin zur Abtreibung dienten?

Hinter keinem der Sprossenfenster an der Vorderseite des Hauses brannte Licht. Gut möglich, daß das Arbeitszimmer des

Doktors nach hinten auf die Wälder hinausging. Man hatte uns erklärt, daß Hadrian das Anwesen allein bewohnte. Sein einziges Dienstmädchen war guter Hoffnung und sollte bald ihr erstes Kind gebären. Der Doktor hatte auf Ersatz verzichtet; nur einmal am Tag kamen Diener vom Schloß herüber, brachten Speisen, putzten und nahmen die wenigen Wünsche des Hausherrn entgegen. Alles in allem sprach man von ihm, als sei er ein rechter Kauz.

Unser Pochen blieb lange ohne Antwort. Endlich, nach Minuten erbärmlichen Frierens und sinkender Zuversicht, flackerte hinter einem Fenster ein Licht auf. Die Haustür wurde einen Spaltbreit geöffnet, und über einer Kerzenflamme blickte uns das Gesicht eines Mannes entgegen. Die Augen des Doktors weiteten sich überrascht, dann beinahe ängstlich.

»Wer sind Sie?« fragte er zaghaft.

Wir stellten uns vor und baten höflichst um Einlaß. Er gewährte uns die Bitte, wenngleich es ihm offensichtlich widerstrebte. Wir traten in eine Eingangshalle, die nur vom Kandelaber in des Doktors Hand erhellt wurde. Der Schein der Kerzen zuckte über dunkelroten Brokat, der einen Großteil der Wände verhüllte. Über einer Treppe, die hinauf in den oberen Stock führte, hingen zahllose Tiergeweihe; ihre verästelten Schatten reichten bis hinauf zur Decke, verzerrten und verschoben sich mit jeder Bewegung, die der Doktor machte.

»Was kann ich für Sie tun?« fragte er und blickte schon wieder zur Tür, die Jacob gerade erst hinter uns geschlossen hatte.

»Wir werden Sie nicht lange belästigen, werter Herr«, versicherte Jacob. »Wir hofften nur, Sie könnten uns mit einer Auskunft weiterhelfen.«

»Einer Auskunft?« fragte er und verzog eine Augenbraue.

Das erste, was an Hadrian auffiel, war seine ungemein lange und spitze Nase, die vom tiefen Lichteinfall noch betont wurde. Sein Mund dagegen war schmal, nur eine Falte unter anderen, die sein Gesicht bedeckten. Ich schätzte ihn auf fünfzig, vielleicht fünfundfünfzig Jahre. Er trug einen Frack, der nur noch zum Hausgebrauch taugte, denn er war abgetragen und längst aus der Mode. Von einem Mann in seiner Position, den die Reichen und Edlen im ganzen Reich zur Geburt ihres Nachwuchses bestellten, hätte man mehr Geschmack erwarten dürfen.

Jacob erklärte ihm, was uns nach Karlsruhe geführt hatte. Ganz offen erwähnte er die Geburt des Herzogskindes und dessen angeblichen Tod.

»Wieso angeblich?« hakte Hadrian nach und musterte Jacob verkniffen. Lauernd fügte er hinzu: »Haben Sie Zweifel daran?«

Jacob ließ alle Höflichkeit fahren. »Natürlich, und Sie wissen, daß es allen Grund dazu gibt. Ich bitte Sie, Herr Doktor, wir alle drei kennen die Wahrheit.«

Hadrians Hand mit dem Kerzenleuchter ruckte vor, erhellte noch einmal Jacobs, dann mein eigenes Gesicht, als wolle er sichergehen, daß er uns wirklich nicht kannte. »Folgen Sie mir«, sagte er dann und führte uns die Treppe hinauf.

Ich nickte Jacob anerkennend zu, obgleich mir keineswegs wohl dabei war. Während wir Hadrian nach oben folgten, bemühte ich mich, einen Blick hinter die Brokatvorhänge an den Wänden zu werfen. Vergeblich.

Er führte uns einen dunklen Flur entlang. Durch den Spalt einer angelehnten Tür fiel Licht. Hadrian schob uns daran vorüber in ein anderes Zimmer.

»Warten Sie hier«, bat er mürrisch. »Ich habe eine Patientin.«

Als hätte es noch einer Bestätigung seiner Worte bedurft, rief im selben Moment auf dem Flur eine weibliche Stimme: »Doktor?«

Hadrian drückte mir den Leuchter in die Hand. »Hier, nehmen Sie und entzünden Sie die übrigen Kerzen im Zimmer. Ich bin gleich bei Ihnen.«

Damit schloß er die Tür und ließ uns allein. Ich fand mehrere

Kerzen und ließ die Flammen überspringen. Wenig später erfüllte flackernde Behaglichkeit den Raum.

Der Anblick des Zimmers war verblüffend. Schmetterlinge bedeckten die Wände; Tausende und Abertausende steckten mit gespreizten Flügeln auf langen Nadeln. Im Abstand von einem Schritt zur Wand verlief rundherum eine Absperrung aus dickem Tau, die wohl verhindern sollte, daß ein unkundiger Besucher eines der empfindlichen Tiere berührte. Die Anwesenheit all dieser Kadaver, mochten es auch nur Insekten sein, erfüllte mich mit Unruhe. Und mehr noch verstörte mich der erste Satz des Doktors, als er schließlich zu uns zurückkehrte:

»Ich habe so viele Mal das Leben geschenkt, daß es mir vergönnt sein muß, auch gelegentlich den Tod zu bringen.« Er sagte das, als sei es die selbstverständlichste Sache der Welt. »Ich möchte Ihnen etwas geben.« Aus dem Fach eines Eichensekretärs zog er einen Papierstapel. Er hob die beiden oberen Blätter ab und reichte sie uns, jedem eines. Es war die gedruckte Zeichnung eines Schmetterlings mit großen weißen Flügeln, deren Muster entfernt an Schneekristalle erinnerten.

»Er fliegt nur im Winter«, erklärte Hadrian und schien unsere Reaktion zu beobachten. »Es ist der einzige, der noch in meiner Sammlung fehlt. Falls Sie einen entdecken sollten, fangen Sie ihn für mich. Ich würde alles dafür geben.«

Etwas stimmte nicht mit ihm. Er mochte den Anschein erwecken, als sei er ein wenig verrückt, doch irgendwie zweifelte ich daran. Vielmehr schien mir, als hätte er Angst. Aber Angst wovor? Sicher nicht vor uns. Und was bezweckte er mit seiner Bemerkung über Schmetterlinge im Winter? Jedes Kind wußte, daß das unmöglich war.

Jacob steckte die Zeichnung mit solcher Gelassenheit ein, als sei es ein leichtes, die Bitte des Doktors zu erfüllen.

»Ich hoffe, wir stören Sie nicht«, sagte er. »Wir konnten nicht ahnen, daß es bei solchem Wetter Patienten hierher verschlägt.«

Wenn er damit unterstellen wollte, die Frau, deren Stimme wir vernommen hatten, sei in Wahrheit aus anderen, vielleicht galanten Gründen im Haus, so verhallte die Anspielung unbemerkt.

Ein vages Lächeln zuckte über Hadrians Züge. »Es ist nur Nanette, meine Dienstmagd. Sie wird in wenigen Wochen ein Kind zur Welt bringen und hat sich mir anvertraut.«

»Ich nahm an, der Preis Ihrer Fürsorge überstiege das Einkommen einer Bediensteten«, bemerkte Jacob.

Hadrian blieb gelassen. »Nanette gehört sozusagen zur Familie. Ich könnte es nicht ertragen, würde sie sich mit ihren Sorgen an einen anderen, womöglich einen Quacksalber wenden. Nein, natürlich bin ich umsonst für sie da.« Das sprach immerhin für ihn als Ehrenmann. »Aber deshalb sind Sie nicht hergekommen«, fügte er hinzu. »Verzeihen Sie, wenn ich Sie zur Eile dränge.«

Er bat uns nicht, Platz zu nehmen, und so standen wir alle drei in der Mitte des Zimmers. Manchmal war mir, als beginne eines der toten Flügelpaare zu schlagen, ganz sachte nur, als stemme es sich gegen die Nadelspitzen. Doch immer wenn ich genauer hinsah, waren die Schwingen so steif und starr wie alle übrigen.

»Wie ich bereits sagte: Es geht um den Sohn des Großherzogs«, erklärte Jacob. »Wir glauben zu wissen, daß er noch lebt. Doch bislang fehlt uns die letzte Bestätigung.«

Hadrians Blick fixierte Jacob. »Was veranlaßt Sie zu der Annahme, ich würde Ihnen eine solche Absurdität bestätigen?« Eine berechtigte Frage, wie ich fand.

»Sie haben uns in Ihrem Haus empfangen und uns in dieses Zimmer gebeten. Mir scheint das Hinweis genug, daß Sie mit uns sprechen wollen.«

»Um Sie von Ihrer bizarren Überzeugung abzubringen. Der Thronfolger des Großherzogs ist tot. Niemand zweifelt daran.«

»Haben Sie selbst den Leichnam untersucht?«

»Ich bringe Kinder zur Welt, nicht unter die Erde«, versetzte der Doktor bissig.

»Dann wissen Sie vom Tod des Kindes nur aus zweiter Hand?« fragte ich erstaunt.

»So ist es.«

»Demnach können Sie nicht sicher sein«, stellte Jacob fest.

Hadrian schüttelte den Kopf. »Meine Herren, ich muß doch bitten. Warum hätte man mich – und die ganze Welt – belügen sollen?«

»Das ist die Frage, die auch uns beschäftigt.«

»Ich fürchte, die Antwort darauf werden Sie anderswo suchen müssen.« Der Doktor blickte zum Fenster. Das Geäst einer Eibe versperrte die Sicht. Immer noch trieb es Schnee gegen die Scheiben. Mittlerweile war es draußen stockdunkel geworden, obgleich es noch immer Nachmittag war.

»Und an wen könnten wir uns wenden?«

»Falls mein Rat Ihnen etwas gilt, so lassen Sie ab von Ihrem Vorhaben. Es wird Ihnen nichts als Unglück bringen.« Zum ersten Mal schien er ehrlich mit uns zu sein.

Noch während er die Worte aussprach, wußte ich, was sie bei Jacob bewirken mußten. Bislang war die Neugier meines Bruders durch Dalbergs merkwürdiges Verhalten geschürt worden, sicher auch durch die Tatsache, wieviel mir der versprochene Posten bedeutete. Jetzt aber war da mit einemmal eine Warnung, ganz deutlich ausgesprochen. Und wir begriffen beide, daß weit mehr hinter dem Rätsel um den toten Thronfolger stecken mußte, als wir bislang vermutet hatten.

Draußen krachte ein Donner.

Es brauchte einen Augenblick, bis mir klar wurde, daß es um diese Jahreszeit kein Gewitter geben konnte. Ebensowenig wie Schmetterlinge.

»Haben Sie das gehört?« fragte Jacob mißtrauisch.

Hadrian war auf einen Schlag kreideweiß geworden. »Das müssen die Jäger des Großherzogs sein. Bei diesem Wetter wagen sich manchmal Wölfe aus den Wäldern bis nahe ans Schloß.«

Mich überzeugte diese Erklärung keineswegs, und auch Jacob war anzusehen, daß er sie schlichtweg für eine Lüge hielt.

Da krachte es zum zweiten Mal. Etwas zerbarst. Eine Tür.

Jacob eilte ans Fenster. »Da bricht jemand in Ihr Haus ein!«

Ich sprang an seine Seite und blickte hinaus in den Schneesturm. Ich sah nichts außer Eiswehen und den Umriß der Eibe.

»Was glauben Sie, wer ...« Ich brach ab, als ich erkannte, daß Hadrian das Zimmer verlassen hatte. Die Tür stand offen, er selbst war verschwunden.

Auf dem Flur herrschte Stille. Keine Schritte.

Wir blickten zögernd hinaus. Das Licht aus dem Zimmer reichte nicht weit, jenseits davon herrschte Dunkelheit. Die andere Tür, die bei unserer Ankunft aufgestanden hatte, war nun geschlossen.

»Laß uns warten, bis er zurückkommt«, flüsterte ich.

»Um nie zu erfahren, was hier vorgeht?« entgegnete Jacob. »Du kannst ja warten, wenn du willst. Ich sehe nach, wohin er gegangen ist.«

Natürlich wußte er, daß ich um keinen Preis allein bleiben würde. Er nahm den Kerzenleuchter und trat an mir vorbei durch die Tür. Der Schein der zuckenden Flammen reichte nur wenige Schritte weit. Verschnörkelte Zierrahmen, kunstvolle Statuen und Möbelstücke schälten sich aus der Finsternis – und immer wieder schwere Brokatvorhänge an den Wänden. Nichts rührte sich. Vor der Tür, aus der zuvor ein Lichtspalt gefallen war, blieben wir stehen und lauschten. Auch dahinter herrschte Schweigen. Ganz langsam drückte Jacob die Klinke herunter.

Der Raum war leer bis auf einen Diwan, einen Tisch und zwei Stühle. Einer davon lag umgestürzt am Boden. Mehrere Kerzen flackerten im Luftzug, der vom Korridor hereinwehte. Nanette, das Dienstmädchen, war fort.

Ein Rascheln! Unten im Erdgeschoß.

Mit bangen Herzen eilten wir leise den Gang hinab zur Treppe.

Neben dem Geländer baumelte eine goldene Zierkordel aus den Schatten der Decke. Sie zitterte, als sei eben erst jemand dagegengestoßen. Vorsichtig umfaßte ich sie mit meiner Rechten. Zog daran.

Wie auf ein stummes Kommando rauschten überall in der Eingangshalle die Brokatvorhänge zur Seite. Die Wände dahinter glichen jenen des Zimmers, in das uns der Doktor geführt hatte: Sie waren über und über mit Schmetterlingen bedeckt. Große und kleine, bunte und blasse Falter, alle mit ausgebreiteten, ausgedörrten Flügeln. Zehntausende. Ein Schmetterlingsmausoleum.

»Was tust du?« zischte Jacob ärgerlich, obgleich auch sein Blick gebannt an der makabren Pracht hing. Ich fragte mich, wo Sammlerleidenschaft endete und der Irrsinn begann.

Etwas bewegte sich im Schatten unterhalb der Treppe. Eine Gestalt lag am Boden. Mit brüchiger Stimme rief sie um Hilfe.

Wir sprangen die Stufen hinunter. Es war Hadrian. Er lag da und hielt sich den Schädel.

»Sie haben mich niedergeschlagen«, keuchte er. »Nanette!«

»Wo ist sie?« fragte ich, während Jacob sich zu dem Doktor hinabbeugte. Er blutete nicht.

»Die Odiyan! Sie haben sie ... entführt!«

»Die *wer*?«

Im gleichen Moment ertönte der Schrei einer Frau. Im hinteren Teil des Hauses klapperte eine Tür. Auf und zu, auf und zu. Ich rannte los, ohne Licht. Wer weiß, ob es etwas geändert hätte. Jacob rief mir hinterher, doch da schrie die Frau ein zweites Mal. Ich bog um eine Ecke, hetzte einen stockdunklen Korridor hinunter, an dessen Ende durch eine Tür rötliches Zwielicht fiel. Ich erreichte sie, ohne nachzudenken, und blickte in eine verlassene Küche. Eisige Kälte blies mir entgegen. Eine Hintertür wurde vom Wind auf und zu geschlagen. Schnee wehte herein. Das Licht rührte von einer Fackel, die draußen durchs Dunkel tanzte. Jemand rannte durch den Schnee.

Ich riß die Tür zur Gänze auf und stürzte hinaus. Meine Beine versanken bis zu den Knien im Schnee. Weiter vorne, jenseits der Eiben erkannte ich die Umrisse mehrerer Gestalten. Pferde schnaubten und wieherten. Einer trug über der Schulter ein lebloses Bündel. Das Dienstmädchen!

Ich zögerte noch. Meine Vernunft gebot mir, innezuhalten. Was mußte ich mich hier mit einer Überzahl von Gegnern anlegen? Gegnern, über die ich nichts wußte, außer, daß sie nicht davor zurückschreckten, eine Schwangere zu verschleppen.

Der Schnee vor mir färbte sich schwarz. Etwas Riesiges verdeckte meine Sicht. Ein Mensch in dunkler Kleidung. Aber seine Schultern, sein Kopf ... Eine gewaltige Deformation, kein Hals, etwas wie ein Buckel. Wo war der Kopf? Dann – Licht. Nur ein Schimmer. Genug, um zu sehen. Zu erkennen.

Es war ein Vogel. Ein Mensch mit einem Vogelschädel, von den Schultern an aufwärts. Eine monströse Eule. Schwarze, glitzernde Augen, ein kurzer, gebogener Schnabel, schmutzigweiße Federn.

Ein Schrei. Vielleicht mein eigener.

Ein Hieb. Schmerzen.

Und dann nur die Dunkelheit der Eulenaugen, die mich tief in ihre Schwärze sogen.

5

Ich schwamm inmitten der Augen, auch dann noch, als ich annahm, ich sei wach. Es gab keinen Übergang aus der Bewußtlosigkeit zurück ins Diesseits, keinen, den ich bemerkte. Ich konnte nichts sehen. Alles, was ich spürte, war Furcht. Um mich war tiefe, war absolute Finsternis. Ich lag mit dem Rücken am Boden, Arme und Beine gespreizt, Hand- und Fußgelenke durch Eisenringe auf kalten Stein geschmiedet. Um meine Hüfte lag ein Stahlband. Es war mir unmöglich, mich zu bewegen, zu fest saßen die Fesseln.

Wenn ich die Finger streckte, ganz zaghaft, stießen ihre Spitzen an Wände. Ich streckte meine Füße, bis mir die Eisenringe ins Fleisch schnitten; auch die Zehen trafen auf Widerstand. Mein Kerker war demnach winzig klein, ich füllte seine *ganze* Fläche aus. Damit ging die Erkenntnis einher, daß ich wirklich erwacht war. Ich schwebte nicht mehr im Nichts wie zuvor. Nur die Schwärze war geblieben. Die Schwärze und die Todesangst.

Ich hatte Visionen von einem Käfig. Ich saß darin, hilflos, während mich durch die Gitter Eulenaugen anstarrten. Ich, der Mensch, saß im Käfig, und die Vögel waren draußen.

Das Bild verflog und die Finsternis kehrte zurück. Ich hoffte, meine Augen würden sich daran gewöhnen, doch selbst nach einer Ewigkeit bemerkte ich keinerlei Besserung. Mir war, als läge ich am tiefsten Meeresgrund, jenseits allen Lichts.

Vielleicht war ich blind! Der Gedanke traf mich wie ein Säbelhieb, ein scharfer, böser Schmerz. Hatte man mir das Augenlicht genommen? Mich geblendet?

Panisch bewegte ich meine Augen. Sie rollten in ihren Höhlen hin und her, wenigstens fühlte es sich so an. Doch Nerven können dem Menschen Streiche spielen. Wie dem Mann ohne Arme, der jeden Finger spürt. Galt das auch für Augen? Würde ich sie noch im Schädel fühlen, wenn sie längst schon fort waren? Ausgestochen? Ausgebrannt?

Ich schrie, so lange und so laut ich nur konnte. Es klang dumpf, ohne jeden Hall, niemand würde mich hören. Trotzdem brüllte ich mir die Seele aus dem Leib.

Erschöpfung ließ mich schließlich verstummen. Aber ich blieb bei Verstand, weil ich mir sagte, ich sei vielleicht doch noch bewußtlos. Es war die einzige Erklärung. Kein Mensch konnte so hilflos sein, es gab immer eine Lösung, immer eine Rettung. Nur nicht im Grab.

Im Grab! Das war der furchtbarste Gedanke von allen. Lebendig begraben. Aber warum dann die Fesseln? Unter der Erde bedarf es keiner Ketten, niemand kehrt von dort zurück. Eine kluge Erkenntnis.

Die Dunkelheit leckte mir übers Gesicht. Ja, da war plötzlich Feuchtigkeit auf meinen Lippen. Eine sanfte Berührung von Nässe. Da, noch einmal! Tropfen. Etwas tropfte auf mich herab.

Es war nicht die Vernunft, die mich mit der Zunge danach tasten ließ. Vielleicht war es der Zwang, irgend etwas zu tun, um zu wissen, daß ich noch lebte. Leben ist Bewegung, ist Tasten, ist Schmecken. Die Zunge hatten sie mir nicht gefesselt. Ein irrer Triumph durchfuhr mich. Ich bin nicht besiegt! schrie es in mir. Nicht besiegt! Ich kann die Zunge bewegen. Kann schmecken.

Der Geschmack war ... würzig. Ein wenig salzig. Und warm.

Ein übler Geruch lag in der Luft, ein regelrechter Gestank. Er machte das Atmen zur Qual, ich bemerkte es erst jetzt. Dieser Gestank ... das war Verwesung, ohne Zweifel. Jeder Mensch weiß, wie Verwesung riecht, doch die wenigsten vermögen den Geruch zu benennen. Er umgibt uns, er durchdringt uns, in Häusern und im Freien, überall und immerzu. Erst wenn wir einmal gesehen haben, wie ein Stück Fleisch verfault, begreifen wir, daß dies der Gestank des Todes ist. Deshalb erschreckt er uns so. Weil wir ihn im Inneren wiedererkennen. Weil wir ihn immer bei uns tragen. Im Leben wie im Tod.

Ja, es roch nach Verwesung. Und etwas tropfte auf mich herab. Wieder schrie ich auf.

Eine zarte Berührung. Etwas fiel mir ins Gesicht. Federleicht blieb es unter meinem rechten Auge haften. Ich verstummte.

Noch mehr Tropfen. Sicher nicht allein auf meinen Lippen. Am Körper verhinderte die Kleidung, daß ich sie spürte. Wahrscheinlich sickerte die Feuchtigkeit schon durch den Stoff.

Der Geschmack war noch immer in meinem Mund. Kein Blut, ganz bestimmt nicht, trotz der Verwesung. Körper nässen, wenn sie zerfallen. Aber es ist nicht Blut, das sie verlieren. Es ist Wasser und –

Wie schmeckt Lymphe?

Wie, bei Gott, schmeckt Lymphe?

Ich riß den Kopf zur Seite und spie hinaus ins Dunkel. Erbrochenes schoß mir den Hals empor. Ich spuckte und schrie – vergeblich. Bittere Galle füllte meinen Mund. Ich bekam keine Luft mehr. Ich erstickte an meinen eigenen Säften. Hustend, den Kopf verdreht, bis die Wirbel knirschten, erbrach ich alles zur Seite. Das Erbrochene rann mir die Wange hinunter.

Lymphe. Allein das Wort. Ich hatte nicht einmal gewußt, daß es in mir steckte. Ganz tief im Innern vergraben. Vielleicht sollten wir uns mehr vor dem fürchten, was sich im eigenen Kopf verbirgt. Nicht vor Gedanken und Begierden, nur vor Worten.

Plötzlich war es Gewißheit. Etwas zerfiel, ganz genau über mir. Etwas, das an der Decke hing wie mein Spiegelbild, vielleicht ebenso angekettet, ebenso ausgeliefert. Wer mochte wissen, wie lange schon. Es hätte ein Tier sein können. Aber Tiere hängen nicht an der Decke zum Sterben. Gewiß, Menschen auch nicht. Aber es gibt andere Menschen, die einen an Böden ketten. Warum nicht auch an die Decke? Sie lassen einen hängen, bis man tot ist – und länger. Bis sie einen anderen genau darunter am Boden fesseln, damit die Reste des ersten auf den zweiten tropfen. Ein Leichenregen aus altem Fleisch. Aus Haut und Wasser – und Lymphe.

Immer dieses Wort. Ich wußte jetzt, wie es schmeckte. Ja, Worte haben einen Geschmack. Genauso wie einen Geruch. Sie sind nicht nur fürs Gehör gemacht. Worte schmecken, Worte riechen, und wenn es nicht so dunkel gewesen wäre, wer weiß, vielleicht hätte ich sie sehen können. Vielleicht war ein Wort in mein Gesicht gefallen ... Ja, ich konnte es doch fühlen. Das Ding unter meinem Auge, so leicht, nur ein Hauch. Ein Wort, da lag es und rutschte nun allmählich die Wange hinunter, seitlich bis zum Ohr. Am Ende findet eben selbst das kleinste Wort Gehör.

Lachte ich? Ich konnte nicht anders. Ich lachte und lachte in einem fort. Ein Wort findet Gehör ... wunderbar! Großartig! Wahrlich zum Schreien! Die Komödie des Sterbens war jene des Lebens. Ich lachte mich glücklich um den Verstand.

Ich hörte etwas. Ein Tropfen. Dann Gelächter.

Und plötzlich – *Licht!*

Gleißend ergoß es sich von hinten über mein Gesicht. Ich konnte nicht sehen, woher es kam. Geblendet kniff ich die Augen zusammen, ganz gleich, wie sehr ich doch sehen wollte. Aber ich war nicht blind. Das Licht war keine Einbildung.

Ganz langsam öffnete ich die Augen. Auf die Wand zu meinen Füßen fiel strahlende Helligkeit. Sie hatte die Form eines Rechtecks. Hinter meinem Kopf hatte sich eine Tür geöffnet.

Ein Umriß schälte sich aus der Helligkeit. Ich verrenkte den Kopf, um nach hinten zu blicken. Es ging nicht. Ich mußte mich vorerst mit dem Schatten des Eintretenden begnügen.

Es war eine Frau mit schlanker Taille. Sie hatte zehn Arme, daran zehn Hände. Sie hielten zehn Waffen, Säbel und Messer.

Kali, die indische Göttin des Todes. Die schwarze Weltherrscherin. Aus ihren Augen rinnt Menschenblut. Schädel baumeln an ihrem Körper. Schlangen winden sich um ihren Hals. Kali, die Zerstörerin.

Der Schatten zerfaserte. Glieder verschmolzen, Leiber verwischten. Mehrere Menschen waren nun um mich. Jemand beugte sich über mich. Langes Haar streifte sanft mein Gesicht. Ein Duft verdrängte den Verwesungsgestank. *Ihr* Duft.

Fast gleichzeitig spürte ich Hebel an den Eisenringen, die mich hielten. Es tat weh, doch dann war ich frei. Die Ringe zersprangen, alle fünf zugleich. Überall um mich war jetzt Bewegung. Schritte und Körper. Weit in der Ferne ertönten Schreie. Schreie von Sterbenden. Diesmal war ich sicher, daß nicht ich es war, der brüllte.

Ich konnte nur an eines denken. Nur an sie. Selbst, während man mich hochhob, sah ich ihr Gesicht vor mir. Das Funkeln der beiden Rubinstecker.

Man trug mich aus dem Kerker in grelles Tageslicht. Ich schloß die Augen. Eine Weile lang glühte die Helligkeit noch rot durch meine Lider, dann wurde alles dunkel. Ich verlor erneut die Besinnung.

Es war wieder dieser Geruch, der mich weckte, stärker noch als in der Kutsche. Statt mich einzuschläfern, bewirkte er nun das Gegenteil. Ich lag flach auf weichem Untergrund. Jemand hielt meinen Kopf, hob ihn sachte an. Ein Krug wurde an meine Lippen gesetzt. Heißer Sud, der mir die Zunge verbrannte. Er floß in meinen Mund und die Kehle hinunter, ohne daß ich viel dazu beitrug.

»Wilhelm«, sagte eine besorgte Stimme. »Wilhelm, wach auf!«

Meine Augenlider flatterten. Es dauerte einen Moment, bis ich sie unter Kontrolle hatte und öffnen konnte.

»Jacob!« entfuhr es mir. Meine Stimme klang entsetzlich.

»Du bist in Sicherheit«, sagte er. Ich sah nun, daß er es war, der meinen Kopf hielt. Mit der anderen Hand streichelte er mir übers Haar. »Die Prinzessin hat dich gerettet.«

»Jade?«

Ein schmaler Finger legte sich sanft auf meine Lippen. Er gehörte keinesfalls Jacob. »Psst«, machte die Prinzessin. Ihr Gesicht schob sich aus dem verschwommenen Farbenchaos vor meine Augen. Nun konnte ich sie deutlicher erkennen. Sie schien mir noch liebreizender als bei unserer ersten Begegnung.

Die heiße Flüssigkeit, die sie mir eingeflößt hatte, schien sich in meinem Magen auszudehnen. Ein starkes Sättigungsgefühl überkam mich, meine Übelkeit schwand, und ich spürte sogar, wie ein Teil meiner Kraft wiederkehrte.

Jade mußte meine Verwunderung bemerkt haben. »Eine Kräutermischung«, sagte sie. »Sie werden bald wieder einschlafen und herrliche Träume haben. Danach wird es Ihnen besser gehen.«

Die Erinnerung an die Tropfen von der Decke überkam mich. Instinktiv fuhr ich mir mit der Zunge über die Lippen, aber der Geschmack war fort. Sie hatten mich entkleidet und gewaschen.

»Wo sind wir?« brachte ich mühsam hervor.

»Nicht weit von dort, wo du die letzten zwanzig Stunden verbracht hast«, erwiderte Jacob. »In einer Hütte im Wald, ganz in der Nähe der Mine, wo sie dich und das Mädchen gefangenhielten.«

Zwanzig Stunden? So lange? Von was für einer Mine sprach er? Das Mädchen! »Wie geht es ihr?«

Jacobs Gesicht, ohnehin kaum mehr als ein verschwommener Fleck, entfernte sich ein Stück. »Sie lebt. Wir haben sie zu Hadrian zurückgebracht. Er kümmert sich um sie. Er sagt, es sei möglich, daß sie das Kind verlieren wird, aber sie selbst wird wieder gesund.«

»Zurück zu Hadrian? Aber er –«

»Zwei von Jades Männern bewachen sein Haus. Er hat ein wenig seltsam dreingeschaut, als zwei Inder mit Säbeln in seine Wohnung traten, aber er hat es wohl akzeptiert.«

»Er kannte diese Wesen.« Meine Stimme wurde mit jedem Wort leiser. Die Farben vor meinen Augen verblaßten. Der Schlaf, den Jade versprochen hatte, eilte mit Riesenschritten herbei.

»Odiyan«, sagte die Prinzessin, »Tiermenschen. Oder vielmehr Männer, die glauben, sie seien Tiere.«

»Ich verstehe nicht.« Nur noch ein Hauch.

»Bald«, wisperte mir die Prinzessin ins Ohr, dann schlief ich ein. Sie hatte recht, auch was die Träume betraf.

* * *

Später erfuhr ich, was geschehen war. Ich war kaum überwältigt worden, als Jade, Kala und fünf Reiter das Haus des Doktors erreichten. Die Odiyan waren, obgleich in der Überzahl, vor der Prinzessin und ihren Getreuen geflohen. Nanette und mich allerdings hatten sie mitgenommen.

Während Jacob mir davon erzählte, erinnerte ich mich an die

Hufe, die ich während unserer ersten Kutschfahrt mit der Prinzessin zu hören geglaubt hatte. Das mußten die fünf Inder gewesen sein, die uns in einigem Abstand gefolgt waren. Jades Vater, der Maharadscha, hatte seine Tochter die weite Reise ins Abendland nur in Begleitung seiner besten Krieger antreten lassen. Freilich kamen mir nun einige Zweifel an ihrer angeblichen Mission, der Suche nach Uhrmachermeistern.

Den Rest der Ereignisse erfuhr ich von Jade selbst, während wir von der verlassenen Mine in die Stadt zurück fuhren. Sie hatte ihre Kutsche gegen einen Kabinenschlitten eingetauscht. Kurz vor der Abfahrt hatte ich die winzige Felsenkammer entdeckt, in der man mich gefangengehalten hatte, gleich neben dem Haupteinstieg zum Minenschacht. Ich bat Jacob, mich auf meinem Weg dorthin zu stützen, doch er weigerte sich. Mehr noch, er und Jade sprachen sich ausdrücklich gegen meinen Wunsch aus, einen Blick in den Verschlag zu tun. Ich fügte mich. Ich habe nie erfahren, was wirklich dort an der Decke hing und auf mich herabtropfte.

»Kala und ich hatten die Odiyan entdeckt, schon bevor Sie Bekanntschaft mit ihnen machten«, berichtete die Prinzessin. »Bereits am Morgen wollten wir Sie vor ihnen warnen, doch Sie liefen ja vor uns davon. Weshalb eigentlich?«

Jacob und ich schwiegen beschämt.

Jade zuckte mit den Schultern und drang nicht weiter in uns. »Später jedenfalls folgten wir den Odiyan zum Haus des Doktors, doch ihr Vorsprung war groß, und so kamen wir zu spät. Es gelang mir jedoch, Ihren Bruder zu überzeugen, daß es klüger sei, die Gendarmerie in dieser Angelegenheit nicht hinzuzuziehen. Nach Ihrer Entführung sandte ich zunächst meine Männer aus, das Lager der Odiyan ausfindig zu machen. Die ganze Nacht und den Vormittag über hielten sie Ausschau in den umliegenden Wäldern, bis einer schließlich auf die alte Mine stieß. Es gab keinen Zweifel, daß die Odiyan sich dort versteckten. So kehrten wir gemeinsam zurück und griffen an. Meine Krieger und ich konnten ein halbes Dutzend erschlagen, doch der Rest entkam. Sie sind also noch längst nicht besiegt.«

Ich sah Jacob auffordernd an, damit er die zahlreichen Lücken in dem Bericht füllte, doch er bemerkte es gar nicht. Sein Blick hing gebannt an Jades Lippen. Merkwürdig, dachte ich, war nicht gerade er es gewesen, der der Prinzessin mißtraut hatte? Hatte nicht er sich gegen eine Fahrt in ihrer Kutsche ausgesprochen? Und nun vertraute er ihr mit einemmal mein Leben an, indem er meine Rettung ihren Kriegern überließ, statt die Gendarmerie zu alarmieren. Sehr merkwürdig.

Ich nahm mir fest vor, die Gründe für sein Verhalten herauszufinden. Im Augenblick aber gab es Wichtigeres.

»Wer sind diese ... diese Odiyan?« wollte ich wissen.

»Sie sind Inder wie ich«, erklärte Jade und senkte beschämt den Blick. »Ich muß Sie um Verzeihung für das Tun meiner Brüder bitten.«

Was, zum Teufel, hatten all diese Leute aus dem fernen Indien hier verloren, in der allertiefsten deutschen Provinz?

Doch Jade fuhr fort, bevor ich etwas einwenden konnte. »In meiner Heimat glauben die meisten Menschen an die Existenz von Gestaltwandlern, bösen Wesen, die sich bei Nacht oder durch Einwirkung von Magie in wilde Tiere verwandeln. Es gibt auch bei Ihnen ein Wort dafür, soviel ich weiß.«

»Lykanthropie«, sagte Jacob eilig.

Jade schenkte ihm ein dankbares Lächeln. Himmel, dieses Lächeln! Mir kam eine böse Ahnung.

»Wir in Indien haben einen anderen Begriff dafür«, fuhr die Prinzessin fort. »Die Gestaltwandlung nennen wir Odi, und den Menschen, den sie befällt, Odiyan. Einige der niederen Kasten, vor allem im Süden meines Landes, wo die Menschen sehr, sehr arm sind, verdienen sich mit dem Odi ihren Unterhalt. Sie sind bezahlte Mörder, deren Dienste jedermann kaufen kann. Bevor sie sich aufmachen, ihr Opfer zu töten, vollführen sie ein geheimes Ritual, in dessen Verlauf den Göttern ein menschlicher Fötus dargebracht wird.«

»Das ist bestialisch«, entfuhr es mir. Beklommen dachte ich an die arme Nanette.

»Und Bestien wollen diese Männer auch sein«, bestätigte Jade mit ernstem Nicken. »Aus dem Fötus wird im Verlauf des Rituals das Pilla Thailam gewonnen, das Öl von Ungeborenen. Die Mutter des Kindes muß einer anderen Kaste als der des Odiyan angehören. Jener versichert sich, daß am vorgesehenen Tag die Omen für ihn sprechen, dann wartet er bis Mitternacht, geht mehrfach im Kreis um das Haus der Frau und schwenkt dabei eine mit geheimen Zutaten gefüllte Kokosnußschale. Dabei murmelt er Beschwörungsformeln und bittet seine Götter um Beistand. Die Frau, somit unter seinen Willen gezwungen, verläßt wie im Schlaf das Haus. Der Odiyan fällt über sie her und entreißt ihr den Fötus. Das ungeborene Kind wird zerstückelt, über einem Feuer geräuchert und schließlich in einen Topf –«

»Ich denke, das reicht!« unterbrach ich sie. Die Erinnerung an Körperflüssigkeiten war meiner Genesung wenig zuträglich.

Jade lächelte schamvoll. »Für Sie muß das alles sehr geschmacklos klingen.«

»Geschmacklos? Das trifft es vielleicht nicht ganz.«

»In unserem Land wächst man mit Geschichten dieser Art auf. Allerdings erzählte mir Ihr Bruder, daß Sie selbst solche Geschichten zu Papier gebracht haben.«

»Das ist etwas anderes«, entgegnete ich unwirsch. Die beiden mußten sich gut unterhalten haben, während ich in der Mine schmachtete.

»Nicht wirklich«, widersprach die Prinzessin. »Ihre Märchen haben sicher ähnliche Wurzeln wie unsere Legenden und Rituale. Wie auch immer ... Der Odiyan zeichnet mit dem gewonnenen Öl ein magisches Symbol auf seine Stirn. Von nun an ist er für bemessene Zeit ein Tier – oder glaubt es zu sein. Viele von ihnen setzen sich eine Maske auf, die der gewählten Kreatur gleicht. Im Falle unserer Gegner sind das Raubvögel. Sie stoßen blitzschnell zu, schlagen ihre Beute und verschwinden wieder. Ihre Befreiung, Herr Grimm, ging so reibungslos vonstatten, weil sich nur eine kleine Zahl von Odiyan in der Mine aufhielt. Ich bin jedoch sicher, daß sich in den Wäldern noch sehr viele mehr verborgen halten.«

»Wie sind sie hierhergekommen?«

»Genau wie Kala, ich und meine Diener. Mit einem Schiff.« Schnell fügte sie hinzu: »Nicht mit demselben, versteht sich.«

Ich stieß sofort nach. »Dann ist es wohl an der Zeit, daß Sie uns verraten, was Sie hier in Karlsruhe suchen. Ausgerechnet hier.«

»Die Odiyan sind nicht dumm, Herr Grimm. Sie wissen längst über Sie und Ihren Bruder Bescheid, und Sie kennen den Grund Ihrer Anwesenheit bei Hofe. Daß Sie sich im Haus des Doktors aufhielten, als die Odiyan eine junge Mutter für ihr Ritual verschleppten, mag Zufall gewesen sein. Früher oder später aber wären Sie den Odiyan ohnehin begegnet. Diese Kreaturen – ich sträube mich, sie Menschen zu nennen – handeln im Auftrag einer Macht, die sicher ist, daß Sie, Herr Grimm, etwas besitzen, das für jene von großem Wert ist.«

»Was, um Himmels willen, soll das sein?«

Jades Blick wurde stechend. »Wissen, lieber Herr Grimm. Es geht hier allein um Wissen.«

Jacob und ich schauten uns fassungslos an. »Ich verstehe nicht ...«, stammelte ich.

»Wirklich nicht?« fragte die Prinzessin, und mit einemmal schien sie mißtrauisch. »Die Odiyan glauben, daß Sie wissen, wo der Sohn des Großherzogs versteckt wird.« Sie beugte sich vor. »Und, um ehrlich zu sein, ich glaube das auch.«

Eine Weile lang sagte niemand ein Wort. Mir hatte es die Sprache verschlagen. Erst allmählich gewann ich meine Fassung zurück.

»Das ist absurd.«

»Ist es das?« fragte die Prinzessin lauernd.

Ich fühlte mich in dem engen Schlitten schrecklich ausgeliefert. Rechts und links wurde das Gespann von Jades Dienern eskortiert. Ein Entkommen war unmöglich.

Warum aber hätte sie mich erst befreien und mit ihren Wunderkräutern heilen sollen? Um mich zu erpressen?

Hätte sie das nicht viel früher und mit weniger Aufwand bei Jacob versuchen können? *Hatte* sie es gar versucht? Natürlich, dachte ich, und spürte plötzlich völlige Gewissheit. Nicht Säbel und Dolch waren ihre Waffen gewesen, sondern ihr Lächeln, ihre Lippen, ja vielleicht noch sehr viel mehr. War mein Bruder, gerade er, der treue Apostel von Vernunft und Logik, war ausgerechnet er ihren Reizen erlegen?

Ich starrte ihn entgeistert an. Er schien ebenso erstaunt über Jades Behauptung wie ich selbst. Seltsamerweise aber verzichtete er immer noch auf Widerspruch. Dabei war doch Zögerlichkeit nicht eben sein Naturell. Schon gar nicht in einer Lage wie dieser.

Es sei denn ... ja, es sei denn, Jacob war verliebt!

Grundgütiger, das war es! Jades Lächeln hatte den Panzer der Ratio gestürmt, und Jacob war ihr verfallen. Was war tatsächlich geschehen, während ich in meinem Kerker lag? Hatten die beiden mir wirklich alles gesagt? Was hatten sie miteinander getrieben, als Jades Diener die Wälder nach mir durchforschten, in all den dunklen, einsamen Stunden der Nacht?

Oh, ja, ich wollte meine Anklage hinausbrüllen, wollte schreien und toben, wollte Jacob seine Untreue vorhalten und alle gemeinsamen Bande zerschlagen.

Doch eine Stimme in meinem Inneren meldete sich zaghaft zu Wort: *Warum?*

Und so traf die älteste Frage der Welt auf das älteste Gefühl. Auf Eifersucht.

6

Innerlich kochte ich, doch nach außen hin blieb ich gefaßt. Es war Jacobs freie Entscheidung gewesen. Seine und die der Prinzessin! Ich dachte an den Blumenkranz in meinem Gepäck und hätte darauf spucken mögen. Welch ein Hohn. Man hatte mich hintergangen wie einen einfältigen Schuljungen.

Nun gut, dachte ich, dann werde ich euer Spiel eben mitspielen und mir nichts anmerken lassen. Werde schweigen und den Dummen spielen. Es reichte, wenn einer vor Verliebtheit die Augen kaum noch aufbekam.

Da sagte Jacob: »Aber wir wissen wirklich nicht, wo das Kind ist.«

Wir wissen wirklich nicht, wo das Kind ist. Der Tonfall, in dem er das sagte! Noch zwei Tage vorher hätte er sie angefahren, sie der Unverschämtheit und Unterstellung bezichtigt. Statt dessen sagte er nur leise: *wirklich nicht.* Was für eine geschmacklose Farce!

Allem Anschein nach lag es nun an mir, Jacobs Rolle zu übernehmen.

»Ich bin Ihnen dankbar für das, was Sie für mich getan haben«, sagte ich eisig und hielt dem Blick der Prinzessin mühelos stand. »Selbst, wenn Sie es aus Eigennutz und niederen Motiven taten. Sie haben mich gerettet, weil Sie wissen wollen, wo der Sohn des Herzogs ist? Nun, dann hören Sie mir zu: Wir gingen zu diesem Doktor, diesem Hadrian, um genau das herauszufinden – ob Sie mir glauben oder nicht. Mir scheint, Sie haben versagt, Prinzessin. Ihre Suche ist ein völliger Fehlschlag. Und, verlassen Sie sich darauf, es interessiert mich nicht im geringsten, welche Beweggründe Sie auf die Spur dieses Kindes brachten!«

Und wie es mich interessierte! Doch ich war viel zu stolz, danach zu fragen. Nicht im Zustand solcher Entrüstung.

»Des weiteren möchte ich Sie bitten, uns umgehend beim

Schloß abzusetzen und sich in Zukunft von uns fernzuhalten.« Ich konnte mir nicht verkneifen, gehässig hinzuzufügen: »Von mir, zumindest.«

Das war ein feiner Schlußpunkt, fand ich. Die Empörung in passende Worte gegossen. Nicht gerade ein Triumph, aber doch Balsam für meine gekränkte Seele.

Die beiden starrten mich fassungslos an und sagten kein Wort. Jade blinzelte verwirrt, als habe sie keine Ahnung, wovon überhaupt die Rede sei.

Innerlich bog ich mich vor Lachen.

»Wilhelm?« fragte mein Bruder zaghaft. »Die Gefangenschaft hat dich wohl stärker mitgenommen, als wir dachten.«

Jade kramte gleich ihren Kräuterbeutel heraus und roch daran, als zweifelte sie plötzlich an der richtigen Zusammensetzung des Trunks.

Ich gab keine Antwort, badete vielmehr in kühlem Stolz und Selbstmitleid.

»Ich fürchte«, meinte Jacob schließlich, zur Prinzessin gewandt, »wir wissen tatsächlich nichts über den Aufenthalt des Kindes. Mein Bruder mag anderer Ansicht sein, aber mich persönlich verlangt es brennend zu erfahren, warum Sie so sehr an dem Kind interessiert sind. Haben Sie tatsächlich seinetwegen die lange Reise von Indien hierher gemacht?«

Jade seufzte. »Ach, das Kind ... als ob es in Wahrheit irgendwem um das Kind ginge.«

»Nicht?« setzte ich nach.

Sie blickte mich aus großen Augen an, fast ein wenig traurig, und schüttelte schließlich den Kopf. »Ich kann Ihnen nicht mehr sagen, meine Herren. Es ist besser so, glauben Sie mir. Und vielleicht sollte ich Ihrem Wunsch folgen und Sie vorm Schloß absetzen.« Sie lächelte verlegen. »Sicher wünschen Sie auch, sich umzukleiden.«

Ich blickte an mir herab und schämte mich angesichts meines

zerlumpten Gehrocks und der schmutzigen Hose. Meine Scham verdrängte für einen Moment sogar den Zorn – aber nur ganz kurz. Jade war ein rechtes Biest. Sie verstand es, mit den Gefühlen anderer zu spielen und sie ganz nach Belieben auszunutzen.

Wenig später erreichten wir das Schloß. Als wir ausstiegen, sah ich, daß die fünf Krieger im Wald zurückgeblieben waren. Sicher ein weiser Entschluß, wenn sie kein unnötiges Aufsehen erregen wollten.

Jade beugte sich vor und steckte jedem von uns eine Blume hinters Ohr. »Vielleicht ist es das beste, wenn Sie die Stadt verlassen«, gab sie uns mit auf den Weg, dann schlug sie die Schlittentür zu, und Kala trieb die Pferde an. In einer Wolke von aufgewirbeltem Eis preschte das Gefährt davon.

Wortlos wandten wir uns um und stiefelten an den Wachen vorüber ins Schloß. Besorgte Blicke folgten uns, wer weiß, ob wegen meines zerrupften Äußeren oder wegen der Blumen in unserem Haar. Jacob musterte mich gelegentlich von der Seite, als zweifelte er, daß ich die Strapazen der Kerkerhaft wahrhaftig überwunden hätte. Allein darin schien er die Gründe der plötzlichen Distanz zwischen uns zu vermuten.

Wir trennten uns vor den Zimmertüren und zogen uns jeder für sich zurück. Ich wollte mich noch einmal waschen und vor allem die Kleidung wechseln.

Als ich in meine Westentasche griff, bemerkte ich zu meinem Entsetzen, daß sie leer war. Vaters Taschenuhr war verschwunden. Ich mußte sie in der Mine verloren haben. Wahrscheinlich hatten die Odiyan sie gestohlen. Ein schrecklicher Verlust, der mich mit Zorn und Trauer erfüllte.

Niedergeschlagen wollte ich mich aufs Bett fallen lassen, als ich auf dem Kopfkissen einen Zettel entdeckte. Darauf stand eine seltsame Botschaft.

* * *

»Sie wünschen?« Der Mann mochte um die Fünfzig sein, hatte eine scharfe Nase und wulstige Lippen. Das Haar ging ihm aus, und seine hohe Stirn glänzte wie poliert. Mir schien, er wußte sehr wohl, wer wir waren, beharrte aber aus höfischer Arroganz auf der Etikette. Er stand im Spalt der hohen Doppeltür und gab sich Mühe, uns von oben herab zu mustern, obgleich er doch nicht größer war als Jacob oder ich.

»Ich fand diese Nachricht in meinem Zimmer«, sagte ich und hielt ihm den Zettel hin. Er nahm ihn entgegen, tat, als lese er, was darauf stand – zweifellos hatte er selbst es geschrieben –, und erwies uns dann in großzügiger Geste die Gnade, das Gemach betreten zu dürfen.

»Die Gräfin Hochberg erwartet Sie bereits«, sagte er.

Er mochte sich geben wie ein Lakai, doch seine Kleidung war eine Spur zu aufwendig und teuer für einen schlichten Diener. Er führte uns gemessenen Schrittes durch das Vorzimmer in einen weiteren Raum und von dort aus ins Empfangsgemach der Gräfin. Die Fenster waren lückenlos mit Samt verhängt, den Boden hatte man mit dicken, flauschigen Teppichen ausgelegt, die jeden Schritt dämpften. Eine Vielzahl von Kerzen tauchte den Raum in ein sanftes gelbes Licht. Jede einzelne für sich war ein kleines Kunstwerk, Miniaturen griechischer Statuen und Heldenhäupter, wundersame Formen, allesamt aus Wachs geschaffen. Manche waren mit Parfüm versetzt, denn süßliche Düfte erfüllten das Gemach.

»Luise Karoline Reichsgräfin Hochberg, geborene Geyer von Geyersberg«, verkündete der Mann formell, als wir vor die Gräfin traten. Sie saß in einem hochlehnigen Sessel und empfing uns wie eine Königin auf ihrem Thron. Während an Europas Höfen schon seit Jahren die verruchte Nacktmode umging – hochgeschlitzte Röcke aus hauchfeinen Stoffen und offenherzige Dekolletés –, legte die Gräfin Hochberg Wert auf sittsame Tradition. Sie trug Schwarz, vom Kinn bis zur Sohle, als habe es einen Trauerfall gegeben. Ihr Ausschnitt lag eng am Hals, der Saum des wolkigen Faltenkleides berührte den Boden. So finster und streng wie ihre Erscheinung war auch der Blick, mit dem sie uns beim Eintreten bedachte. Sie vertat keine Zeit mit Höflichkeiten.

»Meine Herren«, sagte sie nur und nickte kurz.

Wir verneigten uns und sahen zu, wie der Mann, der uns eingelassen hatte, ihr den Zettel mit der Nachricht reichte. Sie überflog ihn und gestattete sich ein schmales Lächeln. Dann las sie vor: »Die Gräfin Hochberg wünscht Ihre Gesellschaft. Es geht um Leben, Tod und Reichtum.« Sie schüttelte den Kopf und bedachte den Mann mit einem schwer zu deutenden Blick. »Ihr habt wieder maßlos übertrieben, mein Bester.«

Er verbeugte sich wortlos und ohne eine Miene zu verziehen, dann trat er rückwärts mehrere Schritte, nach hinten.

»Meine Herren«, sagte die Gräfin, »ich darf vorstellen: Herr Johann Ludwig Klüber, badischer Staatsrat und Geheimer Legationsrat, Kenner aller höfischen Geheimnisse und mein treuer Berater.« Sie sagte das mit solcher Herablassung, daß sogleich klar wurde, in welcher Beziehung Klüber zu ihr stand: Er verehrte sie bis zur sklavischen Ergebenheit, trotz seiner hohen Stellung, und sie nutzte ihn gewissenlos für ihre Zwecke aus. Solcherlei Paarungen waren bei Hofe keine Seltenheit. Hochgestellte Frauen wurden überall von Schmeißfliegen wie Klüber umschwirrt, und die meisten Damen verstanden es sehr wohl, ihren Vorteil daraus zu ziehen.

Über die Gräfin selbst wußten wir nicht viel, doch das wenige war in gewisser Weise eindrucksvoll. Sie hatte als junge Frau den um vierzig Jahre älteren Karl Friedrich von Baden geheiratet, den Großvater des amtierenden Herzogs Karl. Nach dessen Tod ließ sie sich mit dem Sohn ihres Mannes aus erster Ehe und späterem Thronfolger Ludwig ein, wie es hieß, aus reiner Berechnung und Machtgier. Daß die Gerüchte der Wahrheit sehr nahe kamen, verdeutlichte die finanzielle Situation der Gräfin. Man munkelte, sie habe bei mindestens zweihundert Familien Schulden gemacht, ja, sie habe deshalb schon vor Jahren vergeblich versucht, ihren damaligen Ehemann vom Thron zu stürzen, um sich so der herzoglichen Gelder zu bemächtigen. Der Leibhaftige mochte wissen, wie sie sich aus dieser Katastrophe heil herausgeschlängelt und doch ihre Stellung bei Hofe bewahrt hatte. Jeden anderen hätte man auf der Stelle vor ein Erschießungskommando geführt. Nicht so die Gräfin Hochberg. Mit diabolischer Schläue hatte sie die richtigen Fäden gezogen und die Marionetten im Umfeld des Großherzogs auf ihre Seite gebracht. Sogar der derzeitige Großherzog Karl, der, wie man hörte, der Gräfin keineswegs freundlich gesonnen war, hatte bislang nicht gewagt, ihr die Tür zu weisen. Später, Jahre nach den hier geschilderten Ereignissen, gelang es ihr sogar, ihren Stiefsohn und Liebhaber Ludwig auf den Thron zu heben und so ihre eigene Macht zu stärken. Kurzum: Was die Hexe Morgana für den Hof des König Artus war, das war die Gräfin Hochberg für das Herzogtum Baden.

»Ich hörte, weshalb Dalberg Sie nach Karlsruhe kommen ließ.« Sie sagte nicht Minister oder Herzog, wie es standesgemäß gewesen wäre, sondern nur Dalberg. Verachtung klang aus ihrem Tonfall. Kein Wunder: Es war Dalberg persönlich gewesen, der ihre früheren Umsturzpläne vereitelt hatte.

»Er mag seine Gründe für diese Einladung haben«, fuhr sie fort, »doch ich muß Ihnen leider mitteilen, daß sie nicht von jedermann hier im Schloß geteilt werden. Dalberg hat allerlei Geheimnistuerei um die Hintergründe Ihres Aufenthalts betrieben, meine Herren, aber es war nicht schwer, die Wahrheit herauszufinden, und so sage ich Ihnen: Der Sohn des Großherzogs ist tot und braucht ganz sicher keinen Lehrer mehr, der ihn erzieht. Es sei denn, werter Herr Grimm, Sie möchten Ihren Unterricht auf einem Friedhof abhalten.«

Ich gab mir Mühe, mein Erschrecken nicht zu zeigen – ohne Erfolg, wie ihr siegessicheres Schmunzeln verriet.

Jedoch, was konnte noch Schlimmeres geschehen, als durch die Odiyan verschleppt zu werden? Sicher war es nicht die Gräfin gewesen, die die bezahlten Mörder aus Indien hatte anreisen lassen – für sie hätte es naheliegendere Möglichkeiten gegeben –, doch die Macht dieser Frau war nicht zu unterschätzen.

Mein Blick fiel auf eine Wachsstatue über dem Kamin. Die Kerzenflamme hatte ihren Schädel verzehrt und fraß sich nun zum Brustbein hinab.

»Weshalb stört Sie unsere Anwesenheit?« fragte Jacob, der allmählich zu seinem alten Trotz zurückfand.

Die Gräfin beugte sich vor und funkelte ihn an. »Ich habe den Eindruck, Sie stellen gerne schlaue Fragen, Herr Grimm.«

»Nur so lange ich geistvolle Antworten erwarten darf.«

Klüber trat vor. »Zügeln Sie sich, mein Herr«, fuhr er Jacob an. Wir waren wirklich auf dem besten Wege, uns den ganzen Hofstaat zum Feind zu machen.

Jacob blieb gelassen. »Ich fürchte, ich verstehe nicht, weshalb Sie uns kommen ließen, Gräfin. War da nicht von Leben und Tod die Rede?«

Die Gräfin lachte plötzlich. »Und von Reichtum, Herr Grimm, nicht wahr? Das ist es doch, worauf Sie anspielen.«

Jacob schwieg, wohl um herauszufinden, wie weit die Gräfin in ihrem Bestreben, uns loszuwerden, gehen würde.

»Klüber!« gebot sie scharf. »Wieviel sind uns diese beiden Herrn wert?«

»Ich glaube nicht, daß meine Ansicht zählt, Gräfin«, erwiderte der Staatsrat devot. Es war schändlich, wie sich dieser Mann erniedrigte.

»Nun …«, begann die Gräfin, überlegte kurz und nannte dann einen gewissen Talerbetrag. Um ehrlich zu sein, es war eine rechte Menge. Und doch war es mir zutiefst zuwider, das Angebot anzunehmen. Jacob war anzusehen, daß er ebenso empfand.

Wie üblich nahm er keine Rücksprache mit mir, ehe er sagte:

»Wir danken Ihnen, Gräfin, sehen uns aber leider veranlaßt, die großzügige Geste auszuschlagen.« Damit wandte er sich zur Tür. Ich tat es ihm gleich.

Hinter unseren Rücken raschelte es, als die Gräfin sich vom Sessel erhob. Ein Luftzug ließ die Kerzenflammen erzittern. »Ob Sie das Geld annehmen oder nicht, meine Herren, interessiert mich nicht. Doch ich rate Ihnen, Karlsruhe zu verlassen, ich rate es Ihnen in aller Schärfe. Seien Sie zudem gewiß, daß dieser Austausch nie stattgefunden hat. Der ehrenwerte und hochangesehene Staatsrat Klüber wird das jederzeit bestätigen.«

Ehe ihr Gefolgsmann uns den Weg weisen konnte, waren wir bereits zur Tür hinaus, eilten durch die beiden Vorzimmer und verließen die Gemächer der Gräfin.

»Was nun?« fragte ich ratlos, während wir den Gang hinabgingen. Vergessen war für den Moment der schändliche Betrug meines Bruders, vergessen waren meine Eifersucht und die verlorene Taschenuhr, all die Dinge, über die ich mit ihm hatte sprechen wollen. Im Augenblick galt es, wichtige Entscheidungen zu treffen.

»Zu Dalberg«, entgegnete Jacob bestimmt.

»Ich denke, er ist fort?«

»Mag sein. Oder auch nicht. Allmählich traue ich hier keinem mehr, am allerwenigsten diesem fetten Sekretär.«

So eilten wir quer durchs Schloß, an Dutzenden grauer Beamtengesichter vorüber, zum Empfangssaal des Ministers. Und wieder einmal sollte Jacob recht behalten.

»Wo ist er?« fragte er kaltschnäuzig, als der grünbefrackte Sekretär die Tür öffnete. »Und, bitte, diesmal keine Ausrede.«

Bernard starrte uns mit einer kuriosen Mischung aus Widerwillen und Belustigung an. »Ich sehe mit Besorgnis Ihre Erregung, meine Herrn. Ist Ihren Wünschen etwas zuwidergelaufen?«

»Wir möchten den Herrn Minister sprechen«, sagte ich mit Nachdruck.

»Er ist doch wieder im Schloß, nicht wahr?« setzte Jacob hinzu.

Der Sekretär nickte langsam. »In der Tat. Aber ich fürchte, es ist derzeit unmöglich, ihn zu erreichen.«

»Was spricht diesmal dagegen?« fragte Jacob wütend.

»Nicht ich, um Himmels willen, nicht ich«, entgegnete der Sekretär geschwind. Ich wußte nicht, ob seine Beflissenheit ehrlich oder reine Ironie war. Ein entsetzlicher Mensch.

»Wo ist er?« verlangte Jacob noch einmal zu erfahren.

»Das ist die Schwierigkeit. Minister von Dalberg befindet sich in einer wichtigen Unterredung im Thronsaal des Großherzogs. Ich bin untröstlich, aber ich kann ihn beim besten Willen nicht stören.«

Jacob drehte sich ohne ein Wort um und ging davon. Ich schaute ratlos von ihm zu dem verwirrten Sekretär, dann hob ich nur die Schultern und folgte meinem Bruder.

»Du hast doch nicht vor, eine Torheit zu begehen?« fragte ich beunruhigt, während ich Mühe hatte, mit ihm Schritt zu halten.

»Oh doch, ganz sicher sogar.«

»Es ist meine Zukunft, die du hier aufs Spiel setzt, nicht deine.«

Er blieb abrupt stehen. »Deine Zukunft? Lieber Himmel, Wilhelm! Man hat dich heute nacht fast ermordet, die Gräfin Hochberg bedroht uns, und du denkst nur an deinen Posten! Ich fürchte, mein Lieber, es ist an der Zeit, daß du die Augen aufmachst und wahrnimmst, was um dich herum vorgeht.«

Endlich! Da war es. Das konnte er haben. Nichts lieber als das! »Was um mich herum vorgeht?« fuhr ich ihn an. Am Ende des Korridors wandten sich zwei Höflinge verdutzt nach uns um. »Du verlangst eine Szene? Wie du willst. Ich weiß, was zwischen dir und der Prinzessin geschehen ist. Du kannst dich ja an sie wenden, oder, schlimmstenfalls, nach Kassel zurückkehren und dich in deinen warmen Bibliothekssessel setzen. Aber ich? Ich bin auf diese Stellung angewiesen, verdammt noch mal!«

Jacob hob gleichfalls die Stimme. »Ich weiß nicht, was du da von der Prinzessin faselst, Wilhelm. Und es ist mir auch gleichgültig. Aber eines solltest du mittlerweile doch bemerkt haben: Diese Stellung, auf die du wartest, die gibt es nicht mehr! Falls es sie überhaupt je gegeben hat!«

Wir starrten uns streitlustig in die Augen, keiner bereit, auch nur einen Fußbreit nachzugeben.

Schließlich aber rief ich mich zur Ruhe. Ich atmete durch, drehte mich um und ging weiter. Jacob folgte mir.

»Du glaubst, das Kind ist tatsächlich tot?« fragte ich ruhiger.

»Nein, natürlich nicht«, entgegnete er, gleichfalls ein wenig sanftmütiger. »Der Sohn des Großherzogs lebt, daran besteht nicht der geringste Zweifel. Aber glaubst du im Ernst, bei allem, was um uns herum vorgeht, wird irgendwer noch das Risiko eingehen, dich oder irgendeinen anderen Fremden in diese Angelegenheit hineinzuziehen?«

»Das ist längst geschehen«, widersprach ich. »Und nicht nur mich – du steckst doch ebenfalls mit in der Sache. Meinst du, Dalberg hält uns deshalb so lange hin?«

Er nickte. »Ganz bestimmt sogar. Vorgestern noch wollte er dir den Posten unbedingt geben. Seitdem aber läßt er sich laufend verleugnen. Ich bin überzeugt, er hat das Schloß seither nicht ein einziges Mal verlassen. Irgend etwas ist in diesen beiden Tagen geschehen, etwas, das ihn an seinem Angebot zweifeln läßt. Er weiß nicht, was er tun soll. Und ich bin überzeugt, wenn er noch länger darüber nachdenkt, wird er zu dem Schluß kommen, daß es am besten ist, dich wieder nach Hause zu schicken.«

Dem konnte ich schwerlich widersprechen. Vielleicht war es besser so. Ein Leben an der Seite dieses Kindes, für das so viel Unrecht begangen wurde, ja, für das gar Menschen ihr Leben ließen, entsprach sicher nicht meinen Vorstellungen eines geruhsamen Gelehrtendaseins. Mein Herzleiden befand sich auf dem Wege der Besserung, doch Ereignisse wie jene in der Gefangenschaft der Odiyan waren kaum dazu angetan, den Heilungsprozeß zu beschleunigen.

Wir erreichten die Tür des Thronsaales. »Du willst nicht etwa dort hineinplatzen?« fragte ich angstvoll und wußte es doch besser.

»Mir fällt keine andere Möglichkeit ein, umgehend mit Dalberg zu sprechen.«

»Man wird uns des Landes verweisen.«

»Vielleicht wäre das unser Glück.«

Mit diesen Worten durchmaß er in weiten Schritten die Entfernung zur Tür. Ein Diener eilte ihm entgegen, um ihn aufzuhalten, doch Jacob schob den protestierenden Mann einfach beiseite. Daraufhin riß jener den Mund auf und rief lautstark nach der Wache. Ich hörte schon, wie die Soldaten herantrampelten. Man würde uns für Mordbuben halten und schlichtweg erschießen, das war sicher.

Jacob klopfte, wartete jedoch nicht auf Antwort, sondern öffnete einfach die Tür. Nebeneinander marschierten wir in den Saal, hinter uns der Diener und in einiger Entfernung die herbeistürmenden Soldaten.

Sechs Männer saßen an einer langen Tafel und blickten verblüfft zu uns auf. Einer davon war Dalberg, ein anderer, in prächtiger Uniform, der junge Großherzog. Der dritte Mann stieß einige Worte auf englisch aus; sein Äußeres verriet den Aristokraten.

Ich kam nicht dazu, einen von ihnen genauer zu betrachten. Es waren allein die drei übrigen Männer, die meine Blicke auf sich zogen. Wie erstarrt blieb ich stehen, und ein Ausruf des Schreckens entfuhr meiner Kehle.

Nein, das konnte nicht sein! Durfte nicht sein!

Auch Jacob war wie vom Blitz getroffen stehengeblieben. Hinter uns stürmten die Soldaten heran, aber das nahm keiner von uns mehr wahr. Beide starrten wir nur auf die drei Gestalten, die nun von ihren Stühlen sprangen.

Kaltes Grauen bemächtigte sich meiner. Erinnerungen stiegen

empor. Erinnerungen an furchtbare Morde, an ein Duell in den Trümmern eines Tempels, an einen Mann, der uns vor sieben Jahren von Weimar nach Warschau gehetzt hatte.

Spindel!

Die drei Männer waren seine exakten Ebenbilder. Kahlköpfig, vollkommen haarlos. Jeder Fingerbreit der Haut mit Schriftzeichen tätowiert, Zitate aus dem Alten und dem Neuen Testament. Selbst ihre Gesichter waren mit feinziselierten Versen bedeckt.

Spindels Zorn war auferstanden.

Die Vergangenheit hatte uns eingeholt.

※ ※ ※

»Was, zum Teufel, haben Sie sich dabei gedacht?« Dalberg schüttelte verständnislos den Kopf. »Der Großherzog ist außer sich. Er ist ein jähzorniger Mann, glauben Sie mir.«

Wir saßen in Dalbergs Bureau, endlich allein mit ihm. Die Wachen hatten sich schnell überzeugen lassen, daß durch uns keine Gefahr drohte. Weit schwieriger aber war es gewesen, den merkwürdigen Engländer abzuschütteln. Ganz zu schweigen von Dalbergs Sekretär, der mit hämischem Grinsen um uns herum geschlichen war wie ein Hund um den Küchentisch.

»Ich kann die Dinge für Sie zurechtrücken«, fuhr Dalberg fort, »und zweifellos wird mir keine andere Wahl bleiben. Aber ich will, daß Sie mir sagen, was dieser Auftritt zu bedeuten hatte.«

Seine anfängliche Wut war verraucht, geblieben war lediglich Resignation. Keiner von uns konnte etwas an der Lage ändern.

»Wir wollten mit Ihnen sprechen«, sagte Jacob, der sich Mühe gab, nicht so kleinlaut zu klingen, wie er sich fraglos fühlen mußte.

Ich selbst wäre am liebsten im Boden versunken. Von unserer

beider Überzeugung, das Richtige zu tun, war nichts als Beschämung geblieben. Und Angst. Angst vor den drei Kreaturen im Thronsaal.

»Diese Männer –«, begann ich, wurde aber von Dalberg unterbrochen.

»Ja, ja, das sagten Sie bereits. Mehrfach!« fuhr er dazwischen. »Aber ich versichere Ihnen, von diesen drei droht niemandem Gefahr. Es sind Jesuiten, Männer der Heiligen Schrift. Sie waren lange Jahre als Missionare im Ausland und haben sich den Sitten der Eingeborenen angepaßt, zu missionarischen Zwecken.«

Jacob blickte erstaunt auf. »So haben die Ihnen ihre Tätowierungen erklärt?«

»Sollte ich an ihrer Aufrichtigkeit zweifeln?«

Und wie er das sollte! Doch es hatte wohl zu diesem Zeitpunkt keinen Zweck, ihm das klarzumachen. Er würde ohnehin kein Verständnis dafür aufbringen. Wäre doch nur Goethe bei uns gewesen! Er hätte die Dinge ins rechte Licht rücken können. Ihm hätte Dalberg Glauben geschenkt.

»Es ist während der beiden letzten Tage einiges geschehen«, begann Jacob, doch der Minister unterbrach ihn.

»Es tut mir leid, Herr Grimm, aber Sie müssen mir glauben, daß ich in diesem Augenblick sehr wenig Zeit habe. Ich muß schleunigst zurück zum Großherzog und ihm eine plausible Erklärung für Ihr Verhalten vortragen – eine *kurze* Erklärung. Deshalb möchte ich Sie bitten, nicht allzuweit auszuholen.«

Dalbergs Drängen machte mich wütend, doch ich bezwang meine Gefühle und blieb äußerlich gelassen. »Ich wurde entführt und gefangengehalten«, sagte ich statt dessen mit betonter Ruhe. »Ein paar sehr merkwürdige Personen zeigen Interesse am Sohn des Großherzogs. Eine Horde wildgewordener Inder streift durch die Wälder. Und soeben gab uns die Gräfin Hochberg deutlich zu verstehen, wie teuer ihr der Wunsch ist, daß mein Bruder und ich die Stadt verlassen.«

Dalberg lehnte sich in seinen Stuhl zurück, schloß mit einem tiefen Seufzer die Augen und schüttelte den Kopf. »Die Gräfin! Ich hätte es ahnen müssen. Es gibt nichts, in das diese Frau sich nicht einmischt.«

Jacob gab sich keine Mühe, die Zweifel in seiner Stimme zu verheimlichen. »Auf mich machte die Gräfin den Eindruck, als habe sie guten Grund für ihre Beharrlichkeit.«

Der Minister atmete tief durch, dann schnellte er mit einem Ruck nach vorne. Er beugte sich mit beiden Ellbogen auf die Schreibtischkante und starrte Jacob eindringlich an. »Natürlich hat sie einen Grund. Und ich verspreche Ihnen, meine Herren, daß Sie ihn heute abend erfahren werden. Lassen Sie mir noch Zeit bis dahin, dann will ich Ihnen alles offenbaren.«

Ich hieb mit der Faust auf den Tisch. »Herr Minister, ich glaube, Sie haben mir nicht zugehört. Ich wurde entführt! Man hat mich gefangengehalten! Und das alles, um den Aufenthaltsort des Kindes zu erfahren.«

Tatsächlich schien Dalberg erst jetzt den Sinn meiner Worte zu begreifen. »Entführt ...?« wiederholte er kraftlos. Seine müden Augen weiteten sich. »Verzeihen Sie mir, ich bitte Sie. Ich habe seit drei Tagen kaum mehr geschlafen. Die Ereignisse ... aber was rede ich! Schnell, Herr Grimm, erzählen Sie, was vorgefallen ist.«

Das tat ich und versuchte nicht länger, meinen Zorn und meine Entrüstung zu überspielen. Dalberg sollte wissen, was ich erlitten hatte. Es war an ihm, es wiedergutzumachen.

Bevor ich die Umstände meiner Befreiung schildern konnte, fiel Jacob mir ins Wort: »Zum Glück gelang es meinem Bruder, sich aus eigener Kraft zu befreien«, erklärte er und stieß mich dabei unterm Tisch mit dem Fuß an. Offenbar wollte er jede Erwähnung der Prinzessin vermeiden. Ich ließ ihm seinen Willen.

Der Minister war bleich geworden. »Das ist grauenvoll«, sagte er mit hohler Stimme. Sorge und Scham nagten an seinem Herzen.

»Ich bin untröstlich. Natürlich war es richtig, daß Sie mich sofort in Kenntnis setzten. Herrgott, entführt!«

Freilich dachte ich mir, daß ihm weniger an mir und meinem Wohlergehen lag als an seiner Freundschaft zu Goethe, die ihm durch solcherlei Vorfälle gefährdet schien.

»Ich will ehrlich mit Ihnen sein«, fuhr er fort. »Ich weiß von diesen Männern mit den Tiermasken. Sie treiben sich bereits seit Tagen in den Wäldern herum.«

Ich starrte ihn ungläubig an. »Und Sie haben nichts gegen sie unternommen?«

Er schüttelte den Kopf. »Was glauben Sie, meine Herren, wie viele Räuberbanden uns in den vergangenen Wochen gemeldet wurden? Dutzende! Seit der Niederlage in Rußland sind Tausende Soldaten und Söldner auf dem Weg in ihre Heimat, nach Frankreich und Spanien, und sie alle ziehen auf ihrem Weg durch unser Land. Viele von ihnen haben sich zusammengerottet und holen sich nun hier und anderswo die Beute, die ihnen in Rußlands Winter verwehrt blieb. Hinzu kommen Hunderte junger Männer, die aus Furcht vor der Rekrutierung schon zu Beginn des Feldzuges aus ihren Dörfern und Städten flohen. Die Aushebungen des Kaisers haben sie zu Geächteten gemacht, es sind Männer, deren einzige Möglichkeit zu überleben das Verbrechen geworden ist. Sie alle durchstreifen das Reich, und viele schrecken vor keiner Scheußlichkeit zurück. Die Wälder sind voll von ihnen.«

Dalbergs gequälter Gesichtsausdruck wurde eine Spur finsterer. »Es ist unmöglich, sie alle auf einmal zu verfolgen und zur Strecke zu bringen. Daher glauben Sie mir, wenn ich Ihnen unsere Bedrängnis versichere. Die wenigen Soldaten, die uns der Kaiser gelassen hat, sind rund um die Uhr auf den Beinen, um Schloß und Stadt zu beschützen. Liebend gerne würde der Großherzog seine Armee in die Wälder entsenden, um dem Pack, das dort haust, den Garaus zu machen – die Schwierigkeit ist, daß es keine Armee mehr gibt.«

Ich erinnerte mich an das Bild der geschlagenen Heimkehrer, die wir bei unserer Ankunft in Karlsruhe angetroffen hatten. Es gab keinen Zweifel, daß Dalberg die Wahrheit sagte.

Jacob war weniger verständnisvoll. »Was gedenken Sie zu tun?« fragte er barsch.

Dalberg zuckte mit den Schultern. »Ich muß Ihnen meine Hilflosigkeit gestehen. Alles, was ich tun kann, ist, Ihr Malheur dem Großherzog zu melden. Es liegt an ihm, die nötigen Schritte abzuwägen.«

Verfluchtes Beamtentum! *Die nötigen Schritte abzuwägen* – ich fragte mich, was es da zu erwägen gab. Allerdings sah ich auch ein, daß jedes weitere Wort verschwendet war. Mit einem Ruck erhob ich mich. Mein Entschluß stand fest: Ich würde die Stadt verlassen. Kein Posten der Welt würde mich in diesem schändlichen Filz halten können. Über diese Entscheidung vergaß ich sogar die drei Tätowierten, und so war es Jacob, der im Aufstehen erneut die Sprache auf sie brachte.

»Gestatten Sie die Frage, Herr Minister, aber was suchen die drei Männer aus dem Thronsaal hier im Schloß? Noch dazu beim Großherzog persönlich.«

Dalberg zuckte mit den Achseln. »Sie wissen, wie Mönche sind: Wo Seelen an niedrigen Zweigen hängen, ist der Klerus schnell mit seinen Netzen zur Stelle. Offenbar machten diese Männer sich Hoffnung, die christliche Erziehung des jungen Thronfolgers zu übernehmen. Wie es scheint, unternahmen sie nur deshalb die weite Reise von Indien hierher.«

»Sie wollen uns doch nicht weismachen, daß Sie ein Wort davon glauben.«

»In Ermangelung besserer Erklärungen muß ich es. Dieses Kind ist kein Kind wie jedes andere. Es ist Napoleons Enkel, einer der wenigen legitimen Anwärter auf den Thron des Kaisers. Es geht hier nicht allein um das beschauliche Baden. Wenn der Kaiser je seine Pläne verwirklichen sollte, dann steht die Herrschaft über ein Weltreich zur Diskussion. Um darauf Einfluß zu nehmen, ist der Weg von Indien bis hierher wohl kaum zu weit, nicht wahr?«

Natürlich, dachte ich, das war es! Jetzt endlich begriff ich: Der Sohn des Großherzogs war nicht allein der Erbe Badens – er war potentieller Herrscher über ganz Europa und jedes weitere Land, das seinem Großvater in Zukunft zufallen mochte. Napoleon selbst hatte zwei Söhne und zwei Töchter, drei davon adoptiert. Jedes Kind, das aus den Ehen jener vier hervorgehen mochte, war nicht in Gold und Diamanten aufzuwiegen. Kein Wunder, daß seine Zukunft so hart umfochten war.

Dalberg nutzte unser erstauntes Schweigen und fuhr fort: »Als Sie in den Saal kamen, waren wir gerade dabei, den Mönchen den Tod des Kindes glaubhaft zu machen. Für die Welt ist der Prinz von Baden tot und beerdigt. Und dabei muß es vorerst bleiben.«

Er stand auf und geleitete uns zur Tür. »Versprechen Sie mir, daß Sie sich in Ihre Zimmer zurückziehen. Ich werde Wachen dorthin beordern, um weitere Anschläge auf Sie zu vereiteln.«

»Eines drängt es mich noch zu erfahren«, bat Jacob nachdenklich. »Sie sagten bei unserem ersten Gespräch, der Großherzog selbst sei überzeugt, daß sein Sohn nicht mehr lebt. Weshalb werden dann Bewerber wie diese Mönche zu ihm vorgelassen?«

»Sie haben sich selbst die Antwort gegeben, Herr Grimm«, erwiderte Dalberg. »Gibt es etwas, das überzeugender ist als die Tränen eines Vaters um sein Kind? Tränen sind die machtvollsten Verbündeten der Lüge – vor allem, wenn der Lügner selbst nicht weiß, daß er die Unwahrheit sagt. Jeder, der dem Großherzog begegnet, muß in der Gewißheit von ihm scheiden, daß sein Sohn gestorben ist.« Dalberg gestattete sich ein zaghaftes Lächeln. »Seien Sie versichert, diese Jesuiten werden dabei keine Ausnahme machen.«

Und während ich noch die geistvolle Tücke dieses Mannes bewunderte, senkte Dalberg seine Stimme zu einem hauchdünnen Flüstern. »Heute abend, meine Herren, werde ich jemanden zu

Ihnen schicken, dem ich vertraue. Er wird Sie zu einem geheimen Treffpunkt führen. Und dann, das verspreche ich Ihnen, werden Sie mehr Antworten erhalten, als Ihnen lieb sein mag.«

* * *

Die Zusammenhänge waren weit weniger kompliziert, als sie auf den ersten Blick erscheinen mochten. Stephanie Beauharnais war die Adoptivtochter Napoleons. Um das Herzogtum Baden an Frankreich zu binden, hatte der Kaiser sie mit dem Großherzog Karl verheiratet. Der einzige Sohn der beiden war somit ein direkter Erbe des Kaisers. Napoleon mußte geahnt haben, welcher Kampf um das Kind entbrennen würde, und so ließ er den Tod des Kleinen vortäuschen, um ihn fraglos irgendwann später, wenn er die Zeit für gekommen hielt, wie ein Kaninchen aus dem Zylinder zu zaubern. Nur so konnte ich mir die Vorgänge und Dalbergs Verwicklung in dieselben erklären. Der immense Aufwand, den der Kaiser um den kleinen Sohn des Großherzogs betrieb, bedeutete aber noch etwas anderes – daß nämlich seine Entscheidung hinsichtlich seines Nachfolgers bereits gefallen war.

Jener kleine Junge, den ich zu Schläue und Gelehrsamkeit erziehen sollte, war der zukünftige Herrscher Europas!

Mag es da wundernehmen, daß ich meine eben erst gefaßte Entscheidung, Karlsruhe den Rücken zu kehren, umgehend zurücknahm? Mir sollte es vergönnt sein, den mächtigsten Mann der Welt zu formen. Vergessen waren die Gefahren, vergessen sogar die Qual im Kerker der Odiyan. Mit einemmal fühlte ich mich als eine der wichtigsten Figuren auf dem Spielbrett des Weltgeschehens.

»Werde ja nicht größenwahnsinnig«, knurrte Jacob, als ich meine Gedanken aussprach. Er besaß von jeher die Gabe, durch Logik und Vernunft selbst die schönsten Träume zunichte zu machen. Oh, dafür haßte ich ihn!

Wir waren natürlich nicht in unsere Zimmer zurückgekehrt. Zwei Gründe sprachen dagegen: Zum ersten würden uns unsere Gegner dort als erstes suchen, und es war kaum zu bezweifeln, daß sie einen Weg in das spärlich bewachte Schloß finden würden. Der zweite Grund war, daß Jacob sich in den Kopf gesetzt hatte, den merkwürdigen Doktor Hadrian genauer unter die Lupe zu nehmen. Es gefiel keinem von uns, daß Jade das Dienstmädchen Nanette in seine Obhut zurückgegeben hatte. Nicht, daß wir fürchteten, er paktiere mit dem Feind – aber es war etwas Seltsames an diesem Mann, und daran trug nicht allein die bizarre Schmetterlingssammlung in seinem Haus die Schuld.

Als wir durch den Park zum Waldrand stapften, spürte ich, daß die Strapazen der vergangenen Nacht noch lange nicht überwunden waren. Das Gehen im hohen Schnee trieb mich heute noch schneller zur Erschöpfung, und manchmal war mir, als schlage mein Herz unregelmäßiger und schneller als sonst. Ich schwieg jedoch darüber, ich wollte Jacob nicht damit belasten, trotz aller Vorbehalte, die ich aufgrund seiner undurchsichtigen Beziehung zu Jade verspürte. Die letzten Stunden, die Begegnungen mit der Gräfin Hochberg, mit dem Minister und nicht zuletzt der Anblick von Spindels Brüdern hatten meine Wut auf Jacob verrauchen lassen. Ich war enttäuscht, sicher, doch mein Zorn war verschwunden.

Es dunkelte, als wir den Waldrand erreichten und den Weg zu Hadrians Haus einschlugen.

»Wenn diese drei wirklich Jesuiten waren, noch dazu aus Indien«, sagte Jacob grübelnd, »in welcher Beziehung stehen sie dann zu Spindel, der doch ein Lakai des Armeniers war?«

Er erwartete keine Antwort darauf, und so schwieg ich. Ich war ebenso ratlos wie er. Vielleicht ist es an der Zeit, unsere Erlebnisse mit erwähntem Spindel zu rekapitulieren. Siebeneinhalb Jahre zuvor, im Frühling des Jahres 1805, war ein blutiger Kampf um eines der größten Geheimnisse der Menschheit entbrannt: den Stein der Weisen. Die Rezeptur jener Substanz, die Quecksilber in Gold verwandeln und Menschen Unsterblichkeit schenken soll, wurde in den unveröffentlichten Seiten von Schillers einzigem Roman *Der Geisterseher* vermutet. Mehrere Geheimgesellschaften, vor allem aber Rosenkreuzer und Illuminaten, stritten um Schillers Manuskript, das durch Zufall in unsere Hände gelangt war. Von besonderer Grausamkeit zeigten sich dabei der Führer eines Seitenarms der Rosenkreuzer, der Armenier, und sein Gefolgsmann Spindel. Dieser jagte uns mit Hilfe seiner Söldner von Weimar über Warschau bis in das mysteriöse Bibliotheksschloß Vogelöd. Dort erst ereilte ihn sein Schicksal, als eine unserer Verbündeten, die Gräfin von der Recke, ihm eine Kugel in den tätowierten Schädel schoß. Auch der Armenier hatte den Kampf um das Manuskript nicht überlebt.

Und der Stein der Weisen? Nun, die ganze Geschichte stellte sich zuletzt als jener Irrtum heraus, den wir von vornherein darin hätten sehen müssen. Wir alle, Goethe eingeschlossen, waren durch die Aussicht auf den Stein verblendet worden. Am Ende kam trotz allem die Wahrheit ans Licht: Den Stein der Weisen gab es nicht. Geblieben war uns nichts als Beschämung und eine seltsam vage Freundschaft zu dem alten Dichterfürsten von Weimar.

Auch Goethe hatte damals der Vermutung Ausdruck verliehen, es könne sich bei Spindel um einen ehemaligen Jesuiten handeln, der sich, vom Glauben abgefallen, aufs bezahlte Töten verlegt hatte. Allerdings, so sagte er damals, wisse niemand Genaues über diese gespenstische Kreatur, die schon durch vielerlei Kriege und Konflikte geistert war und trotz ihrer augenscheinlichen Treue zum Armenier zuvorderst ihre eigenen Ziele verfolgte.

Und nun, so viele Jahre später, waren wir vielleicht auf bestem Wege, doch noch mehr über Spindels Vergangenheit zu erfahren. Schlimmer noch: Wir schienen es gleich mit dreien wie ihm zu tun zu bekommen. Es war, als sei unser schlimmster Feind gestärkt zu neuem Leben erwacht.

Das Haus des Doktors wirkte verlassen. Nichts rührte sich. In der hereinbrechenden Dämmerung lag es still und düster inmitten des Eibenkranzes. Ich wollte gleich an die Haustür treten und klopfen, doch Jacob hielt mich an der Schulter zurück.

»Warte«, sagte er zögernd.

Als hätte das Schicksal seinem Mißtrauen Gewicht geben wollen, ertönte in diesem Augenblick der Schrei einer Frau. Nicht sehr laut, aber lange anhaltend und durchsetzt von schmerzerfülltem Stöhnen und Keuchen.

»Das kommt von der Rückseite«, rief ich aufgeregt, doch Jacob war bereits losgelaufen. Ich folgte ihm so schnell ich konnte und holte ihn gerade noch ein, ehe er aus dem Schatten einer Eibe um die Hausecke treten konnte.

»Bist du wahnsinnig?« fuhr ich ihn an. »Was, wenn es eine Falle ist?«

»Eine Falle?« entgegnete er ungeduldig. »Das war Nanette, die da geschrien hat.«

»Dein Heldentum in Ehren. Aber können wir nicht weniger auffällig nachsehen, was da geschieht?«

Zähneknirschend gab er nach, und so schlichen wir langsamer und weniger überstürzt bis zur Rückseite. Der kleine Garten des Hauses, der weiter hinten an den Waldrand stieß, war mit ungepflegten Sträuchern und Büschen bewachsen. Zwischen ihnen liefen wir gebückt bis unter ein beleuchtetes Fenster unweit einer Hintertür. Von dort ertönten die Schreie.

Vorsichtig blickten wir übers Fensterbrett ins Innere. Das Glas war einen Spaltbreit geöffnet. Ein warmer, säuerlicher Geruch wehte uns entgegen.

Auf einer Bettstatt lag Nanette und gebar ihr Kind.

Ich hatte dergleichen nie gesehen, und ich weiß nicht, welcher Schrecken der größere war: der unvermutete Einbruch in einen Akt von solcher Intimität oder der Anblick des blut- und schleimtriefenden Kindes, das Hadrian soeben zwischen den

Schenkeln des Mädchens ans Tageslicht brachte. Mir wurde schwindlig und noch dazu übel, während Jacob mit gebanntem Blick an der Szene hing. Ihm diente selbst das Entsetzliche als Nahrung seiner Neugier.

Das winzige Kind begann zu schreien, während Nanette verstummte. Ihr kreidebleiches Gesicht lag inmitten einer Flut roten Haars, doch, ich muß es gestehen, mein Blick war allein auf die klaffende Öffnung zwischen ihren Beinen gerichtet. Hadrian durchschnitt die Nadelschnur und tat wohl auch alles Weitere, was nötig war, doch ich hatte keinen Sinn dafür. Ich konnte nur auf das lebensspendende Organ dieses Mädchens starren, abgestoßen und gleichermaßen fasziniert.

Ich schloß die Augen, schüttelte den Kopf, um wieder klar denken zu können, und ließ mich an der Mauer hinab zu Boden sinken.

»Lieber Himmel«, stammelte ich immer wieder.

Bei Gott, war mir schlecht!

Jacob hockte immer noch auf den Knien vorm Fenster und blickte in das Zimmer. »Sie hat das Bewußtsein verloren«, flüsterte er fasziniert. »Ist das immer so?«

»Sagte Hadrian nicht, es sei erst in einigen Wochen so weit?«

»Wahrscheinlich war all die Aufregung zuviel für die Arme.«

Ich atmete tief ein und aus, in der Hoffnung, die kalte Luft könne mein aufgewühltes Inneres betäuben. Mein Blick streifte den Waldrand.

Da sah ich sie.

»Jacob!« zischte ich ihm zu. »Runter, schnell!«

»Was ...?« begann er, doch da hatte ich ihn schon gepackt, vom Fenster fortgerissen und zwischen die vorderen Büsche gezerrt.

»Hättest du die Güte, mir ...«

»Still!«

Ich deutete auf die Bäume am Ende des Gartens. Jacob blickte an meinem ausgestreckten Arm entlang, bis auch er sie entdeckte.

Gestalten mit riesigen Vogelköpfen. Eulen, Adler, Falken. Mindestens drei. Hinter ihnen im Dunkel des Waldes sah ich Bewegung, vielleicht von Pferden, vielleicht von weiteren Odiyan.

Jacobs Augen weiteten sich vor Entsetzen. »Wo sind Jades Wachposten?«

Darauf bedurfte es keiner Antwort. Die Odiyan mußten sie überwältigt haben. Wer hätte auch ahnen können, daß sie hierher zurückkommen würden? In Karlsruhe mußte es Dutzende Schwangere geben, nicht nur Nanette.

»Wir müssen Hadrian warnen«, flüsterte Jacob

»Nein«, widersprach ich.

Er sah mich erstaunt an. »Wie bitte?«

»Nein«, sagte ich noch einmal. »Sieh doch, da am Haus.«

Jacob blickte zwischen den Ästen zur Hintertür hinüber. Ein Stöhnen entfuhr seinen Lippen.

Hadrian war ins Freie getreten, das nackte Neugeborene in beiden Händen. Der warme, feuchte Körper des Kindes dampfte in der Kälte des Winterabends. Das Gesicht des Doktors war wie aus Stein, als er das winzige Kind mit ausgestreckten Armen über seinen Kopf hielt. Daß er dabei keinen Ton von sich gab, erhöhte nur das unwirkliche Grauen der Szene.

Die Büsche schützten uns vor den Blicken des Doktors und der Vogelmänner, aber wer schützte uns vor ihrem Anblick? Denn nun kamen die drei Odiyan heran, ungemein schnell, mit gebeugten Rücken, was ihnen die Haltung flinker Affen verlieh. Ihre dunkle Kleidung machte sie fast unsichtbar in der Dämmerung, nur die hellen Federmasken stachen deutlich aus den Schatten hervor. Lautlos sprangen sie durch die Büsche heran, bis sie vor dem Doktor zum Stehen kamen.

Hadrian hielt einem der drei das wimmernde Kind entgegen. Seine Hände zitterten, als der Odiyan das Neugeborene gierig an sich riß. Kein Wort wurde gewechselt, auch keine Belohnung.

Jacob stieß mich an. Sein bebender Zeigefinger wies auf einen der beiden Vogelmänner im Hintergrund. »An seinem Hals«, flüsterte er atemlos, »das sieht doch aus wie –«

»Vaters Uhr«, gab ich leise zurück. »Ja, sie ist es.«

Jacob starrte mich an, doch ich konnte nur hilflos mit den Schultern zucken. Der Odiyan hatte sie mir gestohlen, als ich ohne Bewußtsein war. Nun trug er sie an der Kette um seinen Hals wie eine goldene Brosche.

Die Vogelmänner wandten sich ohne einen Laut um und verschwanden so schnell, wie sie gekommen waren. Hadrian blickte ihnen noch einen Augenblick nach, dann trat er zurück ins Haus und schloß die Hintertür. Ein Riegel schnappte ein. Jenseits der vorderen Baumreihen am Waldrand erklang Pferdegetrappel, das sich allmählich entfernte. Wir waren wieder allein im Garten. Allein mit unserem Entsetzen.

»Komm!« Jacob sprang aus dem Gebüsch und eilte mit wenigen Schritten zurück zum Fenster. Wenige Herzschläge später hockten wir zitternd unterhalb des Fensterbretts und blickten in Hadrians Entbindungszimmer. Der Doktor stand über Nanette gebeugt und nahm uns mit seinem Rücken die Sicht.

»Was tut er?« Meine Stimme war kaum ein Hauch. Das Grauen saß mir tief in den Knochen.

Jacob gab keine Antwort. Kniff nur die Augen zusammen.

»Was tut er?« fragte ich noch einmal.

Jacob richtete sich ruckartig auf. »Großer Gott!«

Und mit diesen Worten stieß er das angelehnte Fenster nach innen und sprang in kühnem Schwung ins Haus. Hadrians Kopf zuckte herum. Was blieb mir übrig? Ich folgte meinem Bruder.

Dann sah auch ich, was der Doktor hatte tun wollen.

Noch immer hielten seine Hände das Glas, aus dem er der bewußtlosen Nanette eine milchige Flüssigkeit hatte einflößen wollen. Gift! Es konnte nichts anderes sein. Die Lippen des Mädchens glänzten feucht.

Jacob stürzte sich auf ihn, er fiel über ihn her wie ein rasendes

Tier. Noch nie hatte ich meinen Bruder so aufgebracht gesehen, und ich ließ mich von seiner Wut mitreißen. Hadrian ging mit einem Aufschrei zu Boden. Jacob holte aus und schlug ihm die Faust ins Gesicht, ich stieß ihm den Fuß in die Rippen, einmal, zweimal, während Jacob wie ein Wahnsinniger auf ihn einprügelte. Fraglos hätte man keinem von uns solchen Zorn zugetraut.

Augenblicke später war es vorbei. Keuchend traten wir einen Schritt zurück. Hadrian lag gekrümmt am Boden, seine Lippen waren aufgeplatzt, Blut lief über sein Kinn, ein Speichelfaden perlte zur Erde. Er weinte – ach was, er heulte wie ein kleines Kind.

Jacob beugte sich besorgt über Nanette. Ihre Brust hob und senkte sich. Ich nahm das Glas und hielt es gegen das Licht einer Öllampe. Die Ränder schienen trocken. Wir waren gerade noch rechtzeitig gekommen.

Hadrian streckte eine Hand nach mir aus, unsicher, bebend. Gleichzeitig schob er sich mit der anderen auf mich zu.

»Geben Sie ihr ... das Medikament!« keuchte er unter Tränen.

»Medikament?« stieß ich aus. »Sie wollten das Mädchen vergiften!«

»Nein, nein!« schrie der Doktor. »Es ist ... Medizin! Sie wird sterben, wenn Sie sie nicht bekommt.«

Ich wechselte einen Blick mit Jacob. Wir waren uns einig, nicht auf diese Lüge einzugehen.

»Glauben Sie mir doch!« Hadrian packte mit einer Hand den Rand der Bettstatt und versuchte vergeblich, sich daran hochzuziehen. Mit schmerzverzerrtem Gesicht fiel er zurück auf den Boden. »Die Geburt ...«, stöhnte er, »wurde ... künstlich eingeleitet. Mit einer starken Droge. Nanette wird sterben, wenn sie nicht ... das Gegenmittel ...«

Zögernd hob ich das Glas unter die Nase. Die Flüssigkeit war völlig geruchlos.

Hadrians Worte waren zwischen seinen Schluchzern jetzt kaum mehr zu verstehen. Er weinte nicht aus Schmerz. Erneut versuchte er, sich hochzuziehen, doch vergeblich.

»Bitte!« flehte er. »Sie stirbt, wenn sie nicht … die Medizin, bitte!«

Jacob blickte ebenso ratlos drein wie ich selbst.

»Bitte!« rief der Doktor noch einmal. Sein Keuchen ging jetzt schneller, er packte mein Hosenbein, zog daran. Es war ein grauenvoller Anblick, diesen Mann so vollkommen hilflos am Boden zu sehen. Und da faßte ich meinen Entschluß. Ich legte das Glas an Nanettes Lippen, drückte sie einen Spaltbreit auf und ließ die Flüssigkeit sachte hineinrinnen. Ich hoffte nur, sie würde sie schlucken und nicht daran ersticken.

»Wilhelm …«, begann Jacob, verstummte aber gleich wieder. Trotz aller Zweifel akzeptierte er meine Entscheidung. Wie hätte auch einer von uns mit Gewißheit zu sagen vermocht, was das Richtige war?

Hadrian ließ mein Bein los. »Danke«, stöhnte er. »Großer Gott, danke!«

»Sparen Sie sich Ihren Dank«, stieß Jacob angewidert hervor. »Was Sie getan haben, wird Sie an den Strang bringen.«

Hadrian kroch zur Wand und lehnte sich mühevoll dagegen. Seine Lippe blutete noch immer. Eine Auge schwoll an. »Ich habe es doch nur für sie getan.«

»Für uns?« fragte Jacob voller Häme.

»Er meint das Mädchen«, sagte ich.

Jacob lachte gallig. »Sie wird Ihnen bestimmt sehr dankbar sein für das, was Sie ihr angetan haben. Ihr und ihrem Kind.«

»Ich konnte doch nicht anders«, entgegnete der Doktor.

»Wissen Sie, was die Odiyan mit Neugeborenen tun?« fragte Jacob bösartig und trat auf den Doktor zu. Ich glaubte schon, er wolle ihn am Kragen packen, doch dann ließ er ihn einfach am Boden sitzen. »Soll ich es Ihnen verraten?«

»Jacob!« Ich ging dazwischen und deutete auf Nanette. »Wer weiß, ob sie uns hören kann.«

Hadrian schüttelte schwach den Kopf. »Sie ist bewußtlos ... kann nichts hören. Sie wird erst morgen wieder erwachen.«

»Wie konnten Sie das tun?« fragte ich.

Hadrian begann wieder zu heulen. »Sie haben mir gedroht. Nein, nicht mir – Nanette. Sie sagten, sie würden sie foltern und töten und das Kind ohnehin bekommen. Ich ... ich hatte mich trotzdem geweigert. Dann entführten sie sie. Da brach ich zusammen. Es war wie ein Geschenk Gottes, als man sie mir unversehrt zurückbrachte. Aber dann verschwanden plötzlich die beiden Wachen, diese Inder. Einer der Männer mit den Masken kam ins Haus, sagte, die beiden seien tot, und Nanette würde es ebenso ergehen, später, wenn sie mit ihr fertig wären. Ich könne es nur verhindern, wenn ich dafür sorgte, daß sie das Kind bekäme. Heute noch. Sonst nichts. Nur ... nur das Kind.« Er vergrub das Gesicht in den Händen. »Ich gab Nanette die Droge und sorgte dafür, daß das Kind zu früh zur Welt kam. Die Betäubung ist eine Nebenwirkung der Mixtur. Nanette wußte von nichts. Natürlich nicht.«

»Und später wollten Sie ihr erzählen, sie habe plötzlich das Bewußtsein verloren, das Kind sei tot geboren worden und Sie hätten den Leichnam bereits fortgeschafft.« Jacobs Stimme war voller Verachtung. »Ist es nicht so?«

Hadrian nickte, ohne die Hände vom Gesicht zu nehmen.

»Für Sie war das alles sehr einfach, was?« Jacob spie ihm die Worte ins Gesicht. »Aber was die Mutter dabei empfindet –«

»Sie begreifen nicht«, entgegnete Hadrian tränenerstickt. »Sie begreifen noch immer nicht.«

Jacobs Tonfall blieb eisig. »Ich wüßte nicht, was –«

Die Stimme des Doktors klang hoch und mißtönend: »Nanette war die Mutter. Aber ich, Herr Grimm, war der Vater. Dieses Kind war *meine* Tochter!«

»Gütiger Himmel«, entfuhr es mir. »Sie haben Ihr eigenes Kind diesen Bestien übergeben?«

Jacob war sprachlos.

Hadrian kreischte auf. »Ich habe es für Nanette getan! Herrgott, Sie sind zu jung, alle beide. Sie kennen die Liebe nicht! Ich habe es nur aus Liebe zu Nanette getan! Diese Kreaturen hätten sie gefoltert, geschändet, ermordet. Sie stellten mich vor die Wahl – Nanette oder das Kind. Wie hätten Sie sich da entschieden?«

Jacob wies jeden Gedanken an eine Antwort weit von sich. »Wir werden die Gendarmerie verständigen«, sagte er fest, doch ich wußte, daß die Härte in seiner Stimme trog.

»Warum sind Sie nicht selbst zu den Gendarmen gegangen«, fragte ich den Doktor, »oder haben Schutz im Schloß gesucht?«

Hadrian lachte hysterisch auf. »Schutz im Schloß? Sie spaßen, Herr Grimm. Glauben Sie denn, ich hätte es nicht versucht? Ich wandte mich an den Befehlshaber der Wache. Aber er sagte mir nur, was ohnehin jeder weiß: Es gibt keine Soldaten in Karlsruhe. Die Handvoll, die noch da ist, hat Besseres zu tun, als sich um meine Sorgen zu kümmern. Und die Gendarmerie ist machtlos angesichts all der Überfälle. Seit Bonaparte die badischen Soldaten ausgehoben hat, ist dieses Land ungeschützt und vollkommen hilflos. Unsere Kräfte wurden bei Borodino und Semenowskoje aufgerieben – das ist es, was uns die großartige Regierung Napoleons eingebracht hat. Nichts als Leid und Elend und die ständige Angst vor Gesetzlosen.«

»Und Sie glauben, ein Pakt mit ihnen macht die Dinge besser?« fragte Jacob. Es war ein fadenscheiniger Einwurf. Der Doktor hatte nur seine Geliebte retten wollen, vielleicht auch sich selbst, und das mit den Mitteln, die ihm zu Gebote standen. Gegen meinen Willen brachte ich Verständnis für sein Tun auf.

Hadrian schüttelte resigniert den Kopf. »Sie wollen einfach nicht begreifen. Es ist zwecklos.«

Jacob stand da und wußte nichts mehr zu sagen. Es war nicht an uns, nach der Moral des Doktors zu fragen. Ein Richter würde sich damit beschäftigen.

»Hören Sie«, sagte Hadrian plötzlich, »ich will Ihnen etwas vorschlagen. Sie bewahren Stillschweigen über das, was geschehen ist, und ich werde Ihnen dafür einen Hinweis geben. Etwas, das Ihr Leben retten kann.«

Jacob starrte ihn voller Entrüstung an. »Sie glauben nicht ernsthaft, daß wir so etwas in Erwägung ziehen.«

Hadrian stemmte sich an der Wand hoch und taumelte an uns vorüber zu Nanette, die immer noch in tiefer Bewußtlosigkeit dalag. Mit bebenden Fingern zog er eine Decke über ihre nackten Beine. Durch das offene Fenster blies der Winter herein.

»Sie glauben, ich will meinen Hals aus der Schlinge ziehen, nicht wahr?« sagte er, ohne sich zu uns umzudrehen. Seine Hände streichelten das weiße Gesicht des Mädchens. »Aber das ist es nicht. Alles, was ich will, ist Nanettes Seelenfrieden. Der Verlust des Kindes ... damit hat sie genug zu erdulden. Sie muß nicht auch noch die ganze Wahrheit erfahren. Nehmen Sie mein Angebot an – um ihretwillen!«

»Niemals«, beharrte Jacob.

»Was für eine Art von Hinweis ist das, den Sie uns versprechen?« fragte ich.

Hadrian atmete tief. »Es ist wichtig. Wirklich wichtig. Vor allem für Sie, denn Sie haben an Dinge gerührt, an denen bereits ganz andere zugrunde gegangen sind.«

Jacob schüttelte den Kopf. »Sie wollen uns täuschen.«

»Ich gebe Ihnen mein Wort, daß ich die Wahrheit sage.«

Jacob schnaubte verächtlich. »Das Wort eines Kindsmörders.«

Ich legte ihm meine Hand auf die Schulter und führte ihn ans Fenster. Dort beugte ich mich nahe an sein Ohr, damit Hadrian meine Worte nicht hörte. »Sei nicht zu voreilig«, flüsterte ich. »Selbst wenn wir zur Gendarmerie gehen – Hadrian wird nichts geschehen. Wir haben keine Beweise. Das Kind ist fort, es gibt keinen Leichnam. Er kann mühelos behaupten, er habe es begraben und Wölfe hätten es aus der Erde gezerrt. Der Doktor gilt als respektabler Mann, vergiß das nicht. Was also haben wir zu verlieren, wenn wir auf sein Angebot eingehen?«

»Unsere Ehre.«

»Besser als unser Leben«, gab ich zurück. »Ich war in der Gewalt der Odiyan, Jacob, vergiß das nicht. Und ich schwöre dir, ich will das niemals, niemals wieder erleben. Deshalb laß uns hören, was Hadrian zu sagen hat.«

Er starrte einige Sekunden lang hinaus ins Dunkel, dann nickte er knapp. »Vielleicht hast du recht.«

Wir gingen zurück zu Hadrian, der mit tränennassen Augen auf Nanette herabblickte und zärtlich über ihr Haar strich. »Ist sie nicht wunderschön?« murmelte er leise, wie im Selbstgespräch.

»Sie haben unser Wort, daß wir Stillschweigen bewahren werden«, sagte ich.

Er drehte sich um und musterte uns eingehend. »Ich kann Ihnen vertrauen?«

»Wir sind Ehrenmänner«, entgegnete Jacob steif, als wolle er sich selbst überzeugen.

»Was ich Ihnen sagen werde, haben Sie nicht von mir erfahren. Hören Sie? Nicht von mir.«

»Einverstanden.«

Hadrian taumelte zu einem Stuhl und ließ sich schwer darauf nieder. »Bitte, schließen Sie das Fenster«, sagte er.

Ich schob den Riegel vor.

»Und die Tür«, fügte er hinzu.

Auch das geschah. Dann standen wir da und blickten ihn erwartungsvoll an.

Der Blick des Doktors klebte am Fenster, als erwartete er, jemand stünde draußen in der Finsternis und höre zu. »Haben Sie je vom Quinternio der Großen Fragen gehört?«

Jacob und ich wechselten einen Blick. Fünf Fragen und fünf Teufel, hatte die Märchenfrau gesagt. Und nun das: der Quinternio – die Fünfheit – der Großen Fragen.

»Was ist das?« fragte Jacob.

»*Was* es ist – nun, darauf kann ich Ihnen kaum eine befriedigende Antwort geben«, gestand Hadrian. »Der Quinternio ist eine ... eine Macht, könnte man wohl sagen. Eine Kraft. Eine Gewalt hinter den Kulissen, mit eigener Exekutive. Alles kreist um die fünf Großen Fragen: Warum, Wie, Wer, Wo und Wann.«

»Werden Sie deutlicher«, verlangte Jacob.

Der Doktor hob die Schultern. »Ich weiß selbst nicht viel mehr darüber, als daß es sich beim Quinternio um die Verkörperung eines philosophischen Konzeptes handeln muß.«

»Inwiefern?«

»Alles wurzelt in den fünf Großen Fragen. Sie sind die grundlegenden Fundamente unseres Denkens, sie machen den Menschen zu dem, was er ist. Vor allem aber regieren sie die Sprachen der Welt, denn ohne Fragen wäre jedes andere Wort ohne Sinn. Alles läßt sich auf sie zurückführen. Ohne Fragen gibt es keine Antworten, keine Erklärungen, keine neuen Erkenntnisse. Es gäbe keine Wissenschaft, keine Vernunft, auch kein Leben, wie wir es kennen.«

»Es ist noch nicht lange her, da hat uns jemand etwas Ähnliches angedeutet«, sagte ich nachdenklich.

Hadrians Augenbrauen zuckten. »Wer?«

»Eine alte Frau in der Stadt. Ihr Name ist Runhild. Wir besuchten sie, um –«

»Runhild!« rief Hadrian aus. »Natürlich.«

Jacob trat ungeduldig von einem Fuß auf den anderen. »Fahren Sie fort.«

Der Doktor nickte. »Der Quinternio versteht sich als Verkörperung dieser fünf fundamentalen Fragen. Aber, bitte, fragen Sie mich nicht, was genau man sich unter dieser Verkörperung vorzustellen hat. Sind es fünf Menschen, fünf Reiche, fünf Armeen, Kirchen, Religionen? Ich weiß es nicht. Sicher aber ist, daß der Quinternio in gewissen Augenblicken in die Verstrickungen der Menschen eingreift, vor allem wenn es um Fragen der Macht geht, großer Macht.«

»Wie kann er das, wenn er sich nicht zu erkennen gibt und seine Ziele geheim hält?« fragte Jacob.

»Es gibt Männer und Frauen, die ihm treu ergeben sind«, erklärte Hadrian. »Aber ich will nicht den Eindruck erwecken, als handele es sich bei dem Quinternio nur um einen einzelnen Mann oder eine Person. Er setzt sich aus fünf Teilaspekten zusammen, deren ehernes Gesetz es ist, sich niemals und niemandem zu offenbaren.«

»Eine Art geheimer Bund?« warf ich ein.

»Mehr als das«, widersprach er. »Eine Verbindung reinster Macht, ohne Gewissen oder Skrupel. Wie eine Ameisenkönigin, die ihr Volk nach den Gesichtspunkten purer Pragmatik regiert. Gefühle werden nicht überwunden, es gibt sie einfach nicht. Das mag gegen einen Bund von fünf einzelnen Menschen sprechen.«

Jacob räusperte sich vernehmlich. »Das alles ist zweifellos wissenswert und bedeutungsvoll, doch inwiefern sollte es uns betreffen?«

Hadrian warf einen Blick auf die schlafende Nanette, dann zum schwarzen Fenster. Schließlich starrte er uns eingehend an. »Ich sprach von den Agenten des Quinternio. Sie sind unter uns. Sie verfolgen uns.«

Mir kam ein Gedanke. »Sind sie am ganzen Körper tätowiert? Mit Bibelsprüchen?«

Der Doktor legte verdutzt den Kopf schräg. »Tätowiert? Nein, nicht daß ich wüßte. Die Geschöpfe des Quinternio handeln unerkannt und unauffällig. Sogar Sie beide könnten dazugehören.«

»Wir?« fragten Jacob und ich wie aus einem Mund.

»Natürlich.« Er gestattete sich ein feines Lächeln. »Doch es gibt andere, vor denen Sie sich in acht nehmen sollten. Überlegen Sie sich sehr gut, zu wem Sie sprechen und mit wem Sie sich einlassen. Denken Sie daran: Jeder kann ein Diener des Quinternio sein.«

Für meinen Geschmack klang das alles nach Verfolgungswahn, nach einem wirren Gespinst seiner Phantasie. Durch meine Erinnerung flatterten die toten Schmetterlinge. Hatte Hadrian den Verstand verloren?

Mit hohler Stimme fuhr er fort. »Geben Sie acht auf einen Mann namens Stanhope. Lord Stanhope, ein Engländer.«

Es mag Zufall gewesen sein, doch im Lichte dessen, was später geschah, kann ich nicht daran glauben: Im selben Augenblick, Hadrian hatte kaum zu Ende gesprochen, erklang ein lautes Pochen; es kam aus dem vorderen Teil des Hauses.

»Es ist jemand am Eingang«, flüsterte Jacob.

Der Doktor war blaß geworden und schwieg.

»Wollen Sie nicht öffnen?« fragte ich. »Erwarten Sie jemanden?«

Hadrian schüttelte wortlos den Kopf.

Jacob sah mich an. »Man wird uns suchen. Sicher hat uns irgendwer beobachtet, als wir in den Park gingen.«

»Möglich«, erwiderte ich flau. »Sollen wir nachsehen?«

»Nein!« rief Hadrian aus. »Was, wenn sie zurückgekommen sind?«

»Die Odiyan?« Jacob schüttelte entschieden den Kopf. »Weshalb sollten sie das tun? Sie haben doch alles bekommen, was sie wollten.« Mißtrauen schlich sich in seine Stimme. »Oder ist da noch ein anderer Grund, Doktor Hadrian? Könnte es noch etwas geben, das die Odiyan hierhertreibt?«

Ein weiteres, ungleich lauteres Pochen enthob den Doktor einer Antwort.

Jacob nickte mir zu und ergriff einen vierarmigen Leuchter. Dann verließen wir gemeinsam das Zimmer. In der Eingangshalle waren die hohen Brokatvorhänge wieder zugezogen. Der Schmetterlingsfriedhof lag im Schatten.

Wenige Schritte vor der Haustür blieb ich stehen und hielt Jacob zurück. »Und wenn es wirklich die Odiyan sind?«

»Warum, um alles in der Welt, sollten sie mit einemmal anklopfen? Das scheint mir kaum ihre Art zu sein. Sagte nicht Dalberg, er wollte uns einen Boten seines Vertrauens schicken? Jemand, der uns am Abend zu ihm führt? Nun, jetzt ist es Abend.«

Keineswegs beruhigt, wenngleich auch nicht mehr ganz so verängstigt wie zuvor, trat ich gemeinsam mit ihm an die Tür.

»Wer ist da?« fragte Jacob laut.

Dumpf erwiderte eine Stimme durch das dicke Holz: »Der Minister schickt mich.«

Jacob schenkte mir seinen heißgeliebten Ich-hatte-recht-Blick. Dann öffnete er die Tür.

Im Dunkel stand ein Mann, eingehüllt in einen Fellmantel von edlem Schnitt. Er hatte ein langes, schmales Gesicht, sein dunkles Haar war leicht gewellt. Er mochte nur wenig älter sein als wir selbst, und trotz des fahlen Kerzenscheins erkannte ich ihn sofort. Es war der Engländer aus dem Audienzsaal des Großherzogs, der Mann, der mit Dalberg und Spindels Brüdern an einem Tisch gesessen hatte. Und natürlich ahnte ich seinen Namen, noch ehe er sich uns mit britischem Akzent vorstellen konnte:

»Stanhope, Philip Henry Lord Stanhope. Ich komme im Auftrag meines Freundes Dalberg.« Seine Stimme war weich, keineswegs unangenehm. Mit der Hand wies er hinter sich durch den nachtschwarzen Wald zum Schloß. »Der Minister wünscht sich draußen im Park mit Ihnen zu treffen. Ich möchte Sie bitten, mir zu folgen.«

Hinter uns im Haus schlug eine Tür. Ein Riegel krachte. Hadrian hatte sich eingesperrt.

Zweiter Teil

*Die Wahrheit? – Aufbruch mit ungewissem Ziel –
Der schmerzlichste Verrat – Ihre Herrlichkeit, noch herrlicher –
Die Legende vom Polarstern – Was am Grunde des Ozeans lag –
Pathos – Blut im Getriebe der Zeit – Warum ausgerechnet sie?*

1

Endlich!« rief Dalberg erleichtert aus, als er uns kommen sah. »Ich befürchtete schon das Schlimmste. Wo um alles in der Welt haben Sie gesteckt?«

»Bei Hadrian«, nahm Stanhope unsere Antwort vorweg. Welch ein Flegel! Ich sah ihn vorwurfsvoll an, doch er überging meinen stillen Protest.

Dalbergs Miene verfinsterte sich. »Hadrian? Sie kennen ihn?«

»Flüchtig«, entgegnete Jacob. Der Minister und Stanhope tauschten finstere Blicke.

Wir standen inmitten einer hufeisenförmigen Gruppe von Tannen. Die dichten Äste der Bäume schützten uns vor den Eiswirbeln, die der schneidende Nachtwind mit sich trug. Es war stockdunkel, nur eine Öllampe, die Dalberg vorsichtig im Schnee abgestellt hatte, gab ein wenig Licht. Ihr Schein flackerte von unten über unsere Gesichter. Durch die Öffnung im Tannenring waren die hellen Fenster des fernen Schlosses zu sehen. Es sah aus, als sei ein Stück Sternenhimmel am Boden gestrandet.

Instinktiv griff ich in meine Brusttasche, um einen Blick auf die Uhr zu tun. Wieder entsann ich mich ihres Verlustes. Der Gedanke daran schmerzte noch immer.

Dalberg wandte sich an Lord Stanhope. »Würdest du uns bitte allein lassen?«

Stanhope parierte den Affront mit Würde. »Wenn du es wünschst«, entgegnete er knapp, dann drehte er sich um und stapfte in Richtung des Schlosses davon. Ich sah ihm nach, bis er eins wurde mit der pechschwarzen Nacht.

»Ein Freund von Ihnen?« fragte Jacob mißtrauisch.

Dalberg nickte. »Wir kennen uns schon lange. Der Lord ist ein

Mann von hohem Ehrgefühl und Anstand. Manchmal etwas mürrisch, aber immer da, wenn es darauf ankommt.«

»So wie heute, als die Jesuiten im Schloß waren?«

Dalberg blinzelte erstaunt. »Was wollen Sie damit sagen?«

»Nichts. Gar nichts.« Jacob sah sich demonstrativ um. »Ein merkwürdiger Ort für eine Unterredung.«

Dalberg schluckte den Spott meines Bruders ohne Widerspruch. Ein Mann in seiner Stellung war es gewohnt, daß man ihn angriff.

»Ich habe Ihnen Antworten versprochen«, sagte er und zog seinen Schal bis zum Kinn. »Es schien mir angebracht, unser Gespräch an einen sicheren Ort zu verlegen. Man sagt, daß manche Wände Ohren haben, und wenn es einen Ort auf der Welt gibt, auf den dies ganz besonders zutrifft, dann ist es fraglos dieses Schloß. Tatsache ist, daß ich niemandem trauen kann, außer vielleicht dem guten Stanhope.«

»Sie zweifeln an der Loyalität Ihres Sekretärs?« fragte Jacob, der die Anspielung Dalbergs viel schneller begriff als ich.

»Auch an der seinen, ja«, bestätigte der Minister. »Aber lassen Sie uns zum eigentlichen Grund unseres Hierseins kommen. Wir müssen uns unterhalten – über viele Dinge.«

»Als erstes über das Kind«, schlug ich vor.

Dalberg nickte. »Ja – das Kind.« Ihm war anzusehen, wie seine Gedanken in die Vergangenheit schweiften. »Ein wenig wissen Sie ja bereits darüber. Und wenn ich Ihre Aktivitäten am heutigen Abend und in den vergangenen Tagen richtig einschätze, scheint mir dieses wenige sehr viel mehr zu sein als das, was ich selbst Ihnen mitgeteilt habe.«

Ich scharrte betreten mit einem Fuß im Schnee, während Jacob den Minister unbeirrt ansah. Immer schon war ich der Reumütigere von uns beiden gewesen.

Dalberg blickte sich fröstelnd um. Die Tannenspitzen lagen außerhalb des Lampenscheins, ein gewaltiges schwarzes Sägeblatt, das in den Nachthimmel schnitt. »Ich möchte von vorne beginnen«, sagte Dalberg, »auch auf die Gefahr hin, mich zu wiederholen. Am 29. September, vor etwas mehr als drei Monaten also, wurde der badische Erbprinz geboren, der Sohn des Großherzogs Karl und seiner Gattin Stephanie. Siebzehn Tage später, am 16. Oktober, wurde der Tod des Kindes bekanntgegeben. Die Ärzte, die den Leichnam untersuchten, versicherten, es sei mit ganz natürlichen Dingen zugegangen; ein Mord wurde ausgeschlossen. Dies, meine Herren, ist die offizielle Schilderung der Ereignisse und eine, an der ich Sie bitten möchte festzuhalten.

Natürlich ahnen Sie – oder wissen Sie bereits –, daß die Wahrheit ein wenig anders aussieht. Tatsächlich wurde das Kind gleich nach der Geburt ausgetauscht. Der kleine Junge, der fortan in der herzoglichen Wiege lag und einige Tage später verstarb, war in Wirklichkeit der Sprößling einer verläßlichen Bediensteten. Nicht einmal der Großherzog und seine Frau ahnten etwas von dem Kindertausch. Beide nahmen weiterhin an, der Junge, den sie bereits in ihr Herz geschlossen hatten, sei ihr leibhaftiger Sohn.« Wieder schaute Dalberg mißtrauisch in die Finsternis. Er machte einen Schritt auf uns zu und senkte seine Stimme. »Eine Intrige von solchem Ausmaß, die in so delikatem Umfeld und ohne Wissen des Großherzogs stattfindet, kann zwangsläufig nur in höchsten – und ich meine wirklich *allerhöchsten* – Regierungskreisen ersonnen worden sein.«

»Vom Kaiser«, flüsterte Jacob.

Dalberg nickte. »Von ihm und seinen Beratern, ja.«

»Zu denen auch Sie zählen.«

Er lächelte, fast ein wenig kokett. »Er vertraut mir, wenigstens in einem gewissen Maße.« Eine Untertreibung, natürlich, denn immerhin hatte Bonaparte sich dem Minister soweit ausgeliefert, daß er durch ihn seine Adoptivtochter und seinen Schwiegersohn um ihr Kind bringen ließ.

Dalberg fuhr fort: »Der Kaiser fürchtet den Einfluß gewisser

Kreise am badischen Hof auf das Kind. Deshalb hielt er es für unumgänglich, seinen Thronfolger verschwinden zu lassen, um ihn erst, wenn er die Zeit für gegeben hält, wieder ins Licht der Öffentlichkeit zu entlassen.«

»Welche Kreise sind das?« fragte ich.

Die Antwort gab nicht Dalberg, sondern Jacob: »Die Gräfin Hochberg.«

»Gut kombiniert«, bestätigte der Minister ohne Erstaunen. »Die Gräfin Hochberg ist eine gefährliche Frau. Es gibt viele, die ihr blindlings folgen, ohne dies nach außen zu zeigen. Selbst einige der engsten Vertrauten im Umfeld des Großherzogs stehen mit dem Herzen auf ihrer Seite. Alte Verbindungen sind schwer zu kappen, gerade an einem Hof wie diesem. Viele haben sie noch als Gattin des früheren Regenten in Erinnerung.«

»Ich nahm an, die Gräfin habe keinerlei Einfluß mehr auf die Regierungsgeschäfte Badens«, sagte ich verwundert.

»Ich selbst und einige andere halten sie aus allem heraus, und bisher ist es uns gelungen. Das aber wird sich ändern, falls sie das ehrgeizigste ihrer Ziele erreichen sollte. Denn die Gräfin plant nichts Geringeres, als ihre eigenen Söhne zu Badens Thronfolgern zu machen.«

»Wie sollte ihr das gelingen?«

»Wie Sie sicher wissen, war die Gräfin Hochberg die zweite Frau des früheren Großherzogs Karl Friedrich. Erbberechtigt sind aber nur seine Kinder aus erster Ehe und deren Nachkommen, wie etwa der derzeitige Großherzog Karl. Die Gräfin aber wünscht nichts sehnlicher, als daß ihre eigenen Söhne den Thron besteigen. Der neugeborene Sohn des Großherzogs stand dem natürlich im Wege, denn mit jeder neuen Generation verringert sich ihre Aussicht, jemals die eigenen Kinder als Regenten Badens zu sehen.«

Jacobs Stirn lag in nachdenklichen Falten. Trotzdem schien er weniger Mühe zu haben als ich, den Ausführungen Dalbergs zu folgen.»Also fürchtete Napoleon, die Gräfin würde dafür sorgen, daß der kleine Sohn des Großherzogs ihr nicht länger im Wege steht – durch einen Unfall oder einen geschickt getarnten Mord.«

»So ist es«, bestätigte Dalberg. »Der Kaiser beschloß insgeheim, der Gräfin zuvorzukommen. Er sorgte dafür, daß das Kind verschwand.«

Ich begriff noch immer nicht ganz. »Aber damit erreicht er doch das genaue Gegenteil seines eigentlichen Strebens, denn der Weg für die Söhne der Gräfin ist damit frei.«

»Vorerst, ja. Möglicherweise werden die Hochbergs in einigen Jahren den Thron besteigen, stolz und selbstzufrieden, wie sie sind. Dann aber wird eines Tages ein junger Mann auftauchen, bei dem es sich um den totgeglaubten Sohn des Großherzogs Karl handelt. Die Ansprüche der Hochbergs werden damit auf einen Schlag fortgewischt, und der Junge wird über Baden und später über das gesamte Kaiserreich herrschen. Sie, Herr Grimm« – und dabei sah er mich an – »sollen dafür sorgen, daß er die nötige Bildung, ja das Genie aufweist, das einem Nachfolger des großen Napoleon zusteht.«

»Mein Bruder war dabei wohl kaum Ihre erste Wahl, oder?« fragte Jacob skeptisch.

Dafür hätte ich ihn prügeln mögen!

»Nun ja, um ehrlich zu sein, nein. Der Kaiser brachte sein Anliegen erst bei Ihrem Gönner Goethe vor. Nun wissen Sie beide und auch ich sehr gut, daß unser großer Dichter sich kaum auf derlei einlassen würde; ich halte ihn auch für um einiges zu alt und verschroben für diese Aufgabe. Napoleon aber, der Goethe vor einigen Jahren beim Erfurter Fürstenkongreß kennen- und schätzenlernte, ließ sich nicht umstimmen und bestand darauf, sein Angebot vorzutragen. Daß Goethe ablehnte, mag ihn enttäuscht haben, aber um so größer wurde seine Beharrlichkeit, als Goethe Sie, Herr Grimm, als gleichwertigen Ersatz vorschlug. Für den Kaiser stand daraufhin fest, daß Sie unser Mann sind.«

Man mochte über Napoleon, der immerhin einiges Leid über das Land gebracht hatte, denken, was man wollte: In diesem Augenblick hielt ich ihn für den weisesten und größten Herrscher aller Zeiten. Er kannte meinen Namen! Ja, er bestand darauf, daß ich, nur ich, seinen Enkel zum Genie formte! Ich gestehe, in jenem Moment stiegen mir Stolz und Triumph gehörig zu Kopf.

Als ich mich mit einem Seitenblick vergewissern wollte, daß Jacob jedes Wort mit angehört und verinnerlicht hatte, bemerkte ich zu meinem Ärger, daß ihn bereits ganz andere Dinge beschäftigten.

»Angenommen, alles wird sich den Wünschen des Kaisers entsprechend entwickeln«, sagte er grübelnd, »und Wilhelm wird es gelingen, aus dem Kind einen würdigen Thronfolger zu machen. Wie aber soll dann später der Beweis erbracht werden, daß es sich bei dem jungen Mann, der immerhin aus dem Nichts auftaucht, tatsächlich um den rechtmäßigen Thronfolger und nicht um einen Betrüger handelt?«

Dalbergs Lippen verzogen sich zu einem stolzen Lächeln. »Dafür hat der Kaiser längst gesorgt.«

»Wie das?« fragte ich.

Das Lächeln des Ministers wurde noch breiter. »Kurz nach der Geburt des Kindes tauchte ein vermummter Fremder in den Gemächern der Gräfin Hochberg auf und machte ihr ein Angebot. Wie Sie vielleicht wissen, ist die Gräfin hochverschuldet und kann es sich nicht leisten, eine beträchtliche Summe auszuschlagen – vor allem, wenn sie im Austausch dafür etwas tun muß, das ihren eigenen Zielen dient. Dieser Fremde also trug der Gräfin auf, den neugeborenen Sohn des Großherzogs zu entführen und an ihn auszuliefern. Dafür bot er der Gräfin einen hohen Talerbetrag und noch dazu die Sicherheit, das Kind werde ins Ausland gebracht und dort ermordet.

Die Gräfin, verblendet vom Gold und der Aussicht, endlich ihr Ziel zu erreichen, ließ sich auf den Handel ein. Wie ihr Auftraggeber es verlangt hatte, tauschte sie den wahren Prinzen gegen den falschen aus und übergab das Kind dem Fremden. Jener Ersatzprinz, wenn ich ihn so nennen darf, war mit besonderem Augenmerk darauf ausgewählt worden, daß es sich um ein kränkelndes, auf die Dauer kaum lebensfähiges Kind handelte. Die Gräfin Hochberg mußte somit annehmen, daß der Kleine bald sterben und den Platz für ihre eigenen Söhne freimachen würde.«

»Teuflisch!« entfuhr es Jacob. Seine leuchtenden Augen verrieten, welchen Eindruck der perfide Plan auf ihn machte. »Die Gräfin handelte also, ohne es zu wissen, im Auftrag Napoleons und schaufelte sich ihr eigenes Grab.«

»In der Tat.«

Ich begriff. »Dann waren Sie der maskierte Fremde!«

»Natürlich«, bestätigte Dalberg. »Ich nahm den wahren Prinzen unbeschadet entgegen und ließ ihn in ein sicheres Versteck bringen.«

Jacob staunte. »Und wenn der Prinz dereinst zurückkehrt, wird es eine Reihe von Beweisen geben, die seine Entführung durch die Gräfin belegen. Denn dafür haben Sie ohne Zweifel ebenfalls gesorgt, nicht wahr?«

Dalberg nickte. »Der Prinz wird sehr überzeugend darlegen können, welches Unrecht ihm nach seiner Geburt durch die Gräfin widerfuhr. Die Hochbergs werden dadurch jeglichen Anspruch auf den Thron verlieren. Man wird sie verbannen oder gar hinrichten, so will es das Gesetz. Sie sehen, meine Herren, alles ist bis ins kleinste Detail vorausgeplant.«

Atemlos war ich den Ausführungen Dalbergs gefolgt. Die Größe dieses Plans erschreckte und faszinierte mich zu gleichen Teilen. Mehr noch aber beschäftigte mich meine eigene Rolle in diesem Intrigenspiel.

»Was also erwarten Sie nun von mir?«

»Falls Sie nach allem, was Sie jetzt erfahren haben, immer noch für den Posten zur Verfügung stehen, dann werden Sie morgen früh eine Kutsche besteigen und von ihr an jenen geheimen Ort gebracht werden, wo sich der Prinz und seine Amme aufhalten. Dort werden Sie eine Weile mit ihm leben und Einfluß auf die allerersten Regungen seines Geistes nehmen. Später wird es vielleicht möglich sein, mit ihm und der Amme in Ihre Heimat zu reisen. Sie könnten vorgeben, in der Zwischenzeit eine Familie gegründet zu haben. Niemand wird daran zweifeln, daß es sich bei dem Kind um Ihren Sohn handelt. Sie werden ihn großziehen, bis es an der Zeit für ihn ist, hierher zurückzukehren und sein vorbestimmtes Erbe anzutreten. Sollten Sie dieses Angebot annehmen, was ich sehr hoffe, wird es Ihnen nie mehr im Leben an irgend etwas mangeln. Der Kaiser kann sehr großzügig sein.«

Ich wollte, trotz aller Unruhe, sogleich meine Bereitschaft versichern, dem Kaiser zu Diensten zu sein, doch Jacob kam mir wieder einmal zuvor. »Etwas aber verschweigen Sie uns«, warf er ein und hielt zugleich meinem erstaunten Blick stand. »Denn wie steht es um diese anderen Parteien, die auf das Kind aus sind? Was ist mit den drei Tätowierten? Und, mehr noch, welche Rolle spielen die Vogelmänner, die meinen Bruder verschleppten?«

»Dergleichen wird nicht mehr geschehen«, versicherte Dalberg eilig. »Ich habe den Kaiser über die Vorgänge in Kenntnis gesetzt. Bald schon wird eine Kompanie Soldaten eintreffen, die Ihren Entführern die gerechte Strafe zukommen lassen wird. Und was diese Mönche angeht – sie sind bereits wieder abgereist. Der Großherzog konnte sie, wie geplant, vom schmerzlichen Verlust seines Sohnes überzeugen.«

Freilich trug all das kaum dazu bei, mich von der Ungefährlichkeit der gesamten Unternehmung zu überzeugen. Trotzdem wollte ich, mußte ich das Angebot endlich annehmen.

»Eines noch«, bat Jacob.

Dalberg holte tief Luft. »Ja?«

»Haben Sie je vom Quinternio der Großen Fragen gehört?«

Etwas Merkwürdiges geschah. Dalberg wurde so bleich, als sei ihm der Gehörnte persönlich erschienen. Einen Augenblick lang stand sein Mund vor Verwunderung offen, schloß sich erst nach einer Weile wieder, um schließlich ein paar unsichere Worte zu formen.

»Sprechen Sie diesen Begriff nie wieder aus! Niemals, hören Sie?« Seine Stimme klang, als hätte ihm jemand Schnee in den Hals gestopft, kalt und brüchig wie Eis.

Jacob, selbst überrascht angesichts der Wirkung seiner Worte, beharrte: »Was hat es mit dem Quinternio auf sich? Was wissen Sie darüber?«

»Still!« befahl Dalberg nun eindeutig schärfer. Bemüht, sein Entsetzen abzustreifen, wandte er sich direkt an mich. »Nehmen Sie das Angebot an, Herr Grimm?«

»Ja ... ja, natürlich«, stammelte ich verdrossen.

Dalberg atmete auf. »Der Kaiser wird das zu schätzen wissen. Finden Sie sich im Morgengrauen wieder an dieser Stelle ein. Die Kutsche wird Sie erwarten, und auch ich werde hier sein, um Ihnen letzte Instruktionen zu geben.«

Damit wandte er sich ohne Abschied um und folgte Stanhopes Spur ins Dunkel. Die Lampe ließ er zurück. Er hatte kaum zehn Schritte getan, da erlosch plötzlich ein Großteil der erleuchteten Schloßfenster, und das schwarze Loch, das sich in der Nacht auftat, verschluckte die Gestalt des Ministers.

* * *

Mein Zimmer erschien mir kalt und ungemütlich, trotz heißer Bettpfanne und einem knisternden Feuer im offenen Kamin. Das Jaulen des Scherenschleifers hing ungebrochen im Raum. Mir kam der irrwitzige Gedanke, daß es allein dem Ziel diente, mir die Abreise zu erleichtern. Ein böser Streich, um mich zu verunsichern, mich zur leichten Beute fremder Entscheidungen zu machen.

Jacob setzte sich aufs Bett. Der Schnee taute von seinen Stiefeln und bildete einen unschönen Fleck auf dem Vorleger.

»Es ist gefährlich«, bemerkte er unnötigerweise.

»Ach, wer weiß«, erwiderte ich müde. »Vielleicht siehst du zu schwarz.«

»Zu schwarz? Kann es denn nach dem, was in Hadrians Haus geschah, überhaupt noch schwärzer kommen?«

»Sag nicht, du gibst etwas auf das Gefasel dieses Irren?« Ich gab mir Mühe, sehr vernünftig zu klingen, sehr selbstsicher.

Jacob hob die Schultern. »Dalbergs Verhalten war nicht gerade dazu angetan, mich vom Gegenteil zu überzeugen.«

»Trotzdem bist du diesem Lord Stanhope ebenso gefolgt wie ich. Hätte er uns wirklich umbringen wollen, hätte er da draußen im Park die beste Gelegenheit gehabt.«

»Von Umbringen war keine Rede, oder?« Er wischte sich mit dem Ärmel über die Nase. Auch ich spürte, daß ein Schnupfen im Anzug war; kein Wunder bei all den Stunden, die wir draußen in der Kälte zugebracht hatten. Und die nächste Reise sollte bereits in wenigen Stunden beginnen. »Hadrian riet uns nur, uns vor diesem Stanhope in acht zu nehmen.«

»Ob es den Quinternio tatsächlich gibt?« fragte ich.

»Ich habe nicht die geringste Idee.«

»Man sagt, Geheimnistuerei sei der Mantel der Banalität.«

Er seufzte. »Aber es heißt auch, nichts sei gefährlicher als das Banale. Ein feines Unentschieden, würde ich sagen.«

»Und nun?«

Jacob hob die Schultern. »Du hast zugesagt, nicht ich. Ich hoffe, du hast dir das gut überlegt.«

Mein Blick fiel auf das Schreibpult, wo Feder und Papier bereitlagen. »Ich werde einen Brief schreiben.«

»An die Geschwister?«

»An Goethe.«

»Hast du nicht gehört, was Dalberg gesagt hat: Es war Goethe, dem man den Posten als erstem angetragen hat. Glaubst du etwa, er wüßte nicht, was hier vor sich geht?«

»Ich fühle mich besser, wenn er es von mir erfährt. In meinen Worten. Falls mir irgendein Übel widerfährt, dann soll er genau wissen, was er mir angetan hat.«

Jacob schnaubte verächtlich. »Ein Brief als Stimme des Gewissens? Glaubst du, das wird dir im Jenseits Befriedigung verschaffen?«

Wütend funkelte ich ihn an. »Mal die Zukunft nur nicht zu rosig aus, mein Bester. Du bist mir wirklich eine große Hilfe.«

Er stand auf und lächelte sanft. »Es tut mir leid. Ich habe nur Angst um dich.«

Wir umarmten uns, und jeglicher Bruderzwist war wie fortgewischt.

»Ich fürchte mich auch«, gestand ich leise und löste mich von ihm. Ich trat ans Schreibpult und setzte mich. »Aber was bleibt mir schon übrig, als Dalbergs Angebot anzunehmen?«

»Du könntest immer noch mit zurück nach Kassel gehen?«

»Ach, Jacob«, seufzte ich. »Wir haben das schon hundertmal besprochen, und es bleibt dabei: Ich muß mein eigenes Geld verdienen.«

»Die Aufregung wird deinem Herzen schaden.«

»Dank der Kur bin ich nahezu gesund. Es wird keine Schwierigkeiten geben. Und sicherlich werden wir uns schreiben können. Dalberg wird die Briefe weiterleiten.«

»Und unsere Arbeit? Was wird aus dem zweiten Band der Märchen?«

»Du glaubst doch nicht wirklich, daß der erste ein Erfolg wird! Ich meine, neunhundert Exemplare! Weshalb einen zweiten, wenn keiner den ersten will?«

Zornesröte schoß Jacob ins Gesicht. »Das bist nicht du, der da spricht, Wilhelm. Das ist die Stimme deiner verdammten Schuldgefühle mir gegenüber.«

»Vielleicht.« Was sollte ich sonst darauf antworten? Natürlich hatte er recht.

Wütend fuhr er herum und eilte mit großen Schritten zur Tür. »Ich habe Durst. Mal sehen, ob sich in diesem Gemäuer irgendwo Wasser auftreiben läßt.«

»Warum klingelst du nicht einfach nach dem Diener?« rief ich ihm hinterher, doch er war bereits zur Tür hinaus; polternd entfernten sich seine Schritte auf dem Flur.

Mit bebenden Fingern begann ich, den Brief an Goethe zu schreiben. Ich schilderte jedes der Ereignisse, angefangen beim zerbrochenen Kutschenrad über die Begegnung mit Jade bis hin zum Treffen mit Dalberg im Park. Allein Hadrians Vergehen verschwieg ich; wir hatten ihm unser Ehrenwort gegeben.

Zuletzt erwähnte ich, daß man uns vor einem gewissen Quinternio der Großen Fragen gewarnt habe, ohne auch hierbei den Doktor zu erwähnen. Ich bat Goethe um eine Erklärung, denn einer wie er mußte zweifellos Näheres gehört haben.

Ich hoffte nur, er würde den Brief einer Antwort für wert erachten. Goethe war bereits ein schwieriger Mensch gewesen, als wir ihn – unter denkbar schlechten Bedingungen – kennenlernten. In den Jahren, die seither vergangen waren, schien er noch eigenartiger geworden zu sein. Mal vergnügt und beinahe jugendlich, mal knorrig und in sich gekehrt. Wir hatten uns nicht häufig getroffen, ein halbes Dutzend Mal alles in allem, aber oft hatten uns Boten seine Briefe ins Haus gebracht. Jacob und ich hatten jeden einzelnen gemeinsam studiert und beantwortet.

Nachdem ich das Schreiben beendet hatte, faltete ich es und schloß es mit Siegelwachs. Ich ließ es auf dem Schreibpult liegen. Ein Diener würde es am Morgen finden und weiterleiten.

Wo blieb nur Jacob? Es mußte fast eine Stunde vergangen sein, seit er fortgegangen war. War er gleich in sein eigenes Zimmer zurückgekehrt? Gut möglich. Trotzdem begann ich, mir Sorgen zu machen. Zwar hatte Dalberg zusätzliche Soldaten in diesem

Teil des Schlosses postiert, aber wirklich sicher fühlte ich mich nicht. Zu grausam, zu heftig schien mir der Zorn der Odiyan.

Das Werkzeug des Scherenschleifers schrillte durch die Nacht. Die schrecklichen Laute bohrten sich wie Eisenstachel in mein Hirn, steigerten meinen inneren Aufruhr und meine Ungeduld. Herrgott, wie konnte man zulassen, daß solche Geräusche auch nachts noch die Schloßbewohner quälten?

Eilig sprang ich zum Fenster und blickte hinüber zum einsamen Fenster des Scherenschleifers. Wieder war nur sein Schatten im Schein einer Kerze zu sehen, übergroß. Ein schlichter Mann, zum Teufel der Ohrenqual erkoren. Wie wünschte ich mir, ihn anzuschauen. Ihm meinen Zorn ins Gesicht zu brüllen. Doch statt seiner war da nur der riesige Schatten im offenen Fenster, ein Gespenst, nicht greifbar, nicht wirklich. Nur sein Getöse wehte herüber in die faßbare Welt.

Da bemerkte ich eine Bewegung. Nicht im Fenster des Scherenschleifers, sondern am Boden, gleich unter mir in den vorderen Gärten des Schlosses. Eine Gestalt hob sich dunkel vom Schnee ab, entfernte sich eiligen Schrittes. Ein flatternder Mantel. Eine hochgeschlagene Kapuze. Nackte Füße. Und in der Hand der Madu, jene geheimnisvolle Waffe aus Antilopenhörnern. Kalas Fakirhorn.

Ich federte einen Schritt nach hinten, als hätte mir der Anblick des Alten einen körperlichen Hieb versetzt. Ich hatte sein Gesicht nicht sehen können, und doch gab es keinerlei Zweifel: er war es. Ich sah ihn davonrennen, mit weiten, insektengleichen Sätzen, die ihn durch die verschneiten Beete und über niedrige Hecken trugen. Wie konnte ein Mann seines Alters über solche Kräfte gebieten?

Dann war er fort. Ich wischte über die feuchte Scheibe, in der Hoffnung, sie sei nur beschlagen, und ich könnte doch noch sein Ziel erkennen. Doch da draußen war nichts mehr. Kein Kala, auch keine Wachen, die ihm folgten. Nur schwarze, samtene Nacht.

Meine Beunruhigung, durch Jacobs Ausbleiben geschürt,

wurde übermächtig. Wenn der Fakir es bis zur Mauer des Schlosses geschafft hatte, war er sicher auch im Inneren gewesen. Was aber hatte er hier zu suchen gehabt? Hatte er etwas stehlen wollen? Und war es ihm gelungen? Wollte er mit jemandem sprechen? Welche Verbündeten hatte der Unheimliche am Hofe?

Auf dem Flur ertönte ein Scheppern. Glas klirrte. Zugleich ein dumpfer Aufschrei.

Jacob!

Ich fuhr herum und raste zur Tür. Riß sie auf. Starrte hinaus. Mein Bruder stand da, als habe ihn der Winter zu Eis gefroren. Seine Züge waren schneeweiß vor Schreck. Seine aufgerissenen Augen blickten zu Boden, über den zerbrochenen Wasserkrug und die glitzernde Pfütze hinweg. Blickten auf etwas, das sich zu meinen Füßen befand, gleich vor der Tür.

Auch ich schrak zusammen, als ich es entdeckte. Es war eine Figur aus weißem Wachs, gerade mal zwei Handbreit hoch. Eine griechische oder römische Götterstatue, hochgewachsen, muskulös. Ein Dolch steckte in ihrem Schädel, spaltete den wächsernen Leib bis zum Brustbein. Die Klinge war fast ebenso lang wie die Figur. Ein brennender Docht ragte aus einer Seite des geteilten Schädels und brannte langsam, ganz allmählich ins Gesicht hinunter. Die Züge der Statue waren weich und verformt, der Unterkiefer hinabgesunken zu einem stummen Schrei.

Groteske und Grauen sind zwei finstere Schwestern, und sie eignen sich vortrefflich als Warnung. Es gab keinen Zweifel, wer sie uns gesandt hatte.

2

Die Kutsche stand am vereinbarten Treffpunkt. Vier Rösser warteten ungeduldig, heiße Atemwolken um die Nüstern, und mit ihnen warteten Dalberg und Stanhope. Der Lord schien kaum mehr von des Ministers Seite zu weichen, die graue Eminenz im Schatten der Macht. Zumindest machte ihn das berechenbar.

Jacob begleitete mich, um Abschied zu nehmen. Ihm schien ebenso schwer ums Herz zu sein wie mir. Es war wohl gegen fünf Uhr in der Nacht gewesen, als ein Diener uns geweckt und zum Aufbruch gedrängt hatte. Wenig später schon waren wir, jeder ein Stück meines Gepäcks geschultert, durch eine der Hintertüren in den Park geeilt.

Das Tannenhalbrund war in der Finsternis des Wintermorgens schwerer zu finden als erwartet, zumal Dalberg aus Sorge um Entdeckung die Lampen der Kutsche nicht entzündet hatte. Schließlich folgten wir unseren eigenen Spuren vom Vorabend durch den Schnee und gelangten so auf geradem Wege zum wartenden Gespann, seinem Kutscher und den beiden Männern, die ungeduldig und frierend daneben standen.

Sogleich berichteten wir dem Minister von der Wachsfigur und äußerten unsere Überzeugung, daß wir sie der Gräfin Hochberg zu verdanken hätten. Dalberg nickte bedächtig, ließ sich von Stanhope etwas zuflüstern und sagte schließlich: »Ich werde mich darum kümmern. Sie, Herr Grimm« – er meinte Jacob – »reisen am besten ebenfalls im Laufe des Tages ab, spätestens morgen.«

»Was mir nur recht ist«, erwiderte Jacob folgsam.

Ich betrachtete die Kutsche und wunderte mich einen Moment lang über ihre Schlichtheit. Eine Maßnahme, um kein Aufsehen zu erregen. Auf dem Kutschbock saß eine dickvermummte Gestalt. Zwischen Schal und Mütze blickten nur Augen und Nase hervor.

»Verraten Sie nun, wohin es geht?« fragte ich den Minister.

Dalberg schüttelte entschieden den Kopf. »Sie werden einsehen, daß das unmöglich ist. Allein der Kutscher kennt das Ziel und den Weg dorthin. Haben Sie bitte Verständnis dafür, daß ich weder Sie noch Ihren Begleiter einweihen darf.«

»Meinen Begleiter?« fragte ich überrascht.

Der Minister nickte. »Lord Stanhope wird mit Ihnen reisen.«

Der Engländer deutete eine leichte Verbeugung an, doch sein Gesicht blieb starr. Vielleicht wegen der Kälte.

Ich sah Jacob an. Er schenkte mir einen Blick tiefster Besorgnis.

»Davon war bislang nie die Rede«, wandte ich zaghaft ein, obgleich mir mehr danach war, meinen Widerspruch wütend hinauszubrüllen. Die Worte des Doktors waren noch zu frisch in meiner Erinnerung, um die unerwartete Wendung gleichmütig hinzunehmen.

Dalbergs Miene verdüsterte sich. »Vielleicht verstehen Sie nicht, Herr Grimm, aber wir haben es hier mit einer Angelegenheit von größtmöglicher Geheimhaltung zu tun. Es ist unabdinglich, daß jedes Detail unseres Vorhabens so wenigen Menschen wie möglich bekannt ist. Darunter fällt auch die Teilnahme des Lords.«

»Was ist mit dem Kutscher?« fragte Jacob mißtrauisch. »Er kennt das Versteck des Prinzen. Wie kommt es, daß Sie ihm mehr trauen als meinem Bruder?«

Stanhope hüstelte, und der Minister wurde noch ungehaltener. »Gerard«, begann er heftig, »ist ein Mann, wie ihn sich der Kaiser treuer und ergebener nicht wünschen kann. Er war es, der den Schlitten Seiner Majestät von Moskau nach Paris lenkte. Er ist Hunderten von Anschlägen und Tausenden von Feinden entkommen, und ihm allein ist es zu verdanken, daß dem Kaiser auf dieser Fahrt kein Leid geschah. Deshalb glauben Sie mir, wenn ich Ihnen versichere, daß Gerard nicht die geringste, nicht die allergeringste Gefahr für unsere Pläne darstellt. Gestatten Sie sich kein Urteil über einen Mann, nur weil er eine niedrigere Stellung als Sie bekleiden mag, Herr Grimm!«

Die harten Worte trafen ins Ziel, und Jacob, dem man vieles vorwerfen konnte, nur nicht Borniertheit, gab sich schweigend geschlagen. Beschämt blickte er zu Boden.

Gerard, immerhin der Mittelpunkt des Disputs, tat, als hätte er nichts von all dem wahrgenommen, und sah stur geradeaus ins Tannendickicht.

»Sie werden die Kutsche nach einigen Stunden gegen einen Schlitten eintauschen, der an einem bestimmten Ort bereitsteht«, erklärte Dalberg in meine Richtung. Er reichte mir die Hand. »Ich wünsche Ihnen viel Glück, lieber Grimm. Mein Freund Stanhope ist ein vortrefflicher Fechter und Schütze, der beste, den ich kenne; er wird Sie mit all seiner Kraft zu verteidigen wissen. Vertrauen Sie ihm, so wie ich es tue.«

Damit umarmte er den Lord, während Jacob und ich uns hilflos gegenüberstanden. Schließlich fielen auch wir uns in die Arme, und ich schluckte schwer, um die aufsteigenden Tränen zurückzuhalten.

»Ich werde dir schreiben, sobald ich angekommen bin«, versprach ich mit dumpfer Stimme, die meinen Gemütszustand verriet.

»Tu das«, erwiderte er. »Und halt Augen und Ohren auf – nach Gefahren und nach neuen Märchen.«

Noch einmal umarmten wir uns, dann war es an der Zeit, in die Kutsche zu klettern. Stanhope und ich nahmen auf gegenüberliegenden Bänken Platz, während Gerard mein Gepäck in einer Kiste an der Rückseite des Gefährts verstaute. Ich winkte Jacob durchs schmierige Glas des Türfensters zu, dann blieben er und Dalberg hinter uns zurück. Die Tannen glitten vorüber, als die Kutsche das Halbrund der Bäume verließ und an seiner Außenseite einen Bogen einschlug.

Wir rollten über eine der verschneiten Wiesen des Parks in Richtung Norden, als ich plötzlich den Umriß eines Menschen rechts von uns zwischen den Baumstämmen zu erkennen meinte.

»Sehen Sie, dort!« alarmierte ich Stanhope und wies durch das Fenster. Der Blick des Lords folgte meinem Finger. Heftig zog er an einem Strick, der eine Glocke draußen am Kutschbock zum Klingeln brachte. Gerard zügelte die Pferde.

Stanhope packte etwas unter seiner Bank – eine Pistole! –, riß die Tür auf und sprang ins Freie. Mit großen Sätzen rannte er durch den Schnee auf die Baumgruppe zu, in der ich die Gestalt bemerkt hatte. Dort schaute er sich suchend um, die gespannte Waffe im Anschlag. Keine Menschenseele war zu sehen. Er blickte zu Boden und entdeckte etwas, das seine Aufmerksamkeit fesselte. Fußspuren! schoß es mir durch den Kopf. Fußspuren im Schnee.

Kurz darauf kehrte er zurück. »Sie hatten recht«, sagte er. »Dort war jemand. Er ist nach Osten gelaufen.«

»Wollen wir ihn verfolgen?« fragte ich, ein wenig ängstlich.

»Nein. Unsere Mission ist eine andere. Falls wir unser Ziel heil erreichen wollen, müssen wir schnell handeln. Wer weiß, wie lange Dalberg unsere Abreise geheimhalten kann.«

Was gab es da geheimzuhalten? Schließlich waren nur er selbst und Jacob dabeigewesen. Stanhopes Worte konnten nur bedeuten, daß es trotz allem Mächte im Schloß gab, die früher oder später davon erfahren würden. Vielleicht ließ die Gräfin Hochberg Tag und Nacht das Gelände beobachten, zuzutrauen war es ihr. Andererseits mußte sie doch froh sein, daß ich, und bald auch Jacob, fort waren. Ich dachte an die gespaltenen Wachsfiguren mit den schreienden Mündern.

Die Kutsche preschte los, und diesmal gab Gerard den Pferden gnadenlos die Peitsche. Stanhope mußte ihn zu noch größerer Eile getrieben haben.

Während der ersten halben Stunde schwiegen Stanhope und ich beharrlich. Er hatte meine Abneigung sicherlich bemerkt, obgleich mir seine eigene Ruhe eher Zeichen äußerster Konzentration zu sein schien. Ich war drauf und dran, ihn nach dem Quinternio zu fragen, beherrschte mich aber. Es mochte später noch Gelegenheit geben, seine Loyalität zu prüfen; vorausgesetzt, er erwies sich nicht schon vorher als Agent der Gegenseite. Doch irgendwie war mir, als sei meine Unruhe unbegründet, ja, um so länger ich ihn verstohlen betrachtete, desto wärmer schien mir sein Wesen, und desto eher vertraute ich ihm. Daß ich gar keine andere Wahl hatte, mochte diese Entscheidung erleichtern.

Gerard jagte die Pferde einen Hohlweg entlang, dessen Dach aus Zweigen die Schneemassen vom Boden ferngehalten hatte. Nichts behinderte unser eiliges Fortkommen. Noch immer herrschte Dunkelheit, und obgleich Gerard die beiden Öllampen am Kutschbock entzündet hatte, mußte die Sicht erbärmlich sein. Trotzdem lenkte er uns sicher durch die Nacht.

Den Schloßpark hatten wir schon lange hinter uns gelassen. Dalberg hatte dafür gesorgt, daß eines der Tore just im Augenblick unserer Durchfahrt unbewacht war. Unsere Reise – mir schien es mehr wie eine Flucht – war bis ins kleinste vorausgeplant. Ein Trost, wenn auch ein schwacher.

Schnell aber sah ich mich Auge in Auge mit einem anderen Feind: der Langeweile. Ich verfluchte die mangelnde Voraussicht, kein Buch aus meinem Gepäck mit in die Kabine genommen zu haben. Gerade war ich dazu übergegangen, die Schlaglöcher auf unserem Weg zu zählen und im Geiste nach Tiefe und Erschütterung zu katalogisieren, als Stanhope sich entschloß, dem ehernen Schweigen ein Ende zu machen. Endlich, dachte ich, und verwarf die Löcherliste.

»Wir sollten uns besser kennenlernen«, sagte er. Sein Akzent war unüberhörbar, stand aber niemals seinem korrekten Satzbau im Wege. Allein die Betonung verriet seine Herkunft. »Meinen Namen kennen Sie bereits, und ich den Ihren«, fuhr er fort. Um seine Mundwinkel bildeten sich Grübchen der Heiterkeit. »Mir scheint, Sie hegen eine gewisse Abneigung gegen meine Person. Verdanke ich das einer allgemeinen Skepsis gegenüber Angehörigen des Adels, oder gegenüber den Söhnen Englands im allgemeinen? Habe ich gar persönlich etwas an mir, das Ihnen mißfällt?«

Verdattert flüchtete ich mich in ein verlegenes Lächeln. »Nichts dergleichen. Natürlich nicht. Wie kommen Sie darauf, daß Sie solcherlei Gefühle in mir wecken könnten, bester Lord?« Ich möchte wetten, ich war rot vom Scheitel bis zur Sohle.

»Ihre Reaktion auf meine Teilnahme an diesem ... nun, Abenteuer, war nicht eben dazu angetan, mich in menschlicher Wärme zu baden.« Sprachen alle Engländer so hochgestochen oder war dies ein besonders verschrobenes Exemplar seiner Art?

»Vielleicht sollten wir eine Unterscheidung treffen zwischen ›in Wärme baden‹ und ›nicht ablehnen‹, meinen Sie nicht?«

Er lachte herzlich. »Mir scheint, Sie sind ein schwieriger Fall, lieber Grimm. Auf der einen Seite beschäme ich Sie, auf der anderen lassen Sie nicht ab von einem gewissen Trotz. Das gefällt mir. Sie haben Ihren eigenen Kopf, selbst in einer Lage wie dieser.« Damit streckte er die Hand aus und reichte sie mir. »Schlagen Sie ein und lassen Sie uns wenigstens für den Verlauf dieser Fahrt Gefährten sein. Ich sage nicht Freunde, denn das würden Sie ablehnen. Aber Gefährten ist kaum zuviel verlangt, oder?«

Zögernd ergriff ich seine Finger. Sein Händedruck war ausgesprochen kräftig, und ich gab mir alle Mühe, wacker gegenzuhalten. Nichts ist mir widerlicher als ein Handschlag wie ein Schwamm.

Schließlich lehnte er sich zurück. »Wir sollten uns ein wenig die Zeit vertreiben, vielleicht durch eine Erzählung. Soll ich Ihnen von meinem Vater berichten? Ein wahrlich verrückter Hund.«

Freilich interessierte mich sein Vater kaum mehr als die Schlaglöcher draußen im Walde, trotzdem nickte ich ergeben. »Gerne.«

»Ich wuchs auf in Schloß Chevening«, begann er, ohne mir Näheres über die Lage dieses ominösen Ortes zu verraten. »Mein Vater hatte dort ein reiches Erbe angetreten, und – glauben Sie mir oder auch nicht – seine erste Entscheidung war, das Dach des Schlosses abzutragen, den Stuck als überflüssige Zierde von den Wänden zu schlagen und, am schlimmsten, Pferde und Wagen abzuschaffen, denn er war der Ansicht, seine Familie sollte zu Fuß gehen. Aus Gründen der Gesundheit, versteht sich, nicht etwa, um uns zu demütigen. Edle Kleidung wurde aussortiert und auf Scheiterhaufen verbrannt, wir alle durften nur grobes Leinenzeug tragen. Um die, wie er sagte, Fundamente des Lebens kennenzulernen, mußte meine Schwester, immerhin die Tochter eines Pairs, Truthähne hüten, während wir Jungen beim Dorfschmied in die Lehre gingen. Zwangsweise, wie Sie sich vorstellen können.

Vater haßte geschlossene Fenster, und so schlief er selbst im tiefsten Winter bei eisiger Kälte, denn kein Diener durfte es wagen, die Fenster seines Zimmers zu schließen. Eingehüllt in zwölf Decken lag er da, nicht einmal mit einer Mütze bekleidet. Wenn er aus dem Bett stieg, streifte er einen feinen Rock über, weigerte sich aber, die Seidenhosen auszuziehen, die er im Bett getragen hatte. An Pantoffeln hatte er nichts auszusetzen, wohl aber an Strümpfen, die verabscheute er. Die meiste Zeit über saß er so ausstaffiert in einer Ecke seines Gemachs, in dem kein Teppich am Boden liegen durfte, schlürfte heißen Tee und gab sich dem Genuß trockenen Schwarzbrotes hin.«

Stanhope machte eine kurze Pause, schmunzelte bei dem Gedanken an die Vergangenheit, dann fuhr er fort: »Sie glauben wohl, damit wäre es der Verrücktheiten schon genug? Keineswegs, mein Freund – pardon: lieber Gefährte –, keineswegs. Eines der liebsten Spielzeuge meines Vaters war ein Fernrohr, mit dem er uns alle beobachtete, uns und die Bediensteten auf den Feldern. Und wehe, er erwischte einen, der nicht bei der Arbeit war! Nun müssen Sie wissen, mein Vater hatte neben Schwarzbrot und Fernglas noch eine weitere Liebe, und das waren seine Erfindungen. Jawohl, Erfindungen! Herr im Himmel, was hat er oft für Dinge gebaut. Nehmen wir als Beispiel sein berüchtigtes Anti-Navigator-Schiff.« Der Lord kicherte, verschluckte sich, hustete heftig und bat dann um Verzeihung. »Also, dieses Anti-Navigator-Schiff, damit lag der Alte gar nicht mal so falsch. Viele Jahre verbrachte er mit Entwurf und Bau, letzterer geschah im Schloßteich, wo auch die Jungfernfahrt stattfand. Die Admiralität zeigte sich wider Erwarten begeistert und beauftragte meinen Vater mit einem Nachbau von zweihundert Tonnen. Lediglich eine Änderung mußte, gegen den wütenden Protest meines Vaters, vorgenommen werden: Die Entenfuß-Paddel, die er am Rumpf angebracht hatte, mußten weichen – sie brachten es nur auf drei Knoten Geschwindigkeit.«

Woher der Name Anti-Navigator-Schiff rührte, schien Stanhope keiner Erwähnung wert, und ich fragte nicht danach. Noch immer sprach er weiter, berichtete von merkwürdigen Experimenten und skurrilen Versuchen. Meine Verwunderung aber erregte weniger der Forscherdrang des alten Lords als vielmehr die Redseligkeit Stanhopes, die in krassem Widerspruch zur düsteren Aura seines bisherigen Auftretens stand.

»Bei uns Kindern waren vor allem die Feuerexperimente meines Vaters beliebt«, setzte Stanhope seinen Bericht fort. »Einmal ließ er im Park ein Holzhaus erbauen, in dem allerlei brennbares Zeug angehäuft wurde, Reisig, Stroh, sogar Fässer mit Pech. Vater wollte beweisen, daß jedes Feuer ohne die Beigabe von Sauerstoff erlischt. Als Versuchspersonen lud er allerlei illustres Volk ein, etwa den Oberbürgermeister von London, mehrere Ratsherren, Mitglieder der Royal Society, und so weiter und so fort. Sie nahmen im oberen Stockwerk des Hauses zu einem Festmahl Platz und machten sich über ein enormes Bankett her, während mein Vater das Haus samt Inhalt in Brand steckte! Stroh und Reisig brannten lichterloh, doch weder Gebäude noch Besucher nahmen Schaden. Weiß der Himmel, wie er das gemacht hat. Irgendwie jedenfalls ist es ihm gelungen, dem Holz den Sauerstoff zu entziehen.«

So ging es weiter, sicherlich zwei Stunden lang, in denen Stanhope mir von einer Sitzwaage berichtete, mit der Gäste nach dem Essen ihr Gewicht ermitteln konnten; von einer erfolgreichen Druckpresse; von Rechenapparaten, einem wundersamen Mikroskop und sogar einer neuartigen Mörtelmischung, die sein Vater auf die Erkenntnisse der alten Römer zurückgeführt hatte.

So ermüdend dieser Vortrag mit der Zeit auch wurde – der Leser sollte dankbar sein, daß ich ihm die Einzelheiten erspare –, so zeigte sich dabei der Lord doch in einem völlig neuen Licht. Von der grauen Eminenz, wie ich ihn eben noch nannte, wandelte er sich zum weltoffenen, fast geschwätzigen Reisegenossen, der mir bei aller Länge seiner Rede doch aufs trefflichste die Zeit vertrieb.

Über den Wäldern zog allmählich der Morgen herauf, und immer noch jagte die Kutsche ohne Unterbrechung dahin.

»Wissen Sie, wann wir in den Schlitten wechseln sollen, von dem Dalberg sprach?« fragte ich, als Stanhope eine kurze Pause einlegte.

Der Lord schüttelte den Kopf. »Ich habe nicht die geringste Ahnung. Dalberg ließ mich ebenso im unklaren über den Verlauf der Reise wie Sie, Herr Grimm. Mein Freund meinte ernst, was er sagte, als er von der strengsten Geheimhaltung sprach. Allein Gerard scheint Bescheid zu wissen.«

Wir waren nun etwa zweieinhalb Stunden vom Schloß entfernt, und ich fragte mich, wie weit das in Meilen sein mochte. Doch in der Finsternis war es bislang unmöglich gewesen, unsere Geschwindigkeit zu bestimmen. Sicher war mir die Fahrt schneller vorgekommen, als Schnee und Eis dies tatsächlich zuließen.

Stanhope verlegte sich nun auf das Erzählen kauziger Witze, die ihn selbst aufs höchste belustigten, mich aber vollkommen gleichgültig ließen. Man hört ja gelegentlich vom eigenwilligen Humor der Engländer, und nun kam ich erstmals persönlich in seinen zweifelhaften Genuß.

Gerade hatte der Lord eine besonders abstruse Pointe zum Besten gegeben, als mit einemmal ein Krachen ertönte. Die Pferde scheuten, das ganze Gefährt wurde durchgeschüttelt und drohte einen Augenblick gar umzukippen, blieb dann aber unbeschädigt stehen. Mein Kopf war an die Wand gestoßen, er schmerzte, und ich sah bunte Schleier vor den Augen. Trotzdem konnte ich nicht umhin, Stanhopes Kühnheit zu bewundern. Der Lord packte seine Pistole mit der Linken und zog mit der Rechten einen blitzenden Offizierssäbel unter der Bank hervor. Mit einem Tritt öffnete er die Tür und sprang heldenmutig ins Freie. Ein weiterer Schuß ertönte, und genau dort, wo Stanhope eben noch gesessen hatte, schlug eine Kugel splitternd ins Holz der Kabinenwand. Vor Entsetzen fuhr ich zusammen und machte mich ganz klein auf meinem Sitz, während der Lord nicht einmal zuckte. Statt dessen sah ich ihn anlegen und abdrücken. Erst schnappte der eine, dann der andere Pistolenhahn herunter. Zwei Pulverdonner krachten, jeder von einem Aufschrei gefolgt. Zwei Gegner weniger.

Eine neuerliche Kugel ließ das Holz neben meinem Ohr zerbersten, ich schrie auf, während das Geschoß genau gegenüber in das Polster der Rückenlehne schlug. Weiße Stoffetzen quollen hervor.

Ein lauter Ausruf in einer fremden Sprache ertönte, dann verstummten die Schüsse. Stanhope warf seine Pistole beiseite, packte den Säbel fester und stürmte aus meinem Blickfeld. Ich hörte Stahl auf Stahl klirren, wagte aber nicht, meinen Kopf aus der Tür zu recken. Ich würde den Ausgang des Kampfes früh genug erfahren.

Angst, schreckliche Angst peinigte meine Sinne. Ich zitterte am ganzen Leib. Es waren die Odiyan, daran konnte kein Zweifel bestehen. Noch sah ich sie nicht, doch ich hörte ihre rauhen Stimmen, hörte, wie sie fremdartige Worte schrien, die keiner mir bekannten Sprache zugehörten.

Alles, was ich durch den offenen Einstieg erkennen konnte, war ein Stück Unterholz, das jenseits des Weges dichtverschlungen in die Höhe rankte. Nur schwarze Äste und weißer Schnee. Nichts sonst. Dazu die Geräusche des Kampfes, die schrillen Säbelhiebe, das Keuchen der Kontrahenten, ihre Rufe und Schreie. Es mußten noch immer mehrere sein, denen Stanhope erbitterten Widerstand leistete. Wie lange würde er der Übermacht standhalten? Und wo war Gerard? War er dem ersten Schuß zum Opfer gefallen?

Ganz, ganz langsam beugte ich mich vor, tastete unter Stanhopes Sitz. Vielleicht gab es dort noch weitere Waffen. Nicht, daß ich in den Kampf hätte eingreifen wollen – ich verstand mich weder auf den Umgang mit Klinge noch Pistole –, aber ein Dolch in der Hand mochte meine Furcht besänftigen. Doch unter der Bank fand sich nichts dergleichen, ich war den Feinden wehrlos ausgeliefert.

Das Gefecht dauerte an. Noch jemand schrie, nicht Stanhope. Ein Körper sackte in den Schnee. Das machte drei gefallene Gegner. Die Odiyan aber waren viel zahlreicher gewesen. Der Lord mochte so viele besiegen, wie er wollte, es würden stets neue hinzukommen. Wer immer sie aus Indien hierhergeschafft hatte, er mußte eine ganze Schiffsladung von ihnen angeheuert haben. Plötzlich begriff ich, daß wir längst geschlagen waren, auch wenn Stanhope sich noch gegen das Unausweichliche sträubte. Wir waren besiegt.

Die Erinnerung an den Minenkerker überkam mich. Phantastische Foltermethoden erstanden binnen Sekunden in meinem Geist. Herrgott, hätte ich wenigstens eine Pistole gehabt, um meinem Leben selbst ein Ende zu setzen!

Vielleicht half es, wenn ich einfach hinausstürmte. Mich auf einen der Gegner warf, in der Hoffnung, er würde mich erstechen. Ja, das war eine Möglichkeit.

Ich zögerte nicht, den Gedanken in die Tat umzusetzen. Todesmutig sprang ich auf, stieß mir dabei den Kopf an der Kabinendecke und taumelte benommen ins Freie. Der Schmerz nahm mir für einen Augenblick die Sicht. Alles, was ich sah, waren verschwommene Schemen, keuchend, in hektischer Bewegung. Da, jetzt wurde es besser! Ich erkannte Stanhope. Er führte die Klinge gegen zwei Männer, die immer stürmischer auf ihn eindrangen. Ein dritter krümmte sich blutend im Schnee, erschlaffte just in jenem Moment, in dem mein Blick auf ihn fiel. Jene anderen beiden, die Stanhopes Kugeln gefällt haben mußten, lagen wohl irgendwo im Unterholz.

Ein besonders heftiger Schlag prallte gegen Stanhopes Säbel. Er fing ihn auf, ließ dabei jedoch den zweiten Gegner außer acht. Der nutzte den günstigen Augenblick und stieß seine eigene Klinge vor, um sie in Stanhopes Oberschenkel zu bohren. Offenbar wollte man den Lord nicht töten. Stanhope drehte sich geschickt zur Seite, entging dem Stich, verlor aber unter einem weiteren Hieb des ersten Feindes seinen Säbel. Sogleich setzten die beiden nach. Eine Klingenspitze kam unter seinem Kinn zum Stillstand, die andere wies auf seinen Magen. Der Lord gab sich geschlagen. Er blieb stehen und hob langsam die Hände.

Ich selbst stand da wie angewachsen. Ich hätte weglaufen können, doch wohin? Wie weit wäre ich gekommen? Dabei war es nicht einmal die Angst, die mich erstarren ließ. Es war der Anblick der beiden Männer, die Stanhope in Schach hielten. Es waren Inder, ohne Frage, aber sie trugen keine Vogelmasken. Ich kannte ihre Gesichter, hatte sie gesehen, als sie mich aus der Mine befreiten.

»Jade!« rief ich aus, als die Prinzessin plötzlich aus dem Unterholz trat. In jeder Hand trug sie einen Säbel. Hinter ihr dräute die Silhouette des Fakirs Kala. Er blieb im Schatten stehen.

Ein Keuchen ertönte. Der arme Gerard lag unweit von mir am Boden und hielt sich eine blutende Beinwunde. Dort mußte ihn der allererste Schuß getroffen haben.

Jade gab Kala einen Wink. Der Alte trat neben ihr aus dem Gebüsch. Eilig beugte er sich über den verletzten Kutscher, der schrill aufschrie, als der Fakir einen Finger auf die Wunde legte. Kala zog einen winzigen Tiegel unter seinem Überwurf hervor und begann, die Verletzung mit einer hellen Salbe zu betupfen. Gerard brüllte bei jeder Berührung, doch seine Schreie wurden von Mal zu Mal leiser. Offenbar linderte die Medizin seinen Schmerz.

»Ich hätte es mir denken sollen«, spie ich der Prinzessin verächtlich entgegen.

Jades Blick flackerte, aber sie sagte kein Wort. Mit einem Handzeichen gab sie ihren Männern zu verstehen, sie sollten Stanhopes Hände fesseln. Noch während sie dies taten, trat Jade auf den Engländer zu und spuckte ihm ins Gesicht. Stanhope zuckte zusammen, doch hielt er seine Wut im Zaum und schwieg.

Dann erst wandte die Prinzessin sich an mich. Zwei Schritte vor mir blieb sie stehen.

Meine Angst war auf einen Schlag verschwunden. Da war ein Stechen in meiner Brust, das ich nicht einzuordnen wußte. War das wirklich dieselbe Jade, deren Antlitz sich so vehement in mein Denken gebrannt hatte? Dieselbe Frau, um derentwillen ich den Streit mit Jacob gesucht hatte? Was für ein böser Streich des Schicksals!

Ich wollte sie beschimpfen, verfluchen, verdammen, doch meine Stimme versagte angesichts solcher Hinterlist.

»Schauen Sie mich nicht so an«, sagte sie zu mir. »Sie sehen aus, als wollten Sie mich umbringen.«

Vielleicht konnten Blicke ja doch töten. Zumindest tat ich mein Bestes, es herauszufinden. Die Prinzessin zuckte nicht einmal mit der Wimper.

»Mir ist kalt«, sagte ich deshalb nur. »Falls Sie mich niederstechen wollen« – ich deutete auf die beiden Säbel in ihren Händen –, »dann tun Sie es bitte gleich. Ich sehe keinen Grund, mir vorher noch Frostbeulen zu holen.«

Sie lachte auf, mädchenhaft, ein gläserner Laut, der so gar nicht zu einer finsteren Schurkin passen mochte. Gerade das machte sie so gefährlich. »Sie erstechen?« fragte sie belustigt. »Wieso sollte ich das tun?«

»Es wäre nett, wenn Sie mir eine Antwort darauf gäben, bevor Sie mich töten.« Es muß der Hauch des Todes gewesen sein, der mir den Mut verlieh, so mit ihr zu sprechen.

Jade seufzte. »Ach, Herr Grimm. Niemand wird Ihnen ein Leid antun.«

»Ja«, entgegnete ich gehässig, »da bin ich ganz sicher.«

Sie schüttelte den Kopf und sah wohl ein, daß es zwecklos war, länger mit mir zu reden. Statt dessen beugte sie sich über den blutenden Krieger, der reglos zu Stanhopes Füßen lag. Ihr Gesichtsausdruck verwandelte sich einen Augenblick lang in Trauer, dann hatte sie sich wieder in der Gewalt. »Sie haben drei meiner Männer getötet, Lord Stanhope«, sagte sie. »Sie sind ein guter Kämpfer.«

»Nicht gut genug«, preßte er zwischen verkniffenen Lippen hervor.

»In der Tat.« Sie wandte sich an Stanhopes Bewacher und befahl etwas in ihrer Heimatsprache. Daraufhin packten die beiden Männer den gefesselten Lord an den Oberarmen und führten ihn ins Dickicht.

»Was haben Sie mit ihm vor?« fragte ich. »Wollen Sie ihn töten?«

Sie hob die Schultern. »Um ehrlich zu sein, wäre das wohl das Beste. Aber es widerspricht meiner Natur. Ich mag Blumen und Freundschaft und den berauschenden Rauch der Kräuter. Blut und Tod sind mir zuwider.«

Ich deutete auf den verwundeten Kutscher und zog eine Grimasse. »Er kann das sicher nachvollziehen.«

»Sie sind verständlicherweise aufgeregt. Ich fürchte, eine Unterhaltung mit Ihnen hat im Augenblick wenig Sinn.« Sie deutete mit der Säbelspitze auf die Schneise, in der Stanhope und seine Bewacher verschwunden waren. »Gehen Sie bitte dort entlang, Herr Grimm. Mein Schlitten wartet auf uns.«

»Wo bringen Sie uns hin?«

Sie lächelte milde. »Nun gehen Sie schon, bevor ich es mir anders überlege.« Dabei fuchtelte sie vielsagend mit den Säbeln herum, so daß ich es für angebracht hielt, ihrem Wunsch zu folgen.

Im Vorbeigehen sah ich, wie Kala dem Kutscher die Hände auf

den Rücken band. Ich trat ins Gebüsch und entdeckte weiter vorne im Gezweig den Lord und die beiden Inder. Nicht einen Moment lang erwog ich, es mit ihnen aufzunehmen; ich war ihnen ohnehin nicht gewachsen. Auch ein Fluchtversuch war von vornherein zum Scheitern verurteilt. Wohin hätte ich mich in dieser Wildnis wenden sollen?

Die Schneise führte zu einer Lichtung, in deren Mitte der Schlitten stand, mit dem ich bereits von der Mine der Odiyan zum Schloß gefahren war. Die beiden Inder stiegen mit Stanhope in ihrer Mitte ein und bedeuteten mir, ihnen zu folgen. Mehrere Pferde standen unweit des Schlittens am Waldrand und warteten auf ihre Reiter.

Ich stieg in die Kabine des Schlittens und setzte mich gegenüber von Stanhope und den beiden Kriegern auf die Bank. Der Lord rang sich ein aufmunterndes Lächeln ab, zuckte aber nur mit den Schultern, als ich ihn fragend anblickte.

Kurz darauf kehrten auch die übrigen vom Ort des Überfalls zurück. Kala stützte mit ausdruckslosem Gesicht den gefesselten Gerard. Jade ging hinter ihnen und hielt Stanhopes gespannte Pistole auf den Franzosen gerichtet. Gerard wurde zu uns ins Innere des Schlittens geschoben, die Prinzessin kletterte hinterher und setzte sich neben mich. Kala band derweil die überzähligen Pferde hinten an den Schlitten, stieg auf den Kutschbock und gab den Rössern die Peitsche.

Stanhope deutete mit einem Kopfnicken auf die Pistole, die Jade auf Gerards Seite gerichtet hatte. »Sie sollten den Hahn während der Fahrt nicht gespannt halten«, riet er. »Bei den Erschütterungen könnte sich ein Schuß lösen.«

»Reizend, wie Sie sich um Ihren Freund sorgen«, entgegnete Jade bissig. »Ich hörte, Mitgefühl sei sonst nicht Ihre Art, Mylord.«

Stanhopes Lächeln war wie aus Stein. »Schöne Frauen erinnern mich an meine guten Manieren.«

Die Prinzessin verzog verächtlich die Lippen, gab aber keine

Antwort. Für lange Zeit wurde kein Wort mehr gesprochen. Sicherlich eine Stunde lang glitten wir schweigend durch den Wald, und obgleich ich die Richtung nicht ausmachen konnte, so war mir doch, als kehrten wir nach Karlsruhe zurück.

Als Kala die Pferde schließlich zügelte und man uns aussteigen ließ, war von der Stadt jedoch weit und breit nichts zu sehen. Statt dessen befanden wir uns immer noch mitten im Wald. Vor uns ragten die Mauern einer Ruine empor. Das Gestein war schwarz, ebenso der umliegende Boden. Es konnte noch nicht allzu lange her sein, daß hier ein Feuer gewütet hatte. Offenbar hatte die Flammenhölle die ehemaligen Bewohner dieses Ortes vertrieben, denn das ausgeglühte Anwesen schien verlassen.

»Eine Abtei«, erklärte Jade. »Sie muß vor einiger Zeit niedergebrannt sein.«

»Wie trefflich Sie das erkannt haben«, spottete Stanhope und bekam dafür von einem seiner Wächter einen Schlag in den Rücken. Stöhnend ging er in die Knie.

Jade schenkte ihm ihr bezauberndstes Lächeln. »Sie sind ein rechter Spaßvogel, Mylord. Ich schätze Männer mit Humor.« Sie gab den Kriegern einen Wink. »Sperrt ihn in die Krypta unter der Kirche.«

Ich wollte den dreien schon widerwillig folgen, doch Jade hielt mich am Arm zurück. »Das gilt nicht für Sie, Herr Grimm. Sie können sich frei bewegen.«

»Zu liebenswürdig«, bemerkte ich knapp.

»Ach, hören Sie auf«, entgegnete sie mißmutig. »Niemand will Ihnen Böses. Sie sollten froh sein, daß ich Sie vor diesem Bastard bewahrt habe.«

»Irgendwie wußte ich, daß Sie das sagen würden.«

»Sie wollen ja nichts anderes als einen Feind in mir sehen.«

»Welchen Grund das wohl haben mag?«

»Nennen Sie ihn mir«, bat sie mit Unschuldsmiene.

Ich schüttelte fassungslos den Kopf. »Sie überfallen uns,

schießen auf den Kutscher, verschleppen uns an diesen Ort und erwarten von mir, daß ich Sie für meine Freundin halte? Ich bitte Sie, Prinzessin!«

»Sind Sie so mißtrauisch, weil Sie mich wirklich für Ihren Gegner halten – oder weil ich eine Frau bin?«

»Sie scherzen.« Ich bemühte mich, zugleich empört und überlegen zu klingen, aber ich sah ihr an, daß sie meine Hilflosigkeit durchschaute. Um mir eine weitere Blöße zu ersparen, wandte ich mich ab und blickte hinüber zu Kala, der den humpelnden Gerard ins Innere der Ruine führte. »Was haben Sie mit ihm vor?«

Jade bemerkte, daß sie immer noch Stanhopes Pistole in der Hand hielt. Beinahe erschrocken sicherte sie die beiden Hähne und legte die Waffe auf den Kutschbock des Schlittens. »Er wird uns das Ziel Ihrer Reise nennen.«

»An Ihrer Stelle wäre ich dessen nicht so sicher.«

»Oh, machen Sie sich keine Sorgen«, gab sie zurück, »er wird sprechen. Es gibt Mittel und Wege.«

»Ich wußte es«, sagte ich abschätzig. »Sie sind nicht besser als die Odiyan.«

»Falls Sie mich unbedingt beleidigen wollen, müssen Sie mit Überzeugenderem aufwarten. Im Gegensatz zu Ihnen kenne ich den Unterschied zwischen mir und diesen Bestien sehr genau.«

Ich verzog das Gesicht. »Selbst Nero hielt sich für einen gerechten Herrscher.«

»Nero?« fragte sie und legte den Kopf schräg.

Ich winkte ab. »Sie werden den armen Gerard also foltern?«

»Nur wenn er Wert darauf legt.«

»Sie meinen, wenn er seinen Kaiser nicht verrät.«

»Sein Kaiser ist ein Dieb. Hat er nicht Ihr Land unterworfen, Herr Grimm? Hat er nicht Tausende und Abertausende junger Männer, die hier geboren wurden, in den Tod geschickt?«

»Es ist weder an mir noch an Ihnen, darüber ein Urteil zu fällen.«

Zorn glühte in ihren herrlichen Augen. »Soviel Gleichgültigkeit paßt nicht zu Ihnen. Das sind nicht Sie, der da spricht. Es ist Ihre Erziehung zu sturer Hörigkeit.«

Ich gab keine Antwort. Es war zwecklos, mit ihr zu streiten. Um mich zu beruhigen und meine Gedanken in geordnetere Bahnen zu leiten, besah ich mir die Abteiruine genauer. Es gab ein langgestrecktes Haupthaus, daneben zwei vorgezogene Anbauten. Einer davon, der rechte, war eine Kirche. Ihr Turm, vier oder fünf Stockwerke hoch, war der einzige Teil des ganzen Bauwerks, der von den Flammen verschont geblieben war. Unter seiner Spitze schmückte ihn eine bronzefarbene Turmuhr, deren Zeiger auf halb acht wiesen; der Mechanismus hatte die Flucht der Bewohner auf wundersame Weise überdauert. Die übrigen Bauten waren unbenutzt und leer, die Mauern schwarz wie Kohle. Auch von den Dachstühlen war kaum mehr als ausgeglühtes Balkenwerk geblieben. Schneehauben krönten die Mauerkanten. Das ganze Bild sah aus, als habe man ihm jegliche Farbe entzogen, nur Schwarz, Weiß und Grau waren übriggeblieben.

»Wie wird es weitergehen?« fragte ich.

»Ich kann Sie nicht nach Karlsruhe zurückkehren lassen«, erwiderte sie im Tonfall echten Bedauerns. »Zumindest noch nicht.«

»Sie setzen meine Existenz aufs Spiel.«

»Es geht hier um mehr als Ihre oder meine Zukunft. Um viel mehr.«

Die beiden Krieger, die einzigen, die Jade geblieben waren, kehrten zurück. Ohne Stanhope. Sie machten sich daran, die fünf Reitpferde vom Schlitten zu lösen und in den linken Anbau zu führen.

»Wie haben Sie herausgefunden, wann und wo ich abreisen würde?« fragte ich.

»Kala brachte es in Erfahrung.«

»Dann war er es, der sich heute morgen im Park versteckte?«

Sie nickte. »Mit dem Schlitten konnten wir Sie mühelos überholen und unterwegs erwarten.«

»›Mir auflauern‹ wäre vielleicht die bessere Umschreibung.«

Jade hob gleichgültig die Schultern. »Ganz wie Sie wünschen.«

»Woher aber wußte Kala, wann er sich im Park einzufinden hatte – und an welcher Stelle?«

Sie wandte sich ab und begann zur Abtei hinüberzugehen. Ich folgte ihr.

»Nun?« fragte ich noch einmal, als sie keine Antwort gab.

»Sie müssen nicht alles erfahren, Herr Grimm. Nicht, solange wir nicht zusammenarbeiten.«

»Was sollte mich dazu bewegen können?«

Ein Lächeln blitzte über ihre Züge. »Warten wir ab.«

Wir betraten das Haupthaus der Abtei durch ein Doppeltor, dessen angesengte Flügel windschief in den Angeln hingen. Dahinter lag ein größerer Raum, einstmals wohl die Eingangshalle. Ihr Boden war mit den Trümmern des oberen Stockwerks übersät; die Decke war bei dem Brand zusammengebrochen. Eine breite Treppe führte hinauf ins Nichts.

Jade sah sich um. »Ist es nicht eigenartig«, meinte sie düster, »wie uns dieser Anblick bewegt, obgleich wir doch nichts über die Menschen wissen, die hier gelebt haben?«

Es gelang ihr stets von neuem, mich zu erstaunen. Einen Anflug von Melancholie hatte ich in diesem Augenblick am wenigsten erwartet.

»Ja«, erwiderte ich kurz.

Sie schenkte mir einmal mehr ihr undurchschaubares Lächeln. Dabei warf sie das lange schwarze Haar nach hinten. Die Rubine in ihren Nasenflügeln blitzten in einem Lichtstrahl, der durch das zerstörte Dach herabstach und ihr Gesicht in Helligkeit tauchte.

»Irgendwer muß regelmäßig herkommen und die Uhr aufziehen«, sagte sie. »Ich bin auf den Turm gestiegen, die Räder drehen sich noch. Eine faszinierende Apparatur.«

»Ich dachte, Sie sind an den Anblick von Uhren gewöhnt.«

»Wegen meines Vaters? Das war keine Lüge. Er sammelt tatsächlich Uhren. Meine Schwestern und ich sind zwischen Hunderten von Uhren aufgewachsen.«

»Wie viele Schwestern haben Sie?« Es war eine Frage aus Verlegenheit; die Antwort interessierte mich nicht wirklich.

»Vierzehn«, sagte sie. »Und sieben Brüder. Aber die sind alle tot.«

Gegen meinen Willen trafen mich ihre Worte. »Sind sie in einem Krieg gefallen?«

Sie schüttelte den Kopf. »Mein Vater ließ sie hinrichten.«

»Seine eigenen Söhne?«

»Sie haben ihn enttäuscht«, erklärte sie mit einem Schulterzucken. »Er gab ihnen Aufträge, und sie haben versagt. Der Tod hat ihre Ehre gerettet.«

Ich starrte sie an. »Droht Ihnen ... ich meine, wenn Sie scheitern ...«

»Dasselbe Schicksal? Aber natürlich. Ich bin die älteste Tochter des Maharadschas. Ich muß die Fehler meiner Brüder wiedergutmachen.«

»Dann tun Sie all das, um nicht wie Ihre Brüder zu enden?«

»Aber nein«, widersprach sie mit Vehemenz. »Ich tue es, um das Andenken meiner Brüder reinzuwaschen. Die Geschichte wird sie verspotten, und ebenso meinen Vater und sein ganzes Geschlecht, einschließlich aller Kinder und Kindeskinder. Wenn ich versage –«

»Sind da noch dreizehn andere Töchter.«

»Die zählen nicht. Das Gesetz meiner Familie besagt, daß nur Männer die Missionen des Maharadschas erfüllen dürfen. Wenn nicht sie, dann die älteste Tochter. Alle anderen sind ohne Bedeutung, selbst wenn ich sterbe.«

»Kann Ihr Vater, als mächtigster Mann Rajipurs, dieses Gesetz nicht ändern?«

Sie verneinte. »Dann träfe ihn –«

»Der Spott der Geschichte?«

»Ganz genau.«

»Sie leben in einem grausamen Land. Mit grausamen Gesetzen.«

Jade ließ sich auf den unteren Stufen der Treppe nieder und blickte mich aus großen Augen an. Sie trug eine rote Seidenhose, deren Beine fast so weit wie Röcke waren. Ihr weißes, langärmeliges Hemd reichte kaum bis zum Bauchnabel, darunter war ein Streifen dunkler Haut zu sehen. Sie zog den Fellüberwurf, der auf ihren Schultern lag, enger um ihren Körper.

Ihre Lippen verzogen sich zu einem bezaubernden Schmollmund. »Ihr eigenes Land ist nicht weniger grausam, Herr Grimm. Und Ihre Sitten sind vielleicht noch merkwürdiger.«

»Das glaube ich kaum.«

»In meinem Land würde niemals ein Mann seinen eigenen Bruder hintergehen«, widersprach sie. »Selbst, wenn es zu dessen Bestem wäre.«

Ich neigte erstaunt den Kopf. »Wie meinen Sie das?« Irgendwo in meinem Hinterkopf begann ein empfindliches Pochen, fast als zähle ein tückischer Teil meiner selbst die Sekunden bis zur letzten, zur schrecklichsten Offenbarung.

»Ahnen Sie es nicht?«

Wie fortgewischt war mein Verständnis für ihre Lage, ebenso meine absurde Sorge um ihr Wohlergehen. Ein einziger Gedanke beherrschte mein Denken. »Was soll ich ahnen?«

Sie seufzte und ergriff mit beiden Händen meine Rechte, wie eine mitfühlende Schwester, die ihrem Bruder den Tod des Vaters beibringt. »Von wem könnte Kala wohl den Zeitpunkt Ihrer Abreise erfahren haben?«

»Das ist nicht wahr!« stieß ich aus. »Sie lügen!«

»Ich habe keinen Grund dazu.«

»Sie wollen uns hintergehen! Wollen uns auseinandertreiben!« Ich vermochte kaum mehr zu atmen, so zugeschnürt war meine Kehle. Jedes Wort war eine Qual.

»Er hat es getan, um Ihnen zu helfen«, sagte sie eindringlich. »Nur deshalb.«

Mal sehen, ob sich irgendwo Wasser auftreiben läßt, hatte er gesagt. Und kurz darauf hatte ich Kala gesehen, wie er sich vom Schloß entfernte. Nein, unmöglich! Nicht er!

»Sie hätten es nie verstanden«, sagte sie sanft, doch ich hörte sie kaum. Ich stürzte los.

»Herr Grimm!« rief sie mir hinterher.

Ich rannte zum Tor hinaus, stolperte über ein Trümmerstück, fiel in den Schnee vor der Ruine. Stemmte mich mit bebenden Gliedern wieder auf, lief zum Waldrand und sank in den Schatten einer mächtigen Eiche. Dort blieb ich sitzen, mit angezogenen Knien, während mir die Tränen über die Wangen strömten und ich nichts fühlte als tiefste Kränkung und Enttäuschung, nichts sonst, nicht den Boden unter mir und nicht das rauhe Holz in meinem Rücken. Nur Kränkung, nur Enttäuschung, und später dann maßlose Wut.

* * *

Gegen Abend war der Himmel aufgeklart. Die untergehende Sonne stand tief über dem Rand der Lichtung, die Schatten der Baumwipfel tasteten wie knorrige Finger nach der Ruine. Irgendwann stand mit einemmal Jade vor mir. Ich hatte sie weder gesehen, noch hatte ich gehört, wie sie herankam. Ich mußte wohl eingeschlafen sein, Stunden nachdem ich die furchtbare Wahrheit erfahren hatte. Die Wahrheit über Jacobs Verrat.

Sie streckte die Arme nach mir aus und reichte mir ihre Hände. »Kommen Sie, stehen Sie auf. Lassen Sie uns ein Stück durch den Wald gehen.«

Hinter uns, aus den ausgebrannten Sälen der Abtei, ertönten die Schreie des Kutschers. Jades Krieger versuchten bereits den ganzen Tag, ihn zum Sprechen zu bringen. Ein Dutzendmal hatte ich gebetet, er möge ihnen das Versteck verraten, und sei es nur, damit seine Schreie verstummten und endlich Ruhe herrschte. Und doch brüllte er noch immer, mal laut und ausdauernd, mal leise und wimmernd wie ein Kind.

Wie im Halbschlaf erhob ich mich. Die Leiden des Franzosen berührte mich nicht wirklich. Wie ein Schild beschützte mich mein eigener Schmerz. Gerards Qualen unterstrichen nur das Unwirkliche der tristen Szenerie.

Die Prinzessin neigte den Kopf und betrachtete mich. »Sind Sie bereit, mit mir zu reden?«

»Wir haben geredet«, entgegnete ich.

Ihr ganzer Körper schien gespannt, als erwarte sie etwas. Ich sah, wie sich die Bauchmuskeln unter ihrer Samthaut abzeichneten. Sie trug dieselbe Kleidung wie am Morgen, mit einem Unterschied: Sie war barfuß, trotz des Schnees, und genau wie Kala schien es sie überhaupt nicht zu bekümmern. Sie hatte schöne Füße, sehr schmal und vom gleichen sanften Braun wie ihr ganzer Körper.

»Bitte«, sagte sie, »ich möchte mich mit Ihnen unterhalten. Danach dürfen Sie gehen, wohin Sie wollen.«

»Sie haben einmal gelogen, und Sie werden es wieder tun.«

Einen Augenblick lang bewegte sie stumm ihre Lippen, dann erst kamen die Worte: »Ich habe *nicht* gelogen. Höchstens was die Suche nach den Uhrmachermeistern angeht.«

»Zum Beispiel.«

»Lassen Sie es mich wiedergutmachen. Hören Sie mir zu.«

Mir war noch immer, als befinde sich mein eigentliches Ich irgendwo neben mir. Meine Vernunft schien verlorengegangen zu sein, denn ich folgte Jade ohne weiteren Widerspruch, als sie tiefer in den Wald vordrang. Ein trauriges Lächeln lag um ihre Mundwinkel, als hinge sie immer noch trüben Gedanken nach. Es konnte wohl kaum die barbarische Heimat sein, nach der sie sich sehnte. Oder doch? Ich war immer noch weit davon entfernt, alle Facetten dieses Mädchens zu verstehen. Ihr Denken und Handeln war ebenso rätselhaft wie ihre märchenhafte Schönheit.

Nach Minuten, in denen ich schweigend neben ihr ging, ohne einen Gedanken an hungrige Wölfe oder andere Gefahren der Wälder zu verschwenden, sah sie mich von der Seite an.

»Sie halten mich für ein Ungeheuer, nicht wahr?«

Trotz der Entfernung drangen noch immer die gedämpften Schreie des Kutschers an mein Ohr. Ich zuckte mit den Schultern. »Sie stammen aus einer anderen Kultur.« Das war sehr, sehr diplomatisch.

»Ach, kommen Sie. Schmerz wird überall auf die gleiche Art empfunden. Uns unterscheidet nur, wie wir damit umgehen.«

»Sie haben sich aufs Zufügen verlegt. Das macht den Umgang damit in der Tat sehr viel leichter.«

Ich erwartete, daß sie beleidigt auffahren würde. Sie aber sagte: »Den Schmerz zu geben statt zu empfangen weist uns unseren Platz im Leben. Und trotzdem spielt es uns seine Streiche. Wir alle müssen kämpfen, um dagegen zu bestehen.«

»Sie werden pathetisch.«

Sie betrachtete mich eingehend. »Ich weiß nicht, was das bedeutet.«

»Nichts, gar nichts. Wahrscheinlich ist genau das der Unterschied zwischen Ihrem Volk und meinem. Wir haben verlernt, mit dem Pathos zu leben. Sie haben es umarmt und handeln danach.«

Der Boden stieg allmählich an, und wenig später standen wir auf einer baumlosen Hügelkuppe. Jade nahm ihren Überwurf von den Schultern und breitete ihn im Schnee aus. Dann ließ sie sich im Schneidersitz darauf nieder.

»Setzen Sie sich«, bat sie und deutete auf den freigebliebenen Platz auf dem Fell.

Ich zögerte einen Augenblick, dann erfüllte ich ihr den Wunsch. Es fehlte nicht viel, und unsere Beine hätten sich berührt.

Jade legte den Kopf in den Nacken und schaute hinauf zu den Sternen. Die Sonne war während unseres Weges untergegangen.

Winzige Lichttupfen sprenkelten den klaren schwarzen Nachthimmel.

»Sehen Sie den da?« fragte sie und deutete mit ausgestrecktem Zeigefinger über sich.

»Den Polarstern?«

»Ja, so nennen Sie ihn wohl.«

»Was ist damit?«

»Bei uns trägt er den Namen Dhruva. Es gibt eine Legende um diesen Stern. Möchten Sie sie hören?«

»Warum nicht?«

Jade badetete ihre Züge im weißen Sternenlicht. »Einst lebte ein König, der hatte zwei Frauen. Die ältere hieß Suniti, und sie gebar ihm einen Sohn, den sie Dhruva nannten. Die jüngere Frau des Königs aber war von göttlicher Schönheit. Jeder Mann, der ihrer ansichtig wurde, verfiel ihrem Lächeln und dem heißblütigen Feuer in ihren Augen. Natürlich war es auch dem König so ergangen, und so kam es, daß die jüngere Frau große Macht über ihn gewann. Sie war eifersüchtig auf Suniti und, schlimmer noch, neidisch auf das Glück, das ihre Rivalin durch Dhruvas Geburt dem König geschenkt hatte. Vor lauter Haß ging sie zum Herrscher, betörte ihn mit Blicken und der Leidenschaft ihres Leibes und brachte ihn dazu, daß er Suniti und ihren Sohn vom Hofe verstieß.«

Die Prinzessin holte Luft und schenkte mir einen kurzen, schwierig zu deutenden Blick, halb schwermütig, halb feurig, fast wie die Gestirne am Himmel, die noch so heiß brennen mochten, deren Strahlen jedoch kalt blieb wie Eis: lächelnd, ein wenig kokett, und dabei den Abgrund der Sterne in den verhexten dunklen Augen.

»Suniti und ihr kleiner Sohn Dhruva mußten in die Wälder fliehen, wo sie sich versteckten, bis der Junge sieben Jahre alt war. Da schließlich fragte der Kleine: ›Wer ist mein Vater?‹ Suniti, die bislang nie vom König und ihrem einstigen Leben bei Hofe gesprochen hatte, gestand ihm unter Tränen die Wahrheit. Von da an ließ der Gedanke an den Vater dem Kind keine Ruhe mehr. Immer wieder und wieder stellte Dhruva seiner Mutter Fragen, und als er sie schließlich bat, den König besuchen zu dürfen, da gab sie ihm ihren Segen und ließ ihn gehen.

Nach langer Reise voller Abenteuer gelangte Dhruva zum Palast seines Vaters, und tatsächlich zeigte sich der König hocherfreut, seinen Sohn in die Arme schließen zu können. Er hob ihn auf seinen Thron, schaukelte ihn auf den Knien, und selten zuvor hatten seine Untertanen den Herrscher so vergnügt und außer sich vor Glück gesehen. Als aber die junge, schöne Frau den unerwarteten Besucher gewahrte, wurde sie zornig, riß das Kind vom Schoß des Vaters und warf es eigenhändig aus dem Palasttor. Der kleine Dhruva eilte zurück in die Wälder zu seiner Mutter, und er fragte sie: ›Hat jemand noch mehr Macht als der König?‹ Und die Mutter antwortete: ›Nur Narayana ist noch mächtiger als er‹. – ›Dann kann nur er mir helfen‹, rief Dhruva aus. ›Wo aber finde ich ihn?‹ – ›Steige hoch in die Berge‹, riet ihm die Mutter, ›dann wirst du ihm wohl begegnen.‹

Noch in derselben Nacht stahl Dhruva sich aus dem Haus und machte sich auf den Weg. Ohne Angst und ohne Zögern durchstreifte er den finsteren Dschungel. Er stellte sich mutig den wilden Tieren entgegen, doch keines fiel ihn an. Im Gegenteil, sobald sie ihn entdeckten, nahmen sie Reißaus. Selbst der mächtige Tiger kroch gebuckelt ins Unterholz, als der kleine Dhruva durch sein Jagdgebiet zog.

Endlich erreichte der Junge die Ausläufer der Berge, kämpfte sich über Felsen und Gletscher empor und traf schließlich auf den Weisen Narada. ›Wo finde ich Narayana?‹ fragte er den Alten, obwohl er noch immer nicht wußte, wer oder was sich hinter diesem Namen verbarg. ›Was willst du von ihm?‹ fragte der Weise. Dhruva erwiderte: ›Er soll die Liebe meines Vaters zu mir so übermächtig machen, daß keine Frau der Welt mich mehr aus seinem Herzen vertreiben kann.‹ Der Weise Narada überlegte, dann sagte er: ›Beweg dich nicht von der Stelle. Bleib einfach hier stehen und warte ab. Diese Gipfel sind der Rand des nördlichen Himmels, deine Reise ist hier zu Ende. Denke fest an Narayana, richte all deine Gedanken auf ihn und habe Geduld. Dann wird er sich dir offenbaren.‹

Lange, lange Zeit stand Dhruva so auf dem Gipfel des Gebirges, inmitten der Sterne. All sein Denken galt nur dem einen, dem Ziel seines Weges. Da schließlich stieg Narayana aus den höchsten Höhen herab und offenbarte sich dem geduldigen Kind – denn Narayana ist kein anderer als der große Vishnu selbst, der Sonnengott, der Höchste der Hohen. Die Beharrlichkeit des Jungen hatte ihn beeindruckt, und so erfüllte er Dhruvas Wunsch: Er erschuf den Jungen neu als Polarstern, auf daß er sich unauslöschlich in die Herzen des Königs und aller Menschen brannte und sie auf ewig mit Liebe und Wärme erfüllte.« Jade verstummte, hielt aber weiterhin den Blick zum Polarstern gerichtet, als suche sie in ihm nach einer Botschaft des kleinen Jungen, den ein Gott in pures Licht verwandelt hatte.

»Ihre Götter sind ebenso grausam wie Ihre Gesetze«, sagte ich.

Sie wandte den Kopf und sah mich an. »Wenn Sie das glauben, dann haben Sie die Legende nicht verstanden. Was auf den ersten Blick schrecklich erscheinen mag, ist tatsächlich doch die größte Gunst, die ein Gott einem Mensch gewähren kann. Das Geschenk der Unsterblichkeit, ein Dasein in ewiger Liebe.«

»Vishnu hat Dhruva die Kindheit gestohlen, sogar das Menschsein. Nennen Sie das ein Geschenk?«

»Die Entscheidung des Gottes ist nur auf den ersten Blick furchtbar. In Wirklichkeit wurde sie allein zu Dhruvas Bestem gefällt. Und das Kind wußte sie zu akzeptieren.«

Ich starrte sie mit leichenbitterer Miene an. »Sie wollen nicht etwa mit einem Märchen Jacobs Verhalten rechtfertigen?«

»Kein Märchen«, widersprach sie sanft. »Eine Geschichte von den Göttern. Darin liegt große Wahrheit.«

»Mit Wahrheit meinen Sie Moral, nicht wahr? Aber welche Moral liegt in einem Verrat?«

»Daß selbst der schlimmste Fehltritt zwei Seiten besitzt, eine schlechte, aber auch eine gute.«

Ich betrachtete ihren schlanken braunen Hals, an dem eine feine Ader pulsierte. Dann die Wölbung ihrer Brüste unter dem weißen Hemdchen. Den zarten, nackten Bauchnabel. Sie hatte kaum eine Gänsehaut. Dabei hätte sie doch zittern müssen vor Kälte.

»Haben Sie auch Jacob diese Geschichte erzählt?« fragte ich, ein wenig unsicher geworden.

»Das war nicht nötig. Er hat meine Argumente angehört und hat sie verstanden. Ich konnte ihn auch ohne die Hilfe der Götter überzeugen.«

»Sie haben ihn verführt und gefügig gemacht.«

Sie hob überrascht die Augenbrauen. »Glauben Sie wirklich, daß es dessen bedurfte? Glauben Sie, Ihr Bruder hätte Sie hintergangen als Dank für meine ... Zuneigung?«

Ich blickte zu Boden. »Ich weiß es nicht.«

»Sie haben kein gutes Bild von Ihrem Bruder. Das wundert mich.«

»Versuchen Sie nicht, mir ein schlechtes Gewissen einzureden.«

»Ihr Bruder hat getan, was er für richtig hielt.«

»Davon bin ich überzeugt.«

»Werden Sie Ihre Vorbehalte zurückstellen und mir zuhören? Wirklich zuhören, meine ich?«

Ich sah auf ihre verschränkten Finger, die flink miteinander spielten wie kleine Kätzchen. Lange, sehr zierliche Finger. Mir fiel auf, daß alles an ihr zueinander paßte. Schöne Frauen haben trotz allem ihre winzigen Schwächen, Teile ihres Körpers, die nicht ihrer übrigen Anmut entsprechen. Bei Jade war das anders. Ihre Finger und Füße waren ebenso vollendet wie das schmale Gesicht, das herrliche lange Haar, ihre Augen, ihre Lippen. Vielleicht hatte Vishnu nicht nur Dhruva die Vollkommenheit geschenkt.

»Ich werde Ihnen zuhören«, sagte ich langsam.

Damit war sie zufrieden und nickte bedächtig. »Wie lange ist es her, daß Napoleon die Macht über Ihr Land an sich riß?«

»Etwa sechseinhalb Jahre. Damals schlug er bei Jena das preußische Heer.«

»Aber damit gab er sich nicht zufrieden. Seine Armeen zogen weiter gen Osten. Nach Rußland.«

»Erst im letzten Jahr.«

Jade streckte das rechte Bein aus. Dabei berührten ihre Zehenspitzen einen winzigen Augenblick lang meinen Oberschenkel, ganz sanft. Ihr seidenes Hosenbein rutschte ein wenig höher und entblößte ihre Fessel. Ich gab mir alle Mühe, nicht hinzusehen.

»Moskau aber war nicht das kühnste seiner Ziele«, sagte sie. »In Wahrheit wollte er von dort aus weiter ins Innere Asiens vordringen.«

»Tatsächlich?«

»Meine Heimat mag aus Ihrer Sicht am Ende der Welt liegen, aber wir verfügen über tüchtige Spione wie jedes andere Land der Erde. Dabei hätte es ihrer nicht einmal bedurft, um Napoleons Streben zu durchschauen. Er hat es mehr als einmal offen kundgetan.«

»Er wollte nach Indien?«

Sie nickte feierlich. »Aber ja doch. Sein Vorbild ist Alexander von Mazedonien. Auch ihm ist es gelungen, mit seinem Heer den Ganges zu erreichen, und es ist Bonapartes größter Wunsch, es ihm gleichzutun.«

Ich dachte nach. »Das hätte auch einen praktischen Sinn, denn ein Einfall der Franzosen in Indien würde die Handelsmacht Englands empfindlich schwächen.«

»Mehr als das. Das britische Imperium, das Gebäude seiner Kolonien, käme zum Einsturz.«

»Dann ginge es dem Kaiser darum, den Engländern zu schaden, indem er Ihr Land in Besitz nähme. Tragisch für ihn, daß er bereits in Rußland gescheitert ist.«

Jade lächelte, aber es wirkte verbissen. »In der Tat ist Indien vorerst vor ihm sicher. Aber eigentlich ist es nicht das, um was es geht. Die Wahrheit ist sehr viel bedeutsamer.«

»Bedeutsamer als die Freiheit Ihrer Heimat?« fragte ich erstaunt.

»Um ein Vielfaches sogar. Napoleon wollte nach Indien, das steht fest. Zweifelhaft aber sind seine Motive. Die Schwächung Englands mag ein gutes Argument gewesen sein, als er seine Heerführer von dieser Idee überzeugte. Er sandte seinen Konsul in geheimen Missionen nach Syrien und Ägypten, um zu erkunden, ob es möglich sei, von dort einen Vorstoß zu unternehmen. Geplant war, von mehreren Seiten in mein Land einzufallen, und selbst ein Napoleon muß Unternehmungen dieser Größenordnung vor anderen rechtfertigen, mag er von deren Einwänden letztlich halten, was er will. Er weiß genau, daß nichts wichtiger ist als die innere Überzeugung seiner Untergebenen, ihr Glaube an die Sache. Und um das zu erreichen, kam ihm die Begründung vom indirekten Schlag gegen England sehr gelegen.«

Verloren wanderte mein Blick über ihre feinen Züge.

»Sie wollen damit sagen, daß er insgeheim einen ganz anderen Grund hatte?«

»Allerdings. Und der beschäftigt ihn schon lange. Bereits vor vierzehn Jahren war er erstmals nahe daran, einen Marsch nach Indien zu wagen, doch dann sah er sich gezwungen, die Belagerung der Festung Akka in Syrien aufzugeben und sich nach Ägypten zurückzuziehen. Damit hatte er ein Standbein verloren und mußte die Ausführung seines Planes um mehrere Jahre verschieben.«

Ich war verblüfft, wie gut sie sich in den Feinheiten europäischer Geschichte auskannte. Um so mehr, als sie, wie sie es ausgedrückt hatte, am Ende der Welt aufgewachsen war. Ich würde mein Bild von barbarischen Stämmen und Götzendienern gründlich revidieren müssen.

»Was aber suchte er in Indien?« fragte ich ungeduldig.

Sie neigte verlegen den Kopf, als wage sie kaum, es auszusprechen. »Die Amrita-Kumbha«, sagte sie leise.

»Die *was?*« Ich starrte sie voller Verwunderung an, gründlich verwirrt und fast ein wenig belustigt.

Sie hob den Blick und sah mir trotzig in die Augen. »Die Amrita-Kumbha ist ein Heiligtum, das in einem geheimen Tempel Rajipurs aufbewahrt wurde, im Machtbereich meines Vaters. Napoleon wußte schon lange davon, und er hoffte, sie eines Tages zu besitzen.«

Ich gestattete mir ein leises Hüsteln. »Verzeihen Sie, Prinzessin, aber wollen Sie mir weismachen, Napoleon sei in Rußland einmarschiert, habe Zehntausende von Soldaten in den Tod geschickt und sich selbst fast dazu, all das, um in den Besitz irgendeiner Götzenstatue zu gelangen?«

»Lachen Sie mich nur aus«, entgegnete sie finster. An ihrer Schläfe schwoll eine Ader, ein Zeichen ihres Ärgers. »Die Amrita-Kumbha ist keine Götzenstatue. Aber sie ist heilig und älter als die Götter selbst.«

»Wie der Heilige Gral?« Ich zwang mich, ernst zu bleiben.

»Noch älter – und wichtiger. Man erzählt sich, die Welt wurde erschaffen, als die Götter den Urozean aufschäumten. Vom Meeresgrund wurden dabei viele Schätze hochgewirbelt und an die Oberfläche getragen. Einer war Kamadhenu, die Wunschkuh, welche die Träume ihrer Besitzer erkennt und zu Wirklichkeit werden läßt. Auch Lakshemi kam zum Vorschein, die Vishnu zu seiner Frau nahm. Aber der größte Schatz von allen war die Amrita-Kumbha.«

Natürlich glaubte ich ihr kein Wort, ich fand die Sache sogar überaus lächerlich, aber ich entschied mich, meine Überzeugung fürs erste für mich zu behalten.

Nach einem Moment des Schweigens fragte ich: »Und welche Rolle spielt bei alledem der badische Erbprinz? Zumal Napoleon doch gar nicht bis Indien vorgestoßen ist?«

»Sein Heer ist es nicht«, verbesserte sie. Wieder streifte ihr Fuß mein Bein, und diesmal blieb die Berührung bestehen. Es war keine Absicht, trotzdem fuhr mir der sanfte Stoß bis hinauf in die Haarspitzen, und plötzlich war auch mir nicht mehr kalt.

»Napoleons Armee wurde zwar in Rußland geschlagen«, fuhr sie fort, »doch seit Jahren schon durchstreifen seine Spione meine Heimat, und viele haben versucht, den Aufenthaltsort der Amrita-Kumbha herauszufinden. Vor etwa einem Jahr ist es dreien von ihnen gelungen. Sie benötigten viele Wochen, um ins Innere des Tempels vorzustoßen, und dann taten sie das Unfaßbare: Sie brachten das Heiligtum in ihren Besitz und flohen damit quer durchs Land. Meinen Brüdern gelang es, zwei von ihnen zu töten. Doch der dritte, jener, der die Amrita-Kumbha trug, konnte entkommen. Bis ins gefallene Moskau führte ihn sein Weg, wo er an seinen Wunden verreckte. Dort nahm der Kaiser selbst das Heiligtum entgegen, und sogleich beschloß er, Rußland zu verlassen und es in seine Heimat, nach Paris, zu schaffen.«

Das einzige, was davon sinnvoll klang, war Napoleons überstürzte Abreise aus Moskau. Keiner wußte genau, weshalb er seine Truppen so unerwartet verlassen hatte; und auch die Geheimnistuerei, sein Verzicht auf jeden Begleitschutz zur Wahrung seines Inkognitos, gab allerlei Rätsel auf.

Ihr Fuß zog sich von meinem Bein zurück, sie legte sich auf die Seite und nahm nun zwei Drittel des ausgebreiteten Fellumhangs ein. Ich hätte in den Schnee rücken müssen, um ihrer Berührung auszuweichen. Gleichwohl, ich blieb sitzen. Täuschte ich mich, oder ging wirklich eine magische Wärme von ihrem Körper aus?

»Nun gut«, sagte ich und bemerkte, daß meine Stimme bebte. Es fiel mir schwer und immer schwerer, mich auf ihre Worte zu konzentrieren. Zu nahe war ihr begehrenswerter Leib. »Sagen wir, Sie hätten in allem recht, was Sie behaupten. Dann bleiben immer noch zwei Fragen offen. Erstens: Was ist so Besonderes an diesem Heiligtum, daß Napoleon jeden Preis dafür zu zahlen bereit ist? Und zweitens, ich wiederhole mich: Was hat all das mit dem Sohn des Großherzogs zu tun?«

Jade reckte sich und stieß einen leisen Seufzer aus. »Was ist dem Kaiser wichtiger – sein Thronfolger oder die Amrita-Kumbha? Allein diese Frage ist es, um die es geht. Wie kann man einen Dieb um seine Beute bringen, einen Dieb, der längst alles besitzt und für den nahezu nichts mehr von Wert ist? Man bringt ihn um das einzige, an dem ihm wirklich gelegen ist, für das er alles tun würde. Und dann schlägt man ihm einen Tausch vor.«

»Sie wollen ihn erpressen? Den Kaiser?«

»Uns bleibt keine andere Wahl. Wir müssen den badischen Prinzen in unsere Gewalt bringen, koste es, was es wolle, und Napoleon einen Handel vorschlagen. Das Kind gegen die Amrita-Kumbha. Begreifen Sie jetzt, warum es so wichtig ist, daß wir den Aufenthaltsort des Prinzen erfahren?«

Noch immer rangen ihre langen Finger miteinander, ganz wie von selbst, ein verwirrender Taumel aus kleinen Bewegungen. Es sah aus, als spielten die Finger der rechten Hand auf denen der linken Klavier, und umgekehrt. Jade hatte jetzt ein Bein lang ausgestreckt, das andere leicht angewinkelt. Sie selbst lag auf dem Rücken, ihre Hände waren unterhalb des Nabels ineinander verschlungen. Der Saum ihres bauchfreien Hemdes war so weit hochgerutscht, daß er sich über den Ausläufern ihrer mädchenhaften Brüste hob. Ihre Rippen wölbten sich unter der hellbraunen Haut. Sanft hob und senkte sich ihr Oberkörper im Rhythmus ihrer Atemzüge.

»Hat Kala Ihnen das beigebracht?« fragte ich schwindelnd.

»Was meinen Sie?«

»Die Kälte auszusperren. Sie scheinen nicht zu frieren, trotz … ich meine …« Ich stammelte wie ein Schuljunge und deutete zögernd auf ihre nackte Haut.

Sie lächelte schalkhaft. »Fassen Sie einmal an.«

»Bitte?«

Nun lachte sie wirklich. »Legen Sie Ihre Hand auf meinen Bauch. Sie werden überrascht sein.«

»Ich weiß nicht ... ich glaube, ich sollte das nicht ...«

»Seien Sie doch nicht so steif.«

Steif?

»Machen Sie schon«, forderte sie noch einmal, dann ergriff sie einfach meine Rechte am Handgelenk und führte sie über ihren Nabel.

Himmel, sie hatte mir gerade eine der größten Intrigen der Weltgeschichte offenbart, und nun bat sie mich, meine Hand auf ihre Haut zu legen! Das Schlimme war, ich konnte längst an nichts anderes mehr denken. Napoleon, Indien, sogar Jacob, das alles waren mit einemmal Begriffe aus einer fremden Sprache, einer anderen Welt. Nichts, das mich betraf. Für mich existierten nur die Prinzessin und die Wärme, die von ihr ausging.

»Spüren Sie es?« flüsterte sie.

Und wie ich es spürte! Ihre samtene Haut, weich und straff zugleich. Unmöglich, diese Nähe zu beschreiben, die Tiefe meiner Empfindung. Denn wenn hier auch Wort an Wort sich reiht, so bleiben sie doch Druckerschwärze und Papier, vermengt mit bunten Bildergeistern. Niemals aber besingen sie das wahre Gefühl, die Lust meiner Fingerspitzen, ihr Fleisch zu fühlen, ganz leicht, fast luftig gar. Allein die Wärme wage ich zu nennen, die Hitze, die sie ausstrahlte, diese Glut inmitten einer Januarnacht. Denn nun sprang sie wahrhaftig über, ganz körperlich, ganz greifbar. Mir war heiß, trotz Schnee und Eis und Winterwehen.

»Ich ... ich kann es fühlen«, brachte ich stockend hervor.

»Sie haben recht«, sagte sie belustigt. »Kala hat es mich gelehrt. Und auch ein wenig Hellseherei. Er war ein Meister darin. Er wußte gleich, wer Sie waren, als Sie in dieses Gasthaus im Wald kamen. Er sah, was Sie bei sich trugen.« Sie seufzte bei der Erinnerung daran. »In meiner Heimat habe ich viele Lehrer gehabt, in vielen Disziplinen.«

»Sie fechten gut, nehme ich an.« Ich hörte mir selbst kaum mehr zu. Immer noch lag meine Hand auf ihrem flachen Bauch, spürte das wohlige Schaudern ihres Leibes und auch, als wäre es weit entfernt, das Pochen ihres Herzens.

»Ich fechte, ja, aber ich habe auch andere Dinge gelernt. Erfreulichere Dinge.« Sie lächelte und schaute mich an, als warte sie auf eine Geste, ein ganz bestimmtes Wort.

Ich konnte ihren Blick nur stumm erwidern. All meine Sinne waren auf meine Fingerspitzen gerichtet, dort lief Denken und Wollen zusammen.

Ihre rechte Hand lag plötzlich an meinem Hinterkopf. Ich hatte sie nicht kommen sehen, Blinder, der ich war. Ihre Finger gruben sich in mein Haar, zogen mein Gesicht langsam, langsam zu ihren Lippen herab.

»Die wahre Kunst«, wisperte sie zärtlich. »Ich beherrsche sie besser als jede andere. Keine hat darin so gute Lehrer wie eine Tochter des Maharadschas. Keine.«

Lehrer? dachte ich noch, aber dann entschwand der Gedanke wie ein Nebelschwaden im brausenden Sturmwind – denn ein Sturm war es wohl, der mich gepackt hielt, der an mir zog und mich verzehrte.

»Was ist –«

– die Amrita-Kumbha? hatte ich fragen wollen, aber ihre weiche Zunge trank mir die Worte von den Lippen, und so aß ich schweigend von den köstlichen Früchten ihrer Gelehrsamkeit.

✳ ✳ ✳

Später fand ich im Schnee einen Zettel, auf dem fünf eilig hingeworfene Buchstaben standen:
L-I-E-B-E.
Jade nahm mir das Papier aus den Fingern und zerknüllte es.

3

»Und Jacob?« Es waren die beiden ersten Worte, seit wir den Hügel verlassen und uns wieder auf den Weg zur Abtei gemacht hatten.

Wir hatten die halbe Strecke zurückgelegt und dafür das Zweifache an Zeit wie für den gesamten Hinweg gebraucht. Die Nacht beherrschte den Wald, und selbst Jade mit ihrem Hauch von Hexenkräften (wie sonst hätte es je so weit kommen können?) schien vor der Finsternis und dem unwegsamen Dickicht zu kapitulieren. Die Schlacht war geschlagen, und die Kämpfer mühten sich verzweifelt, den Weg nach Hause zu finden.

Ich hatte Jacob gegenüber kein schlechtes Gewissen, keineswegs. Weshalb auch? Vielmehr war ich sicher, daß er ebenso gehandelt hätte – und es wahrscheinlich längst getan hatte, in jener Nacht, als ich im Kerker der Odiyan um mein Leben bangte. Fraglos war das Jades Magie: mit einem Lächeln und einer zarten Berührung vertrieb sie die Schrecknisse und schenkte süßes Vergessen. Aber es wäre falsch gewesen, allein die Wohltäterin in ihr zu sehen. Wie sie gab, so nahm sie auch, denn sie hatte das Vergessen ebenso nötig wie ich. Immerhin drohte ihr in der Heimat der Tod. Ich war überzeugt, daß sie genau solche Angst empfand wie ich selbst, obgleich sie es nicht zugeben mochte.

»Und Jacob?« fragte ich noch einmal, als Jade keine Antwort gab.

»Was ist mit ihm?«

»Droht ihm im Schloß und auf der Reise keine Gefahr?«

Sie zuckte zusammen, als im Dunkel ein Zweig ihr Gesicht peitschte. »Machen Sie sich keine Sorgen« – sie blieb trotz allem beim förmlichen ›Sie‹ – »Ihr Bruder wird bald hier sein.«

»Jacob kommt hierher?« entfuhr es mir erstaunt.

»Natürlich. Dachten Sie, er läßt Sie allein mit mir?« Sie kicherte vergnügt.

»Es gibt noch zwei Dinge, die Sie mir erklären müssen«, bat ich, während wir uns weiter durch gefrorenes Buschwerk kämpften. Ihr Wärmezauber hatte seine Wirkung auf mich verloren, und ich fror erbärmlich.

Sie seufzte betont. »Noch mehr Erklärungen?«

»Sie können sich ja kurz fassen.«

»Was bleibt mir übrig? Sie sind ein Mann, wir sind allein im dunklen Wald, und ich bin Ihnen ausgeliefert.«

»Spotten Sie nur«, entgegnete ich giftig. Trotzdem lachten wir beide.

»Sie wollen mehr über die Odiyan wissen, nicht wahr?« fragte sie. »Und über die Amrita-Kumbha.«

»Verständlicherweise, oder?«

»Sehen Sie, die Odiyan sind Inder wie ich. Und sie sind kaltblütige Mörder. Aber all das wissen Sie bereits. Wichtig ist vielmehr, wem sie gehorchen. Und wer sie hierhergeschickt hat.«

Sie wich weiteren Zweigen aus, dann fuhr sie fort: »Im 16. Jahrhundert Ihrer Zeitrechnung kamen Missionare in mein Land, Jesuiten, die meisten waren deutscher Abstammung. Sie siedelten rund um die Stadt Goa im Dschungel und begannen, meine Vorfahren zum Christentum zu bekehren.«

»Aber Sie sind keine Christin, nicht wahr?«

»Ja und nein. Es ist den Missionaren nie gelungen, den alten Glauben aus den Herzen der Menschen zu vertreiben. Mochten meine Ahnen auch laut zur Heiligen Dreifaltigkeit beten, in Wahrheit waren ihre Gedanken doch bei Dattatreya, der hinduistischen Trinität. So kommt es, daß in uns, ihren Nachkommen, ein wenig von beiden Seiten steckt. Wir verneigen uns vor der Jungfrau Maria ebenso wie vor Vishnu oder Devi Uma. Freilich gilt das nicht für alle meine Brüder und Schwestern.«

Ein Ast, den sie zur Seite gebogen hatte, knallte mit schmerzhafter Wucht auf meine Wange. Ich aber schwieg, um sie nicht zu unterbrechen.

»Die Jesuiten drangen immer tiefer in unser Land vor, und einige beschlossen, hoch oben im Norden einen eigenen Staat zu gründen. Sie nannten ihn Catay, nach einem sagenumwobenen Land, von dem unsere Mythen berichten. Eine Weile ging alles gut, meine Brüder und Schwestern unterwarfen sich der jesuitischen Herrschaft, denn die Mönche waren gute Menschen, die die Menschen mit Gesang und Gebeten regierten. Zudem lag Catay soweit abseits der bekannten Routen, daß auch die britischen Kolonialherren die Mönche ganz nach ihrem Gutdünken walten ließen.«

»Etwas Ähnliches gab es in Südamerika«, erinnerte ich mich. »Dort gründeten Jesuiten ein Land namens Paraguay. Als sie sich weigerten, hohe Abgaben an die Kolonialherren zu zahlen, zerschlug man ihre Macht mit Waffengewalt, tötete viele der Mönche, versklavte die Eingeborenen und sprach schließlich auch in Europa die Acht über den Orden aus. Doch das ist lange her, mehr als zweihundert Jahre.«

»Ich hörte, in England wurden noch bis zum Ende des 17. Jahrhunderts Jesuiten gejagt und auf Scheiterhaufen verbrannt.« Jade hob die Schultern. »Wie auch immer. Tatsache ist, daß die Entwicklung Catays einen anderen Verlauf nahm, als sich die braven Gründer dies vorgestellt hatten. Der schwarze Kult der Kali und anderer Dämonen hielt Einzug, und es kam zu einem entsetzlichen Massaker an den Mönchen und ihren Getreuen. Daraufhin glaubte man, das Dschungelreich Catay sei zerschlagen, und niemand kümmerte sich mehr um die abgelegene Region im Norden. Doch im Verborgenen ging aus der Asche Catays eine neue Macht hervor, ein grauenvoller Mischkult, eine Spottgeburt aus der dunklen Seite des Christentums mit seiner gestrengen Hierarchie und den schrecklichen Religionen der niederen Kasten. Die Überlebenden der Jesuiten mischten ihr Blut mit dem Abschaum meines Volkes, mit Mordgesindel und Götzendienern, und mit jeder neuen Generation wurde die schwarze Macht Catays größer und gefährlicher.«

»Ich habe nie davon gehört«, gestand ich mit einem Schaudern.

»Wie auch? Die Angst der umliegenden Stämme wurde eines Tages übermächtig, und die Fürsten der benachbarten Gegenden schlossen sich zusammen. Darunter waren auch Ahnen meines Vaters. Gemeinsam rüsteten sie eine Armee, um der Tyrannei Catays ein für allemal ein Ende zu bereiten.«

»Wann war das?«

»Vor nicht ganz hundert Jahren. Unbeschreiblich war das Bild, das sich meinen Vorvätern und ihren Verbündeten bot, als sie die Dschungeltempel Catays erstürmten. Von den Bäumen und Dächern hingen noch die Kadaver der Götzenopfer, und in ihrem Blut suhlte sich die Kinderbrut Catays Seite an Seite mit wilden Hunden und anderem Gezücht. Die Hohenpriester hatten ihren Untertanen befohlen, ihrem verkommenen Leben selbst ein Ende zu setzen, sobald die Feinde die Wälle stürmten, und genau das war geschehen. Endlos war das Meer der Leichen auf den Straßen, und allein die Hohenpriester, Nachkommen der einstigen Missionare, waren noch am Leben. Viele wurden hingerichtet, doch manchen gelang auch die Flucht. Sie entkamen in die Tiefe der Wälder, und jene, die nicht den Tieren zum Opfer fielen, suchten sich neue Gefolgschaft und verbreiteten die böse Religion Catays in den unteren Kasten des ganzen Landes. Und obgleich ihre Zahl gering war, hatte der Überfall auf Catay doch das genaue Gegenteil seines eigentlichen Zwecks zur Folge: Statt den Kult für immer aus der Geschichte zu brennen, hatten meine Vorfahren trotz bester Absichten bewirkt, daß seine Saat sich noch weiter verstreute. Der Glaube Catays lebte fort, er existiert auch heute noch, und seine Oberhäupter übertreffen die einstigen Hohenpriester des Landes noch an Schändlichkeit und Tücke.«

Furchtsam starrte ich hinaus ins finstere Dickicht. Irgendwo schrie eine einsame Krähe, die unser Marsch durch den Wald aus dem Schlaf gerissen hatte. Ein Uhu gab Antwort. Jades Bericht von vergessenen Dschungeltempeln und Menschenopfern tat ein übriges, mir die Dunkelheit gründlich zu verleiden.

»Sie wollen damit sagen, die Odiyan sind Anhänger dieses Teufelskultes?« fragte ich.

»Ja«, entgegnete sie über die Schulter. »Die Odiyan rekrutieren sich aus den minderen Kasten, und dort war der schwarze Kult Catays seit jeher am mächtigsten.«

»Was wurde aus den Priestern?«

»Viele blieben in Indien und den angrenzenden Ländern. Dort mag es leichter sein, treue Anhänger zu finden. Andere zogen hinaus in die Welt, manche von ihnen gründeten anderswo neue Zirkel, einige blieben allein und dienten ihre Talente und ihre Grausamkeit fremden Herrschern an. Sie sind wie Söldner, aber um ein Vielfaches schrecklicher, da sie nur jenen dienen, deren Ziele den ihren ähnlen. Kein Priester Catays wird sich nur um des Geldes willen einem anderen Herrn verschreiben. Sein Lohn muß schwerer wiegen als Gold.«

Ich schwieg eine Weile, dann sagte ich: »Drei von ihnen waren im Schloß. Sie geben sich als Jesuiten aus und sind über und über mit Bibelversen tätowiert.«

Jade nickte. »Das sind sie. Sie sind die Meister der Odiyan.«

»Warum aber wagten sie sich ins Schloß? Ich sah sie in einer Audienz beim Großherzog persönlich.«

»Sie mögen es auf vielen Wegen versuchen«, sagte sie schulterzuckend. »Die Priester Catays – oder besser: ihre Nachkommen, denn manche von ihnen haben Indien nie mit eigenen Augen gesehen – sind nicht dumm. Einige haben flinke Zungen, und sie sind im Reden ebenso gewandt wie im Umgang mit der Klinge. Sich als Jesuiten auszugeben liegt gleichfalls nahe, denn vergessen Sie nicht, auch in ihnen wurzelt die Lehre des Christentums, und sie sind in mancher Hinsicht durchaus gottesfürchtig. Sie befolgen nicht die christlichen Gesetze, aber sie fürchten den Zorn und die Strafen Jahwes.«

»Und diese Priester Catays streben nach dem Heiligtum, von dem Sie sprachen.«

»So muß es sein«, bestätigte Jade. »Sie haben einen Gefolgsmann meines Vaters zum Verrat gezwungen und so von der geplanten Entführung des Erbprinzen erfahren. Sie versuchten, mir zuvorzukommen, doch statt dessen trafen wir uns hier fern unserer Heimat wieder und kämpfen nun auf unterschiedlichen Seiten um den gleichen Schatz.« Ihre letzten Worte klangen beinahe ein wenig traurig. »Ich fürchte, Ihnen muß das Ganze recht absurd erscheinen, nicht wahr? Wilde Barbaren, die in Ihr beschauliches Land einfallen und einen Krieg um ein Heiligtum führen, das niemandem hier etwas bedeutet.«

»Außer dem Kaiser.«

»Außer ihm, ja.«

»Aber Sie sind keine Barbarin«, widersprach ich.

Sie lachte leise auf. »Nicht? Aber, aber, Herr Grimm! Muß es auf Sie nicht barbarisch wirken, wenn ein Mädchen von Kind an durch Lehrer in die Geheimnisse der körperlichen Liebe eingeweiht wird? Nur damit sie später ihren Gatten mit dieser Kunst erfreuen kann? Ich glaube kaum, daß Sie das für zivilisiert halten.« Und amüsiert fügte sie hinzu: »Wenngleich Sie es im nachhinein sicher zu schätzen wissen.«

Ich muß puterrot geworden sein in der Finsternis. »Es ist in der Tat außergewöhnlich«, erwiderte ich hilflos.

Ihr Lachen klang hell und verspielt. »Ach, Herr Grimm. Sie sind so herrlich korrekt.«

»Wie, bitte, soll ich das verstehen?«

Abrupt blieb sie im selben Augenblick stehen.

»Was ist?« fragte ich.

»Psst«, machte sie und legte den Finger an die Lippen. Und dann, fast lautlos, fügte sie hinzu: »Dort vorne ist die Ruine. Aber etwas stimmt nicht. Der Kutscher hat aufgehört zu schreien.«

Die Erinnerung an seine Folter war wie ein eisiger Wasserguß.

Mit einemmal war da wieder ein Teil der Prinzessin, den ich zuletzt völlig verdrängt hatte. Sie war wieder dieselbe Frau, die die Marter eines Unschuldigen angeordnet hatte.

»Vielleicht ist er tot?« meinte ich schaudernd. »Oder Ihre Krieger haben ihm die Nacht über Ruhe gegönnt. Mag sein, daß er das Geheimnis längst verraten hat.«

Sie schüttelt den Kopf, ohne den Blick von der Dunkelheit vor uns abzuwenden. Ich sah dort weder die Ruine noch sonst irgend etwas, nur Schwärze.

»Meine Männer hätten ihn niemals ohne meinen Befehl getötet«, sagte sie. »Und Sie glauben doch nicht im Ernst, daß ein persönlicher Diener des Kaisers nach nur einem Tag ein ihm anvertrautes Geheimnis preisgeben würde.«

»Glücklicherweise fehlt mir damit die Erfahrung.«

»Irgend etwas ist geschehen. Da – hören Sie doch!«

Ich hörte es tatsächlich, ganz, ganz leise nur. Ein Hauch von Säbelrasseln. Die Ruine mußte viel weiter vor uns liegen, als ich aufgrund von Jades Vorsicht angenommen hatte.

»Wer kämpft da?« fragte ich bange.

»Mir wäre wohler, wenn ich eine Antwort wüßte.«

Damit setzte sie sich wieder in Bewegung, doch viel leiser als zuvor. Trotzdem konnte selbst sie nicht verhindern, daß die Äste unter ihren Füßen knackten. Sie hatte keine Waffen dabei, und mir behagte der Gedanke keineswegs, wehrlos in einen Kampf zu stolpern.

Schließlich schob sich der kantige Umriß der Abteiruine aus der Dunkelheit. Vor dem Sternenhimmel wirkte sie viel größer und bedrohlicher als zuvor. Der Kirchturm wies wie ein heidnisches Mahnmal in die Nacht.

Noch immer ertönte das Klirren der Klingen, doch der Kampf mußte auf der anderen Seite der Gebäude stattfinden, davor war nichts zu sehen.

»Kommen Sie, schnell!« zischte Jade mir zu, dann rannten wir

Seite an Seite über die freie Fläche vor der Abtei und verharrten erst wieder, als wir die Mauern erreichten.

»Gehen wir außen herum oder durch die Ruinen?« fragte ich.

Sie schenkte mir ein flüchtiges Lächeln. »Freut mich, daß Sie überhaupt mitkommen wollen.«

»Wofür halten Sie mich?«

»Für – nun, für einen Gelehrten.«

»Sie betonen das so eigenartig.«

Noch ein Lächeln. »Wir müssen weiter. Quer durchs Gebäude scheint mir am sichersten und schnellsten.«

Wir liefen in die Eingangshalle. Sie war leer. Von dort aus ging es einen Gang hinunter, an kahlen, ausgebrannten Kammern vorüber. Immer wieder stolperte ich über Bruchstücke der eingestürzten Decke und verkohlte Balkenreste. Dann, ein Hinterzimmer. Am Boden, unweit einer ausglühenden Feuerstelle, lag ein Körper, in der Finsternis kaum mehr als ein Scherenschnitt. Als wir näher kamen, erkannte ich Gerard. Er war tot. Man hatte ihm die Kleider vom Leib gerissen und seine Hände auf den Rücken gefesselt. Seine Züge glänzten feucht und rot.

»Großer Gott!« entfuhr es mir viel zu laut. »Sie ... Sie haben ihm die Haut vom Gesicht gerissen!«

Jade schüttelte hastig den Kopf. »Das waren nicht meine Männer. Dazu hatten sie keinen Befehl.«

Zweifelnd und immer noch von Grauen gepackt starrte ich sie an. »Das ist unmenschlich!«

»Wenn ich Ihnen doch sage, daß das nicht meine Leute waren! Ihre Methoden sind sehr viel subtiler.«

»Subtile Folter?« stieß ich aus. »Eure Hoheit belieben zu scherzen.«

Sie ergriff meinen Arm und zog mich zu einer der leeren Fensterhöhlen, die zur Rückseite wiesen. »Ich schwöre Ihnen bei Vishnu und Jesus Christus, daß wir mit diesen Wunden nichts zu tun haben. Reicht Ihnen das?«

Ich nahm an, sie bezöge die letzten Worte auf ihren Schwur, doch dann folgte mein Blick dem ihren, und ich begriff, was sie wirklich meinte. Auf dem verschneiten Streifen zwischen Ruine und Waldrand kämpften zwei Männer. Der eine war Kala, ein Wirbel aus weitem Stoff und dunklen Gliedern. Er führte den Madu mit beiden Händen. Die Eisenspitzen an den Antilopenhörnern funkelten, als er die Waffe rotieren ließ. Ein glühender Kreis entstand in der Nacht.

Der zweite Kämpfer war Stanhope. Er hatte einen Säbel in der Hand und verwickelte den alten Fakir in eine blitzschnelle Folge aus Hieben und Stichen. Kala blieb nichts, als sich der Attacken des Lords mit dem kreisenden Madu zu erwehren, denn zu eigenen Angriffen blieb ihm keine Zeit. Es war nur zu deutlich, wer der Überlegenere war. Bald schon mußte Kalas Verteidigung unter den wütenden Vorstößen Stanhopes zerbrechen.

In einiger Entfernung des stürmischen Duells lagen die Leichen der beiden anderen Inder im Schnee. Kala war der letzte lebende Getreue der Prinzessin.

»Gehen Sie raus und lenken Sie ihn ab«, flüsterte sie mir zu.

Verblüfft starrte ich sie an. »Ich? Wieso?« War nicht Stanhope mein Verbündeter? Oder hatten die vergangenen Stunden das Blatt gewendet? War ich längst übergelaufen, ohne es zu bemerken?

»Lenken Sie ihn ab«, wiederholte sie in schärferem Tonfall. »Oder wollen Sie enden wie der da?« Sie deutete auf das gehäutete Gesicht des Kutschers.

»Aber –«

Weiter kam ich nicht, denn Jade gab mir einen Stoß, der mich halb durch das Fenster taumeln ließ.

»Gehen Sie!« befahl sie.

Was blieb mir übrig? Ich turnte über die Brüstung hinweg und sprang hinaus in den Schnee. Eiligen Schrittes rannte ich auf die beiden Kämpfenden zu.

»Stanhope!« rief ich.

Die Attacken des Lords setzten einen Herzschlag lang aus. Er sah sich nach mir um. »Grimm! Zum Teufel, wo haben Sie gesteckt? Ich habe Sie überall gesucht.«

Kala stieß das Fakirhorn nach vorne, doch Stanhope drehte sich elegant zur Seite und entging dem tödlichen Stich. Er lächelte dabei. Unglaublich.

Ich zögerte. Was sollte ich tun? Ihn wirklich ablenken?

»Kann ich, äh ... helfen?«

»Danke, mein Freund«, entgegnete Stanhope und war nicht einmal außer Atem. »Aber ich denke, das wird nicht nötig sein. Machen Sie es sich gemütlich und genießen Sie die Vorstellung – solange sie noch währt!« Dabei führte er drei tückische Hiebe gegen Kala, denen dieser nur mit Mühe entging. Einmal streifte die Säbelspitze seine Stirn und hinterließ einen dünnen Blutfaden.

Aus den Augenwinkeln bemerkte ich eine Bewegung. Weiter links huschte ein Schemen an den beiden Toten vorüber. Jade ergriff einen Säbel.

Im selben Augenblick gelang es Stanhope, die Abwehr des Fakirs zu durchstoßen. Nicht einmal, gleich zweimal stach er zu. Beide Male bohrte sich die Säbelspitze in den Magen des Alten. Kala verlor den Madu aus den Händen und brach stöhnend in die Knie. Stanhope warf mir ein strahlendes Lächeln zu, dann holte er aus, um dem Fakir den Garaus zu machen.

»Stanhope!« schrie in diesem Moment die Prinzessin, und ehe der Lord sich noch umdrehen konnte, war sie bereits heran. Ihr Säbel raste auf seinen Rücken zu. Stanhope ließ sich zur Seite fallen und entging dem Tod um Haaresbreite. Jade setzte nach, Stanhope parierte im Liegen, dann rollte er sich herum und sprang auf die Beine.

»Mir scheint, unsere Flucht verzögert sich«, rief der Lord mir zu. Er schien immer noch anzunehmen, ich sei ebenso ein Gefangener der Inder wie er selbst. Und hatte er damit nicht sogar recht? Nein, Jade hatte gesagt, es stünde mir frei zu gehen. Herrgott, welch ein Zwiespalt!

Funken sprühten, als die Säbel der beiden Kontrahenten aufeinanderklirrten. Kala kniete immer noch vornübergebeugt am Boden und hielt sich mit beiden Händen den Bauch. Hustend spuckte er Blut in den Schnee.

Jade tat ihr Bestes, Stanhope aus der Reichweite des verletzten Alten zu drängen. Meine Vermutung war richtig gewesen: Sie war eine großartige Fechterin. Trotzdem schien Stanhope noch um eine Spur geschickter, um eine Winzigkeit flinker. Seine einzige Schwäche war, daß er die geraden Armeesäbel der abendländischen Infanterie gewohnt war, nicht die krummen Klingen der Inder. Die Waffe, mit der er nun kämpfte, hatte einem seiner Bewacher gehört; der unvertraute Umgang damit schien seine sonstige Überlegenheit wettzumachen.

Während die beiden wie die Teufel aufeinander einhieben und dabei kunstvolle Pirouetten wie rivalisierende Tänzer zu drehen schienen, näherte ich mich Schritt um Schritt dem Fakir. An seiner Lage hatte sich nichts geändert. Immer noch hustete er Blut. Ich hätte mich sehr täuschen müssen, sollten Stanhopes Treffer nicht tödlich gewesen sein. Als Fakir vermochte der Alte den Schmerz zu verdrängen, dem Tod aber war er zweifellos nicht gewachsen.

Das Klirren der Säbel hallte über die Lichtung und brach sich an den hohen Mauern der Ruine. Auf ihren Kuppen hatten sich wie aufgeregte Zuschauer Krähen eingefunden, die den Kampf beobachteten und krächzend seinem Ende entgegensahen. Frisches Fleisch war um diese Jahreszeit keine leichte Beute in den Wäldern.

Ich blieb vor Kala stehen, wagte aber nicht, mich herabzubeugen, aus Furcht, Stanhope könne es bemerken und es als Verrat auslegen.

Ein besonders grelles Kreischen der Säbel zog meinen Blick

zurück auf die Duellanten. Sie waren wieder näher gekommen, waren höchstens noch fünf Schritte entfernt. Ich sah gerade noch, wie Jades Waffe in der Dunkelheit davonwirbelte. Sie selbst stolperte unter der Wucht des gegnerischen Angriffs und knickte mit dem linken Knie ein. Stanhope grinste erfreut; offenbar hatte er nicht mit einem so raschen Ende des Kampfes gerechnet.

»Gut, gleich ist es soweit«, stieß er aus, nun doch ein wenig atemlos. Offenbar sprach er mit mir.

Jade funkelte ihn trotzig aus ihren braunen Augen an, erwartete tapfer den Todesstoß. Stanhope holte aus – und im selben Moment war ich mit dem Madu heran und zog es ihm von hinten über den Schädel! Die Antilopenhörner vibrierten in meinen Händen, während Stanhope aufschrie. Gleichzeitig warf Jade sich nach vorne, umfaßte mit beiden Armen seine Beine und riß ihn mit einem Keuchen zur Seite. Der Lord stürzte langgestreckt in den Schnee und verlor seinen Säbel. Sogleich war Jade über ihm, doch Stanhope hieb ihr mit voller Wucht die Faust ins zarte Gesicht. Jade wurde nach hinten geschleudert und fiel ebenfalls zu Boden. Während ich noch zögerte und überlegte, ob ich ein zweites Mal vom Fakirhorn Gebrauch machen sollte, sprang der Lord auf. Er wollte sich auf seinen Säbel stürzen, ich aber beförderte die Klinge mit einem kühnen Fußtritt aus seiner Reichweite.

»Grimm!« brüllte er auf und sah mich an, als wollte er mir den Hals umdrehen. Und fraglos hätte er genau das getan, wäre nicht die Prinzessin in der gleichen Sekunde auf die Füße getaumelt. Im Unterschied zu Stanhope hielt sie ihren Säbel in der Hand. Aus ihrer Nase lief Blut.

Ihr erster Stich ging fehl, der zweite aber streifte Stanhopes Seite. Er schrie auf, sprang zurück und rannte mit riesigen Schritten auf den Waldrand zu. Die Prinzessin setzte hinterher.

Ich rief ihren Namen, um sie zurückzuhalten, doch da waren beide schon im Unterholz verschwunden. Es raschelte und knackte noch eine Weile, dann herrschte Stille. Ich war allein mit dem sterbenden Kala.

Widerwillig riß ich meinen Blick von den Bäumen los und ging neben dem Alten in die Knie. Im Sternenlicht sah ich, daß sein Körper über und über mit Blut benetzt war. Er öffnete den Mund und bewegte langsam die Lippen, als wollte er zu mir sprechen, bekam aber keinen Ton heraus. Erst allmählich verstand ich ihn. »Prinzessin ...«, keuchte er, und: »... helfen.« Mehr nicht. Plötzlich kippte er vornüber und blieb reglos im Schnee liegen. Ich versuchte ihn hochzuheben und war überrascht, wie leicht er war. Nur Haut und Knochen.

Mit dem leblosen Alten quer über meinen Armen machte ich mich auf den Weg zurück zur Ruine. Ich spürte, daß er noch atmete. Vielleicht konnte Jade ihm helfen, wenn sie zurückkam. Falls sie zurückkam. Fraglos war Stanhope auch unbewaffnet ein ernstzunehmender Gegner, und beide waren gleichermaßen geschwächt. Plötzlich wurde mir klar, welche Angst ich um die Prinzessin hatte. Ich hätte heulen mögen vor Sorge und Elend.

Ich trug den Fakir in die Eingangshalle, in eine Ecke, wo noch ein Stück der Decke erhalten und kein Schnee gefallen war. Dort bettete ich ihn mit dem Kopf auf seinen Mantel, breitete meinen eigenen über ihm aus und begann sogleich, vor Kälte zu schlottern. Zu meinem Schrecken bemerkte ich, daß auch Kala eine Gänsehaut bekommen hatte. Mit seinem Bewußtsein hatten ihn auch seine Fakirkräfte verlassen; halbnackt, wie er war, würde er trotz meines Fellmantels jämmerlich erfrieren. Und falls Jade nicht zurückkehrte, würde es mir bald ebenso ergehen.

Ich blickte mich in der Düsternis um, auf der Suche nach Gepäck oder Kleidung der Inder, doch vergebens. Da fiel mir die Glut im Hinterzimmer ein, dort, wo sie Gerard gefoltert hatten. Mit einem raschen Blick, der mich der unveränderten Lage des Fakirs versicherte, rannte ich los.

Als ich die Kammer erreichte, sah ich zu meiner Erleichterung, daß das Feuerholz noch an einigen Stellen glühte. Widerwillig ergriff ich einen Fetzen vom Gewand des toten Kutschers, wickelte ihn um ein Stück Holz und versuchte ihn in Brand zu setzen. Die Glut war nur noch schwach, doch schließlich sprang sie über. Mit meiner neuen Fackel kehrte ich stolz in die Eingangshalle zurück, bemüht, im Hinausgehen keinen weiteren Blick auf das rohe Fleisch des Kutschers zu werfen.

Nachdem ich unweit des bewußtlosen Alten ein Feuer geschürt hatte, machte ich mich daran, das Hauptor zu schließen. Die Flügel hingen schief in den Angeln, trotzdem gelang es mir, sie zumindest soweit zueinanderzuschieben, daß das Pfeifen des eisigen Nachtwindes etwas gelinder wurde. Dann erst lief ich wieder zur Rückseite der Ruine und wartete auf Jade.

Sie kam nicht. Hin und wieder kletterte ich ins Freie und blickte hinauf zur Turmuhr. In der Dunkelheit waren ihre Zeiger kaum zu erkennen, doch reichte es aus, um schließlich gewahr zu werden, daß seit Jades Verschwinden fast drei Stunden vergangen waren. In meiner Verzweiflung lief ich ängstlich auf und ab, und schließlich sagte ich mir, daß ich ebensogut zurück zu Kala gehen und dort auf sie warten konnte.

Gerade hatte ich den halben Weg zur Eingangshalle zurückgelegt, als das jämmerliche Quietschen des Haupttors ertönte. Ich rannte los, ungewiß, wem ich begegnen würde, besann mich aber hinter der letzten Ecke, blieb stehen und blickte mit klopfendem Herzen in die Halle.

Im Viereck des Eingangs stand eine erschöpfte Gestalt, mit ausgebreiteten Armen in den Türspalt gestützt. Ihr zierlicher Wuchs ließ keinen Zweifel: Jade war zurückgekehrt.

Glücklich rief ich ihren Namen und rannte auf sie zu. Sie aber sprach kein Wort, brachte mich vielmehr mit einem Wink zum Stehen und eilte dann zu Kala hinüber. Besorgt beugte sie sich über ihn, warf meinen Mantel zurück und legte ein Ohr an die knochige Brust des Alten. Sie zog seine Augenlider zurück und starrte in seine Pupillen, klappte sogar seinen Mund auf und sah hinein. Dann, immer noch ohne ein Wort, setzte sie sich rittlings auf seine Hüften und legte beide Hände flach auf seine Brust. Mit durchgedrücktem Kreuz saß sie da, den Kopf in den Nacken geworfen, die Augen geschlossen und die Lippen fest aufeinandergepreßt. Alsbald begann sie, sich rhythmisch auf ihm vor und zurück zu bewegen, es sah aus, als wiege sie sich im Liebesspiel! Doch, nein, das war unmöglich, zumal sie immer noch ihre Hose und der Fakir seine Lendenwickel trug. Es schien vielmehr, als vollführe sie ein merkwürdiges Ritual, in dessen Verlauf Kraft aus ihren Händen in Kalas Brust strömen würde. Schließlich begann sie zu stöhnen – vor Erschöpfung, hoffte ich –, dann verharrte sie. Ausgelaugt ließ sie sich zur Seite sinken. Ob ich sie fragen sollte, wer ihr Lehrer in Liebesdingen gewesen war? Nicht etwa dieser Greis! Aber das hatte Zeit für später.

Kala lag noch genauso da wie vor diesem eigenwilligen Ritual. Jade aber schien ein wenig beruhigt und schaute nun zum ersten Mal seit ihrer Rückkehr in meine Richtung. Ihr Blick war glasig, das Haar zerzaust. »Er wird leben«, sagte sie mit flattriger Stimme.

»Wird er? Was macht Sie da so sicher?«

»Ich habe ihn geheilt.«

Was blieb mir, als ihre Antwort stumm zu akzeptieren? Sie legte den Kopf schräg. »Ich danke Ihnen, daß Sie ihn hierhergebracht haben.« Sie deutete auf das Lagerfeuer. »Auch dafür. Beides hat ihn gerettet. Die Kälte wäre sein Tod gewesen.« Damit bedeckte sie ihn wieder mit meinem Mantel.

»Ich dachte schon, nicht einmal der Frost könne Ihnen beiden etwas anhaben.«

»Kala ist unempfindlich, solange er bei Bewußtsein ist. Um so schneller geht jedoch sein Verfall vonstatten, wenn ihm die Sinne schwinden.«

»Wo ist Stanhope?«

»Entkommen.«

Auf Knien kroch sie näher ans Feuer. Ich setzte mich zu ihr, wohl darauf bedacht, sie nicht zu berühren. Ich fürchtete, die Magie, die uns verbunden hatte, sei verflogen. »Ich habe ihn draußen im Wald verloren«, fuhr sie fort.

»Und nun?«

»Ich weiß es nicht. Die Frage ist, ob der Kutscher ihm das Versteck des Prinzen verraten hat.«

»Stanhope hat –« ... ihm immerhin die Haut vom Gesicht gezogen, wollte ich sagen, doch die Worte weigerten sich, über meine Lippen zu kommen.

Jade verstand trotzdem. »Wer sonst? Ich sagte Ihnen doch, meine Männer hatten keinen Befehl, dergleichen zu tun.«

»Sie haben ihn gefoltert«, widersprach ich. »Auf die eine oder andere Weise.«

Jade nickte. »Sicher. Und ich hätte ihn töten lassen, wenn er nicht geredet hätte. Das tut man doch in einem Krieg, töten, nicht wahr?«

Ich zauderte, wußte nicht, was ich sagen sollte. Sie konnte so sanft sein, so lieblich, und gleichzeitig so grausam. Ihr Wesen änderte sich von einer Minute zur anderen. Sie war unberechenbar.

»Warum hätte Stanhope so etwas tun sollen?« fragte ich nach einer Weile. »Er ist Dalbergs Freund und scheint als einziger sein Vertrauen zu genießen.«

Sie zuckte mit den Achseln. »Vielleicht sollte Ihr Minister seine Freunde sorgfältiger auswählen.«

»Er ist nicht *mein* Minister. Zudem macht er den Eindruck eines überaus vorsichtigen Mannes.«

»Auch vorsichtige Männer können irren. Stanhope will das Kind, ebenso wie ich, wie die Priester Catays und wer weiß wie viele noch. Dalberg hat Sie ihm anvertraut, doch das Ziel der Reise sollte der Lord ebenso wie Sie selbst erst bei Ihrer Ankunft erfahren.«

Trotzdem blieben mir Zweifel. »Sie wollen behaupten, Stanhope sei in Wahrheit nicht auf der Seite des Ministers?« Zugleich erinnerte ich mich an Doktor Hadrians Warnung.

»Allerdings«, erwiderte Jade überzeugt. »Stanhope ist Engländer, Dalberg aber steht auf der Seite des Kaisers. England und Frankreich sind Gegner seit Jahrhunderten.«

»Die Nationalität des Lords muß nichts bedeuten«, widersprach ich. »Dalberg zum Beispiel ist Deutscher und genießt trotzdem das Vertrauen Bonapartes.«

»Wie Sie selbst.«

Ich wußte, worauf sie anspielte, und sie hatte recht. Beschämt erinnerte ich mich an den Einmarsch der französischen Truppen in meine Heimatstadt. Waren nicht neben meiner Krankheit auch die Okkupation und Napoleons *Code civil* Gründe gewesen, weshalb ich als Jurist keine Anstellung mehr fand?

Jade bemerkte wohl, daß ich nichts darauf erwidern würde, und sah zu Kala hinüber. Äußerlich schien sein Zustand unverändert.

»Sie glauben, Stanhope diene der Regierung Englands?« fragte ich.

»Wem sonst?«

Ich senkte die Stimme. »Haben Sie je vom Quinternio der Großen Fragen gehört?«

»Was soll das sein?«

»Sie wissen es nicht?«

Sie schüttelte den Kopf. »Nein.«

Das enttäuschte mich. Aber konnte ich sicher sein, daß sie die Wahrheit sagte? »Mir kam ein Gerücht zu Ohren, Stanhope sei ein Agent des Quinternio.«

Ihr Blick verriet nun offene Verwirrung. »Ich sage Ihnen doch, ich weiß nicht, wovon Sie sprechen.«

Ich seufzte. »Wenn ich es selbst nur wüßte.«

»Vielleicht war die Nacht ein wenig zuviel für Sie.«

Prüfend blickte ich sie an. Ja, sie wollte mich necken. »Sie scheinen mir nicht allzu bekümmert über den Verlust Ihrer Männer«, sagte ich.

»Sie waren Diener«, erwiderte sie gleichmütig, als sei das Erklärung genug.

»Sie haben mir noch immer nicht verraten, um was es sich bei diesem Heiligtum eigentlich handelt.«

»Sie würden mir ohnehin nicht glauben.«

»Wenn selbst der große Napoleon soviel Vertrauen in eine Legende setzt, weshalb sollte nicht auch ich es tun?«

»Die Amrita-Kumbha ist keine Legende.«

»Natürlich nicht.«

»Sie sind nicht bereit, die Wahrheit zu begreifen.«

»Oh, nein, so einfach kommen Sie mir nicht davon.« Ich beugte mich vor und musterte über die Flammen hinweg eingehend ihre Züge. »Ich habe ein Recht darauf, es zu erfahren.«

»Ein Recht?« fragte sie betont. »Vielleicht haben unsere beiden Kulturen unterschiedliche Auffassungen von diesem Begriff.«

Ich zwang mich zu einem freundlichen Lächeln. »Wir haben noch die ganze Nacht Zeit, und glauben Sie mir, ich werde keine Ruhe geben. Sie werden kein Auge zutun, ehe Sie mir nicht gesagt haben, was ich wissen will.«

Ihre Antwort kam flink: »Ich nahm nicht an, daß wir beide das vorhätten – die Augen zutun.«

Erneut schoß mir die Röte ins Gesicht. Jades Krieger waren erschlagen, ihr Mentor knapp dem Tode entronnen, und sie erging sich schon wieder in unzüchtigen Angeboten.

Lächelnd fügte sie hinzu: »Ist die Wahrheit der Preis, den Sie für eine Nacht verlangen, Herr Grimm?«

»Bleiben Sie bei der Sache.«

»Aber das tue ich doch.«

»Nicht bei *der* Sache.«

Sie lachte glockenhell. »Werden wir jetzt vielleicht kindisch?«

»Sie haben davon angefangen.«

Was gab es da nur zu schmunzeln? Für sie war das alles nicht mehr als ein großes Spiel. »Ich mag Sie gern, Herr Grimm.«

»Warum nennen Sie mich dann nicht Wilhelm?«

»Ich glaube, soweit sind wir noch nicht.«

»Nicht? Wie dumm von mir.«

»Vergessen Sie nicht, ich bin eine Prinzessin.«

»Aber natürlich.« Ich konnte ihre Gedankensprünge kaum nachvollziehen, deshalb beschloß ich, dem Gespräch eine neue Wendung zu geben.

»Ist es wahr, daß es in Ihrer Heimat Kulte gibt, in denen Menschen die Liebe wie einen Gott verehren? Die körperliche Liebe?«

Sie nickte, und der Schalk blitzte hell in ihren braunen Augen. »Aber natürlich.«

»Das hätte ich mir denken sollen.«

»Was ist denn so verkehrt daran?«

»Oh, gar nichts.« Ich seufzte. »Aber Sie wollten mir gerade verraten, was es mit dieser Amrita auf sich hat.«

»Amrita-Kumbha.« Sie buchstabierte beide Begriffe, was sie sichtlich amüsierte. »Sie wollen es also wirklich wissen.« Das war eine Feststellung, die keiner Bestätigung bedurfte. Schweigend erwartete ich, daß sie fortfuhr.

»Sie werden mir nicht glauben«, warnte sie mich.

»Ganz bestimmt nicht – aber hören möchte ich es trotzdem. Ich bin deshalb fast umgebracht worden, schon vergessen?«

»Jemand wie Sie muß es für eine Legende halten.«

»Herrgott, nun sagen Sie's schon!«

Das tat sie, und danach brachte ich eine Weile lang kein Wort mehr hervor. Schließlich aber begann ich zu lachen, erst leise, dann immer lauter, und später war mir, als hätte ich die halbe Nacht lang nichts anderes getan.

Sie hörte eine Weile zu, dann sagte sie: »Ich wußte, daß Sie mir nicht glauben würden.« Sie schien fast stolz darauf, daß sie recht behalten hatte.

Allmählich kam ich zur Ruhe. »Aber ich bitte Sie, Prinzessin ...«

Sie schüttelte den Kopf. »Nein, nein, ich habe Sie gewarnt. Ihr

Verhalten bestätigt nur meine Befürchtung. Ich sage Ihnen die Wahrheit, und Sie werden hysterisch.«

»Ist das wirklich Ihr Ernst? *Unsterblichkeit!* Ich meine –«

»Lassen Sie uns einfach vergessen, daß wir je darüber gesprochen haben.«

»Sie verstehen mich nicht«, sagte ich beharrlich. »Die Unsterblichkeit ist eine Illusion. Es gibt sie nicht.« Seit unserer beschämenden Suche nach dem Stein der Weisen wußte wohl kaum jemand dies besser als Jacob und ich.

»Natürlich nicht – nicht für Sie! Ich aber glaube daran. Zudem haben Sie wohl kaum das Recht, den Glauben eines anderen zu verlachen.«

»Warum haben Sie mir nicht früher davon erzählt? Von dieser ... Amrita-Kumbha?«

»Es gab keine Gelegenheit.«

Ich lehnte mich zurück. »Hätten Sie es getan, wäre mir einiges erspart geblieben. Wahrscheinlich wäre ich schon mit meinem Bruder auf dem Heimweg nach Kassel.«

»Bedauern Sie, daß Sie das nicht sind?« fragte sie mit einem entzückenden Augenaufschlag.

»Ja ... nein. Ich meine ... ich weiß es nicht.« Verflixt, Wilhelm! Hör dir nur dein Gestammel an!

Sie strahlte jetzt wieder diese absurde Mischung aus Verruchtheit und Unschuld aus. In ihrem Fall waren das nur scheinbar gegensätzliche Begriffe. Irgendwie gelang ihr das Kunststück, beides ohne Widerspruch zu vereinen. »Verunsichere ich Sie?«

»Das wissen Sie genau.«

Sie rückte ein Stück ums Feuer herum auf mich zu und nahm mit beiden Händen meine Rechte. »Habe ich Ihnen schon gesagt, daß ich aus Ihrer Hand die Zukunft lesen kann?«

»Bestimmt zaubern Sie auch weiße Kaninchen aus Zylinderhüten.«

Sie zuckte nur mit den Schultern. »Möchten Sie mehr über Ihre Zukunft erfahren, Herr Grimm?«

»Lieber nicht.«

»Seien Sie kein Feigling.«

»Sie werden mir Dinge sagen, die mich nur noch fester an Ihr Schicksal ketten.«

»Uh«, machte sie. »Wie haben Sie sowas genannt? Porthos?«

»Pathos.«

Sie lachte wieder. »Keine Angst: Ich werde Sie an gar nichts ketten.«

Trotzdem entzog ich ihr meine Hand, obwohl es mir widerstrebte, die Berührung aufzugeben. Und sie hatte sogar recht: Vielleicht war ich ein Feigling. Hoffentlich einer, der noch lange zu leben hatte. Ohne Abenteuer und Heldentaten.

Schmollend zog sie sich zurück. Die Ader an ihrem Hals pulsierte wieder. Im Lichtertanz der Flammen war sie noch deutlicher zu erkennen.

Jade kramte in ihrem Gepäck. Schließlich zog sie das kleine Holzkästchen hervor, das ich bereits kannte. Ihm entnahm sie ihre Pfeife, stopfte Tabak und ein paar Krümel einer dunklen Masse hinein und entzündete beides mit Feuerstein und Stahl. Paffend wie ein alter Mann saß sie da, im Schneidersitz, und beobachtete mich schweigend durch die gelblichen Schwaden.

»Wollen Sie mich betäuben?« fragte ich und rang nach frischer Luft.

»Unsinn«, entgegnete sie zwischen zwei Zügen. »Wieso sollte ich das tun?«

»Sie haben es bereits damals in der Kutsche getan.«

Sie kicherte. »Oh, das! Das war keine Absicht. Wenn Sie sich einmal daran gewöhnt haben, werden Sie alles andere als schläfrig.«

»Vielleicht will ich mich gar nicht daran gewöhnen.«

»Aber probieren wollen Sie, oder?«

Sie sah mein Zögern und fügte hinzu: »Bevor es hell wird, können wir ohnehin nichts unternehmen. Kala muß ausruhen, ehe wir ihm eine Fahrt im Schlitten zumuten können. Außerdem müssen wir auf Ihren Bruder warten.«

»Wann wird er hier sein?«

»Abgemacht war morgen nachmittag.«

Herrgott, so viele Stunden allein mit ihr! Mir war unklar, ob mich das freute oder ob es mir Sorgen bereitete.

Sie reichte mir die Pfeife. »Hier, versuchen Sie's. Es schadet nicht, mein Ehrenwort.«

Mit bebenden Fingern nahm ich die Pfeife entgegen. Ihre Form fühlte sich gut an, ganz warm und sanft gerundet. Der Rauch schien bereits seine Wirkung zu tun, bevor ich überhaupt daran gezogen hatte.

»Es ist kein Opium, oder?« fragte ich ein wenig ängstlich.

»Wo denken Sie hin! Wir müssen morgen einen klaren Kopf haben.«

Ich nahm einen vorsichtigen Zug, ohne Jade dabei aus den Augen zu lassen. Sie nickte mir aufmunternd zu und lächelte.

Meinem tapferen Versuch folgte ein erbärmlicher Hustenanfall. Sie lachte vergnügt. »Noch einmal«, rief sie aus. »Und nicht ganz so gierig.«

Ich tat ihr den Gefallen, und diesmal drang der Rauch ganz sanft in meinen Körper. Die Wirkung aber blieb aus.

»Und nun?« fragte ich enttäuscht.

»Noch mal, noch mal«, forderte sie ausgelassen. »Seien Sie nicht so ungeduldig.«

So nahm ich ergeben einen dritten Zug aus der Pfeife, dann einen vierten, und beim fünften begann ich, Geschmack daran zu finden. Beim sechsten oder siebten verschleierten sich mir allmählich die Sinne.

Jade, Kala und die ganze Halle verloren ihre festumrissene Form, und alle weiteren Worte der Prinzessin verklangen wie hauchdünnes Zirpen in der Ferne. Die Flammenglut des Lagerfeuers schien plötzlich in mein Innerstes zu greifen, nicht schmerzhaft, doch ihr Lodern erfaßte mich, und ich entbrannte in wilder Leidenschaft zum Leben, zum Fühlen, zu Jade.

Du bist die Sünde, dachte ich, du bist die Sünde, liebe Schwester. Warum ich sie im Geiste Schwester nannte? Mir war mit einem Male, als verbinde uns viel mehr als das. Ob ich dachte oder sprach? Ich weiß es nicht.

Du, süße Schwester, gezeugt in des Dschungels heißem Atem, herangetrieben vom Glutwind des Südens, übermannst mich mit deiner Unbeschreiblichkeit, mit deinem makellosen Antlitz, hinter dem sich Rosenglück und schwarze Dammnis mischen. Gefährtin meiner traumschweren Stunden, fiebernder Wahn meines Wachseins, Schwester, sei willkommen, umarme mich mit deiner Wonne, und trinke du die meine! Fiebernd bin ich, rasend nach dir und deinen Gaben. Sterben laß ich die Vernunft. Zerbrich die Schranken, die Türen, die Ketten meines innersten Ich. Menge dein Gift in Bescheidenheit und Scheu, sprenge das Gefängnis meiner Scham und laß mich frei! Frei von allem, was war und was gewesen wäre. Laß mich erwachen aus der Treue ödem Traum, und gib mir, was dein ist und auch mein sein soll.

Deine Haut laß mich schmecken, dein Haar mich liebkosen. Denn liebreizend bist du, Schwester, liebestoll in deinem Geben, jauchzend vor Gier im Nehmen. Dein Lächeln ist zaghaft und hungrig zugleich, leuchtend und lodernd der Glanz deiner Augen. Die Hülle gleitet dir von den Schultern, entblößt deinen herrlichen Leib. Laß mich dich fühlen, dunkle Schwester, laß mich teilhaben an dir und dem, was du bedeutest. Laß mich dir huldigen und schmeichle mir dafür. Nimm, was du erwecktest! Laß es wallen und fließen und bluten und leben, endlich, endlich *leben*.

Labe dich an mir, holde Schwester.

Liebe, grimme Schwester Sünde.

* * *

Als ich am Morgen erwachte, stand Jade am Haupttor und blickte durch einen schmalen Spalt ins Freie. Nichts trug sie am Leib als ihre Schönheit. Sie hatte mir den Rücken zugewandt. Das Feuer war fast heruntergebrannt, und ich fror erbärmlich. Kein Wunder, war ich doch genauso nackt wie die Prinzessin. Ich versuchte, mich zu erinnern, was geschehen war; das war freilich nicht schwer, und ich gestehe, daß ich es keinen Augenblick bereute. Erst recht nicht, als meine Blicke ihren Körper streiften, die schmalen Hüften und die zartbraune Haut, das schwarze Seidenhaar, das sich um ihre Schulterblätter teilte.

Kala stöhnte leise. Ich sah, daß er sich regte, mit geschlossenen Augen, wie einer, den böse Träume plagen. Ich kroch zu ihm hinüber, schlug den Fellmantel zurück und betrachtete die beiden Stichwunden. Sie sahen noch genauso aus wie am Abend, nur das Blut war verkrustet. Was hatte ich auch erwartet? Daß sie durch Jades Magie verschwunden wären? Vielleicht. Aber Jade war keine Hexe, nicht wirklich.

Sie hatte bemerkt, daß ich erwacht war, und drehte sich um, stand jetzt genau vor dem hellen Türspalt. Draußen ließ die Sonne den Schnee erstrahlen, und so war Jade kaum mehr als ein filigraner Umriß vor glitzerndem Weiß.

»Guten Morgen«, sagte sie, und es klang keineswegs romantisch. »Ziehen Sie sich an, beeilen Sie sich.«

»Bin ich jetzt wieder ein Gefangener?« Ich war ein wenig verstimmt, daß sie nach einer Nacht wie dieser so barsch zu mir war. Außerdem tat mein Kopf weh.

»Sie sind ein freier Mann, Herr Grimm. Nach wie vor.« Sie bestand also immer noch auf Förmlichkeit. Nun gut, das konnte sie haben.

»Ich hoffe, Euer Hochwohlgeboren haben eine geruhsame Nacht verbracht und angenehme Träume durchlebt.«

Sie kicherte. »Ich habe von Ihnen geträumt, Herr Grimm.« Dann wurde sie schlagartig ernst: »Wir werden gleich Gäste haben.

Wenn Sie ihnen nicht in dieser kompromitierenden Staffage gegenübertreten wollen, sollten Sie sich ankleiden.« Damit kam sie näher und raffte ihre eigenen Kleidungsstücke zusammen.

»Gäste?« fragte ich erstaunt. Ich sprang auf und griff eilig nach meinen Hosen.

»Wie es scheint, konnte Ihr Bruder das Wiedersehen mit Ihnen nicht länger erwarten.«

»Oder mit Ihnen, Prinzessin.«

Ihr Nicken versetzte mir einen Stich. »Oder mit mir, in der Tat.«

Ich knöpfte mir das Hemd zu und trat an die Tür. Der freie Schneestreifen vor der Ruine war menschenleer.

»Wie kommen Sie darauf, daß jemand hierher unterwegs ist?«

»Ich spüre die Erschütterungen unter meinen Sohlen«, entgegnete sie ernsthaft.

Ich starrte verblüfft auf meine eigenen Füße, die natürlich nicht das geringste verspürten. »Tatsächlich?«

Sie lachte wieder. »Nur ein Scherz, Herr Grimm, verzeihen Sie. Sie halten mich wirklich für eine Zauberin, nicht wahr?«

Pikiert rümpfte ich die Nase. »Natürlich nicht.«

Sie trat auf mich zu und zog sich dabei das Hemd über. In der Kälte zeichneten sich ihre Brustwarzen zart unter dem Stoff ab. Es fiel schwer, den Blick davon abzuwenden. Wilhelm, Wilhelm, ich erkenne dich nicht wieder!

Jade hauchte mir einen Kuß auf die Nasenspitze. »Hören Sie genau hin«, flüsterte sie und deutete nach draußen.

Verwirrt riß ich mich von ihrem Anblick los und steckte den Kopf durch den Türspalt. Horchte angestrengt hinaus in den Wintermorgen. Hörte nichts, nur das Kreischen ferner Krähen.

Ich sah sie an und schüttelte den Kopf. »Tut mir leid.«

Sie aber ließ nicht locker. »Versuchen Sie es noch einmal.«

Ich seufzte und tat, was sie verlangte. Wieder nichts, nur die Krähen. Und dann begriff ich. »Die Vögel! Sie meinen die Vögel?«

Jade nickte. »Irgend etwas scheucht sie aus den Bäumen. Ihr Krächzen wird immer lauter. Das kann nur bedeuten, daß jemand näher kommt, Pferde oder eine Kutsche.«

Sie sollte recht behalten, wie immer. Wenig später schon rauschte ein Pferdeschlitten aus dem Wald. Ein Dutzend Schritte vor der Ruine brachte der Kutscher seine vier Rösser zum Halten. Ein breitkrempiger Schlapphut und dicke Schals schützten den Mann vor der Kälte, kaum lugte noch die Nase zwischen Stoffen und Schatten hervor. Auf den Seitentüren des Schlittens prangte das herzogliche Wappen.

Jade und ich, mittlerweile vollständig angekleidet, standen hinter der Tür und beobachteten die Ankunft des Gefährts. Ich wollte hinauslaufen und Jacob begrüßen, doch Jade, stets auf der Hut, hielt mich zurück. »Warten Sie«, zischte sie. Einen Moment lang wünschte ich, sie möge die Hand nie mehr von meiner Schulter nehmen. Doch der Augenblick verging, und ich konnte wieder einen klaren Gedanken fassen.

»Es ist ein Schlitten des Großherzogs«, sagte ich, um ihre Bedenken zu zerstreuen.

Jade blinzelte durch den Spalt nach draußen. Wir hatten das Tor so weit zugeschoben, daß es unmöglich war, von außen hineinzublicken. »Sie werden nicht erwarten, daß mich das freut.«

»Aber Jacob –«, wollte ich widersprechen, doch sie fuhr dazwischen:

»Falls es Ihr Bruder ist, fein. Falls nicht, sitzen wir in der Falle.«

»Aber nur Jacob weiß, daß wir hier sind.«

»Und Stanhope?«

»Wenn er wirklich ein Spion ist, wird er schwerlich Dalbergs Männer zu Hilfe rufen«, hielt ich dagegen.

»Man könnte uns beobachtet haben«, sagte sie beunruhigt. Ich hatte den Eindruck, daß sie selbst nicht recht wußte, wovor sie eigentlich Angst hatte.

Ich drängte mich an ihr vorbei. »Ich gehe hinaus.«

»Haben Sie den Verstand verloren?« zischte sie böse.

»Ich habe das Versteckspiel satt.«

»Sie sind unvernünftig.«

»Niemals so sehr wie in der vergangenen Nacht.«

Sie funkelte mich an. »Heucheln Sie doch keine Reue.«

»Keine Reue, nicht die geringste.« Und mit diesen Worten küßte ich sie unvermittelt auf die Lippen und zog das Tor auf.

»Sie Idiot!« schimpfte sie und sprang zurück in die Schatten.

Die Tür auf der abgewandten Seite des Schlittens öffnete sich. Von hier aus konnte ich nicht sehen, wer ausstieg, ich sah nur ein Paar schwarzer Stiefel, die sich in den Schnee gruben. Sie mochten Jacob oder auch jedem anderen gehören.

Im selben Moment wurde auch die zweite Tür aufgestoßen. Das deuchte mir wunderlich, denn Jacob wäre sicher allein gekommen. Zaghaft machte ich einen Schritt zurück, bis ich wieder unter dem Torbogen stand. Aber es war zu spät, der Kutscher und die Fahrgäste mußten mich längst bemerkt haben.

»Jacob?« rief ich zum Schlitten hinüber.

Niemand antwortete. Der Kutscher beobachtete mich mit unsichtbaren Augen aus dem Schatten seines Hutes. Sein Anblick ließ mich stärker frösteln als die eisige Kälte. Ich wartete nicht länger, sprang zurück und stemmte mich von innen gegen das Tor. Mit langgezogenem Quietschen schloß sich der verzogene Flügel.

»Sie sind ein wahrer Held«, beschimpfte mich Jade, und diesmal klang es wirklich zornig. »Wie kann man nur so dumm sein!«

»Aber ich dachte –«

»Ich bewundere Ihr Denkvermögen.« Sie bückte sich, nahm ein glimmendes Scheit aus dem Feuer und schwenkte es rasch durch die Luft, bis neue Flammen aus dem verkohlten Holz züngelten. Geschickt warf sie mir die Fackel zu. Ich fing sie auf, nicht ganz so geschickt.

»Wo wollen Sie hin?« fragte ich, während sie sich bemühte,

Kala auf die Beine zu ziehen. Er bewegte sich schwerfällig, war aber noch nicht wirklich bei Bewußtsein. Eine Flucht mit ihm war ausgeschlossen.

»Tiefer in die Ruine«, entgegnete sie. »Wir verstecken uns.«

»Und wenn es wirklich Jacob ist?« fragte ich kleinlaut.

Sie lachte abfällig. »Schauen Sie hinaus und sagen Sie mir, was Sie sehen.«

Das Entsetzen verschlug mir die Sprache. Vier schwarzgekleidete Gestalten waren aus dem Schlitten gestiegen und kamen nun gemäßigten Schrittes auf das Tor zu. Sie hatten keine Eile, mußten sich ihrer Sache sehr sicher sein. Jeder hielt einen Säbel in der Hand. Alle vier trugen die Raubvogelmasken der Odiyan. Hinter ihnen am Waldrand traten weitere Vogelmänner aus dem Dickicht. Der Kutscher löste derweil seine Schals und zog den Hut vom Kopf. Sein kahler, tätowierter Schädel glänzte im Schein der grellen Wintersonne. Die weiten Gewänder des Catay-Priesters flatterten, als er sich in kühnem Sprung vom Kutschbock schwang.

Mit wenigen Sätzen war ich bei Jade und Kala. Der Fakir vermochte noch immer nicht zu stehen, und so nahm ich ihn kurzerhand auf den Arm wie ein Kind. Jade schenkte mir trotz ihrer Wut einen dankbaren Blick, dann packte sie mit einer Hand einen Säbel, mit der anderen nahm sie mir die Fackel ab.

»Woher wußten Sie es?« fragte ich, während wir losliefen, tiefer ins Innere der Ruine.

»Witterung«, entgegnete sie knapp – was immer sie damit meinen mochte.

Jade rannte voraus, ich mit dem Fakir hinterher. Ich verfluchte mich für mein Ungeschick. Allerdings wog mein Fehler nicht allzu schwer; die Odiyan mußten längst gewußt haben, daß wir hier waren.

Wir liefen einen Gang hinab, der vor einer Treppe endete. Die Stufen führten nach oben in den ersten Stock, aber auch nach unten in die Gewölbe der Abtei. Ich hätte mich für die Keller entschieden, doch Jade stürmte ohne zu zögern die Stufen hinauf.

»Glauben Sie nicht, wir könnten uns unten besser vor denen verstecken?« keuchte ich im Laufen.

»Natürlich«, gab sie zurück. »Aber wenn sie uns entdecken, bleibt uns kein Fluchtweg. Hier oben können wir wenigstens noch aus den Fenstern springen.«

»Vorausgesetzt, sie kreisen die Ruine nicht ein.«

»Ja, vermutlich werden sie das tun.«

Ich wünschte, ich hätte die Stufen im Rhythmus meines Herzschlags nehmen können – welch rasender Lauf wäre das gewesen. Aus der Eingangshalle ertönte ein Donnern, als das Haupttor aufgetreten wurde. Dem folgte, schier endlos, das Kreischen der verrosteten Scharniere. Der Laut folgte uns noch, als wir den oberen Treppenabsatz erreichten und durch einen ausgebrannten Saal liefen. Verkohlte Reste von Holzbänken lagen verstreut umher; die Feuchtigkeit hatte sie aufgeweicht und den Boden in einen Aschesumpf verwandelt. Die Oberfläche war gefroren, aber mit jedem Schritt brachen meine Stiefel durch die Eiskruste und versanken knöcheltief in schwarzem Schlamm. Immer wieder drohten wir über Trümmer zu stolpern. Ich erinnerte mich an die eingestürzte Decke der Eingangshalle. Es blieb nur zu hoffen, daß dieser Teil des Stockwerks weniger baufällig war.

Bald schon waren die hämmernden Stiefelabsätze der Odiyan hinter uns auf der Treppe zu hören. Wir durchquerten ein Labyrinth ausgeglühter Flure und Kammern. Viele waren vollkommen leer. Wahrscheinlich waren sie das schon gewesen, als noch die Mönche in diesen Mauern lebten, steinerne Spiegel ihrer Genügsamkeit.

Wir bogen gerade um eine Ecke, als Jade wie angewurzelt stehenblieb. Über ihre Schulter hinweg erblickte ich vier Vogelkrieger, die uns mit blanken Säbeln entgegentraten. Einer besaß zudem eine Pistole, schien sie aber nicht benutzen zu wollen. Sie steckte in der breiten Schärpe, die er statt eines Gürtels trug. Vielleicht hatte der Tätowierte Befehl gegeben, uns – schale Hoffnung! – lebendig zu fangen.

Mit einem bestialischen Kreischen sprangen die Odiyan auf uns zu. Jade warf sich herum, stürmte zurück und stieß dabei gegen mich, auf daß ich fast den Fakir fallen ließ. Kala war ein Fliegengewicht, doch schien er mit jeder Minute schwerer zu werden. Schon schmerzten meine Arme unter seiner knöchernen Last, mein Atem raste vor Anstrengung.

Nun flohen wir in dieselbe Richtung, aus der wir eben erst gekommen waren. Wenn wir keine Abzweigung fanden, liefen wir unseren Verfolgern vorm Haupttor direkt in die Arme. Jade schien den gleichen Gedanken zu haben, denn plötzlich blieb sie stehen, gab mir und Kala einen Stoß, der uns in eine Seitenkammer taumeln ließ, und stellte sich den vier Feinden entgegen. Der erste war schnell heran und versuchte sein Glück mit roher Gewalt. Wie eine Holzfälleraxt ließ er den Säbel beidhändig auf Jade niedersausen (was, nebenbei bemerkt, meine Hoffnung auf lebendiges Einfangen erheblich minderte). Dabei unterschätzte er die Behendigkeit der Prinzessin, die flink unter dem Schlag hinwegtauchte und selbst einen Säbelstreich gegen den Bauch des Gegners führte. Tief hieb sie ihm die Klinge ins Fleisch und brachte ihn mit Geschrei und Getöse zu Fall.

In dem engen Flur konnten die drei übrigen Odiyan nicht gleichzeitig angreifen; vielmehr waren sie gezwungen, sich der Prinzessin der Reihe nach zu stellen. Schon war der nächste heran und verwickelte Jade in einen klirrenden Schlagabtausch. Ich wandte meine fiebernden Blicke von dem ungleichen Kampf und sah mich gehetzt in der Kammer um. Mit wenigen Schritten war ich am Fenster. Von hier aus konnte ich ein halbes Dutzend weiterer Odiyan am Waldrand erkennen, zweifellos gehörten sie zu einem größeren Kreis, den die Priester rund um die Abtei gezogen hatten. Jeder Fluchtversuch schien sinnlos.

Kala keuchte in meinem Arm. Ich wünschte, ich hätte ihn absetzen können, doch das wütende Schmettern der Säbel auf dem Gang ließ mich den Gedanken verwerfen.

In der Seitenwand der Kammer befand sich eine niedrige Tür. Ich drückte die Klinke herunter. Verschlossen. So legte ich den besinnungslosen Fakir also doch noch am Boden ab und rüttelte mit beiden Händen am Türgriff. Die Klinke gab nach und brach samt ihrer Verankerung aus dem angekohlten Holz. Ich schleuderte sie beiseite, holte mit dem Fuß aus und trat mit aller Kraft gegen die Tür. Mein Bein brach durch das Holz – und blieb stecken. Es ließ sich weder vor noch zurück bewegen, ich saß fest.

Panisch schaute ich mich zum Eingang der Kammer um. Gerade sprang Jade rückwärts herein. Draußen hatten offenbar die Verfolger aus dem Erdgeschoß zu den drei anderen Odiyan aufgeschlossen. Die Prinzessin erwehrte sich nun einer vielfachen Übermacht. Tapfer parierte sie die Attacken der Gegner und verteidigte den Durchgang mit aller Kraft, schlug, stach und spießte. Die Klinge fand weitere Male ihr Ziel.

Noch einmal zog ich verzweifelt an meinem Bein, und diesmal gab die Umklammerung des Türholzes nach. Der morsche Durchgang zersplitterte, und ich machte mich sogleich daran, die Öffnung mit den Händen zu vergrößern. Splitter stachen in meine Haut, doch die Furcht vor den Vogelmännern minderte den Schmerz. Schließlich war der Durchbruch groß genug, um hindurchzuklettern. Ich schob erst Kala auf die andere Seite und folgte dann selbst, nicht ohne Jade mit einem Zuruf auf den Fluchtweg aufmerksam zu machen.

Auf der anderen Seite der Tür befand sich ein enger, runder Treppenschacht. Eine steinerne Wendeltreppe führte sowohl nach oben wie nach unten. Ich sprang drei, vier Stufen in die Tiefe und entdeckte dort eine mächtige Tür, die gleichfalls verriegelt und vom Feuer weitgehend unversehrt war. Blieb also nur die Flucht in die Höhe. Ich ahnte jetzt, wo wir uns befanden – nirgendwo anders als im Turm der Abteikirche.

Ich hob Kala von den Treppenstufen und warf einen Blick hinaus in die Kammer, wo Jade gerade einem weiteren Odiyan den Garaus machte. Auf dem Gang vor der Kammertür herrschte dichtes Gedränge und Geschrei, ein Gewimmel aus schwarzen Gestalten, grotesken Federmasken und funkelnden Klingen. Die Leichen der Gefallenen behinderten den Vorstoß der Nachdrängenden.

»Jade, hierher!« schrie ich, um den Lärm zu übertönen. Im Turm mochte es ihr leichter fallen, gegen die Übermacht zu bestehen.

Obwohl ihr keine Zeit blieb, sich nach mir umzuschauen, schien sie zu begreifen. In der linken Hand hielt sie noch immer die Fackel, führte damit gelegentlich Schläge zur Ablenkung. Jetzt aber stieß sie die Fackel machtvoll nach vorne, mitten ins Vogelgesicht ihres Gegners. Sogleich sprang das Feuer auf das trockene Gefieder über. In Sekunden ging die Maske in Flammen auf. Der Odiyan schrie wie am Spieß, versuchte sich die Maske vom Kopf zu reißen, verbrannte sich dabei die Hände und kreischte nur noch lauter. Seine Arme wedelten wild umher, er taumelte zurück, mitten unter seine Gefährten. Die Inder vor der Tür stoben auseinander und verschafften Jade so die nötige Atempause, um zu mir und Kala ins Treppenhaus zu klettern.

»Laufen Sie nach oben!« befahl sie gehetzt. »Ich versuche sie aufzuhalten.« Ihr Haar war zerzaust, ihr Gesicht naß von Schweiß. Ein wildes Flackern war in ihren Augen, der Blick eines Raubtiers, das Blut geleckt hat. Es gab keinen Rausch, der ihr fremd war.

»Was kann ich tun?« fragte ich hilflos.

»Nichts. Nur laufen Sie!«

Mit Kala im Arm stieg ich die Stufen hinauf, während der Lärm in der Kammer anschwoll. Die Schreie des brennenden Odiyan waren verstummt, und nun drängten die übrigen heran, wütender als zuvor. Eine Klinge stach durch die zerborstene Tür in den Treppenschacht. Jade parierte sie und erwiderte die Attacke. Ich weiß nicht, ob sie traf, denn nun versperrte mir die Mittelsäule der Wendeltreppe den Blick. Allein die Laute des Kampfes waren noch zu hören.

Immer höher und höher stieg ich, kam an zwei weiteren verriegelten Türen in der Seitenwand vorbei und erreichte schließlich die obere Turmkammer. Sie war angefüllt mit riesigen, surrenden Zahnrädern. Wir befanden uns inmitten des Mechanismus, der die gewaltigen Zeiger der Turmuhr in Bewegung hielt. Ich hatte dergleichen nie zuvor gesehen, und trotz aller Angst und Verzweiflung bannte mich der Anblick für einen Moment. Rundum nichts als enorme Räder, die ratternd ineinander griffen, wie Mühlsteine aus Metall.

Jade hetzte hinter mir die Stufen herauf. Die Odiyan waren ins Treppenhaus durchgebrochen.

Sie war völlig erschöpft, schnappte nach Atem wie ein Ertrinkender. Die Fackel hatte sie verloren. Ihr Vorsprung verschaffte ihr einen Augenblick der Ruhe, doch schon wenig später wälzte sich das Getümmel der Odiyan den Schacht herauf. Jade stellte sich ihnen entgegen, konnte aber nicht verhindern, daß die ersten in die Turmkammer eindrangen. Auch sie schienen für einen winzigen Moment vom Anblick der Zahnräder abgelenkt, was Jade Gelegenheit gab, nachzusetzen und einen von ihnen niederzustrecken.

Ich legte Kala in einer Ecke der Kammer ab und umrundete vorsichtig die Kämpfenden. Vier Odiyan befanden sich im Raum, einer davon reglos am Boden. Weitere lärmten im Treppenhaus. Bevor sie den oberen Absatz erreichen konnten, warf ich die schwere Tür ins Schloß. Ein wuchtiger Riegel lehnte daneben an der Wand, und ehe einer der drei Odiyan es bemerken konnte, hatte ich den Balken bereits in die Verankerung geworfen. Eine Zeitlang würde er die übrigen Krieger aufhalten.

Im selben Moment ruckte eine der Vogelfratzen zu mir herum. Der Odiyan entdeckte, was ich getan hatte, löste sich aus dem Kampf mit Jade und kam auf mich zu. In Todesangst bückte ich mich und packte den Säbel des toten Kriegers. Ich hatte nie im Leben gefochten, abgesehen von einigen Hieben und Stichen während meiner Studienzeit, und so war mein Griff nach der Waffe nichts als eine leere Geste. Die Maske des Odiyan glich einem gewaltigen Habicht, mit scharfem Schnabel und runden, kohlschwarzen Augen. Allein sein Anblick ließ mich erzittern, und so dauerte es keine drei Atemzüge, da hatte mich mein Gegner schon entwaffnet. Ich tauchte unter einem schrecklichen Hieb hinweg und zwängte mich schutzsuchend in einen Spalt des Uhrenmechanismus. Rechts und links von mir, kaum eine Handbreit entfernt, schleiften die Zahnräder übereinander, keines kleiner als ein Wagenrad, manche gar doppelt so groß. Der Spalt selbst war nur wenige Schritte tief, fünf oder sechs, dann endete er vor der Mauer des Kirchturms. Von hier aus gab es keine Möglichkeit, zu entweichen.

Der Odiyan folgte mir. Ich starrte in sein Habichtgesicht, während er näher kam. Meine einzige Hoffnung war Jade, doch sie war mit ihren beiden Gegnern vollauf beschäftigt. Und Kala war immer noch ohne Bewußtsein. Ich war auf mich allein gestellt.

Etwas lenkte mich ab. Ein metallisches Blitzen zog meinen Blick auf den unteren Rand der Vogelmaske. Und da hing sie, Vaters Taschenuhr, an einer Kette über der Brust des Odiyan. Das hatte der Zufall trefflich eingerichtet! Der Mann, der mich töten würde, war derselbe, der mir zuvor die Uhr gestohlen hatte. Ein teuflischer Streich des Schicksals, in der Tat.

Doch der Anblick der Uhr, das letzte Erinnerungsstück meines toten Vaters, bewirkte etwas in mir. Und während der Odiyan noch den Säbel hob, um mir den Garaus zu machen, warf ich mich kühn nach vorne. Der Angriff traf ihn unerwartet. Er hatte erlebt, welch miserabler Fechter ich war, und sicher hatte er keinen

Tropfen Kriegerblut in mir vermutet. Todesmut – nein, das war es nicht. Allein Vaters Uhr brachte meinen Zorn zum Sieden, verwandelte meine Angst in Mordlust.

Ich prallte gegen ihn mit aller Kraft und brachte ihn zum Wanken. Seine Säbelspitze prallte gegen eines der Räder, glitt ab, geriet zwischen die eisernen Zähne und zerbarst. Meine Finger krallten sich um die Uhr, rissen daran. Die Kette hielt stand, und der Vogelkopf des Odiyan schoß nach vorn, es sah aus, als hacke er mit dem Schnabel nach meinem Gesicht.

Seine Überraschung wandelte sich nun ebenfalls in Wut. Er packte mich und drückte mich mit dem Rücken gegen ein Zahnrad. Ich spürte das mahlende Eisen unter meinen Schulterblättern. Noch immer hielt meine Rechte die Uhr, zerrte daran. Der Odiyan verstärkte den Druck auf meinen Oberkörper. Das metallische Schleifen in meinem Rücken wurde härter, schmerzhafter. Er ließ mich mit einer Hand los, packte damit meine Stirn und schob mit Gewalt meinen Kopf nach hinten. Da erst wurde mir bewußt, daß er versuchte, meinen Schädel zwischen zwei Räder zu drücken.

Mein Knie ruckte hoch, traf seinen Magen. Es kümmerte ihn nicht. Ein zweiter Tritt, dann ein dritter. Diesmal zuckte er zusammen. An den Haarspitzen fühlte ich bereits die Schnittstelle der beiden Zahnräder, kreisend, unerbittlich. Gleich mußte mein Hinterkopf auf Eisen stoßen.

Noch ein Tritt mit dem Knie. Der Druck auf meinen Oberkörper ließ nach, nicht aber der auf meinen Kopf. Trotzdem genügte mir der Augenblick seiner Schwäche. Ich stieß mich mit den Füßen von den Rädern ab, ohne zu sehen, wohin ich sie setzte; es war Glück, daß sie nicht zwischen die Zähne gerieten. Der Stoß brachte den Odiyan aus dem Gleichgewicht. Diesmal war er es, der nach hinten taumelte. Plötzlich verschwand seine Hand aus meinem Gesicht, mein Kopf war frei. Ich versuchte, ihn noch einmal zu treten, doch mein Knie stieß ins Leere. Einen Moment lang glaubte ich, der Odiyan weiche zurück, glaubte sogar noch daran, als ich hinterhersetzte und nach ihm schlug. Dann erst begriff ich, daß seine Gürtelschärpe sich auf der anderen Seite des Spalts zwischen den Rädern verfangen hatte. Unerbittlich zog sie ihn zurück. Seine Hände griffen nach mir, hilfesuchend diesmal, doch ich wich ihnen aus. Er begann zu schreien.

Im letzten Augenblick schloß sich meine Faust zum zweiten Mal um die Uhr. Die Hände des Odiyan packten meinen ausgestreckten Arm, aber es war nur ein blindes Krallen, kein Angriff. Seine Hüfte wurde enger an die Räder gezogen, zugleich schlug sein Kopf nach hinten, das Gefieder wurde von Eisenzähnen zermahlen. Einen Herzschlag später verschwand die Maske in einer Explosion aus roten Federn. Die Uhr war frei, ohne daß die Kette zerriß.

Das Klammern der Hände ließ schlagartig nach. Taumelnd prallte ich zurück, stolperte, fiel, kroch auf allen vieren aus dem Uhrwerk. Blieb atemlos liegen, einen roten Schleier vor den Augen. Mein Gesicht, meine Kleidung, alles war naß.

Es dauerte eine Weile, ehe ich wieder einigermaßen klar denken konnte. Als ich zu Jade hinübersah, bemerkte ich, daß sich der Kampf in einen anderen Teil der Kammer verlagert hatte, dorthin, wo Kala lag. Einer ihrer beiden Gegner war tot, doch bevor er starb, hatte er seinen Säbel in die Brust des Fakirs gerammt. Die beiden Leichen lagen übereinander in ihrem Blut.

Jade kämpfte mit letzter Kraft, angetrieben von Haß und Verachtung für die Mörder ihres Lehrmeisters. Schließlich gelang es ihr, einen siegreichen Schlag zu führen, sterbend sank der letzte Odiyan zu Boden. Zugleich bemerkte ich das Hämmern und Brüllen am Eingang. Die übrigen Vogelkrieger verlangten lautstark Einlaß, scheiterten aber an der Festigkeit der Tür. Der Riegel hielt; fraglich war, wie lange noch.

Jade ließ den Säbel fallen und sank erschöpft zu Boden. Lange Zeit hielt sie die Augen geschlossen. Ihre Hände hatten die leblose Rechte des Fakirs ergriffen. Es sah aus, als finde zwischen den beiden, dem toten Meister und seiner Schülerin, ein Austausch statt, auf einer Ebene jenseits von Leben und Tod.

Dann schließlich schlug Jade die Augen auf. Über die Leichen hinweg blickten wir uns an, schweigend, während die Odiyan vergeblich gegen die Kammertür schlugen. Ich las Leid in den dunklen Tiefen dieser Augen, Leid darüber, daß sie nun auch den letzten und treuesten ihrer Gefährten verloren hatte. Aber da war auch Entschlossenheit in ihrem Blick, verzweifelte, fast schmerzliche Kraft.

Ich kroch auf sie zu, wagte aber nicht, sie zu berühren. Die Lust zu töten stand ihr immer noch im Gesicht geschrieben, um so mehr, als ihr der Verlust des Fakirs immer deutlicher bewußt wurde. Ich sah, daß sie weinte, und das war etwas, das ich von ihr nicht erwartet hatte. Aber doch, sie weinte, klare, große Tränen, die sich auf ihren Wangen mit dem Blut der Odiyan mischten und ein rotes Muster des Todes auf ihr weißes Hemd zeichneten.

Ich überlegte, was ich hätte sagen können, aber ich verstand sehr wohl, daß es sie nicht nach Trost verlangte. So beschloß ich, sie für einen Moment mit ihrem Schmerz allein zu lassen, und erhob mich schwerfällig auf die Beine. Träge schleppte ich mich zum Fenster der Turmkammer, wahrscheinlich das einzige in der ganzen Abtei, das noch eine unbeschädigte Scheibe besaß. Sie klemmte, als ich sie öffnen wollte, doch nach einigem Rütteln gab sie nach. Vorsichtig streckte ich meinen Kopf hinaus und warf einen Blick in die Tiefe.

Im selben Moment ertönte ein Schuß.

Blitzschnell zog ich mein Gesicht zurück. Nun schossen sie also auf uns. Was soll's, dachte ich, das macht die Lage auch nicht schlimmer. Sie hätten schon den ganzen Turm einreißen müssen, um mich noch zu beeindrucken. Trotzdem wagte ich nicht, ein zweites Mal aus dem Fenster zu schauen.

Weitere Schüsse peitschten. Das war merkwürdig, bot ich ihnen nun doch kein Ziel mehr. Wahrscheinlich töteten sie unsere Pferde.

Das Hämmern an der Tür wurde schwächer, brach schließlich ab. Schritte klapperten die Stufen hinunter, entfernten sich. Unten mußte etwas geschehen sein, das den Vogelmännern weit wichtiger schien als Jade und ich. Schwerlich konnte dies der Tod der Pferde sein.

Die Abtei wurde angegriffen! Oder, nein, nicht die Abtei – die Odiyan!

Sofort sprang ich wieder ans Fenster, reckte meinen Kopf über die Brüstung und sah nach unten.

Die eben noch unberührte Schneedecke vor der Ruine war jetzt aufgewühlt und zerfurcht. Ein Gewimmel von Leibern füllte die Lichtung. Die winterliche Waldesstille wurde von weiteren Schüssen, von einem regelrechten Trommelfeuer zerrissen. Überall wurde gefochten. Die schwarzen Odiyan kämpften gegen eine Übermacht großherzoglicher Soldaten – und sie kämpften auf verlorenem Posten.

Stumm vor Überraschung und Glück lehnte ich über der Fensterbrüstung. Die Flut der Uniformierten bekämpfte die Odiyan mit stoischer Disziplin, in Reihen vorrückend, während ihre Gegner wild um sich hieben und hackten, wilder noch, als sie bemerkten, daß sie den badischen Soldaten unterliegen mußten. Schon versuchten die ersten Vogelkrieger den Ausbruch aus dem Kessel, um sich in die Wälder zu schlagen, doch eine Linie Gewehrschützen feuerte ihnen eine Salve hinterher. Getroffen sanken die Flüchtenden in den Schnee.

Jade stand plötzlich neben mir. Ich hatte nicht bemerkt, wie sie herangekommen war, so bannte mich das blutige Schauspiel. Als ich mich nun zu ihr umsah, Worte der Freude auf den Lippen, entdeckte ich die Sorge in ihren Zügen. Sogleich schluckte ich meine Bemerkung herunter und sagte nur: »Sie wirken nicht erfreut über unsere Rettung.«

Sie starrte mit leerem Blick in die Tiefe. »Ihre Rettung, Herr Grimm. Für die Soldaten des Großherzogs bin ich eine Inderin wie die Odiyan. Ein Feind. Und sie haben ja nicht einmal unrecht damit.«

Ihre Stimme klang düster und erfüllte mich mit Traurigkeit. »Ich werde sagen, Sie seien eine Gefangene wie ich«, schlug ich vor.

Sie schüttelte den Kopf und wischte sich mit dem Ärmel Odiyanblut aus den Augen. »Niemand wird Ihnen glauben.«

»Dalberg vertraut mir«, widersprach ich.

»Nicht, wenn er immer noch Stanhopes Freund ist.«

»Sie glauben, das hier haben wir dem Engländer zu verdanken?«

»Wem sonst?« Erstmals, seit sie ans Fenster getreten war, sah sie mich an. »Stanhope ist nach Karlsruhe zurückgekehrt und hat Dalberg von den indischen Verschwörern berichtet, die sich in den Wäldern verborgen halten. Der Minister muß alle seine verbliebenen Truppen in Bewegung gesetzt und hierher geschickt haben.«

Falls es so war, wie Jade sagte – und daran bestand in der Tat kaum Zweifel –, mußte Stanhope seinem Freund auch mein eigenes Verhalten geschildert haben. In Dalbergs Augen war ich damit ein Verräter, und ich würde mich verantworten müssen. Das war schlimm, gewiß, doch schlimmer war, was Jade erwartete – man würde sie auf der Stelle hinrichten.

»Sie müssen sich verstecken«, rief ich aus, voller Sorge um die – ja, was war sie? Freundin? Geliebte? Oder einfach nur Gefährtin?

Jade trat vom Fenster zurück. »Die Soldaten werden die Ruine durchsuchen und mich früher oder später aufspüren. Da ist es besser, ich komme ihnen zuvor.«

Voller Entsetzen starrte ich sie an. »Sie wollen mit denen kämpfen?«

Sie bückte sich nach einem Säbel, der zwischen den Leichen am Boden lag. »Um noch mehr Leid zu bringen? Noch mehr Tote? Nein, Herr Grimm, ich werde nicht kämpfen.«

Da begriff ich, was sie plante. Schon hatte sie die Spitze des Säbels auf ihr eigenes Herz gerichtet. Sie schloß die Augen und umfaßte den Griff mit beiden Händen, bereit, mit aller Kraft zuzustoßen.

»Nein!« schrie ich auf, stieß mich vom Fenster ab und stürzte auf sie zu.

Und obwohl doch die Räder der Turmuhr weiterliefen, kam es mir vor, als bliebe die Zeit stehen. Unendlich träge waren meine Bewegungen. Wie am Grunde eines klaren Sees trieb ich auf sie zu, holte aus, schrie noch einmal – dann war ich heran.

Und kam zu spät.

Die Säbelspitze durchstieß ihre Haut im selben Augenblick, da ich gegen sie prallte. Bohrte sich in ihr Fleisch, tief, so tief. Wir stürzten gemeinsam, ich brüllend, heulend, sie ohne einen Laut. Ihre Hände lösten sich vom Säbelgriff, doch die Waffe stak handbreit in ihrem Leib.

Jades Augen waren geschlossen. Ich beugte mich über sie und sah, daß mein Stoß die Waffe im letzten Augenblick von ihrem Herzen fortgelenkt hatte; die Klinge war durch ihre Seite gefahren.

Atmete sie noch? Nein, es waren nur Zuckungen, die ich für Atmen hielt, ihr letzter Kampf gegen den schwarzen Schnitter. Ich sprang zur Tür, stemmte den Riegel herunter, riß sie auf. Dann hob ich Jade mit beiden Armen vom Boden, wagte nicht, den Säbel aus der Wunde zu ziehen, aus Furcht, sie würde auf der Stelle verbluten. Aber sie war doch schon tot, nicht wahr? Lebte doch längst nicht mehr. Ich drückte sie fest an mich, taumelte zur Tür, die Treppe hinunter, schwindelnd und fast blind vor Tränen, durch den zerborstenen Einstieg, über die Leichen der Odiyan hinweg. Quer durch den ersten Stock der Abtei bis zur nächsten Treppe und weiter hinab ins Erdgeschoß.

Als ich ins Freie stolperte, die leblose Prinzessin im Arm, war der Kampf beendet. Gerade fielen die letzten Odiyan im Donner der Gewehre. Pulverdampf lag wie Nebel über der Lichtung. Überall Leichen, die meisten schwarzgekleidet und mit Vogelmasken, nur wenige in Uniform.

Zwei Soldaten liefen mir entgegen, ließen ihre Waffen sinken. Weitere kamen hinzu. Verwirrung in ihren Blicken, Hilflosigkeit ob meiner verzweifelten Rufe. Ich fiel in die Knie, preßte Jade weiter an mich. Ich würde sie nicht loslassen, niemals.

Dann, eine Kutsche. Zwei Umrisse eilten durch den Pulvernebel. Der eine war Dalberg, der zweite – Jacob! Weiter hinten eine dritte Gestalt, seltsam gebeugt, in weiten Gewändern. Sie blieb zurück, fast unsichtbar, wie ein Geist, ein Schemen.

Jacob beugte sich zu mir herab, schrie nach einem Arzt. Er entdeckte mit aufgerissenen Augen den Säbel in Jades Körper, glaubte wohl, das Odiyanblut, das uns bedeckte, wäre das ihre. Um uns herum ein Pulk von Leibern in Uniform. Jemand drängte zwischen ihnen hindurch. Der Arzt vielleicht.

»Wo ist Stanhope?«

Dalbergs Stimme. Noch einmal: »Wo ist Stanhope?«

Warum fragte er das? War er denn nicht –

Dalbergs Gesicht, ganz groß vor meinen Augen. »Haben Sie Stanhope gesehen, Herr Grimm?«

»Er ist – fort«, stöhnte ich.

Also war er nicht in die Stadt zurückgekehrt. Noch verstand ich nicht, was das bedeutete.

»Woher wußtet ihr, daß wir hier waren?« fragte ich mit ersterbender Stimme, so leise, daß kaum jemand sonst es verstehen konnte.

»Von ihr«, flüsterte Jacob. Oder …? Doch, ja, es war Jacob, der gesprochen hatte.

Mein Blick folgte seinem ausgestreckten Arm. Die Gestalt – es war kein Arzt – war jetzt herangekommen, gebückt, sehr alt. Dieselbe, die eben noch im Pulverdampf schwebte.

Mein Oberkörper schwankte, drohte vornüber zu kippen, über

Jade. Jacob hielt mich fest. Mein Blick hing noch immer an der Fremden. Ich erkannte sie.

Ich spürte, wie mein Bewußtsein schwand. Jemand versuchte meine Hände von Jades Leib zu lösen. Ich sträubte mich – vergeblich.

Die Gestalt, mein Gott!

Aber warum ausgerechnet sie? Was tat sie hier?

Ohnmacht. Ohne Macht. Wie treffend.

Das letzte, was ich sah, waren ihre Züge, die Faltensterne um ihre Augen.

Die uralten Augen der Märchenfrau.

Dritter Teil

*Schmetterlingsgeist – Schlingen und Schlaufen – Die Jagd beginnt –
Anprobe für eine Tote – Kreuzweg gleich Scheideweg? –
Stanhope gräbt ein Loch – Große Fragen an den Quinternio –
Kein Abschied – Der Winterling und die letzte Freiheit*

1

Der Scherenschleifer. Selbst durch Schlafes Daunen drang das Kreischen seines Werkzeugs. Stein auf Metall, Metall auf Stein. Es stach in meinen Geist, löschte die eine Finsternis und brachte eine andere. Ich riß die Augen auf, ganz weit, bis es weh tat, und sah – nur Dunkelheit.

Und doch, ein wenig Licht war da, Mondschein, der sich auf verschneiten Dächern und Straßen fing und die Schwärze der Nacht mit fahlem Grau durchsetzte. Da waren Formen, erst vage, dann immer deutlicher. Die Einrichtung meines Zimmers. Ich war wieder im Schloß.

Das Schleifen, immer wieder dieses unheimliche Schleifen aus dem einzigen erleuchteten Zimmer gegenüber.

Aber da waren noch mehr Geräusche, eine Kette von weichen, kaum hörbaren Lauten, nicht so weit entfernt wie das Jammern des Schleifsteins, näher, sehr viel näher. Hier im Zimmer – oder, nein, vor der Tür. Draußen auf dem Flur!

Es waren Schritte, leichte, beinahe tänzelnde Schritte. Und dazwischen immer wieder etwas anderes, ein Flattern, aber nicht von Stoff, sondern rhythmischer, fast wie – großer Gott, wie Flügelschlagen!

Ich fuhr auf und horchte. Da, ja, da war es immer noch. Es schien vor meiner Tür zu verharren, nicht still, immer noch auf und ab tretend, aber ohne sich zu entfernen. Irgendwer, irgend etwas tänzelte vor meiner Tür. Und dazu immer wieder das Flattern.

Wie im Traum schwang ich die Beine über die Bettkante. Ich hatte keine Schmerzen. Auch sah ich keine Bandagen an mir. Offenbar war ich unverletzt. Meine nackten Füße berührten den eisigen Boden, suchten nach dem Vorleger, fanden ihn. Dann stand ich aufrecht, unschlüssig, was zu tun sei, und wieder einmal voller Angst. Doch diesmal war es eine Angst von anderer Qualität, nicht jene gehetzte, brutale Furcht, die mir die Odiyan eingeflößt hatten. Ein feineres, sehr viel schärferes Grauen durchschnitt meine Gedanken wie eine Rasierklinge und fand zielsicher die zarten Fasern, an denen es mich packen konnte.

Flügelschlag und Tanzen, gleich vor meiner Tür! Mitten in der Nacht, in völliger Dunkelheit. Durch den Türspalt fiel kein Licht, nicht einmal Kerzenschimmer. Dann – Flüstern. Leises, samtiges Flüstern. Ein behutsamer Singsang, wie ein Kinderlied, nur ungleich zärtlicher, sanfter, gedämpfter. Und ein Hauch von Kichern.

Ich machte erst einen Schritt, dann noch einen, kämpfte mich in völliger Lautlosigkeit vorwärts, bis mich nur noch eine Mannslänge von der Zimmertür trennte. Im selben Augenblick begannen sich die Geräusche zu entfernen, flatterten leise den Flur hinunter.

Ich überwand das letzte Stück bis zur Tür. Unsicher streckte ich die Hand aus, umfaßte die Klinke. Kühl lag sie in meinen Fingern. Ich drückte sie langsam hinunter, überaus vorsichtig und in steter Bereitschaft, zurückzuspringen. Doch nichts geschah. Niemand stieß die Tür nach innen und stürzte sich auf mich. Niemand sprang mir entgegen. Niemand war da.

Der Flur vor meiner Tür war leer, so schien es mir. Das Mondlicht vom Fenster reichte wohl bis zur Mitte des Zimmers, nicht aber bis hinaus auf den Gang. Lediglich von einem anderen Fenster, am Ende des Korridors, fiel ein sanfter Schein herüber, doch reichte er nicht aus, die prunkvollen Bilderrahmen und barocken Möbelstücke an den Wänden zu erhellen, geschweige denn, die Schatten in Nischen und hinter ausgestellten Rüstungen.

Unendlich zaghaft schob ich meinen Kopf vor, blickte den langen Flur hinunter. Erst nach links. Dort war in der Ferne das graue Rechteck des Fensters zu sehen, sonst nichts. Auch keine Silhouette, die sich davon abhob. In dieser Richtung war der Gang leer.

Ich sah nach rechts. Etwa zehn Schritte entfernt glaubte ich im Dunkeln eine Bewegung zu erkennen. Und, ja, da war es wieder, das nahezu tonlose Wispern, das Auf- und Abspringen weicher Sohlen, und auch das Flattern. Nur erkennen konnte ich nichts.

Vorsichtshalber blickte ich zu meinen Füßen hinab. Meine erste Vermutung, die Gräfin Hochberg habe erneut einen ihrer Lakaien mit Wachsfiguren vorbeigeschickt, erwies sich als falsch; die Schwelle war leer; keine Statuen mit geschmolzenen Köpfen.

Eine sanfte Gleichgültigkeit umfing mich. Die vergangenen Geschehnisse hätten mich quälen müssen, doch die Erinnerung verschonte mich. Nichts davon existierte. Nicht Jade und Jacob, nicht Stanhope, auch nicht das Massaker im Wald. Alles, was zählte, war dieser Augenblick. Der flatternde Schatten, der immer weiter davontänzelte. Dann hörte ich nichts mehr.

Vielleicht war der andere, *das* andere, stehengeblieben und verstummt. Vielleicht war auch die Entfernung zu groß.

Ich trat hinaus auf den Flur, nur mit meinem weißen Nachthemd bekleidet. Hinter mir zog ich die Tür zu; es knackte sanft, als sie ins Schloß fiel. Das Geräusch schien mir laut und verräterisch. Dann schlich ich den Flur hinunter. Der eiskalte Stein schien unter meinen nackten Sohlen zu brennen, trieb mich schmerzhaft vorwärts, Schritt um Schritt um Schritt.

Angstvoll blickte ich hinter jedes Standbild, hinter jede Kommode, reichte gar manchmal mit der Hand in einen besonders tiefen Schatten, um zu ertasten, ob sich das seltsame Flatterwesen dort versteckte. Wahnwitzig war mein Vorgehen, doch auch daran dachte ich nicht in jenen Minuten. Ich sagte es schon, mir war, als träumte ich, obgleich ich doch mit absoluter Sicherheit wußte, daß es ganz und gar kein Traum war. Ich erlebte die Wirklichkeit und empfand sie doch ebenso verschwommen wie ein beliebiges

Gespinst meiner Nächte. Und nie, niemals ist der Mensch tapferer als in seinen Träumen.

Mein Knie stieß gegen eine hölzerne Truhe mit Eisenbeschlägen. Ich stolperte, fing mich aber wieder. Könnte ich bemerkt worden sein? Ich nahm mir vor, noch sorgsamer zu sein.

Irgendwo in weiter Ferne ertönte das Kreischen des Scherenschleifers, sehr leise, aber noch vernehmbar. Vielleicht hatte es sich längst in meinem Schädel verfangen, ein surrendes, wimmerndes Insekt, das nach einem Ausweg suchte und mich dabei um den Verstand brachte. Da!

Ja, da war es wieder. Das Flattern, das Flüstern, die huschenden Schritte. Und weiter vor mir, in der Einmündung einer Halle, war auch ein Umriß, aber er verschwand so schnell um die Ecke, daß ich nichts Genaues erkennen konnte. Nur daß er groß war, groß und seltsam unförmig. Gar nicht wie ein Mensch, eher wie – aber, nein, Geduld, noch ein wenig Geduld!

Panik ließ meinen Atem stocken, und trotzdem schlich ich weiter, wie ein Räuber, der sich der Beute nähert. Aber wer war der Räuber, und wer die Beute? Ich erreichte die Halle. Durch drei hohe Fenster schien der Mond in schrägen weißen Bahnen herein. Zum ersten Mal seit meinem Erwachen unterlagen die Schatten dem Licht. Alles schien wie vereist, von kaltem Glanz umrahmt. Der dunkle Schemen entschwand durch die gegenüberliegende Doppeltür, ohne daß ich einen klaren Blick auf ihn erhaschen konnte. Mit ihm verschwand auch das Wispern. Ob er wußte, daß ich ihm folgte? Oder war er immer noch ahnungslos?

Ich eilte durch den Saal und fühlte mich dabei entsetzlich schutzlos. Wenn der Schemen sich umschaute, mußte er mich entdecken, im Mondschein war mein Nachtgewand schwerlich zu übersehen.

Neben der Tür blieb ich stehen, reckte meinen Kopf vor und blickte um die Ecke. Ein weiterer Flur, der nach wenigen Schritten an einer Treppe endete. Der Flüsterer war fort, er mußte bereits die Stufen hinabgetänzelt sein.

Ich folgte ihm wie ein Schlafwandler, mit klammem Herzen, bis hinunter ins Erdgeschoß. Dort sah ich ihn erneut, und diesmal war er deutlicher zu erkennen. Er sprang und hüpfte und wedelte mit etwas in der Luft umher. Der schwarze Umriß hatte Arme und Beine wie ein Mensch, doch aus seinem Rücken wuchsen – ich mußte zweimal hinsehen, ehe ich begriff – die Schwingen eines Schmetterlings! Sie waren fast so hoch wie der ganze Körper, schlugen langsam vor und zurück.

Der trancehafte Gleichmut fiel von mir ab, und mit einemmal begriff ich. Ich erkannte die Absurdität meiner Lage und das Grauen des Augenblicks. Ich riß den Mund auf, um zu schreien, doch kein Laut entstieg meiner Kehle. Die Angst hatte mir die Stimme genommen. Trotzdem mußte mich die entsetzliche Kreatur bemerkt haben. Mein hilfloses Schweigen verschaffte ihr Zeit zur Flucht. Sie fuhr herum, die Schwingen schlugen nicht länger, sie hingen wie lästige Auswüchse am Rücken der Gestalt. Ihre Beine hörten auf zu tänzeln und verfielen statt dessen in eiligen Lauf. Augenblicke später war das Wesen fort.

Ich war allein, stand da in meinem weißen Hemd wie ein verlorener Geist, ganz entkräftet und verstört. Erst nach endlosen Augenblicken gelang es mir, mich wieder in die Gewalt zu bekommen. Ich rannte los, die Treppe hinauf und durch Gänge und Säle, bis in mein Zimmer und ins vertraute Reich des Scherenschleifers. Dort tat ich, was man bei bösen Träumen zu tun pflegt: Ich verkroch mich unter der Decke, und genau so blieb ich liegen, bis nach einer Ewigkeit endlich der Morgen graute.

* * *

Es war eigenartig, daß niemand kam, mich zu wecken. Nach allem, was vorgefallen war, hatte ich erwartet, daß Jacob an meiner Bettstatt ausharren würde, so wie ich es an der seinen getan hätte. Doch weder er noch sonst jemand ließ sich blicken.

Nachdem meine Besinnung zurückgekehrt war, ich aber schwerlich die Ruhe finden konnte, um erneut zu entschlummern, hatte ich über vielerlei nachgedacht. Vor allem über Jade. Wo war sie jetzt? Sie war sicher nicht tot, durfte nicht tot sein! Ihr Schicksal war es, über das ich mir als erstes Klarheit verschaffen mußte.

Meine Bewußtlosigkeit, gleich nach den Vorfällen im Wald, muß tiefer gewesen sein, als ich zunächst annahm. Man hatte mich sorgfältig gewaschen, ohne daß ich etwas davon wahrgenommen hatte. Meine Schrammen und kleinen Abschürfungen waren gereinigt, keine schien entzündet. So streifte ich denn eine frische Hose, ein Hemd und einen sauberen Gehrock über und verließ das Zimmer.

Ich pochte an die Tür von Jacobs Kammer, bekam aber keine Antwort. Als ich vorsichtig öffnete und hineinblickte, sah ich, daß sein Bett unberührt war. Sein Gepäck lag unverändert an Ort und Stelle, also war er zumindest nicht abgereist.

Einen Moment lang gedachte ich, nach einem Diener zu läuten und mich bei ihm nach dem Verbleib meines Bruders und dem Aufenthalt der Prinzessin zu erkundigen. Dann aber erschien es mir besser, den schnellsten Weg zur Aufklärung der Dinge zu gehen und bei Dalberg selbst vorzusprechen. Nach allem, was geschehen war, würde mich der Minister nicht abweisen können.

Ich eilte also quer durchs Schloß bis in Dalbergs Vorzimmer. Sein Sekretär empfing mich mit qualligem Lächeln und heuchelte Freude über meine Genesung. Ich tat all sein Gerede mit barscher Handbewegung ab und fragte nach dem Minister.

»Ich bedaure vielmals«, entgegnete er mit klebriger Höflichkeit, »aber Herzog von Dalberg befindet sich derzeit nicht in seinem Bureau.«

Ich zeigte wenig Sinn für seine Floskeln. »Wo also ist er?«

Der Sekretär rümpfte die Nase. »Ich bin sicher, er möchte im Augenblick nicht gestört werden, aber –«

»Aber was?« fragte ich lauernd.

»Aber bestimmt macht er in Ihrem Falle eine Ausnahme«, keuchte er.

»Also?«

Er räusperte sich. »Sie finden den Herrn Minister im Schmetterlingssaal.«

Mir stockte der Atem. »Im ...?«

»Schmetterlingssaal«, wiederholte der Sekretär in einem Tonfall, als spräche er zu einem kleinen Kind.

Ich hatte das Gefühl, als müßte ich mich irgendwo aufstützen. »Sie meinen das Haus des Doktors?«

Er sah mich verwundert an, dann seufzte er betont. »Herr Grimm! Wenn ich sage Schmetterlingssaal, dann meine ich eben jenen und nichts sonst. Ich nahm an, Sie seien ein Mann der Sprache und des Ausdrucks, und so –«

»Wo ist dieser Saal?«

Er erklärte mir weitschweifig den Weg dahin und blickte mir mißmutig nach, als ich ihn stehenließ und mich grußlos davonmachte.

Auf den Gängen begegneten mir die üblichen Hofbeamten und Dienstboten. Es schien, als hätte niemand erfahren, was sich in der Abteiruine abgespielt hatte. Wahrscheinlich hatte Dalberg allen Beteiligten strengste Geheimhaltung auferlegt. Hier im Schloß nahm das Leben seinen gewohnten, behäbigen Gang.

Der Saal, von dem der Sekretär gesprochen hatte, lag im Erdgeschoß des Ostflügels. Ich hatte keinerlei Vorstellung, was mich erwartete, als ich an der hohen, zweiflügeligen Pforte klopfte.

»Herein!« erklang Dalbergs gedämpfte Stimme. »Aber Vorsicht, bitte!«

Zögernd öffnete ich die Tür einen Spaltbreit. Dämmriges Zwielicht herrschte dahinter. Ein kleines Quadrat, etwa zwei mal zwei Schritte groß, war durch schwere braune Vorhänge vom Rest des Saales abgeteilt.

»Schließen Sie die Tür«, rief Dalberg.

Das tat ich und schob dann sachte einen der Vorhänge beiseite. Ich blickte in eine riesige Halle. Für einen Moment schien es mir, als hätte man die Fenster aufgelassen und das Schneetreiben sei nach innen gedrungen.

»Kommen Sie, kommen Sie herein. Sie sind es doch, Herr Grimm, nicht wahr?«

»Ja«, erwiderte ich knapp und trat vor. Sogleich umgab mich eine Wolke aus federleichtem Gewimmel. Überall flatterte und wirbelte es. Der ganze Saal war erfüllt von Schmetterlingen, Zehntausenden und mehr. Im Gegensatz zu jenen im Haus des Doktors waren sie keineswegs tot und unbeweglich; diese hier lebten und waren überaus fidel. Überall standen Pflanzen, ein halber Urwald, und es herrschte die Wärme eines Treibhauses, wenngleich die Luft nicht allzu feucht war. Durch die Mitte des Pflanzendickichts führte eine Schneise, und an ihrem Ende stand Dalberg. Ich konnte ihn nur vage erkennen, denn zwischen uns schwebten ganze Schwärme bunter Falter.

»Geben Sie acht, daß Sie keinen zertreten«, bat er und kam langsam auf mich zu, setzte dabei sehr bedächtig einen Fuß vor den anderen.

Ich hatte mein Erstaunen noch immer nicht überwunden, ich dachte zugleich an Hadrians Obsession und an die Erscheinung der vergangenen Nacht, und alles erschien mir nur um so irrealer.

»Sie wirken so munter«, sagte Dalberg, während er näher kam. Er meinte die Schmetterlinge, nicht mich. »Sie sehen aus, als spielten sie miteinander, nicht wahr? Wie eine Schar ausgelassener, vergnügter Kinder.«

Freilich hatte ich wenig Sinn für derlei Beobachtungen. Was für merkwürdige Verbindungen gab es in diesem Schloß? Welche Bande bestanden zwischen Dalberg und dem verrückten Doktor Hadrian? Und welche Rolle spielte das seltsame Schmetterlingswesen der vergangenen Nacht?

Mittlerweile war ich überzeugt, wohl erhellt vom Licht des neuen Morgens, daß es sich bei der Kreatur um nichts anderes als einen gewöhnlichen Menschen mit einem Paar künstlicher Schwingen auf dem Rücken gehandelt hatte. Doch das Rätsel, das die unheimliche Erscheinung umgab, blieb von dieser Erkenntnis unberührt. Wer kam des Nachts auf die Idee, derart ausstaffiert durchs Schloß zu geistern? Bislang war Hadrian der einzige und auch naheliegendste Verdächtige gewesen. Nun aber eröffnete sich plötzlich eine neue und, wie mir schien, höchst beunruhigende Perspektive der Dinge.

Dalberg hatte mich jetzt fast erreicht. »So possierlich diese zarten Tierchen auch erscheinen in all ihrer Zerbrechlichkeit und Verspieltheit, so flößten sie den Menschen doch früher große Furcht ein. Wußten Sie das?«

Ich schüttelte den Kopf, hatte tausend Fragen auf den Lippen und blieb doch stumm.

»Einst glaubte man, Schmetterlinge verkörpern das Böse«, erklärte der Minister. Ein buttergelber Falter ließ sich ungerührt auf seinem Kopf nieder. »Man hielt sie für Dämonen, die Pest und Fieber verbreiten. Je nach Färbung und Tageszeit deutete man ihr Erscheinen als Orakel, das von Gutem wie von Schlechtem künden konnte. Manch einer glaubte, in ihnen reise die Seele zum Himmel, andere mutmaßten gar, es handele sich um verzauberte Elfen und Wiesengeister.« Dalberg schmunzelte, streckte die Hand aus und sah zu, wie gleich drei der Falter auf seinen Fingern sitzenblieben. »Stellen Sie sich vor, ein Dämon im Körper eines Abraxas grossulariata! Welch absurder Gedanke. Es heißt sogar, Schmetterlinge seien die Überbringer von Alpträumen, sie trügen auf ihren Schwingen all die Schrecken, die uns bei Nacht in unseren Betten heimsuchen. Was halten Sie davon, Herr Grimm?«

Ich fand sein Verhalten unerträglich. »Wie geht es der Prinzessin?« fragte ich erregt. »Und wo ist mein Bruder?«

Er sah mich an, als hätte ich ihn aus einem wunderbaren Traum erweckt und achtlos in eine grausame Wirklichkeit gerissen. »Die Prinzessin? Oh, ja, sie behauptet, sie wäre eine, nicht wahr? Nun, es geht ihr den Umständen entsprechend. Das heißt, eigentlich erstaunlich gut. Sie kann schon wieder einige Schritte laufen.«

»Was?« entfuhr es mir erstaunt.

Er nickte. »Unfassbar, ich weiß. Aber sie erholt sich prächtig. Die Klinge dieser Wilden ist von ihren Rippen abgeglitten und hat lediglich ihr Fleisch durchstoßen. Schmerzhaft, gewiß, aber keinesfalls fatal. Aber sagen Sie, wie ist es überhaupt dazu gekommen?«

Da er offenbar annahm, einer der Odiyan habe Jade die Wunde zugefügt, sah ich keine Veranlassung, ihm diese Überzeugung zu nehmen. Im Gegenteil, sie war mir höchst genehm. So erfand ich auf die Schnelle eine recht abstruse Geschichte von der armen, unschuldigen Prinzessin, die es zu Studienzwecken nach Europa geführt habe, nur um hier von ihren barbarischen Landsleuten entführt und gefoltert zu werden. Der Zufall habe gefügt, daß auch Stanhope und ich in die Gewalt dieser Unmenschen fielen. Als wir einen Ausbruch wagten, seien wir von den Odiyan aufgehalten, Jade gar niedergestochen worden.

Ich gebe zu, es war kein allzu überzeugendes Garn, und ich hatte das ungute Gefühl, daß Dalberg keinem einzigen meiner Worte rechten Glauben schenkte. Trotzdem widersprach er nicht.

Eine einzige Frage schien ihn zu beschäftigen, und im nachhinein erscheint es mir eigenartig, daß er so lange gewartet hatte, sie zu stellen: »Wissen Sie, was aus Stanhope geworden ist? Ist er entkommen? Wir haben seine Leiche nirgends finden können.«

»Gütiger Himmel!« rief ich aus. »Sie wissen es noch gar nicht!«

»Was weiß ich nicht?« fragte er alarmiert.

»Stanhope – er hat Sie verraten! Er war es, der den Kutscher ermordete. Sicher weiß er jetzt, wo Sie das Kind versteckt halten!«

»Der Lord ein Verräter? Sie scherzen, Herr Grimm.«

»Ich habe es selbst gesehen.« Das war eine Lüge, aber wie sonst hätte ich ihn überzeugen können, ohne Jades Rolle in der ganzen Angelegenheit zu offenbaren?

Seine Augen verengten sich. Mißtrauen sprach aus seinem Blick. »Erzählen Sie.«

So berichtete ich ihm stockend, daß man uns zusammen mit dem Kutscher eingesperrt habe und daß es Stanhope trotz allem gelungen sei, seine Fesseln zu lösen. Dann habe er dem braven Gerard vor meinen Augen das Gesicht vom Schädel gepellt, um zu erfahren, wo sich das Versteck des Erbprinzen befände.

Dalberg hatte sich offenbar nach dem Kampf um die Abtei vom Zustand des Armen überzeugt, denn er nickte widerwillig, erfüllt von bitterem Wissen, als ich auf die Leiden des Kutschers zu sprechen kam. Ich führte die unappetitliche Szene mit einer weiteren, plausiblen Erfindung zum Höhepunkt: Der Kutscher habe Stanhope schließlich etwas zugeflüstert, woraufhin der Lord ihn von seiner Qual erlöste. Ich selbst hätte die letzten Worte des Sterbenden nicht verstehen können, doch gäbe es keinen Zweifel, daß es sich dabei um die Lage des Versteckes gehandelt habe.

Zu meiner Erleichterung stimmte Dalberg zu. Ich beendete daraufhin meinen Bericht mit dem Schwindel, einige Odiyan seien im letzten Moment in unserem Gefängnis aufgetaucht, ehe Stanhope sich Jade und mir widmen konnte. Daraufhin sei der Lord entflohen.

Ich hatte die letzten Worte kaum gesprochen, da geriet der Minister völlig außer sich, stürmte, ohne auf die Falter am Boden zu achten, aus dem Saal und ließ mich allein zurück. Allein mit Tausenden von Schmetterlingen.

Insgeheim atmete ich auf und beglückwünschte mich zu meiner Eulenspiegelei. Es war mir gelungen, den Minister vor Stanhope zu warnen, ohne Jade und mich selbst ans Messer zu liefern. Dann aber überkam mich ein furchtbarer Gedanke. Was, wenn Stanhope gefangen wurde und dem Minister die Wahrheit erzählte? Wem würde Dalberg dann Glauben schenken? Dem Verräter, der einst sein Freund gewesen, oder dem Verräter, der als Fremder ins Schloß gekommen war? Denn darauf lief es wohl oder übel hinaus. Stanhope oder ich.

* * *

Ein Diener verriet mir, wo ich Jades Krankenzimmer finden konnte, und so kam es endlich zum lang ersehnten Wiedersehen – auch mit Jacob, denn er saß händchenhaltend an ihrem Bett.

Als ich die Kammer nach kurzem Klopfen betrat, sprang er auf und stürzte mir entgegen, fiel mir um den Hals und drückte mich warmherzig an sich.

»Du bist schon wach?« fragte er erstaunt.

Ich zog es vor, darauf keine Antwort zu geben und deutete statt dessen auf Jade. Sie schien friedlich zu schlafen. Die schwarze Haarpracht flutete wirr über ihr Kissen. Sie war schön wie eh und je, allein unter ihren Augen lagen dunkle Ringe.

»Dalberg meinte, es geht ihr schon besser.« Ich trat vor und ging neben dem Bett in die Hocke.

»Der Arzt hat ihr eine Medizin verabreicht, die sie schlafen läßt«, erklärte Jacob. »Vor heute mittag wird sie nicht aufwachen.«

Das Braun ihrer Haut schien ein wenig farbloser als sonst, mit einem Stich ins Graue. Nein, wohlauf war sie keineswegs.

»Stimmt es, daß sie schon wieder gehen kann?«

»Ein paar Schritte. Sie scheint auch kaum noch Schmerzen zu haben.«

Ich erinnerte mich an Kalas Fakirkräfte, an seine Unempfindlichkeit, solange er wach war. Und sogleich begriff ich, was das bedeutete.

»Sie darf nicht schlafen!« Ich sprang auf.

Jacob blickte mich verwundert an. »Wie meinst du das?«

»Sie kann sich nur selbst heilen, solange sie nicht schläft. Sie muß sich auf die Wunde konzentrieren können. Glaube mir, ich habe gesehen, wie es wirkt.«

Er schüttelte sanft den Kopf. »Das ist unmöglich. Wir können sie nicht wecken. Selbst ohne die Medizin würden wir sie kaum wachbekommen. Sie hat seit mindestens zwei Tagen kein Auge zugetan.«

»Zwei Tage?« rief ich ungläubig aus. »Wir sind –«

»Seit zwei Tagen wieder im Schloß, allerdings.« Jacob lächelte väterlich. »Du hast die ganze Zeit geschlafen. Ich habe abwechselnd an deinem und an ihrem Bett gewacht, zwei Tage und zwei Nächte lang.«

Zum ersten Mal betrachtete ich ihn genauer und erschrak. Jacobs Blick war wie verschleiert und zuckte fahrig hierhin und dorthin, als suche er einen Punkt, an dem er endlich zur Ruhe kommen könne. Er war völlig übermüdet.

Ich ergriff seine Hand. »Verzeih mir, Jacob. Ich ... ich stürme hier herein und habe nur Augen für sie. Dabei hast du –«

»Nein«, unterbrach er sanft, »du mußt mir verzeihen. Als du aufgewacht bist, hätte ich an deinem Bett sein müssen. Statt dessen war ich bei ihr.«

»Was geschieht mit uns, Jacob?«

»Denk an die Geschichte der Märchenfrau.«

Ich schüttelte entschieden den Kopf. »Soweit wird es nicht kommen.«

»Nein«, entgegnete er müde, »gewiß nicht.«

Eine Weile lang herrschte unangenehmes Schweigen, dann fiel mir etwas ein.

»Die Märchenfrau! Warum war sie mit dir und Dalberg im Wald?«

»Hat Dalberg dir das nicht erzählt?«

»Nein, er hatte andere Sorgen.«

»Stanhope?«

»Du weißt davon?«

Jacob zuckte mit den Achseln. »Dazu gehört nicht viel, nach allem, was Hadrian gesagt hat. Und dann die Tatsache, daß er nirgends in der Abtei zu finden war, aber auch nicht zum Schloß zurückgekehrt ist. Es gibt nur zwei Möglichkeiten: Entweder, er ist tot und seine Leiche verschwunden, oder aber er hat sich aus dem Staub gemacht. So wie ich Stanhope einschätze, scheint mir die zweite Möglichkeit wahrscheinlicher.«

Der gute Jacob! Auf der Straße des Logos allen anderen immer um einen Schritt voraus. Selbst jetzt noch.

In kurzen Worten berichtete ich ihm, was vorgefallen war. Allein die Stunden in Jades Umarmung verschwieg ich. Wahrscheinlich ahnte er ohnehin die Wahrheit.

Schließlich war es an ihm, zu erzählen.

»Am Morgen, nachdem du abgereist warst, versuchte ich, eine Kutsche für die Heimfahrt zu finden«, begann er. »Doch alle, die ich fragte, vertrösteten mich auf den nächsten Tag, und so blieb mir nichts übrig, als einen weiteren Tag im Schloß zu verbringen. Ich schlenderte ein wenig umher, besah mir die Bibliothek – übrigens gibt es dort einige seltene Stücke, doch ihr Gesamtzustand ist wenig erfreulich. Ich langweilte mich fast zu Tode und ging früh zu Bett. Am nächsten Morgen wurde ich von einem leisen Klopfen an meiner Tür geweckt. Ich nahm an, es sei ein Diener, und öffnete. Sicher kannst du dir mein Erstaunen vorstellen, als jemand gänzlich anderes vor mir stand, nämlich die alte Runhild.«

»Was wollte sie?«

»Gemach, lieber Bruder, gemach.« Da war sie wieder, diese Überheblichkeit, mit der er mich so oft zur Weißglut brachte. Freilich war ich viel zu erregt, um mich nun daran zu stören. So schwieg ich denn ergeben und hörte weiter zu.

»Erinnerst du dich an all die Tiegel und Töpfe im Haus der Märchenfrau?« fragte er.

»Natürlich.« Die Wände waren ja bis obenhin voll davon gewesen.

»Aber du weißt nicht, wofür sie sie verwendet.«

»Woher auch?«

Ein erschöpftes Lächeln zeichnete sich auf seinen Zügen ab. »Nun, Runhild dreht Kerzen. In allen Formen, Farben und Größen. Kerzen mit hundert verschiedenen Düften, von schlichten, glatten bis hin zu wahren Kunstwerken aus Wachs.«

Eine Ahnung stieg in mir auf, aber noch fehlte mir das Verständnis für die Zusammenhänge.

»Sie läßt sich gut für ihre Kunst bezahlen, davon lebt sie, und sie hat zahlreiche Kunden hier im Schloß.«

»Die Gräfin!«

»Allerdings«, bestätigte er, »auch die Gräfin Hochberg kauft ihre Kerzen bei der Alten. Am Morgen des Tages, an dem ich eigentlich abreisen wollte, kam Runhild ins Schloß, um der Gräfin ein neues Dutzend Kerzen zu bringen und ihren Lohn dafür in Empfang zu nehmen. Vielleicht halten die Hochberg und ihr Lakai Klüber unsere alte Freundin für taub oder dumm, vielleicht auch für beides, auf jeden Fall wurde Runhild, während sie im Vorzimmer wartete, Zeugin einer Unterredung zwischen den beiden. Es ging wohl darum, daß Klüber der Gräfin Bericht erstattete über das, was Stanhope und dir widerfahren war.«

»Wie konnte er davon wissen?«

»Offenbar hatte die Gräfin ihn beauftragt, jemanden hinter euch her zu schicken. Wir wußten ja schon, daß ihr nichts zu entgehen scheint, was hier im Schloß geschieht, und so muß sie auch von eurer Abreise und eurem vermeintlichen Ziel erfahren haben. Der Verfolger, den sie auf euch ansetzte, hat die Spuren des Überfalls auf eure Kutsche entdeckt. Er ist euch bis zu dieser Ruine gefolgt. Er muß dort auf der Lauer gelegen haben, als plötzlich die Odiyan angriffen. Daraufhin ritt er zurück zum Schloß und erstattete Klüber seine Meldung.«

Ich nickte nachdenklich. Jacobs Worte klangen einleuchtend.

Er fuhr fort: »Runhild belauschte also, was im Audienzzimmer der Gräfin besprochen wurde. Daraufhin gab sie ihre Kerzen ab, als sei nichts geschehen, und erkundigte sich eilig nach dem Weg zu meinem Zimmer.«

»Sie erzählte dir brühwarm, was sie mitangehört hatte?« fragte ich zweifelnd. »Das scheint mir nach unserem Besuch bei ihr gar nicht ihre Art zu sein.«

»Und doch war es so. Ich lief sogleich zu Dalberg, gab alles getreulich wieder, und er beschloß, einen Großteil seiner übriggebliebenen Soldaten in Marsch zu setzen. Schließlich ging es nicht nur um dich, sondern auch um seinen werten Freund Stanhope.«

Ich lächelte grimmig. »Ich bezweifle, daß der gute Lord dem Minister noch immer derart teuer ist. Aber sag, wurde beim Kampf in der Ruine einer der Tätowierten getötet oder gefangengenommen?«

»Nicht daß ich wüßte.«

»Dann sind sie noch immer zu dritt. Einer war bei den Odiyan, aber er muß den Soldaten entkommen sein.«

»Immerhin haben sie ihre Krieger verloren. Dalberg hat alle Odiyan, die den Sturm auf die Abtei überlebten, noch am gleichen Tag vor ein Erschießungskommando gestellt. Ich glaube nicht, daß sich draußen in den Wäldern noch mehr von ihnen verstecken.«

»Die drei Priester sind gefährlich genug.«

Jacob ließ sich auf Jades Bettkante nieder. »Zweifellos.«

Ich betrachtete einen Moment lang die schlafende Prinzessin, wandte mich aber schnell von ihr ab, als ich bemerkte, daß neuerlich zarte Gefühle in mir emporstiegen. Sie hätten alles nur noch schwieriger gemacht, meine Beziehung zu Jacob, zur Prinzessin, zwischen jedem von uns.

Ich sah ihn an, bis sich erneut unsere Blicke kreuzten. »Du hättest mir früher die Wahrheit sagen sollen.«

Er nickte ernst. »Ja, vielleicht.«

Es hatte keinen Sinn, jetzt noch darüber zu streiten. Er hatte seine Entscheidung getroffen, und sie ließ sich nicht rückgängig machen. Unsere Liebe zu Jade stand selbst jetzt, da die Prinzessin schlief, wie eine Mauer zwischen uns. Es würde Mühe kosten, sie zu überwinden, und ich war nicht bereit, die nötige Kraft ganz allein aufzubringen.

»Was hältst du von Jades Geschichte?« fragte ich und setzte mich auf den Stuhl vor dem Bett.

»Sie klingt ehrlich.«

»Ehrlich, vielleicht. Aber wahr? Das ist ein Unterschied.«

»Das weiß ich.«

»Du machst es dir einfach.«

Er schüttelte den Kopf. »Letzten Endes ist es gleichgültig, ob diese Amrita existiert.«

»Amrita-Kumbha.«

»Von mir aus. Wenn alle um uns herum so handeln, als ob es dieses Ding tatsächlich gibt, und wir beide im Netz dieses Handelns gefangen sind, dann müssen auch wir uns entsprechend verhalten.«

»Du meinst, wenn alle verrückt werden, sollen wir dasselbe tun? Eine fragwürdige Logik, wenn du mich fragst.«

»Immerhin eine Logik. Die beste, an die wir uns im Augenblick halten können.«

»Was sollen wir tun? Abreisen?«

Er deutete auf Jade. »Und sie?«

»Wir können sie nicht mitnehmen, oder?«

»Ich finde, das sollte sie selbst entscheiden.«

Jacob schien sich tatsächlich in den Kopf gesetzt zu haben, Jade mit nach Kassel zu nehmen. Fraglos waren unsere kargen Gelehrtenstuben genau das, was sich eine Prinzessin wie sie für den Rest ihres Lebens wünschte.

»Wach auf, Jacob!« sagte ich nachdrücklich und beugte mich zu ihm vor. »Sie ist nicht irgendein Ding, sie ist kein Bücherregal, das du dir ins Zimmer stellen kannst, um ab und zu daran vorbeizustreichen und ein wenig herumzublättern. Sie ist ...« – ich suchte nach den richtigen Worten – »... Herrgott, sie ist Anhängerin eines Liebeskultes! Was werden die Geschwister sagen, und die Nachbarn?«

Im selben Moment schlug Jade die Augen auf. »Wir werden ihnen einfach den Mund zunähen – so macht man das in meiner Heimat mit Schwätzern.«

»Sie sind wach?« fragte Jacob verblüfft.

Auch ich muß sie einigermaßen erstaunt angesehen haben, denn sie lächelte mich an und sagte: »Wenigstens in einem haben Sie recht: So hölzern wie ein Bücherregal fühle ich mich beileibe nicht.«

Ihre Stimme klang geschwächt, das war unüberhörbar, trotzdem brachte sie einen spöttischen Tonfall zustande.

»Ich ... verzeihen Sie«, stammelte ich und spürte, wie ich erneut der Glut ihrer Augen erlag.

»Machen Sie sich nichts daraus«, entgegnete sie. »Ich werde Sie nicht weiter in Verlegenheit bringen. Reisen Sie nur ab. Ich werde die Amrita-Kumbha auch alleine finden.«

Für einen Moment gelang es mir, den Bann ihrer Blicke zu brechen. »Oho!« jubelte ich voller Sarkasmus. »Diener, ihr könnt die Säbel hereinbringen! Ihre Herrlichkeit hat neuen Lebensmut geschöpft.«

Sie kicherte, doch ihr Vergnügen geriet nicht ganz überzeugend. »Ich hatte niemals vor, mir das Leben zu nehmen, Herr Grimm. Und wie Sie sehen, hatte mein Plan durchaus Erfolg.«

»Ah, nein?« fragte ich überrascht und zugleich auch gekränkt. »Warum haben Sie mich nicht eingeweiht?«

»Weil Sie niemals zugelassen hätten, daß ich mich selbst verletze. Nicht einmal zu dem Zweck, die Soldaten des Großherzogs zu täuschen. Es ging nur so und nicht anders.«

»Das also meinten Sie, als Sie sagten, Sie wollten den Soldaten zuvorkommen.«

Sie nickte. »Tut mir leid, wenn Sie sich dadurch hintergangen fühlen.«

Ich rümpfte die Nase und sah Jacob an. »Du hast es gewußt, nicht wahr? Und hast mir schon wieder nichts davon gesagt.«

»Du hast mich nicht gefragt«, verteidigte er sich.

»Außerdem hast du gesagt, daß sie bis zum Mittag schlafen wird. *Mindestens*«, äffte ich ihn beleidigt nach.

»Das nahm ich auch an.«

Jade kam ihm zur Hilfe. »Ihr Bruder hat recht, Wilhelm. Es ist meine Schuld, ich habe die Medizin hinters Bett gespuckt. Ich konnte nicht zulassen, daß man mich betäubt.«

»Sie haben zwei Tage nicht geschlafen«, sagte Jacob besorgt.

Sie lächelte sanft. »Kala hat bis zu seinem Tod kaum einen Bruchteil seines Könnens an mich weiterzugeben vermocht, aber eine Weile ohne Schlaf auszukommen war eine der leichtesten Lektionen.«

»Wie geht es Ihrer Wunde?«

Als Antwort schlug sie die Decke bis zu den Hüften zurück. Sie trug nur ein feines Nachthemd, das sie nun unversehens hochschob, wobei sie ihren zierlichen Oberkörper entblößte. Sie wirkte weder bewußt neckisch noch aufreizend; für sie schien es das Natürlichste der Welt, uns einen Blick auf ihre Verletzung zu gestatten.

Nach zwei gemeinsamen Nächten war mir ihr Körper noch nicht so vertraut, daß mich sein Anblick nicht immer noch irritiert hätte. Ich zwang mich, nur auf die Wunde zu schauen. Der Einstich in ihrer linken Seite war nicht bandagiert, was Jacob sogleich aufbrachte. »Wo sind die Verbände?« wollte er aufgeregt wissen.

»Ich habe sie abgenommen«, entgegnete sie leichterhand.

»Aber weshalb, um Himmels willen?« Der Arme geriet ganz aus dem Häuschen.

»Bandagen behindern nur die Heilung. Sie haben nicht zufällig gestoßenen Krokodilszahn zur Hand, mit dem ich die Wunde bestreuen könnte?«

»Machen Sie sich nur lustig!« Sorge und ein Anflug von Ärger sprachen aus Jacobs Stimme. Vielleicht gab es ja doch noch Hoffnung für ihn.

Ich räusperte mich. »Ich denke, wir haben genug gesehen.« Damit ergriff ich eilig die Zipfel der Decke und zog sie über ihre Blöße.

Jade lachte laut auf, sagte aber nichts – was mich wunderte, schien sie doch gewöhnlich ganz versessen darauf, bei allem das letzte Wort zu haben.

»Fest steht, daß sich meine Anwesenheit in Karlsruhe nach Stanhopes Flucht wohl erübrigt hat«, sagte ich seufzend.

»Endlich nimmst du Vernunft an!« rief Jacob.

Jade ergriff meine Hand. Kurz war ich versucht, sie zurückzuziehen, doch wieder übermannte mich tiefe Zuneigung. Mein Widerstand schmolz dahin, und meine Finger lagen weiterhin in den ihren.

»Heißt das, Sie verzichten auf den Posten?« Ihre Stimme war hoffnungsvoll.

»Wo kein Kind, da kein Posten«, entgegnete ich und gab mir Mühe, kühl zu klingen.

»Du bist also überzeugt, daß Stanhope weiß, wo das Kind ist?« fragte Jacob grübelnd.

»Zweifellos. Nicht einmal Napoleons Leibkutscher ist immun gegen solche Qualen.«

»Dann hat Stanhope einen Vorsprung von zweieinhalb Tagen.«

»Er mußte ohne Pferd fliehen«, gab ich zu bedenken.

Jade schüttelte den Kopf. »Einen wie ihn wird das kaum aufhalten. Sicher hat er das nächstbeste Tier erbeutet und sich damit auf den Weg gemacht.«

Jacob schnaubte verächtlich. »Und da Dalberg das Kind schwerlich weiter als einige Tagesreisen von hier versteckt haben wird, bedeutet das, daß Stanhope wahrscheinlich schon dort eingetroffen ist –«

»Und den Prinzen entführt hat«, führte ich seinen Gedanken zu Ende.

»Was aber wird er mit ihm tun?« fragte Jacob.

Ich blickte Jade an. »Als Sie unsere Kutsche überfielen, da schien es mir, als würden Sie Stanhope kennen. Was wissen Sie über ihn und seine Ziele?«

Sie bewegte sich unruhig unter der Bettdecke. »Nicht viel«, erwiderte sie ausweichend.

Auch Jacob musterte sie nun eingehender. »Heraus damit«, verlangte er unhöflich.

Jades Druck auf meine Hand wurde fester. Vielleicht erhoffte sie Beistand. »Ich habe ihn nie zuvor getroffen, wenn Sie das meinen. Ich hörte nur, daß mit dem Lord nicht zu spaßen sei. Ein großartiger Kämpfer, ein überaus kluger Kopf, der seine Bestrebungen mit allen Mitteln durchsetzt.«

Ich blieb mißtrauisch. »Sie wollen uns doch hoffentlich nicht weismachen, die Agenten Ihres Vaters hätten solche Details wie den Freund eines Ministers in ihren Berichten erwähnt!«

»Nein, natürlich nicht. Aber vergessen Sie nicht, daß weite Teile meiner Heimat der Kolonialherrschaft Englands unterstehen.«

»Stanhopes Name ist bis nach Indien gedrungen?«

Sie nickte. »Man kennt ihn dort, ja. Stanhope war ein enger Vertrauter des ehemaligen Premiers William Pitt, der ihn mit allerlei Missionen im Dienste der englischen Krone betraute.«

»Pitt muß vor sechs oder sieben Jahren gestorben sein«, erinnerte sich Jacob. »Und Hadrian sagte, Stanhope arbeite nicht mehr im Auftrage Englands. Vielleicht ging sein Dienst für die Krone mit dem Tod seines Freundes zu Ende.«

»Und seither hat er sich anderen Herren verschrieben.« Ich spann die Gedankengänge meines Bruders fort.

»Die Frage ist: Welchen Herren?« Jacobs Blick richtete sich ebenso wie meiner auf die Prinzessin.

Sie seufzte tief. »Sie geben keine Ruhe, was? Sie wollen unbedingt alles wissen?«

»Verdientermaßen, wie ich finde«, sagte ich und dachte nicht mehr daran, meine Hand aus der ihren zu lösen. Zu süß war die Berührung ihrer Haut, zu heiß das Feuer, das aus ihren Fingerspitzen floß. Jacob schien es wohl zu bemerken, behielt sich aber wacker im Griff.

»Man munkelt, Stanhope habe sich einer fremden Macht verschrieben«, erklärte Jade. »Nicht einem anderen Land, keiner fremden Regierung. Aber kein Engländer in Indien scheint genau zu wissen, um was es sich dabei handelt; vielleicht sprechen sie auch nur nicht darüber. Bedenken Sie, mein Wissen beschränkt sich auf das, was die Kolonialherren in meiner Heimat reden, in ihren privaten Speisesälen und Badehäusern, an Orten also, wo ihre indischen Diener jedem Wort mit gespitzten Ohren lauschen. Was in geheimen Unterredungen und in den inneren Zirkeln der Regierung gesprochen wird, weiß auch ich nicht. Sicher ist nur, Stanhope ist kein Agent Englands mehr, und er hat sich neue Dienstherren gesucht, die seine Abneigung gegen Napoleon teilen.«

Ich beugte mich vor. »Erinnern Sie sich, daß ich Sie fragte, ob Sie je vom Quinternio der Großen Fragen gehört haben? Sie haben mit Nein geantwortet.«

»Das war die Wahrheit. Offenbar wissen Sie mehr als ich.«

Jacob schüttelte den Kopf. »Nicht wirklich.« Und dann erzählte er ihr von den wundersamen Bemerkungen des irren Doktor Hadrian, von seinem Gerede über den Quinternio und was sich dahinter verbergen könne oder auch nicht. »In einem allerdings decken sich seine Worte mit den Ihren«, endete Jacob, »auch er sprach von einer geheimen Macht im Hintergrund.«

Jade hatte aufmerksam zugehört, doch jetzt zuckte sie nur mit den Schultern. »Ich weiß darüber ebensowenig wie Sie.«

»Vielleicht sollten wir noch einmal mit Hadrian sprechen«, schlug Jacob nachdenklich vor.

»Ich dachte, du wolltest abreisen«, warf ich spitz ein.

Statt seiner war es Jade, die darauf eine Antwort hatte, und sie klang ungewohnt förmlich. »Ich würde mich freuen, wenn Sie bereit wären, mich weiterhin zu unterstützen. Das gilt natürlich für Sie beide.«

Jacob tat, als zögere er noch, dabei wußte ich doch, daß seine Entscheidung längst gefallen war.

Ihre freie Hand griff nach seiner Rechten, so daß sie uns nun beide an den Händen hielt. Schmerzlich kam mir in den Sinn, welches Ende es mit den Brüdern in der Geschichte der Märchenfrau genommen hatte.

»Tun Sie es mir zuliebe«, säuselte sie.

Man mag einwenden, wie leicht durchschaubar ihre Taktik war und welch ein Hohlkopf derjenige sein mußte, der darauf hereinfiel. Und obgleich Jacob wie mir diese Erkenntnis nicht verborgen blieb, trieben uns unsere Gefühle für dieses becircende Geschöpf doch blindlings in seine Gefolgschaft. Selig der, der sich kühn gegen die Fesseln der Liebe wirft und sie mit der Kraft des gesunden Menschenverstands zerreißt – mir zumindest mochte es nicht gelingen. Und ebensowenig meinem braven Bruder, der sonst doch die Vernunft zum höchsten Gott erkoren hatte.

Kurzum, der Beschluß war schnell gefaßt: Wir würden der Prinzessin auch weiterhin zur Seite stehen. Jacob gestand, daß er schon am Vortag einen Brief an die heimatliche Bibliothek geschrieben hatte. Darin unterrichtete er seine Vorgesetzten von einem ganz und gar unverschuldeten Unfall, dessen leidvolle Folgen ihn noch für einige weitere Tage in Karlsruhe festsetzen würden.

Wir kamen überein, daß es wirklich an der Zeit sei, dem Doktor einen neuerlichen Besuch abzustatten, wobei ich in aller Kürze meine Erlebnisse der vergangenen Nacht schilderte, meinen Verdacht, daß Hadrian hinter diesem Schmetterlingsspuk stecken könne, und zudem auch Dalbergs eigene Obsession erwähnte.

An unserem nächsten Schritt änderte mein Bericht freilich nichts, und schließlich war ich selbst es, der die Mutmaßungen der beiden anderen zu vorzeitigem Ende brachte und zum sofortigen Aufbruch drängte.

* * *

Die Sonne schien, endlich, und ihre Strahlen brachten den tiefverschneiten Park zum Gleißen und Funkeln wie die Schmuckschatullen der Kaiserin. Es war ein so friedlicher, fast verzaubernder Anblick, als wir ins Freie traten, und allein ihm war es zu verdanken, daß sich unsere Laune ein wenig aufhellte. Der Himmel war strahlend blau, und die glitzernde Pracht des Winters auf Wiesen und Ästen hob sich herrlich davon ab.

Jade hatte mitgehen wollen, doch Jacob und ich hatten sie überzeugen können, daß dies völlig ausgeschlossen war. Sie solle sich einige Stunden Schlaf gönnen, empfahlen wir, und alles weitere vorerst uns überlassen. Sie tat es nicht gerne, das merkte man ihr an, aber sie sah wohl ein, wie nötig sie die Ruhe hatte; vielleicht wollte sie auch nur unsere neugewonnene Überzeugung, ihr beistehen zu müssen, nicht ins Wanken bringen. Zudem hätte es Dalberg sicherlich stutzig gemacht, wäre sie schon wieder auf den Beinen gewesen. So aber mochte sie weiteren Verhören des Ministers vorerst entgehen.

Das Haus des Doktors wirkte im Sonnenschein weit weniger düster als an den Abenden zuvor. Die Eiben trugen weiße Spitzen, Zipfelmützen aus Schnee.

Wir pochten an die Haustür, bekamen aber keine Antwort, auch nach mehrmaligen Versuchen nicht.

»Vielleicht ist er im Schloß«, sagte ich.

Jacob hob unschlüssig die Schultern, gab sich aber nicht zufrieden. »Gehen wir zur Hintertür.«

Wir fanden sie unverriegelt. Unser Klopfen blieb auch hier zwecklos, und so drückte Jacob zaghaft die Klinke herunter und trat als erster ins Haus. Ich folgte ihm, nicht ganz so entschlossen, wohl aber von der gleichen Neugier getrieben. Bei all dem Raubgesindel, das in den Wäldern lungern sollte, war der Leichtsinn des Doktors verwunderlich.

Das Hinterzimmer lag verlassen da. In einer Ecke waren blutfleckige Tücher aufgehäuft, übriggeblieben von Nanettes Entbindung. Vom Doktor und dem Mädchen fehlte jede Spur.

»Doktor Hadrian!« rief Jacob durch die Zimmertür ins Haus, und wieder blieb alles stumm. Wärme und Zuversicht, die mir das prächtige Wetter eingegeben hatte, blieben an der Schwelle zurück.

Die Brokatvorhänge in der Eingangshalle waren alle geöffnet. Die Wände mit den toten Schmetterlingen, gepfählt auf silbernen Nadelspitzen, schienen auf mich einzudrücken, als beugten sie sich unter der Last der winzigen Leichen nach vorne. Manche Muster auf den starren Flügeln waren wie Augenpaare, deren Blicke jedem unserer Schritte folgten.

Am oberen Ende der Treppe, gerade über der höchsten Stufe, baumelte eine Schlinge von der Decke. Sie war sorgfältig aus jenem Seil geknüpft, das die Vorhänge öffnete und schloß. Das Seil drehte sich langsam, als hätte irgend etwas es in Bewegung gesetzt, ein Luftzug vielleicht, oder auch ein Mensch, der eben erst von seinem schaurigen Vorhaben abgelassen hatte.

»Herr Doktor!« rief Jacob noch einmal, dann: »Nanette!« Schweigen. Falls sich jemand im Haus aufhielt, so lag ihm nichts an einer Begegnung mit uns.

»Was meinst du, ist er hier?« flüsterte ich.

Jacob nickte. »Er versteckt sich.«

»Und das Mädchen?«

»Fort.«

»Wie kommst du darauf?«

»Sie ist aufgewacht und hat ihn verlassen, ganz bestimmt. Würde er sonst bei Nacht durchs Schloß geistern wie ein Schreckgespenst? Würde ein Dienstmädchen, noch dazu die Geliebte des Hausherrn, zulassen, daß die Hintertür unverschlossen bleibt? Bei allem, was sie durchgemacht hat?«

Jacob hatte die Lage ein weiteres Mal durchschaut, ehe ich auch nur die richtigen Fragen stellen konnte.

»Vielleicht hat er darüber endgültig den Verstand verloren«, mutmaßte ich.

»Wer weiß, wieviel dazu noch gefehlt hat, bevor er sein Kind den Odiyan ans Messer lieferte.«

Erst zögernd, dann immer kühner folgte ich Jacob die Treppe hinauf. Im ganzen Haus herrschte Totenstille. Nur das Seil und die Augen auf den Schmetterlingsflügeln schienen sich zu bewegen, nichts sonst.

Soweit die Enge der Treppe dies zuließ, machte ich einen Bogen um die Schlinge; der Gedanke, sie zu berühren, ließ mich vor Ekel erschauern. Sie drehte sich ganz langsam nach rechts, dann nach links. Nach rechts, nach links.

Der Flur im ersten Stock war in beiden Richtungen verlassen. Alle Türen waren geschlossen, und es gab kein Fenster, das die Finsternis hätte aufhellen können. Unter einigen Türen schimmerten fahle Streifen Tageslicht.

»Willst du ihn wirklich hier oben suchen?« flüsterte ich Jacob zu. »Ich meine, genaugenommen sind wir Einbrecher.«

»Und er? Ein Kindesmörder, ein Selbstmörder vor den Augen des Herrn. Nun sag mir, wer ist der schlimmere Verbrecher?«

»Aber darum geht es doch gar nicht. Vielleicht ist er gefährlich.«

Jacob schüttelte voller Überzeugung den Kopf. »Der schadet nur noch sich selbst.«

»Vielleicht fragt er sich, wie es wäre, zur Abwechslung mal einen Menschen aufzuspießen. Oder zwei.«

Wir passierten die ersten Zimmer auf beiden Seiten des Flurs. In den Türrahmen baumelten Schlingen, ebenso sorgfältig geknüpft wie jene über der Treppe.

»Allzeit bereit«, witzelte Jacob düster.

Mir dagegen war keineswegs nach Spaßen zumute. Erst recht nicht, als sich herausstellte, daß auch in allen anderen Türen des Stockwerks ähnliche Stricke hingen. Jeder endete in einer Schlinge. »Fällt dir nichts auf?« fragte Jacob leise. Ich war viel zu sehr damit beschäftigt, auf die Umgebung zu achten. Ich fürchtete den wahnsinnigen Doktor, und mit jedem Schritt in diesem Grabesdunkel nahmen meine Ängste zu. Daher verneinte ich Jacobs Frage.

Mein Bruder blieb vor einer der Türen stehen, ergriff die Schlinge und legte sie sich um den Hals.

Sofort packte ich ihn bei den Schultern. »Herrgott! Bist du verrückt geworden?«

Er aber grinste nur. »Mitnichten.« »Zieh sofort dieses Ding vom Hals!« »Keine Angst, ich gedenke nicht, es zu benutzen. Wie sollte ich auch?«

Ich starrte ihn einige Augenblicke lang entgeistert an, dann begriff ich. Die Schlingen hingen viel zu tief, das war es, was er beweisen wollte. Keines der Seile endete oberhalb meiner Brust. Jacob hatte die Schlinge anheben müssen, um sie überzustreifen.

»Wie, um alles in der Welt, will er sich daran aufhängen?« fragte er.

Ich zuckte mit den Achseln. »Vielleicht, wenn er sich fallen läßt ...«

Mein Bruder schüttelte den Kopf. »Dieses Fliegengewicht? Ich glaube kaum, daß ihm das das Genick bricht oder ihn erdrosselt. Sieh nur!«

Und damit ließ er sich in die Knie fallen und baumelte einen Moment lang frei mit dem Hals in der Schlaufe. Sein Gesicht lief dunkelrot an.

»Zapperlot!« schrie ich aufgebracht und riß ihn in die Höhe. »Du bist wirklich wahnsinnig!«

Er schluckte, sichtlich erstaunt, daß *sein* Gewicht sehr wohl ausreichte. Dann zerrte er sich die Schlinge über den Kopf und rieb sich den Hals. Schnell hatte er sich wieder gefaßt. Mit einer Handbewegung unterbrach er den Schwall von Flüchen und wüsten Verwünschungen, den ich über ihn ergoß.

»Mag sein, daß die Schlinge für mich reichen würde, aber keinesfalls für ein Klappergestell wie Hadrian. Also stellt sich die Frage, was er tatsächlich mit den Seilen bezweckt.«

»Vielleicht hofft er, daß Einbrecher sich daran erhängen.«

»Ach, Wilhelm ...« Er hatte kaum ausgesprochen, da schlug er sich plötzlich gegen die Stirn. »Aber natürlich, du hast recht! Wilhelm, alter Knabe, du bist großartig!«

Ich neigte verwundert den Kopf. »Wie bitte?«

»Vielleicht braucht es ja einen Narren, um den anderen zu durchschauen ... Nichts für ungut, kleiner Bruder. Aber ich glaube, du bist auf der richtigen Fährte. Diese Schlingen, die Hadrian überall ausgehängt hat – sie sind nichts anderes als Fallen!«

»Fallen«, wiederholte ich betont. »Ja, ganz sicher, Jacob. Komm, laß uns zurück ins Schloß gehen.«

Er dachte gar nicht daran. »Wir bleiben. Irgendwo muß der Doktor –«

Das Knarren einer aufgerissenen Tür unterbrach ihn. Sonnenlicht zerschnitt die Dunkelheit, blendete mich. Instinktiv sprang ich zwei Schritte zurück, erwartete mit dem Rücken zur Wand einen Angriff.

Doch die befürchtete Attacke blieb aus. Statt dessen huschte ein Schatten an uns vorüber, zweifellos Hadrian, und schwang sich übers Geländer neben der Treppe. Mit einem dumpfen Krachen kam er im Erdgeschoß auf, gefolgt von einem schmerzerfüllten Stöhnen. Dann schleifende Schritte, die sich entfernten.

Jacob rannte los, ich hinterher. Ein Blick übers Geländer. Die Eingangshalle war leer. Wir stürmten die Treppe hinunter, mit jedem Schritt zwei, drei, vier Stufen auf einmal. Durch die Halle –

Augen auf Flügeln, die uns folgen

– und den Gang zur Rückseite hinunter. Eine Tür fiel vor uns ins Schloß. Ich prallte dagegen, sprang zurück, holte erneut Schwung –

Flattern! Schwingen flattern auf der anderen Seite
– und brach durch die Tür.

Dahinter stand Hadrian und starrte uns entgegen. Mit Gurten hatte er eine bizarre Apparatur an seinem Rücken befestigt: zwei riesige Schmetterlingsflügel aus buntbemalter Pappe, die er mit den Ellbogen auf- und zuschlagen ließ.

Das also war er, mein Nachtmahr.

Der wirkliche Alptraum aber war das furchtbare Grinsen auf Hadrians Zügen. Hätte es noch eines weiteren Beweises bedurft, mich von seinem Irrsinn zu überzeugen, diese Grimasse hätte mir jeden Zweifel genommen. Gefletschte Zähne wie ein Wolf, aufgerissene Augen, ein Speichelfaden am Kinn, dazu entsetzliche Laute, halb Spucken, halb Kichern, das Zerrbild menschlichen Lachens.

Er wich zurück, als wir durch die Tür traten – und verfing sich mit den Schwingen in etwas, das ich auf den ersten Blick für Girlanden hielt. Es waren weiße Papierstreifen, in langen Bahnen aneinandergeklebt und kreuz und quer durch Raum gespannt wie ein übergroßes Spinnennetz. Bei genauerem Hinsehen bemerkte ich, daß die Streifen die Form von Schmetterlingen hatten, die an den Flügeln miteinander verbunden waren. Hadrian mußte das Papier vielfach gefaltet und dann die Form eines Falters hineingeschnitten haben. Als Kinder hatten wir dergleichen oft gebastelt, als Fensterschmuck für die Mutter. Die Papierketten aber, die diesen Raum erfüllten, mußten in ihrer Gesamtheit über hundert Schritte messen!

Hadrian starrte uns an, er schien uns für einen Moment zu erkennen, dann vernebelte Unverständnis seinen Blick. »Ihr seid nicht er«, faselte er, sah kurz zu Boden, schaute dann wieder auf und schrie: »Nicht er seid ihr, nicht er!«

»Wen meint er?« flüsterte ich Jacob zu.

Jacob gab keine Antwort und machte einen vorsichtigen Schritt auf den Wahnsinnigen zu. »Doktor Hadrian«, sprach er ihn sachte an, »erkennen Sie uns nicht? Die Brüder Grimm, Jacob und Wilhelm.«

Hadrian bewegte die Ellbogen schneller. Die Schwingen – sie überragten ihn um Haupteslänge – zerrissen einige der Papierketten. Es sah aus, als wolle er jeden Augenblick davonfliegen. »Nicht er«, wiederholte er immer wieder, »nicht er, nicht er.«

»Wen haben Sie erwartet?« fragte Jacob behutsam. Drei Schritte trennten ihn noch vom Doktor.

Hadrians Litanei brach ab, er verstummte einige Atemzüge lang, dann sagte er leise: »Den Winterling.«

Irres Kichern flackerte über sein verschwitztes Gesicht. Er stand leicht schräg, als könne er sein linkes Bein nicht belasten, er mußte sich beim Sprung übers Geländer verletzt haben.

Jacob faßte in eine Tasche seines Gehrocks und zog das Papier hervor, das Hadrian uns bei unserem ersten Besuch gegeben hatte.

»Ja, ja«, rief der Doktor aus, als Jacob ihm das Blatt entgegenhielt, »der Winterling, das ist er. Ich fange ihn, fange ihn jetzt endlich.« Mit zitterndem Zeigefinger deutete er auf den Umriß des weißen Schmetterlings, der auf das Papier gedruckt war. »Fliegt nur im Winter«, murmelte er, »nur im Winter fliegt der Winterling.« Erneutes Kichern und Spucken. Eiliger schlugen die Schwingen, zerfetzten weitere Ketten. Papierfalter regneten zu Boden.

»Ei, ei!« kreischte Hadrian. »So viele Gestalten gleich der seinen! Bald wird auch er selbst kommen. Und ich, ich fange ihn! Ich locke ihn an, versteht ihr? Locke ihn herbei, mit meinen Flügeln und allen seinen Brüdern.« Sein Arm beschrieb eine Drehung, die die Papierketten umfaßte. »Hier unten wird er sich verfangen, in meinem Netz, oder oben in den Würgeschlingen. Dann ist er endlich, endlich mein.«

»Jacob«, flüsterte ich, »laß uns hier verschwinden.«

»Noch nicht«, gab mein Bruder über die Schulter zurück.

»Was hast du vor?«

Jacob machte noch einen Schritt in Hadrians Richtung. »Was ist der Quinternio?« fragte er.

»Er ist der Winterling, und der Winterling ist der Quinternio«, raunzte Hadrian erbost, als sei Jacobs Frage eine Beleidigung. »Alles ist eines jeden Symbol. Zeichen bedeuten alles und nichts – wenn wir wollen. Jeder schafft sich seine eigenen Geheimnisse. Jeder sieht Zusammenhänge, wo gar keine sind. Im gleichen Augenblick aber gibt es sie. Einmal gedacht, sind sie da. Sind nicht alle Zusammenhänge zuerst ein Gedanke?«

»Komm schon, Jacob«, verlangte ich beharrlich. »Das ist wirres Zeug.«

Hadrians Blick ging ruckartig in meine Richtung. »Wirr? Ja, ja doch. Wirr sind die Worte, die Gedanken, die Verbindungen. Ich bin der Winterling. Ich bin der Quinternio. Auch du bist es, junger Mann. Der Quinternio, der Winterling, die große Konspiration. Wir alle sind ihre Teile, mit jedem Gedanken, den wir ihr widmen.«

Ich drehte mich um und ging. Jacob zögerte noch, dann folgte er mir.

»Ihr seid er und ich und sie!« hörte ich Hadrian am Ende des Ganges singen. »Er und ich und sie.«

Draußen flirrte die Mittagssonne über den weiten Eisfeldern des Parks.

»Vielleicht hat er recht«, sagte Jacob leise, als wir durch den Schnee zum Schloß stapften. Ich sah ihn ungläubig an. »Vielleicht machen wir unsere Geheimnisse selbst, hier oben.« Er deutete auf seine Stirn. »Ganz gleich, wie sie heißen mögen – Quinternio, Winterling oder Amrita-Kumbha –, zu Rätseln werden sie erst, wenn sie sich einmal in unseren Köpfen festgesetzt haben.«

Ich wollte etwas entgegnen, doch im selben Augenblick wurde

ich einer Gestalt gewahr, die uns mit rudernden Armen über den Schnee entgegeneilte.

»Meine Herren, meine Herren!« Es war ein Diener. »Minister Dalberg läßt Sie im ganzen Schloß suchen. Kommen Sie, kommen Sie schnell!«

* * *

Dalberg lief aufgeregt in seinem Bureau auf und ab, die Hände hinterm Rücken verschränkt, den düsteren Blick zu Boden gerichtet. Drei Augenpaare folgten ihm bedächtig von links nach rechts und zurück, hin und wieder her.

Jacob und ich saßen vor Dalbergs Schreibtisch, ein dritter Mann stand am Fenster. Er trug die Uniform der badischen Kavallerie. Dalberg hatte ihn uns fahrig als Rittmeister Stiller vorgestellt. Er mochte nicht ganz vierzig Jahre alt sein, hatte hohe, spitze Wangenknochen und ein kräftiges Kinn, das ihm den Anschein verlieh, als könne er Hufeisen zwischen den Zähnen zermalmen. In wundersamem Gegensatz dazu stand ein Muttermal auf seiner Stirn, daumennagelgroß, das die perfekte Form eines Herzens besaß. Ich vermochte mir vorzustellen, welchen Spott dieser Haudegen dafür unter seinesgleichen zu erdulden hatte – obgleich er nicht aussah wie ein Mann, der sich auch nur das Geringste gefallen ließ, das man mit den Fäusten oder blankem Stahl aus der Welt schaffen konnte. Stiller war ungewöhnlich groß, sein Gesicht von zahllosen Schmissen verunziert. Ich hatte nichts übrig für Vollblutsoldaten, und ich mochte auch ihn nicht, doch schien er Dalbergs volles Vertrauen zu genießen.

»Ich habe den ganzen Morgen gebraucht, den Großherzog von unserer Mission zu überzeugen«, sagte Dalberg und ließ eine Reihe unschicklicher Flüche folgen. »Was hätte ich ihm sagen sollen? ›Hoheit, Euer Sohn, den Ihr für tot haltet, wurde von meinem besten Freund entführt.‹? Keine gute Idee, fürchte ich. Ich habe ein Märchen ersonnen, das bestens in Ihrer Sammlung aufgehoben wäre.« Wir lächelten höflich, aber müde. »Schließlich brachte ich ihn soweit, daß er mir eine Zehnschaft Soldaten genehmigte. Sie eingeschlossen, Stiller.«

Der Rittmeister nickte schweigend.

Dalberg sah mich und Jacob an. »Nur wir vier kennen das wahre Ziel unserer Mission, die Soldaten werden darüber im dunkeln bleiben. Ich werde vor Ort entscheiden, ob es nötig ist, ihnen mehr zu offenbaren. Können Sie reiten?«

Jacob und ich wechselten einen unsicheren Blick. Das letzte Mal, das wir länger als eine Stunde im Sattel gesessen hatten, war viele Jahre her; danach hatte mir zwei Wochen lang das Hinterteil weh getan.

»Es wird reichen«, meinte Jacob, zu Dalberg gewandt.

»Gut«, stellte der Minister fest. »Eine Kutsche würde uns zu lange aufhalten. Wir können es uns nicht leisten, daß Stanhopes Vorsprung noch größer wird.«

»Und wenn er das Versteck bereits erreicht und den Prinzen verschleppt hat?« fragte ich vorsichtig.

Dalberg, der diese Möglichkeit bereits in allen Varianten durchdacht haben mußte, hob die Schultern. »Dann bleibt uns nur, ihm zu folgen. Wie sonst könnte ich dem Kaiser je wieder unter die Augen treten?« Er blickte auf seine Taschenuhr. »Sie haben zehn Minuten Zeit, um Ihre Sachen zu packen. Nehmen Sie nur mit, was in zwei Satteltaschen paßt. Den Rest wird man nach Kassel übersenden.«

Wir erhoben uns. Stillers Blick folgte uns zur Tür, fast ein wenig verdrossen. Er hatte während der Unterredung kaum drei Sätze gesprochen, und doch machte seine Miene keinen Hehl daraus, daß ihm der Gedanke, zwei Zivilisten am Hals zu haben, gründlich mißfiel.

Bevor wir hinausgingen, blieb Jacob noch einmal stehen. »Sie haben uns nicht gesagt, weshalb Sie uns überhaupt dabei haben wollen.«

Dalberg wirkte erstaunt. »Ich nahm an, das sei Ihnen klar.«
»Um ehrlich zu sein, nein«, sagte ich.

Zum ersten Mal schien sich der Zorn des Ministers gegen uns zu richten – genauer: gegen mich. »Ich weiß nicht, was in der Abtei vorgefallen ist, Herr Grimm, und ich weiß nicht, welche Rolle Sie dabei gespielt haben. Ich glaube nicht, daß Sie mit Stanhope unter einer Decke stecken, gewiß nicht, aber es gibt da einiges, das ich nicht durchschaue. In den nächsten Tagen werden einige Gesandte des Kaisers hier im Schloß eintreffen, und es wäre mir unlieb, wenn die Herren Sie befragen würden, ohne daß ich dabei bin. Sehen Sie unseren kleinen Ausflug also als Absicherung. Für mich, aber auch für Sie selbst.«

Mir wurde bei diesen Worten heiß und kalt zugleich, und Jacob mußte mich am Ärmel ziehen, um mir zu bedeuten, daß es an der Zeit sei, den Mund zu halten und schnellstmöglich den Raum zu verlassen.

Ich war wie betäubt, während wir zu Jade eilten und ihr in aller Kürze mitteilten, was uns bevorstand. Sie lächelte nur auf jene geheimnisvolle Weise, wie sie es oft zu tun pflegte, und beschwichtigte sanft unsere Sorgen um sie. Und da begriff ich, daß keine Verletzung und erst recht kein Soldat sie nach unserer Abreise im Schloß halten würden.

»Ich werde bei Ihnen sein«, flüsterte sie nur, und gab dabei jedem von uns das Gefühl, er sei der einzige, dem ihre Worte galten.

Dann hieß es Abschied nehmen, vom Schloß und von Karlsruhe. Keines war mir ans Herz gewachsen, und die Trennung fiel mir ausgesprochen leicht. Hurtig stampften die Pferde im Schnee, heiß dampfte ihr Atem in den Abend.

Ich habe die Stadt niemals wiedergesehen.

2

Als König Midas seine Gabe entdeckte, alle Dinge zu vergolden, da kann sein Gefühl nicht glühender, seine Freude nicht strahlender gewesen sein als die meine in jenen Momenten, da die Sonne hinter den Hügeln versank und die schneebedeckten Wiesen und Felder in ein Meer aus Gold verwandelte. Der gelbrote Gluthimmel spiegelte sich in Myriaden von Eiskristallen, und mir war, als hätte ich nie zuvor etwas Schöneres gesehen.

Zu meinem Erstaunen hatten wir nicht den Weg durch den Wald eingeschlagen, nutzten also nicht dieselbe Strecke wie jene Unglückskutsche, die Stanhope und mich zum Versteck des Prinzen hatte bringen sollen. Statt dessen hatten wir die Stadt nach Osten hin verlassen, auf der Straße nach Durlach, waren aber schon bald in nördliche Richtung gebogen. Der schwarze Rand des Hardtwaldes lag nun links von uns, und wir ritten auf schneebedeckten Feldwegen beinahe parallel zum Wall der fernen Wipfel.

Der Eindruck, durch ein Land aus purem Gold zu reiten, schwand bald schon dahin. Die Sonne versank hinterm Horizont, allein ihre letzten Strahlen beleuchteten noch eine Weile unseren Weg. Mehrmals blickte ich zurück, bemüht, es weder Dalberg noch Stiller merken zu lassen. Doch alles was ich sah, waren die grimmen Gesichter der neun Soldaten, die auf ihren Rössern hinter uns her preschten. Kein dunkler Punkt hinter uns in den eisigen Weiten, keine einsame Reiterin, die uns in gebührendem Abstand folgte. Natürlich nicht. Jade war viel zu vorsichtig, um sich so leicht zu erkennen zu geben. Und wer konnte wissen, ob es ihr wirklich gelungen war, das Schloß zu verlassen? Wenn Dalberg sogar mir mißtraute, wie mußte es dann erst um Jade stehen? Würde er nicht Wachen abgestellt haben, die sie in Karlsruhe festhielten?

Meine Hoffnung schwand dahin wie das Tageslicht, und als

schließlich Nachtschatten über die Lande krochen, war meine Stimmung zum Tiefpunkt gelangt.

Jacob, der neben mir ritt, wandte sich an den Minister: »Wollen wir die Nacht etwa durchreiten?«

»Stanhope hat es sicher getan«, gab Dalberg mürrisch zur Antwort. Er war ebenso dick in Mantel und Schals gehüllt wie wir alle, und er schien das Reiten nicht gewohnt zu sein. Bei jedem Auf und Ab des Pferderückens verzog er schmerzlich das Gesicht. Ich gestehe, ich gönnte es ihm.

Was sonst konnte er auch von mir erwarten? Dankbarkeit, daß er mich vor den Häschern Bonapartes schützte? Danach war mir kaum zumute. Ich hatte ihn schon tausendmal dafür verflucht, daß er Jacob und mich gezwungen hatte, ihn auf seiner Treibjagd zu begleiten. Überhaupt, was ging mich noch das Blag des Großherzogs an? Sollte Stanhope in Gottes Namen damit glücklich werden.

Selbst mein Pflichtgefühl der Prinzessin gegenüber geriet mit der Zeit ins Wanken. Ihr Zauber schien nur zu wirken, solange sie in greifbarer Nähe war. Die Entfernung aber trübte die Erinnerung an ihren Blick, die Geschmeidigkeit ihrer Haut. Allmählich begann ich auch an ihr, mehr noch an ihren Zielen zu zweifeln.

Einmal hielten wir kurz an, und die Soldaten entzündeten Fackeln. Trotzdem kamen wir im hohen Schnee und in der Finsternis nur noch langsam voran. Zudem pfiff ein schneidender Wind über die nächtlichen Felder und trieb die bittere Kälte bis in meine Knochen. Eine Erkältung, längst schon überfällig, verstopfte mir Hals und Nase; ich vermag gar nicht auszudrücken, wie unendlich leid ich dieses Abenteuer war. Ich wollte nur noch heim in die Behaglichkeit meiner Stube, wollte die Füße an einen offenen Kamin strecken, ein Buch in der einen Hand, ein Glas Glühwein in der anderen.

Jacob schien es kaum besser zu ergehen. Frierend starrte er im Schein seiner Fackel hinaus in die Finsternis. Wir ritten in Zweierreihen. Gleich vor uns stemmten sich Dalberg und Stiller schweigend gegen die Winterwinde. In unseren Rücken folgte der Rest des Trupps. Ich stellte mir Stanhope vor, wie er mit dem vermaledeiten Kind im Arm in irgendeinem warmen Zimmer saß und bei dem Gedanken frohlockte, daß seine Verfolger sich gerade durch Eis und Schneen quälten.

»Wir hätten doch eine Kutsche nehmen sollen«, murmelte ich mißmutig in meinen steifgefrorenen Schal.

Wider Erwarten schien Stiller, der seinem Namen bislang alle Ehre gemacht hatte, meine Worte vernommen zu haben. Er drehte sich um und rief: »Eine Kutsche wäre auf diesen Wegen längst steckengeblieben. Wäre Ihnen das lieber, Herr Grimm? Festzusitzen bei diesem Wetter?«

»Ich wüßte nicht, welchen Unterschied das machte«, gab ich trotzig zurück. »So oder so frieren wir uns zu Tode.«

Stiller sah wieder nach vorne. »Sparen Sie Ihren Atem, Grimm. Vielleicht wärmt er Sie von innen.«

Hinter uns lachten ein paar der Soldaten leise vor sich hin.

Mir wurde tatsächlich warm – vor Wut. »Ich bin keiner Ihrer Lakaien, Rittmeister Stiller. Sie mögen das Kommando über diese Soldaten haben, nicht aber über mich und meinen Bruder.«

Dalberg mischte sich ein. »Hören Sie auf zu streiten. Das gilt auch für Sie, Stiller. Es macht unsere Lage nicht eben angenehmer.«

Eine Weile lang herrschte tatsächlich Ruhe, dann begann es plötzlich zu schneien.

»Wurde ja auch Zeit!« fluchte Jacob.

Einer der Soldaten rief über unsere Köpfe hinweg: »Nicht weit von hier ist ein Gasthof. Ich kenne ihn gut, meine Schwester bedient dort.«

Ein anderer grölte prompt: »Das scheint mir die Art von Gasthof zu sein, die ich mag.«

Grobes Gelächter brach unter den Soldaten aus. Stiller ließ

seine Männer gewähren, wohl in der Hoffnung, daß sich so ihre Stimmung hob.

»Hol dich der Teufel!« ereiferte sich der erste Soldat. »Sie schenkt dort Bier aus.«

»Was sie mir schenken kann, wüßte ich schon!« kam roh die Antwort.

Erneutes Gegröle.

Jacob sah mich an und seufzte, sagte aber kein Wort. Da ließ Dalberg sich zurückfallen, bis er an meiner Seite war. Er beugte sich zu mir herüber.

»Mir gefällt das alles ebensowenig wie Ihnen«, sagte er. »Aber was bleibt uns übrig?«

Schnee wehte mir in die Augen, als ich versuchte, ihn anzusehen. »Wir sollten dieses Gasthaus aufsuchen, sonst schaffen wir es kaum bis zum Morgen.«

Zu meiner Überraschung pflichtete Stiller mir bei. »Grimm hat recht, Herr Minister. Wind und Kälte sind zu ertragen, aber das Schneetreiben macht mir Sorgen. Wir werden uns für den Rest der Nacht ein Dach überm Kopf suchen müssen.«

So wurde denn der Beschluß gefaßt, in jenem Gasthof zu nächtigen. An einem Kreuzweg bogen wir nach rechts und erreichten schon wenig später ein dürres Wäldchen, in dessen Mitte, ganz einsam, die Herberge lag. Es brannte kein Licht, als wir vor der Tür unsere Pferde zügelten.

Der Wirt ließ uns ein, und die Schwester des Soldaten wurde aufgeweckt, uns eine warme Suppe zu bereiten. Anschließend gingen Jacob und ich zu Bett. Keines der Zimmer war belegt, und da Dalberg mit klingender Münze zahlte, war der Wirt bemüht, seinen unverhofften Gästen alles zum Besten zu bereiten.

Irgendwann später, ich dämmerte schon im Halbschlaf, hörte ich, wie Stiller seinen Soldaten lautstark Befehl gab, die Bierkrüge stehenzulassen und sich aufs Ohr zu legen.

Draußen rüttelte der Wind an den Fensterscheiben, jaulte und sang im Gebälk, und nachdem das Getrampel der Soldaten auf dem Flur verklungen war, schlief ich endlich ein.

Es war wohl gegen drei oder vier Uhr am Morgen, als mich ein Klopfen am Fenster aus düsteren Träumen riß. Ich sah auf und bemerkte, daß auch Jacob sich regte. Es war stockdunkel im Zimmer.

Schon wieder das Klopfen.

Ich sprang aus dem Bett und tappte zum Fenster. Es konnte doch nicht wirklich sein, daß –

Sie war es. Preßte ihr schmales Gesicht gegen die Scheibe, umwirbelt vom Medusenhaupt ihres nachtschwarzen Schopfes. Eiskristalle wehten gegen ihre Wangen und schmolzen zu winzigen Tropfen. Sie hockte im Fensterbrett wie ein Vogel.

Ich rüttelte am Fensterriegel. Er war eingerostet und klemmte, doch schließlich gab er nach. Die Scheibe schwang nach innen. Schneewolken stoben mir entgegen. Das bißchen Wärme, das der vom Wirt eilig geschürte Ofen verbreitet hatte, dampfte in grauen Wolken davon.

Jade war fort.

Verbissen starrte ich hinaus ins Dunkel, suchte nach einem huschenden Schatten im Schnee, nach einem Umriß, irgendeinem Zeichen. Aber da war nichts, nur eisige, klirrende Nacht.

Jacob trat an meine Seite.

»Sie war da«, sagte ich leise, ohne ihn anzusehen. »Nicht wahr, sie war doch da?«

Er gab keine Antwort. Blickte nur hinaus in den wirbelnden Winter, verriegelte schließlich das Fenster und legte sich wortlos wieder zu Bett.

Ich wischte mir über die Augen. Danach war mein Handrücken feucht. Schnee, dachte ich trostlos. Nichts als kalter, geschmolzener Schnee.

✣ ✣ ✣

Wir ritten den ganzen folgenden Tag hindurch, nächtigten in einer weiteren Herberge und erreichten schließlich unser Ziel in den Mittagsstunden des zwölften Januar.

Ich hatte vieles erwartet, eine Festung vielleicht, eine Trutzburg oder auch ein altes Lustschloß der badischen Fürsten; irgend etwas, das dem Rang eines kaiserlichen Erbprinzen gerecht werden würde. Und doch war es nichts dergleichen. Jacob war weniger erstaunt als ich, wohl weil er andere Vorstellungen gehabt hatte, weniger pompös oder gänzlich verschieden von den meinen.

Doch ich greife vor. Erst will ich in aller Kürze beschreiben, wo wir uns befanden. Freilich, Genaues blieb auch mir verborgen, denn wir kamen nur an wenigen Wegweisern vorüber und letztlich sah in diesen Breiten ein Waldstück wie das andere aus. Dennoch gelang es mir, Dalberg die ungefähre Lage des Ortes zu entlocken. »Im Odenwald«, sagte er kurzangebunden, und dem, was er leise mit Stiller besprach, entnahm ich, daß wir uns irgendwo westlich von Mannheim befanden, in jenen Regionen rechts des Rheines, wo es keine größeren Städte gibt und die Dörfer so vereinsamt in tiefen Tälern liegen, daß eines kaum vom anderen weiß.

Wohl gab es hier recht hohe Berge, die auf schmalen Wegen umritten werden wollten, ein langwieriges, ermüdendes Getrappel unter bedrohlichen Felsüberhängen, entlang dunkler Hohlwege und verwunschener, lichtloser Talgründe. Am frühen Morgen hatten wir den Neckar überquert und von einem alten Fährmann erfahren, daß sich zwei Tage zuvor ein Mann, auf den Stanhopes Beschreibung paßte, von ihm hatte übersetzen lassen. Die Worte des Alten bestätigten unsere ärgsten Befürchtungen, gaben aber auch neue Hoffnung, denn der Vorsprung des Lords hätte eigentlich volle vier statt nur zwei Tage betragen müssen. Offenbar war er mit dem Kind langsamer vorangekommen als wir.

Am anderen Flußufer hieß es erneut, bewaldete Bergflanken zu erklimmen, Felsen und unwegsame Höhen zu umrunden und immerzu mit der Gefahr zu leben, einer der berüchtigten Räuberbanden des Odenwaldes in die Hände zu fallen. Allein den bewaffneten Soldaten und ihren übellaunigen Mienen war es wohl zu verdanken, daß uns das Gesindel verschonte. Ein Wunder, wenn Stanhope als einzelner Reisender unbeschadet geblieben wäre. Wiewohl, zu hoffen, der Lord sei der Mordlust einiger Räuber zum Opfer gefallen, hätte die Sache ein wenig zu einfach gemacht.

Viel banger war mir hingegen um Jade, die – so sie uns tatsächlich folgte und die Erscheinung am Fenster kein bloßer Traum gewesen war – der Willkür des üblen Gelichters ausgeliefert schien. Nicht hilflos, keineswegs, denn ich hatte gesehen, daß sie focht wie ein Derwisch, doch war auch sie einer Übermacht in freiem Gelände schwerlich gewachsen.

Hin und wieder glaubte ich ein verdächtiges Rascheln wahrzunehmen, wie es ein Pferd im Unterholz verursachen mochte, ein-, zweimal auch meinte ich einen menschlichen Schatten gegen den Schnee zu sehen, doch niemand zeigte sich offen oder vertrat uns den Weg. Weder Stiller noch Dalberg brachte übermäßige Sorge zum Ausdruck.

Und dann, endlich, kamen wir zum Ziel.

Wir waren eine steile Anhöhe hinauf geritten, die dicht mit Fichten und Tannen bewachsen war. Unterm Dach der Nadelzweige lag der Schnee nicht ganz so hoch wie auf den spärlichen Pfaden, und dies mag der Grund gewesen sein, warum Dalberg uns mitten durch den dichten Forst geführt hatte. Nun aber kamen wir an eine Lichtung; zumindest hielt ich es zu Anfang dafür. Die Stämme rückten auseinander, und vor uns lag die Kuppe des Berges gänzlich unbewachsen, sofern die hohe Schneedecke eine solche Feststellung zuließ.

»Vorsicht!« warnte Dalberg, als wir die Rösser eiliger vorwärtstrieben. »Zügeln Sie die Pferde, sobald Sie den höchsten Punkt erreichen.«

So mysteriös mir diese Anweisung schien, so sehr war ich doch darauf bedacht, sie zu erfüllen. Und ich tat gut daran, wie ich wenig später mit Grausen entdeckte.

Jenseits der Bergkuppe war die Welt zu Ende.

Vor uns klaffte ein Abgrund, fünfzig, sechzig Schritte tief. Der Wind klagte zwischen den Felsen und blies strudelnden Pulverschnee aus der Tiefe empor.

»Ein Steinbruch«, sagte Dalberg, nachdem wir die Tiere in einer Reihe unweit der Kante zum Stehen gebracht hatten. »Einer der größten im Lande, schon seit Jahrhunderten.«

»Der Odenwald ist berühmt für seinen ergiebigen Sandsteinabbau«, bemerkte Jacob nicht ohne Eitelkeit.

Dalberg schien ihn nicht gehört zu haben, oder aber er schenkte dem neunmalklugen Einwurf keine Beachtung. »Er liegt seit Jahrzehnten brach. Die wenigsten erinnern sich noch daran, und kaum jemand kommt hierher. Dort drüben« – er deutete mit ausgestrecktem Arm nach links – »führt ein schmaler Weg entlang der Felswand in die Tiefe. Seien Sie vorsichtig. Am besten steigen wir ab und führen die Pferde am Zügel.«

Stiller gab seinen Männern einen Wink. Die neun Soldaten schwangen sich wie eine Kette, die vom Zahnrad springt, aus den Sätteln. Wir anderen taten es ihnen gleich.

Am Fuße des Abgrunds befand sich eine künstliche Ebene, an einigen Stellen abgestuft, dort wo man größere Gesteinsblöcke aus dem Berg gehauen hatte. Sie bildete den Grund eines kraterförmigen Talkessels, an der Südseite von der Felswand überragt, im Westen, Osten und Norden von niedrigeren Steinwällen eingefaßt. In einem von ihnen klaffte wie der Schwertstreich eines Titanen eine Schneise, einst wohl der Weg zum Abtransport der Blöcke. Der gesamte Steinbruch mochte gut und gerne einen Durchmesser von sechstausend Fuß haben, ein gespenstisches Schandmal inmitten der wuchernden Bergwälder. Und daß der Kessel so verlassen war, die Schneedecke so unberührt, verstärkte nur das Gefühl des Unwirklichen.

»Dort unten liegt unser Ziel?« wandte ich mich zweifelnd an Dalberg, während wir die Pferde am Felskamm entlang nach Westen führten, dorthin, wo unser Abstieg in die Tiefe begann.

Der Minister nickte. »Sehen Sie genau hin, dann entdecken Sie es vielleicht.«

Ich hatte wenig Lust, mich auf seine Spielchen einzulassen, daher sagte ich: »Was entdecke ich dann?«

»Das Haus«, gab er zur Antwort.

Suchend ließ ich meinen Blick durch den Steinbruch schweifen, auch noch darüber hinaus, wo im Norden die Berge des Odenwaldes im düsteren Grau des Himmels verschwammen.

»Ich sehe nichts«, sagte ich resigniert.

Dalberg lächelte. »Das ist Sinn und Zweck der Sache, nicht wahr? Sonst wäre es kaum ein Versteck. Sie müßten schon sehr gründlich danach suchen, wenigstens von hier aus. Aber haben Sie ein wenig Geduld. Es läuft uns nicht davon.«

Wir gelangten an einen gewaltigen Felsbrocken, der kühn auf der Steinkante lag und aussah, als müßte er jeden Augenblick aus dem Gleichgewicht geraten und krachend in die Tiefe stürzen. Ich betrachtete ihn mit einiger Skepsis, führte doch gleich dahinter der Weg hinab in den Kessel. Der Fels mochte die Rinne hinunter und genau über uns hinwegdonnern. Überhaupt war Dalbergs Weg eine Zumutung, steil und kaum breit genug für ein Pferd, schnitt er gezackt wie ein Blitz durch das braungelbe Gestein. Der Boden war mit Geröll bedeckt, was den Abstieg um so gefährlicher machte.

»Es sieht schlimmer aus, als es ist«, munterte Dalberg uns auf, denn auch einige der Soldaten zogen lange Gesichter.

»Warum nehmen wir nicht einfach die Straße dort unten?« fragte ich und deutete auf den Einschnitt auf der anderen Seite des Steinbruchs.

Der Minister schüttelte den Kopf. »Wir müßten einen zu großen Bogen schlagen und würden fast einen Tag verlieren, um dorthin zu gelangen. Nein, meine Herren, so leid es mit tut: Dies ist der Weg, den wir gehen müssen.«

Stiller unterstrich Dalbergs Worte mit einem Donnerwetter gebrüllter Befehle und Zurechtweisungen an seine Soldaten, sie hätten sich gefälligst nicht wie Waschweiber aufzuführen. Mir war klar, daß er mich und Jacob in den Kreis der Gescholtenen einbezog, obgleich er uns während seines Geschreis mit keinem Blick würdigte.

Der Rittmeister wußte, was er seinen Männern als deren Vorgesetzter schuldig war, und so nahm er es auf sich, den Anfang zu machen. Ohne Zögern und betont gelassen, trat er um den Felsbrocken und begann mit dem Abstieg. Sein Pferd führte er hinter sich am Zügel. Das Tier schien angesichts der schwindelnden Höhe einen Moment lang zu scheuen, dann aber folgte es seinem Herrn gehorsam den verschneiten Geröllpfad hinab.

Dalberg ging als zweiter, sichtlich beunruhigt und mit sorgenvollen Zügen. Hinter ihm folgten zwei Soldaten und ihre Rösser, Jacob und ich gingen an fünfter und sechster Stelle. Die übrigen Soldaten kamen in einigem Abstand hinterher.

Ich bemühte mich, nur auf meine Füße zu schauen. Angstschweiß brach mir aus allen Poren. Erstaunlicherweise blieb mein Pferd viel ruhiger als ich selbst; sogar als seine Hinterhufe für einen Augenblick lang ins Rutschen gerieten, fand es gleich zurück zu bravem Trott.

Ein einziges Mal nur blickte ich zurück, hinauf zu dem gigantischen Felsbrocken, der wie ein Damoklesschwert über unserem Abstieg schwebte. Wenn Stanhope uns nun aufgelauert hatte? Wenn er nur darauf gewartet hatte, dem Felsen einen Stoß zu geben, damit er uns unter sich zermalmte? Aber nein, zwei Tage lang würde er nicht auf der Lauer liegen. Zuviel stand auf dem Spiel, zu kostbar war jede Minute.

Obwohl doch keiner es erwartet hatte, erreichten wir nach über einer Stunde wohlbehalten den Fuß der Felsen.

Niemand war gestürzt, keiner hatte sich verletzt, abgesehen von ein paar belanglosen Schürfwunden an Knien und Ellbogen. Selbst die Pferde hatten ihr Los mit Würde und Geschick getragen.

Stiller ließ nach einer fünfminütigen Rast wieder aufsitzen. Schon wollte er voraussprechen, als Dalberg ihn mit einem Ruf zurückhielt.

»Geben Sie acht, Rittmeister! Der Boden mag durch den Schnee ganz eben und ungefährlich aussehen, aber darunter könnte es unsichtbare Spalten und Löcher geben.« Die Worte des Ministers dämpften das allgemeine Hochgefühl nach dem geglückten Abstieg, und diesmal verzog selbst Stiller das Gesicht.

»Ihr habt es gehört!« rief er seinen Soldaten zu.

Zögerlich ließen wir die Rösser vorwärtstraben. Der Schnee war glatt und unberührt. Ich fragte mich, ob wir Stanhopes Spuren nicht hätten sehen müssen, wenn er vor zwei Tagen denselben Weg genommen hatte. Oder hatten die Schneefälle der vergangenen Nächte die Fährte überpudert? Ich beschloß, Dalberg danach zu fragen.

»Ich glaube nicht, daß Stanhope diesen Weg gewählt hat«, erwiderte der Minister und hielt sich dabei an meiner Seite. »Wenn der arme Gerard ihm das Versteck verraten hat, so kann er ihm nur jene Strecke beschrieben haben, die die Kutsche benutzt hätte.«

»Sie meinen also, Stanhope kennt die Straße, aber nicht den Abstieg durch die Felswand?«

»Ich bin ziemlich sicher, ja.«

»Das würde bedeuten, daß wir einen weiteren Tag aufgeholt hätten.«

»Ich will es hoffen.«

Demnach hatte der Lord noch einen Vorsprung von nur einem Tag.

Ich vergewisserte mich, daß keiner der Soldaten nahe genug war, um meine Worte mit anzuhören, dann fragte ich Dalberg:

»Was, glauben Sie, wird Stanhope mit dem Kind tun, wenn es ihm in die Hände fällt?«

Der Minister stieß einen tiefempfundenen Seufzer aus. Seine Stirn legte sich in sorgenvolle Falten. »Ich hätte in den letzten Nächten besser geschlafen, wenn ich eine Antwort auf diese Frage wüßte. Aber ich fürchte, solange wir nicht wissen, in wessen Auftrag er handelt, ist es müßig, Vermutungen anzustellen.«

Ich warf einen forschenden Blick zu Jacob hinüber, doch mein Bruder widmete sich gerade dem scheinbar Unmöglichen: Er bemühte sich, Stiller in eine Unterhaltung zu verwickeln. Die beiden ritten in einiger Entfernung vor uns, und so konnte ich nicht hören, was gesprochen wurde.

Zögernd wandte ich mich wieder an Dalberg. »Doktor Hadrian erwähnte, Stanhope stehe möglicherweise in einer Verbindung zum Quinternio der Großen Fragen. Ich weiß, Sie baten uns, diesen Begriff –«

»Nicht mehr zu erwähnen, allerdings«, fiel Dalberg mir eilig ins Wort. Er hatte seine Stimme zu einem unheilvollen Flüstern gesenkt. »Sehen Sie, vielleicht haben Sie es bemerkt, aber Hadrian ... nun, er ist kein gesunder Mann.«

»Das war schwerlich zu übersehen.« Ich überlegte, ob ich ihm von der Schmetterlingskostümierung des Doktors erzählen sollte, ließ es aber bleiben, als ich mich an Dalbergs eigene Falterleidenschaft erinnerte. Es tat ohnehin nichts mehr zur Sache.

»Doktor Hadrian sieht gerne Gespenster«, fuhr der Minister fort. »Er ist lange schon nicht mehr das Genie, das er einst war. Aus irgendeinem Grund hat die Familie des Großherzogs einen Narren an ihm gefressen, gewährt ihm freie Unterkunft und betreute ihn sogar mit der Entbindung des Erbprinzen.« Er verzog den Mund zu einem schmerzlichen Lächeln. »Sicher können Sie sich die Erregung des Kaisers ausmalen, als er davon erfuhr. Er spielte sogar mit dem Gedanken, Hadrian den Prozeß zu machen! Zum Glück kam das Kind gesund zur Welt, und Bonapartes Zorn verrauchte. Wissen Sie, die Leute beschwören immer wieder seine Unberechenbarkeit und vorschnellen Entscheidungen, aber sie übersehen, daß er manches davon gar nicht in die Tat umsetzt. Meist gehört wenig dazu, ihn zu besänftigen ... aber wir sprachen von Hadrian.«

Er verfiel in Schweigen, und ich sah mich genötigt, ein vernehmliches »So ist es« anzufügen.

Dalberg hob die Augenbrauen, musterte mich auf schwer zu durchschauende Art und Weise, dann setzte er seine Rede fort: »Hadrian ist besessen von der Deutung imaginärer Zeichen und Symbole. In allem glaubt er Spuren großer Verschwörungen und Rätsel zu entdecken. Anfangs hielt ich es für harmlose Spinnerei, etwa wie die Farbenlehre Ihres Mentors.« Ich lächelte ob dieses Seitenhiebes auf Goethes umstrittenes Traktat, doch Dalberg blieb ernst. »Seit einigen Jahren wandelt sich Hadrians Wesen zum Schlechten, er zeigt einen gefährlichen Hang zur Selbstzerstörung. Ich stellte ihn zur Rede, aber das machte alles nur noch schlimmer. Seither verabscheut er mich. Er wußte um meine Leidenschaft für Schmetterlinge und begann gleichfalls, sie zu sammeln. Aber er tötet sie und spießt sie auf. Wer weiß, was er mir damit beweisen will. Er ist verrückt.«

»Was alles nichts daran ändert, daß Jacobs erste Erwähnung des Quinternio auch Ihnen einen gehörigen Schrecken eingejagt hat.«

»Und verdammt sei der, dem es anders geht!« ereiferte sich Dalberg. Jacob sah sich nach uns um, und auch einige Soldaten wurden aufmerksam.

Der Minister bemerkte sein Mißgeschick und sagte leiser: »Dieser Name ist wie ein Geist, der durch die Höfe Europas spukt. Überall glaubt man, seine Spuren zu entdecken, immer wieder will jemand Genaues wissen. Und ohne Ausnahme entpuppt sich jede Meldung als hohle Spinnerei. Man munkelt von düsteren Verschwörungen, von Konspiration, von unheiligen Banden zwischen Politik und Okkultismus. Und doch weiß niemand Näheres darüber. Wer ist der Quinternio? Was ist er? Wo hat man seine Teile zu suchen? Glauben Sie mir, es ist besser, davon zu schweigen, statt sich in wilden und haltlosen Vermutungen zu ergehen. Ich bin kein abergläubischer Mensch, doch an eines halte ich mich: Man soll kein Unglück heraufbeschwören, über das man nichts weiß.«

Ich hätte ihm trotzdem gerne weitere Fragen gestellt, doch da bemerkte ich, daß Stiller sein Pferd gezügelt hatte und sich auf unsere Höhe zurückfallen ließ. »Ist es das da vorne, was Sie meinen, Herr Minister?« fragte er und zeigte in Richtung der Straßenkerbe auf die andere Seite des Felsenringes.

Dalberg nickte. »Ja, wir sind da.«

Ich kniff die Augen zusammen und bewunderte insgeheim Stillers Adlerblick. Schließlich sah auch ich es oder glaubte doch, es zu sehen.

Dalberg hatte von einem Haus gesprochen, und das zumindest war es ganz und gar nicht. Vielmehr hatte man in den schräg aufsteigenden Fels unweit der Straßenmündung einige Öffnungen geschlagen, die sich beim Näherkommen als Tür und Fenster herausstellten. In der Tat, das Gestein schien dort ausgehöhlt! Sogar Glas hatte man in die rechteckigen Löcher gesetzt, denn der Himmel spiegelte sich in den Scheiben. Nachdem wir bis auf hundert Schritt herangekommen waren, erkannte ich, daß die Fenster zudem vergittert waren. Es war alles andere als ein freundlicher Anblick.

Jacob hatte ein weiteres Detail bemerkt, das mir bislang entgangen war. Er deutete auf einen niedrigen Schlot oberhalb der Felsen. »Aus dem Kamin kommt kein Rauch«, stellte er tonlos fest.

Sogleich wurde mir klamm ums Herz. Jedem war klar, was das bedeuten mußte: das merkwürdige Felsenhaus war nicht länger bewohnt.

Dalberg wurde leichenblaß. »Kommen Sie, schnell!« rief er und stieß seinem Pferd die Stiefel in die Flanken. Ungeachtet aller Gruben und Risse unterm Schnee nahm er die letzte Distanz im Galopp. Vor der niedrigen Tür, halb verborgen hinter erfrorenen Ranken, die von der oberen Felskante herabhingen, sprang der Minister vom Roß. Schon wollte er zum Eingang laufen, doch Stiller rannte mit weiten Sätzen auf ihn zu und verstellte ihm den Weg.

»Warten Sie!« zischte er. »Lassen Sie mich vorgehen. Wir wissen nicht, was uns dort drinnen erwartet.«

Einen Augenblick lang sah es aus, als wollte Dalberg widersprechen, dann aber nickte er stumm. Stiller postierte mit einem Wink vier seiner Männer unter den Fenstern des Felsenhauses. Sie hielten ihre Gewehre mit Bajonettaufsatz feuerbereit in beiden Händen. Die übrigen fünf zogen wie Stiller ihre Säbel. Dalberg ließ sie vorbei, als sie hinter dem Rittmeister zur Tür drängten.

»Gibt es noch einen zweiten Ausgang?« fragte Stiller.

Der Minister nickte. »Einen Tunnel. Er führt auf die andere Seite der Felsen und endet unmittelbar dahinter im Wald.«

Stiller fluchte, dachte einen Moment nach, dann wies er auf drei seiner Soldaten. »Ihr geht mit dem Herrn Minister zur anderen Seite.« An Dalberg gewandt, fragte er: »Können Sie ihnen den Einstieg zeigen?«

»Es ist lange her, daß ich hier war, aber ich werde es versuchen.« Der Minister tupfte sich mit dem Ärmel seines Mantels Schweiß von der Stirn.

Jacob und mich schien man in all der Aufregung völlig vergessen zu haben. Ich müßte lügen, würde ich behaupten, es wäre mir unrecht gewesen. Sollten die anderen sich mit Stanhope abgeben, so er denn überhaupt noch hier war, was mir ohnehin recht zweifelhaft erschien.

Dalberg verschwand mit den drei Soldaten im Einschnitt zwischen den Felsen. Die vier Männer unter den Fenstern gingen in die Hocke und zielten auf die vergitterten Scheiben.

»Ziehen Sie sich hinter die Felsen zurück«, wies der Rittmeister uns an und deutete auf ein paar grobkantige Brocken, kaum brusthoch, die unweit des Eingangs aus dem Schnee ragten.

Jacob und ich taten wie geheißen und beobachteten von dort aus, was weiter geschah. Merkwürdigerweise spürte ich keine Furcht, nicht einmal Unruhe. So wenig ich von Stiller auch als Mensch hielt, so flößte mir seine grobschlächtige Art doch ein gewisses Vertrauen ein. Er wirkte wie jemand, der sehr genau wußte, was er tat.

Er holte mit dem Fuß aus und trat unter erbärmlichem Getöse die Tür ein.

Sogleich stürmten er und seine beiden Begleiter vor und verschwanden im Felsen. Die vier Schützen hockten völlig unbeweglich da.

Aus dem Felsenhaus drangen Gepolter und der eine oder andere gebrüllte Befehl, doch was genau im Innern geschah, blieb mir verborgen. Weder Jacob noch ich sprachen ein Wort, starrten nur gespannt zur Tür hinüber. Beinahe erwartungsvoll horchte ich auf Schüsse von jenseits der Felsbarriere, aber dort blieb alles ruhig. Die Steinwand war an dieser Stelle knapp vier Mannslängen hoch, ihre Breite, und damit die mögliche Ausdehnung des Höhlenhauses, war von hier aus nicht zu erkennen.

Einige Minuten vergingen, dann trat Stiller aus der Tür und schob seinen Säbel in die Scheide. »Sie können rauskommen, meine Herren!« rief er zu uns herüber.

Sosehr es mich auch zur Eile drängte, so betont ruhig trat ich doch hinter den Felsen hervor und ging zum Rittmeister und seinen Soldaten hinüber. Er brauchte nicht zu wissen, wie neugierig ich auf seine Entdeckungen war.

Bevor er sich aber äußerte, wies er einen der Männer an, Dalberg und die übrigen herbeizuholen. Erst als diese zurückgekehrt waren und keinerlei Vorkommnisse zu vermelden hatten, ergriff Stiller erneut das Wort: »Dort drinnen liegt eine Leiche«, sagte er. »Sie sollten das wissen, bevor Sie hineingehen.«

Dalbergs Gesicht wechselte die Farbe. »Eine Leiche, sagen Sie? Wer ist es? So reden Sie doch!«

Stiller hob die Schultern. »Eine Frau. Die Amme, nehme ich an.«

Dalberg schob ihn beiseite. »Lassen Sie mich durch.«

Und damit verschwand er im Haus. Jacob und ich folgten ihm unentschlossen.

Sämtliche Räume waren aus dem gelben Sandstein geschlagen, und ein Großteil der Wände war mit dicken, wärmenden Stoffen verhängt. In jedem Zimmer gab es einen Ofen. Eine Speisekammer, deren offene Tür wir passierten, war bis zur Decke angefüllt mit gepökeltem Fleisch, mit Würsten, haltbarem Gemüse und Eingemachtem, mit Krügen und Eimern und Kübeln. Die Amme und der Prinz hatten hier offenbar überwintern sollen.

Die Frau lag in einem der hinteren Zimmer, unweit einer Falltür im Boden. Ihr Hals war blau geschwollen, man hatte sie erdrosselt. Sie trug einen Fellmantel, darunter ein grobes Kleid. Auf ihrer Brust lag ein Geschlinge aus Decken und Gurten, in dem sie offenbar das Kind getragen hatte. Der Tod mußte sie ereilt haben, als sie gerade versuchte, sich und den Prinzen durch den Geheimgang in Sicherheit zu bringen. Sie war noch nicht lange tot, denn es gab keine äußeren Anzeichen von Verfall. Vielleicht aber hatte sie das auch der Kälte zu verdanken, die nach Verlöschen der Öfen unerbittlich in die Felskammern gekrochen war.

Stiller trat hinter uns ins Zimmer. »Von dem Kind gibt es keine Spur. Stanhope muß es mitgenommen haben. Einer der Schränke war zerwühlt, wahrscheinlich hat er in aller Eile Decken und Kleidung für den Kleinen zusammengerafft.«

Dalberg kniete neben der Frau und starrte mit aufgerissenen Augen auf die Tote. Seine Unterlippe bebte, als er sich schließlich umwandte, zu uns aufschaute und vier leise, tonlose Wörter hervorbrachte: »Sie ist es nicht.«

Stillers Stirn legte sich in Falten. »Was meinen Sie?«

Die Stimme des Ministers klang heiser, mit einer Hand fuhr er sich nervös über den Hinterkopf. »Das ist nicht die Amme, die mit dem Prinzen hierher gesandt wurde. Ich habe sie persönlich ausgewählt.«

Stiller schüttelte fassungslos den Kopf. »Aber sie sieht aus, als –«

»Ja«, sagte Dalberg, »als hätte sie gerade mit dem Kind davonlaufen wollen. Und sie scheint sich auch schon länger hier aufgehalten zu haben. Sehen Sie!« Er hob einen Zipfel des Mantels und deutete auf das schlichte Hauskleid, das sie darunter trug. »Aber ich sage es noch einmal: Dies ist nicht die Amme des Prinzen!«

Der Rittmeister schien immer noch Zweifel zu haben, obgleich Dalberg es doch besser wissen mußte. »Aber es gibt keine anderen Leichen im Haus.«

Dalberg erhob sich. »Außer der Amme war auch ein Leibgardist des Kaisers hierher beordert worden. Von ihm haben Sie keine Spur gefunden?«

»Nein«, bestätigte Stiller.

Jacob ergriff zögernd das Wort. »Vielleicht ist er Stanhope gefolgt, und seine Leiche liegt irgendwo im Wald.« In krassem Gegensatz zu seinem äußeren Schrecken stand das Funkeln in seinen Augen, Anzeichen seiner Begeisterung für ein ungelöstes Rätsel.

Dalberg fuhr herum und schoß einen vernichtenden Blick in seine Richtung. »Begreifen Sie denn nicht?« brüllte er erregt. »Ich kenne diese verdammte Frau nicht! Niemand konnte von dem Versteck wissen. Also, was zum Teufel hat sie hier zu suchen?«

Erschrocken fuhr ich zusammen. Ich hatte angenommen, Dalberg sei jemand, der nie die Kontrolle über sich verlieren würde. Doch nun suchte er ein Opfer für seinen hilflosen Zorn, und Jacob eignete sich so gut wie jeder andere.

Mein Bruder blieb bewundernswert gefaßt, zog es aber vor, zu schweigen.

Stiller half ihm aus der Bedrängnis, indem er bemerkte: »Ich denke, wir sollten die Wälder rund herum absuchen.«

»Und vielleicht mehrere Tage verlieren?« warf Dalberg ihm entgegen.

Der Rittmeister wollte etwas erwidern, doch im selben Augenblick trat einer der Soldaten durch die Tür. »Melde gehorsamst einen weiteren Toten, draußen zwischen den Felsen.«

»Trägt er Uniform?« fragte Stiller.

»Jawohl, Rittmeister.«

Dalberg drängte sich an den beiden vorbei. »Ich will ihn sehen.« Sprach's und stürmte hinaus.

Jacob und ich wechselten einen bedeutungsvollen Blick.

Stiller wandte sich an den Soldaten. »Gehen Sie hinauf ins Schlafzimmer im ersten Stock und holen Sie ein paar Kleider aus dem Schrank. Dann kommen Sie hierher zurück und ziehen Sie sie dieser Frau an.« Dabei deutete er auf die Leiche.

Der Soldat blickte starr geradeaus, zuckte aber merklich zusammen. »Ich bitte um Erklärung, Rittmeister Stiller.«

Stiller beugte sich vor, bis nur noch wenige Fingerbreit seinen Mund vom Ohr des Soldaten trennten. »Stellen Sie keine dummen Forderungen, Mann, sondern führen Sie meinen Befehl aus!« brüllte er. »Haben Sie das verstanden?«

»Verstanden, Rittmeister Stiller!« bellte der Soldat.

»Dann finden Sie heraus, ob die Kleider aus dem Schrank dieser Frau passen. Sie kennen sich doch aus mit Damenkleidung, hoffe ich?«

Der Soldat, ein Mann in meinem Alter, wurde puterrot. »Gewiß, Rittmeister.«

»Sehr schön!« Stiller drehte sich zu uns um. »Kommen Sie mit, oder wollen Sie etwa zusehen?«

Eilfertig schüttelten wir die Köpfe und folgten ihm betroffen ins Freie. Dalberg stand in einiger Entfernung in einem Pulk von Soldaten und blickte auf etwas hinab, das zwischen grobem

Felsgeröll lag. Eine Hand, verkrampft wie ein toter Käfer, ragte dahinter hervor. Als wir näher kamen, sahen wir, daß es ein Mann in napoleonischer Uniform war. Seine Brust war vom Blut dunkelbraun gefärbt. Stanhope hatte ihm einen Stich direkt ins Herz versetzt. Die Leiche war mit Eiskristallen überzogen wie mit einem Spinnennetz.

»Ist das der Franzose, von dem Sie sprachen?« fragte Stiller.

Dalberg nickte. »Er muß es sein. Ich selbst habe ihn nie gesehen, er wurde aus Paris gesandt. Der Kaiser wollte sichergehen, daß einer der besten Kämpfer Frankreichs das Kind beschützt.«

Stiller blickte auf den Toten hinab. »Ein klarer Sieg für England, wie mir scheint.«

Der Minister drehte sich auf dem Absatz um und ging zurück zum Höhlenhaus. Stiller eilte ihm geschwind hinterher; im Gehen erklärte er Dalberg, was er dem Soldaten aufgetragen hatte, und die beiden kamen überein, das Ergebnis abzuwarten, ehe sie weitere Entscheidungen trafen.

Schon bald kam der junge Soldat ins Freie gestürmt, sichtlich durcheinander ob seines schamlosen Auftrags.

»Melde gehorsamst, Kleider sitzen wie angegossen«, rief er stramm.

Stiller grinste ihn an – wenig passend in Anbetracht des tragischen Geschehens –, dann ließ er ihn wegtreten.

Dalberg schüttelte verständnislos den Kopf. »Ich verstehe es nicht«, murmelte er in Gedanken, »ich habe diese Frau nie zuvor gesehen. Wie ist es möglich, daß sie sich hier häuslich einrichten konnte, obwohl ich eine völlig andere Person hierher geschickt habe? Und wohin ist die echte Amme verschwunden?«

Wenig später kehrte ein Kundschafter aus dem Wald zurück. »Die Spur eines Pferdes führt von hier nach Nordosten«, meldete er. »Der Schnee hat sie an einigen Stellen verweht, aber im großen und ganzen ist sie noch gut zu erkennen.«

Dalberg und Stiller nickten sich wortlos zu. Wir wußten alle, was zu tun war.

»Aufsitzen!« gebot der Rittmeister seinen Männern. »Wir werden der Spur folgen, solange es nur geht.«

»Und dann?« wagte ich einzuwenden. »Irgendwann wird sie zwischen anderen verschwinden, spätestens wenn wir in eine weniger einsame Gegend kommen.«

Stiller sah mich einen Augenblick lang unheilvoll an, dann lächelte er grimmig. »Wenn Stanhope das Kind hätte töten wollen, dann hätte er es hier getan. Augenscheinlich aber will er es lebend irgendwohin bringen. Sein bisheriger Triumph ist deshalb zugleich sein größtes Hindernis – denn wer wird sich nicht an einen Durchreisenden erinnern, der an der einen Seite einen Säbel trägt und auf der anderen ein Kind?«

Während wir alle auf unsere Rösser stiegen und bereits neue Hoffnung faßten, blieb Dalberg mürrisch und brütete über düsteren Gedanken. »Wir sollten Stanhope nicht unterschätzen. Irgend etwas ist hier geschehen, womit bisher keiner gerechnet hat.«

»Sie meinen diese Frau?« fragte Jacob.

Dalberg nickte. »Sie kann nichts mit Stanhope zu tun haben, er hätte sie sonst kaum erdrosselt. Wer aber wußte sonst noch von diesem Versteck?«

»Der Kaiser?« flüsterte Jacob zaghaft, als wage er kaum, eine solche Anschuldigung auszusprechen.

Und Dalberg, der die Worte sehr wohl vernommen hatte, nickte erneut. »Der Kaiser …«, murmelte er zu sich selbst. »Ich frage mich allmählich –« Der Rest des Satzes ging im Donnern der Hufe unter, als er sein Pferd zum Ausgang des Talkessels trieb. Grübelnd schaute ich ihm nach.

Derweil bemühte sich Stiller, Zuversicht zu verbreiten. »Mit dem Glück auf unserer Seite führt Stanhope uns direkt zu seinen Auftraggebern.«

Jacobs Stimme troff vor Hohn, als er sich im Sattel aufstellte und laut in die Runde rief: »Nun denn, meine Herren – ein Hoch auf Kamerad Glück!«

※ ※ ※

Stanhopes Fährte war uns länger dienlich, als wir alle zu hoffen gewagt hatten. Es fiel kein neuer Schnee mehr, und die eisige Kälte hielt die Abdrücke von Stanhopes Pferd klar und deutlich auf den verschneiten Wegen fest. Der Lord ritt weiterhin in nordöstlicher Richtung, so daß wir dort, wo seine Spur sich mit der von anderen Reisenden kreuzte, immer wieder jenen Hufabdrücken folgen konnten, die gen Norden oder Osten führten. Und es erwies sich, daß wir noch auf der richtigen Fährte waren, denn immer wieder stießen wir auf fortgeworfene Windeln, die der Lord dem kleinen Prinzen notgedrungen wechseln mußte. Sein Vorrat aus dem Felsenhaus schien so groß, daß er die verschmutzten Tücher nicht auswaschen mußte und stets nach einem frischen greifen konnte. Hätte ich nicht gewußt, wie tückisch der Lord und wie übel sein Ansinnen war, so hätte mir das Bild durchaus Vergnügen bereiten können: Stanhope, einer der gefährlichsten Männer Europas, mühte sich mit den Windeln eines Kindes ab. Derselbe Mann, der wenige Tage zuvor dem armen Kutscher bei lebendigem Leibe das Gesicht vom Schädel geschält hatte.

Er mied die größeren Straßen und ritt ausschließlich auf abgelegenen Wald- und Ackerwegen. Selbst als wir nach fast zwei Tagen seine Spur im Schnee verloren, war es nicht schwierig, ihm auch weiterhin zu folgen. Denn der Lord war gezwungen, die Nächte in Gasthäusern zu verbringen; eine Übernachtung im Freien war einem Kindlein von wenigen Monaten nicht zuzumuten. Auch trafen wir auf einige Bauern, denen er frische Milch und Eingemachtes abgekauft hatte. Sie alle, Landvolk wie Wirte, erinnerten sich nur zu gut an den hochgewachsenen Edelmann mit fremdländischem Akzent und einem kleinen Kind im Arm.

Und obgleich wir immer wieder haltmachen mußten, um Erkundigungen über den Flüchtigen einzuholen, schien auch Stanhope nicht schneller voranzukommen; die Bedürfnisse des Kindes hielten auch ihn übergebührlich auf. Zudem waren unsere anfänglichen Vermutungen richtig gewesen: Stanhope befand sich genau einen Tagesritt vor uns, das bestätigte uns jedermann, der ihm begegnet war.

So hob sich die Laune der Soldaten allmählich, trotz aller Strapazen. Allein ich selbst, und wohl auch Jacob, verfiel von Tag zu Tag in tieferen Trübsinn.

Dalberg bemerkte es, und während einer nächtlichen Rast am Lagerfeuer sagte er zu mir: »Ich mache mir Sorgen um Sie, Herr Grimm. Sie sehen schlecht aus.«

»Ich bin solche Jagden nicht gewohnt«, entgegnete ich ausweichend und war froh, als er es damit bewenden ließ.

Der wahre Grund meiner Trübsal war freilich ein anderer. Seit jener Nacht in der Herberge hatte ich kein Zeichen mehr von Jade entdeckt. Ich wagte nicht, mit Jacob darüber zu sprechen, aus Furcht, jemand könne uns belauschen. Dabei war mir doch klar, daß ihn die gleichen Bedenken martern mußten.

Am fünften Abend lagerten wir auf einem Hügel an der Grenze zum Thüringischen. Seine Kuppe gewährte eine gute Sicht auf das vor uns liegende Land. Berghang um Berghang wellte sich empor, und dort, wo keine Felsen aus der Erde stachen, wucherten dichte Nadelwälder, durchmischt mit kahlen Laubbeständen. Über allem lag eine glitzernde Schneedecke, und in manchen Stunden, wenn die Sonne durch graue Winterwolken gleißte, funkelte die Landschaft, als hätte jemand einen riesigen Spiegel zerbrochen und die Splitter über die Berge verstreut.

Die Soldaten hatten auf einer Fläche von zehn mal zehn Schritten den Schnee so gut es nur ging beiseite geschabt und rundum zu hüfthohen Wällen aufgeworfen. Wenig später brannten vier Lagerfeuer und spendeten wohlige Wärme. Die Wälle verhinderten, daß der Wind das Feuer löschte und uns Eiszapfen an die Nasen trieb. Stiller hatte angeordnet, daß sich alle gleich zum Schlafen legen sollten, denn schon in wenigen Stunden, noch vor der Morgendämmerung, sollte es weitergehen.

Der Lord und seine kleine Geisel hatten die vergangene Nacht in einem Gasthof bei Coburg zugebracht. Dem Wirt, fast taub und blind auf einem Auge, hatte er erklärt, es ziehe ihn nach Westen, doch gewiß war dies nur ein Versuch, uns auf die falsche Fährte zu locken.

Jacob, Dalberg und ich lagen um eines der Feuer, die Decken bis zum Kinn hochgezogen, und horchten, wie der Wind durch die Wälder schnaufte. Stiller hatte sich an einer der anderen Feuerstellen unter seine Soldaten gemischt.

»Was glauben Sie, wo Stanhope hin will?« fragte ich leise in die Richtung des Ministers.

Dalbergs Decke raschelte, als er sich zu mir umdrehte. Rotgelber Feuerschein geisterte über sein Gesicht. »Ans Meer, vielleicht. Hamburg, Lübeck, in eine der großen Hafenstädte. Oder eine der kleineren, nach Wismar möglicherweise.«

»Über die Ostsee? Aber England liegt auf der anderen Seite.«

Dalberg gab keine Antwort und blickte schweigend in die knisternden Flammen. Die Schatten unter seinen Augen wirkten einen Moment lang dunkler, noch sorgenvoller.

Auch Jacob regte sich. »Ich glaube nicht, daß England sein Ziel ist. Was soll er dort mit dem Kind? Ich nahm an, wir seien uns einig, daß er nicht mehr im Dienste der englischen Krone steht.«

»Wie können wir uns festlegen, wo wir doch nichts über ihn wissen?« meinte Dalberg verdrießlich.

Er war ihr bester Freund, lag mir auf der Zunge, aber ich verschluckte die Bemerkung. Noch etwas beschäftigte mich, seit wir den Steinbruch vor zwei Tagen hinter uns gelassen hatten. »Weshalb schlägt er sich nicht einfach in die Wälder und taucht unter?«

»Er darf die Gesundheit des Prinzen nicht aufs Spiel setzen«, entgegnete Jacob. »Wahrscheinlich gehört das zur Abmachung mit seinen Auftraggebern.«

»Er könnte sich in irgendeinem Bauernhaus verstecken«, widersprach ich. »Dort hätte das Kind es warm, und wir könnten Monate durchs Land irren, ohne ihn zu finden.«

Dalberg spuckte ins Feuer. »Die Zeit läuft ihm davon, weiß der Teufel, warum. Zudem kann er nicht ahnen, wie nahe wir ihm bereits sind.«

»Ich kann mir nicht vorstellen, daß er Sie unterschätzt«, gab Jacob zu bedenken.

»Nein«, stimmte der Minister zu. »Aber er weiß nicht, daß wir im Steinbruch einen Tag eingespart haben. Vielleicht hofft er auf Schnee, der seine Spuren verwischt. Ich glaube, er hat diese Verfolgungsjagd einkalkuliert, weil er wußte, daß er den Leuten auffallen würde. Es war nicht zu vermeiden. Seine einzige Waffe ist sein Vorsprung, und der schmilzt mit jeder Stunde dahin.« Dalberg setzte sich auf und hielt die Hände näher ans Feuer. »Das war es auch, was mich darauf brachte, daß er zur Küste flieht. Wenn er vor uns einen Hafen erreicht, ist er so gut wie entkommen. Ein Schiff hinterläßt keine Spuren. Es kann Stanhope gleichgültig sein, ob er sich an der Ost- oder der Nordsee einschifft. Ist er erst einmal draußen auf dem Meer, kann er jeden Kurs wählen, den er wünscht. Schlimmstenfalls muß er Dänemark umschiffen – ein Preis für die Freiheit, den ich an seiner Stelle gerne zahlen würde.«

»Vergessen Sie nicht, daß jede zusätzliche Meile die Gesundheit des Kindes gefährdet«, wandte ich ein. »Erst recht auf hoher See.«

Dalberg zuckte mit den Achseln. In seinen Augen spiegelte sich der Glanz des Feuers. »Ich bin nicht Stanhope. Ich kann nur ahnen, was in seinem Kopf vorgeht. Aber ich weiß, was *ich* an seiner Stelle täte. Und danach muß ich mich richten.«

267

Es war Jacob anzusehen, was er von dieser Strategie hielt. Auch ich selbst hatte meine Zweifel. Stanhope und Dalberg waren enge Freunde gewesen, doch ihr Vorgehen, ihre Mittel und Gedanken mochten sich grundlegend unterscheiden. Daß Dalberg sogar nach Stanhopes Verrat noch glaubte, er könne den Lord und seine Pläne richtig einschätzen, erstaunte mich.

»Vielleicht überschätzen Sie sich«, sagte Jacob ungeniert.

Dalberg schenkte ihm einen eisigen Blick, doch schon Sekunden darauf lächelte er wieder. »Haben Sie einen besseren Vorschlag, Herr Grimm?«

»Nein.«

Das überraschte selbst den Minister. »Was haben Sie dann an meinem Vorgehen auszusetzen?«

»Ich habe ein schlechtes Gefühl dabei. Vielleicht will Stanhope uns nur glauben machen, er reite hinauf zur Küste.«

»Sie befürchten, er lege seine Spuren absichtlich aus? Daran habe ich auch schon gedacht. Und doch sind sie im Augenblick die einzigen, nach denen wir uns richten können. Es ist müßig, nach anderen Routen und Zielen zu suchen, solange wir keinerlei Anhaltspunkte haben.«

Dieser Meinung war auch ich, hielt es aber für besser, mich nicht in den Disput der beiden einzumischen.

Jacob schlug seine Decke zurück und stand auf. Wie wir alle trug er auch zum Schlafen seine vollständige Kleidung, einschließlich des zerknitterten Gehrocks. Alles war recht, solange es nur die Kälte fernhielt.

»Wo willst du hin?« fragte ich erstaunt.

»Ein wenig durch die Umgebung streifen. Nachdenken.«

Dalberg blickte zu ihm auf. »Mitten in der Nacht? Es ist stockdunkel.«

»Ich gehe nicht weit, nur ein paar Schritte«, entgegnete Jacob, nahm seinen Mantel auf, der ihm als zusätzliche Decke gedient hatte, und zog ihn über.

»Warte«, sagte ich. »Ich komme mit.«

Dalberg schüttelte verständnislos den Kopf. »Was muß Ihnen beiden eigentlich über den Weg laufen, damit Sie sich einmal trennen?«

Es war keine ernstgemeinte Frage, und Dalberg hatte keine Antwort erwartet. Trotzdem sagte Jacob: »Eine Prinzessin, vielleicht.«

»Eher zwei«, fügte ich schnell hinzu und lächelte mühsam.

Jacob aber blieb ernst. Ohne ein weiteres Wort stieg er über den Schneewall. Ich nahm ein brennendes Scheit aus dem Feuer und folgte ihm.

Hinter uns ertönte Stillers Ruf: »Geben Sie acht auf Wölfe!«

»Wölfe?« fragte ich zerknirscht.

Aber Jacob lachte nur leise und stapfte voraus in die Nacht.

* * *

»Was ist eigentlich in dich gefahren?« fragte ich, als wir außer Hörweite der anderen waren. Bislang waren wir Seite an Seite gegangen, durch einen Hain aus Krüppelkiefern, doch jetzt beschleunigte ich meine Schritte und verstellte Jacob den Weg.

Er sah mich mit gelinder Verwunderung an und seufzte. »Merkst du denn nicht, daß Dalberg Stanhope völlig falsch einschätzt?« fragte er leise.

Die kleine Flamme am Ende meines Holzscheites spendete nur kläglich Licht. Allein die vorderen Bäume schälten sich aus der Dunkelheit, alles andere verschwamm in der Schwärze. Auch Jacobs Gesicht wirkte seltsam formlos, ein zuckender Fleck in der Finsternis.

»Was macht dich da so sicher?« fragte ich.

Er hob die Schultern. »Wenn ich das nur in Worte fassen könnte! Es ist ein Gefühl, eine innere Stimme, mehr nicht.«

»Dalberg schien von deinem Gefühl nicht allzu angetan.«

»Vielleicht ist das sein Fehler.«

Er zog seine Handschuhe ab, bückte sich, formte einen Schneeball –

– und warf ihn mir direkt gegen die Stirn!

Lieber Gott, dachte ich, die Kälte raubt ihm den Verstand.

»Jacob?« begann ich vorsichtig und wischte mir den Schnee aus den Augen. »Glaubst du wirklich, dies sei der rechte Zeitpunkt, um –«

Ein zweiter Schneeball raste auf mich zu, flog mir genau auf den Mund.

Jacob schüttelte sich vor Lachen. Ich spuckte und fluchte, konnte aber nicht anders, als in sein Gelächter miteinzufallen.

»Du willst es nicht anders!« drohte ich, rammte das Holzscheit aufrecht in den Schnee und riß mir gleichfalls die Handschuhe herunter. Noch während ich sie in die Taschen stopfte, traf mich ein drittes Schneegeschoß. Jacob ging hinter einem Baumstamm in Deckung.

Mit wenigen Handgriffen hatte ich ein Arsenal von drei Schneebällen parat und nahm die Verfolgung auf. Jacob ergriff die Flucht, doch – ha! – das bekam ihm schlecht! Mein erster Wurf traf seinen Hinterkopf, der zweite streifte seine Nasenspitze, als er sich umdrehte. Mein dritter Versuch ging fehl.

Sogleich warf er sich auf mich, und plötzlich lagen wir ringend im Schnee, jauchzend und kichernd wie zwei Kinder, die sich nach einem Streit wieder zusammenrauften.

»Nimm das!« rief ich und stopfte ihm Schnee ins Ohr.

»Und du das!« Eis drang in meinen Kragen.

Strampelnd löste ich mich von ihm und rannte los, er hinterher. Johlend brachen wir durch schwarzes Geäst, rasten ausgelassen den Hang hinunter. Vergessen war Stillers Warnung vor Wölfen, vergessen waren Stanhope, Dalberg und das Kind. Die Barriere, die Jacob und mich während der vergangenen Tage getrennt hatte, zerbrach. Jade schien so fern wie ihre Heimat, Napoleon war in

Paris, alles, was zählte, waren wir beide und der Schnee, durch den wir tollten wie zwei Lausejungs am Weihnachtsabend.

Und dann war da Licht.

Es war der Schein eines kleinen Feuers, versteckt hinter einem künstlichen Wall aus Ästen, der plötzlich vor mir aus der Dunkelheit wuchs. Ich versuchte noch, mich an einem Baumstamm festzuhalten, doch mein Schwung war zu groß, mit Getöse krachte ich mitten in den Wall aus Zweigen. Ich blickte zurück und sah gerade noch, wie Jacob den Hang hinunter auf mich zustürzte, gleichfalls den Halt verlor und mit einem Keuchen auf mich prallte. Verschlungen lagen wir inmitten der Äste und versuchten stöhnend, voneinander loszukommen.

Ich war der erste, dem es gelang, und benommen blickte ich in die Umgebung. Wir befanden uns auf halber Höhe des Hangs. Das Lagerfeuer war keines der unseren.

Jacobs Kopf reckte sich neben mir aus dem Ästegewirr. Ich fühlte mich wie eine Katze, die sich beim Spielen rettungslos im Wollknäuel verknotet hat. Nur daß die Zweige scharfe Spitzen hatten, die selbst durch Mantel und Kleidung schmerzhaft in mein Fleisch stachen.

»Ist da jemand?« fragte ich kleinlaut.

Die Feuerstelle lag völlig verlassen. Weiter hinten, in der Dunkelheit jenseits der nächsten Bäume, wieherte ein Pferd. Neben dem Feuer stak ein ausgenommenes Kaninchen auf einem Spieß, die Haut bereits goldbraun gebraten.

»Ist da wer?« rief ich noch einmal.

Niemand antwortete.

»Jade?« fragte ich aufgeregt.

Im selben Moment stieß mir Jacob den Ellbogen in die Rippen. »Sieh doch!« flüsterte er und deutete auf das Feuer.

Ich begriff nicht, was er meinte.

»Der Schnee«, zischte er und begann gleichzeitig, sich aus den Ästen zu rappeln.

Und da verstand ich! Der Schnee um die Feuerstelle war zertrampelt, ganz so, als hätten mehrere –

Eine Gestalt trat aus dem Dunkel.

Dann noch eine.

Und eine dritte.

Auf einen Schlag wurde mir speiübel. Die Flammen spiegelten sich auf kahlen Schädeln, flimmerten über Haut, auf der sich Buchstaben tummelten wie Ungeziefer.

Die Priester sprachen kein Wort. Sie waren, als sie uns kommen hörten, aus dem Lichtkreis gesprungen, um abzuwarten, mit wie vielen Gegnern sie es zu tun bekamen. Wie erleichtert mußten sie nun sein, da sie sahen, wie ungemein groß und gefährlich die gegnerische Streitmacht war! Ihre Blicke, völlig gefühllos und kalt, ganz ohne Zorn, Haß oder Überheblichkeit, ruhten auf uns, als warteten sie gespannt auf unsere nächsten Schritte.

»Zur Hilfe!« schrie ich, so laut ich nur konnte.

»Dalberg! Stiller!« brüllte auch Jacob.

Die drei Priester kamen näher. Jetzt blitzten Krummsäbel in ihren Händen. Ihre pechschwarzen Gewänder ließen sie völlig mit der Nacht verschmelzen, nur ihre Köpfe und Klingen schwebten im Dunkel. Ein unheimlicher Anblick, verstärkt noch durch ihr geisterhaftes Schweigen.

Jacob war plötzlich frei und riß mich am Arm aus den Ästen. Etwas Spitzes schrammte über mein Hosenbein, drang hindurch und zerschnitt meine Haut. Den Schmerz aber spürte ich kaum, ich war vollauf mit meinem Entsetzen beschäftigt, als die Männer wie auf ein geheimes Zeichen in Bewegung gerieten und auf uns zusprangen.

»Zurück!« schrie Jacob. »Lauf schon, lauf!«

Ohne nachzudenken fuhr ich herum und rannte den Hang hinauf. Zum ersten Mal in dieser Nacht wurde mir bewußt, wie hoch die Schneedecke lag, selbst unter den Bäumen. Mit jedem Schritt schienen meine Füße tiefer einzusinken. Einmal schaute ich mich um und sah, daß die Priester mit denselben Schwierigkeiten kämpften. Mir war, als sei sogar die Zeit gefroren. Unendlich träge kämpften wir uns vorwärts. Kaum weniger stockend folgten die Priester. Doch bald schon zeichnete sich ab, daß sie aufholten.

Plötzlich hatten die Bäume ein Ende. Jacob und ich stolperten auf eine Lichtung hinaus. Da begriff ich, daß wir zwar den Berg hinaufgelaufen waren, dabei aber in unserer Verwirrung einen anderen Weg eingeschlagen hatten als den, den wir gekommen waren. Der Umweg hatte unseren Verfolgern Gelegenheit gegeben, noch weiter aufzuholen, und als Jacob und ich uns daranmachten, die Lichtung zu überqueren, da waren sie nur noch wenige Schritte hinter uns.

Das Gelände wurde immer steiler. Meine Beine schmerzten vor Anstrengung. Da blieb Jacob stehen. »Es hat keinen Sinn!«

Und im selben Moment gab er mir einen Stoß, der mich zur Seite und dann nach hinten taumeln ließ. Ich schrie, verlor das Gleichgewicht und stürzte. Mein Gesicht prallte in den Schnee, ich überschlug mich und kam ins Rollen, erst langsam, dann immer schneller. Schreiend und strampelnd sauste ich den Hang hinunter, an den überraschten Priestern vorbei und wie eine Lawine zwischen die Bäume. Erst zehn Schritte tief im Wald verhakte sich mein Arm an einem Stamm. Benommen blieb ich liegen. Krachend landete Jacob neben mir, sprang sogleich auf die Beine und zog mich hoch.

»Reiß dich zusammen!« brüllte er und stieß mich weiter den Hang hinunter. Nadelzweige schlugen mir gegen Leib und Gesicht. Ich verstand nicht, was er bezweckte. Waren wir nicht gerade erst diesen Weg hinaufgeflohen? Warum jetzt wieder hinunter?

Vor uns, zwischen den Stämmen, glühte das Lagerfeuer der Priester in der Dunkelheit. Atemlos sah ich mich um. Ja, da kamen sie, aber nun war unser Vorsprung deutlich größer als während unserer Flucht bergauf.

»Wir entfernen uns immer weiter von Dalberg und den anderen«, keuchte ich, in der Hoffnung, Jacob zur Vernunft zu bringen. Er aber gab keine Antwort, zog mich nur weiter auf das Feuer zu. Sein seltsames Manöver hatte immerhin bewirkt, daß wir unsere Verfolger übertölpelt hatten. Wären wir weiter nach oben gelaufen, hätten sie uns innerhalb der nächsten Minute eingeholt. So waren wir ihnen noch einmal entkommen, und doch war das Unvermeidliche nur aufgeschoben.

»Die Pferde!« rief Jacob mir zu, als wir durch die Büsche auf den Lagerplatz sprangen.

Natürlich! Die Pferde der Priester standen irgendwo jenseits der nächsten Bäume. Sie waren die einzige Möglichkeit, schnell genug von hier fortzukommen.

Im Vorbeilaufen blickte ich ins Feuer – und bemerkte, daß sich die Flammen verfärbt hatten. Sie waren nicht mehr gelb oder rot, sondern glühten nun in strahlendem Himmelblau. Auch knisterten sie lauter und hektischer, ganz anders als noch vor wenigen Minuten. Und ein merkwürdiger Geruch hing in der Luft. Er kam mir bekannt vor. Sehr bekannt.

Etwas rammte mir von hinten ins Kreuz, ich wurde vorwärts gestoßen und landete mit dem Bauch im Schnee. Etwas, jemand fiel über mich her und drehte mir beide Arme auf den Rücken. Als ich das Gesicht zur Seite wandte und durch Schleier von Schmerz zu Jacob blickte, sah ich, daß auch auf ihm einer der Priester hockte.

Ein Faustschlag traf meinen Kopf und verfehlte nur knapp meine Schläfe. Ich schrie gellend auf, und mein Gesicht wurde gewaltsam in den Schnee gepreßt. Mein Schrei brach ab, ich strampelte, versuchte mich zu drehen, umsonst. Eine Hand riß mich an den Haaren zurück, ich schnappte verzweifelt nach Luft –

– und roch es erneut. Dieser Geruch!

Etwas schwebte vor mir aus der Dunkelheit zu Boden. Ich glaubte erst, es sei eine Schneeflocke. Doch dafür war es zu groß. Vielleicht ein Eissplitter von einem der Bäume.

Der süßliche Duft wurde stärker. Die Schwaden bereiteten mir Übelkeit, mehr noch als das drohende Gewicht in meinem Rücken, mehr noch als meine Angst vor dem Tod. Ich spürte, daß ich mich gleich übergeben würde. Ich würde am eigenen Erbrochenen ersticken.

Wieder segelte etwas vor mir in den Schnee. Ich erkannte jetzt, daß es ein kleines Stück Papier war, unregelmäßig aus einem größeren Blatt herausgerissen. Irgendwelche Zeichen standen darauf. Schrift, aber keine lateinische.

Ich wartete ergeben darauf, daß mein Peiniger mich erneut in den Schnee drücken würde, doch der Priester rührte sich nicht. Er hielt weiterhin mein Haar gepackt, kauerte mir im Kreuz, und doch war er wie erstarrt.

Ein gellender Schrei. Der Priester sprang schlagartig auf. Das Gewicht aus meinem Rücken verschwand. Eingenebelt von dem süßlichen Duft, drehte ich mich herum, mühsam, sehr langsam.

Unsere Verfolger wichen zurück. Die drei Männer taumelten rückwärts zum Waldrand, starrten Jacob und mich an, als sei ihnen der leibhaftige Satan erschienen. Ein Papierfetzen flatterte mir von oben ins Gesicht, weitere gingen rings um mich nieder. Ich ergriff einen, versuchte zu lesen, was darauf stand, konnte aber die seltsamen Zeichen nicht entziffern.

»Sanskrit!« flüsterte Jacob. »Es ist Sanskrit.« Auch er hatte zwei der Zettel in Händen und wußte nichts damit anzufangen.

Die drei Priester kreischten auf, als ein Windstoß mehrere der Fetzen aufwirbelte und in ihre Richtung trieb. Die Männer wichen zurück, als wären es Spinnen und Skorpione.

Mir kam ein Gedanke: Was, wenn gar nicht das Papier die Priester verängstigte, sondern etwas, das hinter uns war? Hinter uns im Wald?

Mein Kopf wirbelte herum.

Aber da war nichts. Nur dieser blaue Feuerschein, der über Schnee und Bäume flimmerte.

»Wilhelm!« rief Jacob aus.

Ich sah zu ihm hinüber. Er hatte eine Hand ausgestreckt und deutete nach oben, in die Krone einer mächtigen Buche, deren äußere Äste sich über das Lager spannten.

Darin saß Jade.

Die Prinzessin hielt mehrere Papierstreifen in Händen, außerdem eine Feder oder ein Stück Kohle, mit dem sie die Zeichen auf die Fetzen schrieb. So angestrengt war sie dabei, das Papier zu beschriften und abzureißen, daß sie gar nicht bemerkte, daß Jacob und ich sie entdeckt hatten. Sie schrieb, riß das Stück ab und ließ es in die Tiefe trudeln, wieder und immer wieder. Mindestens zwanzig solcher Schnipsel lagen schon im Schnee, und immer neue kamen hinzu.

Die Priester stolperten in heilloser Panik zurück. Der Weg zu den Pferden war ihnen abgeschnitten. So warfen sie sich jetzt herum und stürmten bergauf in die Dunkelheit. Einen Augenblick später waren sie in der Nacht verschwunden.

Noch einmal blickte ich mich angstvoll um. Dann wurde ich mir wieder des Duftes bewußt. Es war derselbe Duft nach verbrannten Kräutern, wie ihn Jade mit ihrer Pfeife verbreitet hatte, nur unendlich stärker. Sie mußte ihren gesamten Vorrat ins Feuer geworfen haben, um den Lagerplatz derart einzunebeln.

Hatte der Geruch den Priestern solche Angst eingejagt? Auch ich fühlte mich durch die süßen Dämpfe berauscht, aber es war kein Gefühl, das mich in Panik versetzte. Auch konnten die Kräuter schwerlich so grauenvolle Visionen hervorgerufen haben, daß sie Spindels Brüder in die Flucht geschlagen hätten, denn weder Jacob noch ich sahen irgendwelche Trugbilder.

Sobald die Priester im Dickicht verschwunden waren, hörte der Papierregen auf. Jade warf den Rest achtlos beiseite, dann kletterte sie schweigend durch die Äste zum Stamm und daran hinunter bis auf den Boden. Jacob und ich fielen ihr nacheinander um den Hals.

»Wie haben Sie das gemacht?«

Jades Gesicht drohte mir mehrmals vor den Augen zu verschwimmen, und ich taumelte leicht – Nachwirkungen der Kräuterdünste, die nur allmählich verflogen. Das Feuer hatte wieder seine normale gelbe Färbung angenommen, doch der schwere Duft hing noch immer in der Luft.

Die Prinzessin lächelte, aber zugleich stand ein gehetzter Ausdruck in ihren Augen. »Eindrucksvoll, nicht wahr? Aber wir müssen erst fort von hier. Im Gegensatz zu Ihnen kann ich lesen, was auf den Zetteln steht.«

Damit bedeutete sie uns, ihr zu folgen. Hinter den Bäumen standen die drei Schimmel der Priester Catays, gesattelt und bereit zum Aufbruch, Jacob erklomm das erstbeste Tier, ich zog mich auf ein anderes. Das dritte scheuchten wir davon, denn Jade hatte nur wenige Schritte entfernt ihr eigenes Pferd angebunden – ein prächtiger Hengst mit rotbraunem Fell, den sie aus den Stallungen des Schlosses gestohlen hatte.

Weiter oben im Wald erklangen Stimmen, dann entluden sich mehrere Gewehre, gefolgt von wildem Säbelrasseln. Wahrscheinlich waren die Soldaten ausgeschwärmt, um nach Jacob und mir zu suchen. Dabei mußten ihnen die Priester auf ihrer heillosen Flucht direkt vor die Klingen gelaufen sein. Die Soldaten waren in der Überzahl, aber ich hatte erlebt, wie ein Priester Catays zu kämpfen vermochte, und so schien es mir wenig ratsam, in dieser Lage zu den anderen aufzuschließen.

Jade war wohl ähnlicher Ansicht, denn sie ließ ihr Pferd herumdrehen und lenkte es den Hang hinab. Allein Jacob hatte Zweifel.

»Sollten wir nicht zu Dalberg zurückkehren?« fragte er.

Die Prinzessin zügelte ihr Tier und sah sich um. »Sie scheinen großes Vertrauen in Ihre Begleiter zu haben, Herr Grimm. Was macht Sie so sicher, daß der Minister die nächsten Minuten überleben wird?«

Jacobs Gesicht verzerrte sich. »Sie glauben –«

»Daß die Priester ihm und seinen Leuten der Garaus machen?« brachte Jade seine Frage zu Ende. »Möglicherweise. Vielleicht auch nicht. Ich für meinen Teil möchte nicht dabei sein, wenn es zu der einen oder anderen Entscheidung kommt.« Sie blickte wieder nach vorne und ließ ihr Pferd den Berg hinabtraben. »Ihnen beiden ist natürlich freigestellt, sich dem, was von Dalbergs Trupp übrigbleibt, anzuschließen. Oder den Priestern ins Messer zu laufen, ganz wie das Schicksal es will.«

Ein schmerzerfüllter Schrei drang gedämpft durch die Bäume an mein Ohr, ein zweiter folgte kurz darauf. Das gab den Ausschlag.

»Komm«, sagte ich zu Jacob und trieb den Schimmel voran. »Die Prinzessin hat recht.«

Sein schlechtes Gewissen war ihm deutlich anzusehen, doch zuletzt überwog seine Furcht vor den Priestern. Zudem würde er fortan keine Nacht ruhig schlafen können, wenn Jade ihm nicht verriet, was es mit den Papierfetzen auf sich hatte.

Wir folgten ihr den Berg hinab, bis wir an seinem Fuß auf einen Waldweg stießen.

»Wohin reiten wir?« fragte Jacob, dem trotz allem der Gedanke nicht behagte, sich allzuweit zu entfernen.

»Nach Nordosten«, entgegnete Jade, »auf Stanhopes Spur. Was dachten Sie?«

Ärger verdunkelte seinen Blick. »Sie wollen die Verfolgung des Engländers fortsetzen, ohne abzuwarten, wie es Dalberg und den anderen ergeht?«

»Ich stehe nicht in des Ministers Schuld«, erklärte sie mit einem Schulterzucken. »Zudem muß ich ihm ohnehin zuvorkommen.«

»Sie sind nicht besser als Stanhope«, fauchte Jacob aufgebracht. »Sie wollen wie er das Kind entführen.«

Ihre Augen musterten ihn voller Ungeduld. »Aber das wußten Sie doch! Nur daß es mir nicht um das Kind geht, sondern um die Amrita-Kumbha.«

Jacobs Wut erstaunte mich. Freilich waren mir die gleichen Gedanken schon tausendmal durch den Kopf gegangen. Doch am Ende hatte immer wieder meine Zuneigung zu Jade triumphiert.

Jacob aber schien sich endgültig von dieser Bürde befreien zu wollen. »Aber es *geht* um das Kind! Und nur um das Kind!«

Sie schüttelte sachte den Kopf, fast verständnisvoll. »Ich werde dem Prinzen kein Haar krümmen. Ich will ihn nur gegen das eintauschen, was Napoleon meinem Volk gestohlen hat. Ich bin im Recht, und das wissen Sie.«

So zweifelhaft ihre letzten Worte waren, so überdrüssig war ich doch aller Diskussionen um Moral, um Gut und Böse. Wir hatten unsere Entscheidung getroffen, schon vor Tagen, und jetzt hieß es, dazu zu stehen. Genau das sagte ich auch Jacob.

Er schüttelte stumm den Kopf, schien sich aber geschlagen zu geben, nicht etwa, weil ihn mein Argument überzeugte, sondern weil er wohl die Notwendigkeit einsah, daß wir von hier verschwinden mußten.

Wir trieben die Pferde zum Galopp und preschten über den nächtlichen Waldweg nach Norden.

»Wissen Sie, wo Stanhope hin will?« rief ich über das Getrampel der Hufe hinweg.

Jade sah mich nicht an, als sie antwortete: »Wie kann ich das? Aber ich vermag seine Spuren zu lesen.«

Jacob lachte spöttisch auf. »Bei dieser Dunkelheit?« Mit einem Kopfnicken wies er zur schmalen Mondsichel empor. Ihr Schein erhellte zwar den Schnee, doch zum Spurenlesen reichte das Licht schwerlich aus, schon gar nicht aus dem Sattel eines galoppierenden Pferdes.

»Ich habe den großen Tiger im Dschungel gejagt«, gab Jade ohne alle Überheblichkeit zurück. »Ich folgte seiner Fährte über Tage und Nächte, durch dichtes Unterholz, durch Sümpfe und die Ruinen der alten Paläste. Und ich habe sie niemals, niemals verloren.«

»Sie haben einen Tiger erlegt?« fragte ich beeindruckt.
»Nein.«
»Warum sind Sie dann seiner Spur gefolgt?«
»Um von ihm zu lernen.«
»Was kann man von einem Tiger lernen?«
Jade drehte sich im Sattel um. »Die Jagd auf Menschen.«

* * *

Der Morgen ließ den Himmel in leuchtendem Blau erstrahlen. Wir hatten den Pferden während der Nacht keine Ruhe gegönnt. Nun trabten sie entlang einer steilen Felskante, hoch über den Wäldern. Ein Habicht kreiste über uns in den stahlblauen Weiten.

»Sie sind uns noch eine Erklärung schuldig«, sagte Jacob. Er hatte seit Stunden kein Wort gesprochen.

Jade kicherte, wieder ganz das kleine Mädchen. Im hellen Sonnenlicht bekam ihr schwarzes Haar einen Stich ins Blaue. »Und ich dachte schon, Sie fragen gar nicht mehr.«

»Möchten Sie, daß ich ›bitte‹ sage?«

Sie ging nicht darauf ein. »Beschreiben Sie mir, was Sie unter einem Rausch verstehen.«

»Einem Rausch?« fragte ich verwundert.

Sie nickte. »Ja. Verschwommene Bilder, blasse Farben, seltsame Klänge und so weiter.«

»Damit haben Sie sich selbst die Erklärung gegeben«, sagte Jacob.

»Nein, nein, Sie verstehen nicht. Ich meine nicht die Wirkung, sondern den Rausch selbst.«

»Das Gehirn wird vernebelt«, sagte ich. »Man sieht Trugbilder, vielleicht eine Art Wahnsinn im kleinen, zeitlich begrenzt.«

Jade schüttelte den Kopf. »Ganz falsch. Vernebelt würde bedeuten, die Wahrnehmung wäre beeinträchtigt, also Augen, Ohren und Nase. Aber das ist es nicht.«

»Nun sagen Sie's schon«, verlangte Jacob.

»Nehmen Sie den Felsen dort vorne. Sehen Sie sich ihn genau an. Ihre Augen übermitteln jetzt eine Botschaft an Ihr Gehirn. Felsen, besagt sie, dazu ein paar Einzelheiten wie Farbe, Eigenheiten der Form, et cetera, et cetera. Meine Kräuter nehmen nun einige Änderungen in dieser Botschaft vor. Nicht an Ihrem Auge und nicht in Ihrem Gehirn; nur der Wortlaut ändert sich, die Botschaft wird kürzer, die Nachricht scheint verschleiert.« Jade beugte sich zur Seite und kramte in ihrer Satteltasche. Wenig später zog sie die Pfeife hervor, schenkte ihr einen bedauernden Blick und schleuderte sie über die Felskante hinab in die Tiefe. »Die brauche ich nicht mehr. Das, was ich heute nacht den Priestern ins Feuer geworfen habe, war mein gesamter Vorrat. Eine solche Menge verändert die Botschaft ganz erheblich, sie entkleidet sie aller Details, bis nur ein einziges Wort übrigbleibt: Fels. Nichts sonst, keine Struktur, keine Umrisse, keine Farbe, gar nichts. Das Gehirn kann schließlich den Unterschied zwischen der Beschreibung eines Gegenstandes und dem Gegenstand selbst nicht mehr erkennen. Ein Zettel mit einem Wort darauf genügt, und man glaubt, das, was darauf geschrieben steht, befände sich tatsächlich vor einem.«

Jacob starrte sie mißtrauisch an. »Sie meinen, wenn Sie uns heute nacht am Feuer einen Zettel mit dem Wort ›Fels‹ vor die Nase gehalten hätten, hätten wir angenommen, Sie würden einen Fels in Händen halten?«

»Genau das ist die Wirkung.«

»Und wenn auf dem Zettel ›Drache‹ steht? Oder ›Gott‹?«

»Dann sehen Sie einen Drachen oder einen Gott.«

»Was stand auf Ihren Zetteln?«

Jade legte den Kopf in den Nacken und genoß für einen Moment die Sonne auf ihrem Gesicht. Die erste echte Wärme, die sie in diesem Land erlebte. »Asura«, sagte sie schließlich.

»Was bedeutet das?«

»Asura heißt soviel wie Nicht-Gott oder, wenn Sie so wollen, Dämon.«

»Die Priester sind vor Dämonen geflohen?«

»Vor dem, was sie für Dämonen hielten«, bestätigte sie. »Und es gehört sicher einiges dazu, einem Priester Catays Angst einzujagen. Ich habe nur das Wort aufgeschrieben, den Rest besorgte ihre Vorstellungskraft.«

Jacob hob die Augenbrauen. Er verstand plötzlich. »Weil es Sanskrit war, hatte es auf uns keine Wirkung.«

»Natürlich nicht. Was Sie nicht lesen können, können Sie nicht verstehen – und sich folglich auch nicht vorstellen. Für Sie waren es nur ein paar unleserliche Schriftzeichen. Ich selbst war erst in Gefahr, als ich vom Baum stieg und mich dem Rauch aussetzte. Wäre mein Blick zufällig auf einen der Zettel gefallen, hätte ich etwas Ähnliches gesehen wie die Priester, und ich hätte nichts dagegen tun können.«

Eine Erinnerung wie ein Blitzschlag: die Nacht mit Jade im Wald. Der Rauch ihrer Pfeife. Ein Zettel im Schnee. Darauf fünf Buchstaben: Liebe.

Und da begriff ich, was sie getan hatte.

Doch welchen Sinn hätte es gehabt, danach zu fragen? Der Rauch war längst fort, auch der Zettel. Nur das Wort war geblieben.

Und war das nicht alles, was zählte?

* * *

Stanhopes Spur führte nun geradewegs nach Norden, was immerhin Dalbergs Theorie bestätigte, der Lord versuche, die Küste zu erreichen. Doch bis dahin waren es noch viele Tagesritte, und ebensogut hätte er auf dem Weg dorthin dutzendmal die Richtung wechseln und anderswo untertauchen können. Es war schlichtweg müßig, seine Route vorhersehen zu wollen, und so blieb uns nur, ihm weiterhin zu folgen und zu hoffen, daß wir ihn früher oder später einholen würden.

Unser Gegner – war er das überhaupt, *mein* Gegner? – schien weiterhin darauf bedacht, alle größeren Ansiedlungen und Städte zu meiden. So erreichten wir am späten Nachmittag eine Herberge am Ufer der Lichte, eines schmalen Flüßchens, das sich an dieser Stelle zu einem kleinen, zugefrorenen See ausweitete. Das heruntergekommene Fachwerkhaus lag unweit des Wassers. Ein schmaler Steg an der Rückseite des Gebäudes ragte weit auf das Eis hinaus.

Der Wirt stand am Ende des Holzsteges und schlug mit der Spitzhacke ein Loch in die erstarrte Oberfläche, offenbar um das Abendessen aus dem See zu fischen. Ein paar Münzen versilberten ihm eine Pause, in der er uns Rede und Antwort stand.

Ein feiner Herr, ja, der habe gestern bei ihm genächtigt. Ein Kind habe er dabei gehabt, das die ganze Nacht geschrien habe wie am Spieß. Seine Frau habe gesagt, das Kleine sei krank, doch der Engländer habe niemanden an das brüllende Bündel herangelassen. Nur eine zusätzliche Decke habe er angenommen, die der Wirt ihm auf Drängen seines Weibes zu einem Freundschaftspreis überlassen habe. Zudem sei der feine Herr bei genauerem Hinsehen so fein gar nicht gewesen, denn seine Kleidung war beschmutzt und das Haar in Unordnung. Er hatte wohl bereits einen längeren Ritt hinter sich, und auch die Münzen schienen ihm auszugehen, denn nachdem er die Zeche beglichen hatte, zählte er peinlich genau den Rest seiner Barschaft.

Der Wirt erzählte weiter, nach der Abreise des Mannes habe seine Frau verlangt, er solle die Gendarmerie rufen, denn sicher sei das Kind irgendwo entwendet worden und der seltsame Fremde ein Schurke. Das aber war dem guten Mann dann doch zuviel des Aufwandes, denn die nächste Ortschaft und mit ihr die Obrigkeit waren Meilen entfernt. Er habe zu seinem Weib gesagt, das alles sei nicht ihre Sache, sie solle sich lieber sputen und den Schankraum wischen, wie es sich gehöre.

Jade, die der Wirt während seines Berichts immer wieder mit verstohlener Gier betrachtet hatte, schenkte ihm nach seinen letzten Worten einen derart giftigen Blick, daß er es vorzog, fortan zu schweigen. Aber er schien uns ohnehin alles erzählt zu haben, was er wußte, und so ließen wir ihn auf seinem Steg zurück, wo er sich brummelnd weiterhin mühte, ein Angelloch ins Eis zu brechen.

»Der Prinz ist also krank«, stellte Jacob fest, während wir uns auf unseren Pferden von See und Gasthaus entfernten. Seine Stimme klang verschnupft; wie wir alle kämpfte er mit einer Erkältung. Selbst Jade, die der Fakirzauber warm hielt, litt unter Heiserkeit und brach gelegentlich in heftiges Niesen aus.

»Wenn das Kind stirbt, ist Stanhopes Plan fehlgeschlagen«, sagte ich.

»Und die Amrita-Kumbha wird nie mehr nach Rajipur zurückkehren«, fügte Jade sorgenvoll hinzu. »Wir müssen die beiden einholen, bevor das Kind größeren Schaden nimmt.«

»Und dann?« fragte Jacob bissig. »Sie werden sich beeilen müssen, dem Kaiser Ihre Forderungen zu übermitteln, sonst stirbt Ihnen Ihre Geisel unter den Händen. Oder kann ein Fakir auch eine Lungenentzündung heilen?«

Jade schüttelte den Kopf. »Nein, das vermag ich nicht. Ich kann dem Kind nur Wärme geben.«

»Und ein paar Rauschkräuter, nehme ich an«, fauchte Jacob halblaut.

Die Prinzessin funkelte ihn wütend an. »Statt Streit zu suchen, sollten Sie Ihrem Pferd lieber die Sporen geben«, rief sie und hieb ihrem Hengst die Fersen in die Flanken.

Ich sah Jacob vorwurfsvoll an, doch er zuckte nur die Achseln. Dann ließen auch wir unsere Schimmel vorwärtssprengen.

Die Landschaft, durch die wir ritten, hatte sich seit Karlsruhe kaum verändert. Dichter Wald wucherte rechts und links der Wege, gelegentlich durchbrochen von verschneitem Ackerland. Allein die Berge waren hier höher, die Hänge steiler und die Täler noch dunkler. Es war eine hübsche, idyllische Gegend. Einsame Hütten, die an Felswänden lehnten; sprudelnde Bäche, die sich ihren Weg durchs Eis gruben; und immer wieder aufgeschrecktes Wild, das bei unserem Näherkommen Reißaus nahm.

Der Schnee auf den Wegen war keineswegs festgetreten, und doch sah man, daß vor uns mehr als ein Reiter hier entlanggekommen war. Wie es Jade trotzdem immer wieder gelang, sich an Abzweigungen für eine bestimmte Richtung zu entscheiden, blieb mir ein Rätsel. Sie aber schien die Abdrücke von Stanhopes Pferd unter allen anderen mühelos wiederzuerkennen. Gelegentlich stieg sie aus dem Sattel, bückte sich, maß mit der Fingerspitze die Tiefe einer Hufspur und beugte sich ganz tief darüber. Und jedesmal schwang sie sich danach mit neuem Mut auf den Rücken ihres Hengstes und erklärte voller Gewißheit, daß es keinerlei Zweifel an Stanhopes Weg gebe.

Gegen Mittag des zweiten Tages an Jades Seite kamen wir erneut an einen Gasthof, um den sich hölzerne Stallungen duckten. Er lag ganz in der Nähe einer Kreuzung zweier vielgenutzter Straßen. Boten wechselten hier ihre Pferde, und Reisende bestiegen neue Kutschen. Das Haupthaus war frisch gestrichen, das Dach neu eingedeckt. Alles ließ darauf schließen, daß das Geschäft der Wirtsleute prächtig gedieh.

Hier schließlich war es, wo Stanhopes Fährte endete.

Jade bestand darauf, daß es nicht an der Vielzahl der Spuren und Abdrücke liegen könne, obgleich ich daran heimliche Zweifel hegte; selbst der beste Fährtenleser war in diesem Wirrwarr verloren. Der Schnee vor dem Gasthof war zerfurcht, an vielen Stellen breitgetreten. Es war aussichtslos, einen Hufabdruck vom anderen unterscheiden zu wollen, und obgleich Jade vorgab, anderer Meinung zu sein, ließ sie schließlich davon ab und betrat gemeinsam mit mir die Schankstube.

Jacob blieb draußen zurück. Ich hatte schon seit dem gestrigen Abend eine gewisse Verschlossenheit bei ihm festgestellt, mehr noch als in den ersten Stunden nach unserer Rettung durch Jade. Er war nicht nur in tiefes Schweigen verfallen, auch sein Blick hatte sich finster umwölkt, und mehr als einmal, wenn ich in seine Richtung sah, lag seine Stirn in sorgenvollen Falten. Er grübelte über irgend etwas nach, und es war offensichtlich, daß es keine erfreulichen Gedanken waren, die ihn derart beschäftigten.

Jade und ich traten derweil an den Tresen. Es roch nach ungewaschenen Körpern, nach feuchter Kleidung und den Resten stehengebliebener Mahlzeiten. Im gutbesuchten Schankraum erregte die exotische Schönheit der Prinzessin einiges Aufsehen. Je schneller wir weiterritten, desto besser. Sollten Dalberg, Stiller und die anderen das Scharmützel mit den Indern heil überstanden haben, würden auch sie in einigen Stunden diesen Gasthof erreichen. Jedermann würde sich an Jade und ihre beiden Begleiter erinnern, und spätestens dann würde sich des Ministers Verdacht, die Brüder Grimm seien Hochverräter, schmerzlich bestätigen.

Du bist ein Narr, Wilhelm Grimm, raunte mir eine innere Stimme zu, du fliehst nicht vor einem Minister, du fliehst vor dem Kaiser selbst. Wohin willst du gehen? Nach Kassel? Dort werden sie dich schon mit geladenen Flinten erwarten.

Die Wirtin war eine wortgewandte und kluge Frau, rothaarig und vor dreißig Jahren vielleicht eine Schönheit gewesen. Heute sah man ihr die derbe Arbeit am Ausschank deutlich an, doch es schien, als habe sie sich bei all dem einen klaren Kopf bewahrt.

Das erste Zeichen ihres Anstands war, daß sie jede Auskunft über ihre Gäste verweigerte.

»Ihr seid schwerlich Gendarmen«, stellte sie fest und unterzog vor allem Jade einer eingehenden Musterung. »Welchen Grund habt ihr, Jagd auf einen Mann und ein kleines Kind zu machen?«

Die Lüge floß Jade ganz selbstverständlich von den Lippen: »Es ist *mein* Kind. Und falls Sie selbst eines haben, sollten Sie meine Sorge verstehen können.«

»Ihr Kind?« fragte sie, während ihr Blick an den beiden Rubinsteckern in Jades Nasenflügeln hängenblieb. »Warum haben Sie dann nicht die Obrigkeit eingeschaltet? Kinderdiebe scheinen mir kaum der rechte Umgang für eine junge und schöne Mutter, wie Sie eine sind.«

»Ich danke Ihnen«, erwiderte die Prinzessin höflich, aber mit der nötigen Distanz. »Es gibt Familienangelegenheiten, die man besser ohne die Gendarmerie regelt, meinen Sie nicht auch?«

Die Wirtin zögerte, bemerkte, daß einige Männer am Tresen aufmerksam zuhörten, und gab uns einen Wink, ihr zu folgen. »Kommt mit«, sagte sie.

Sie führte uns in die Küche und durch dichte Schwaden von Essensdüften zur Hintertür. Draußen atmete sie tief durch. Die eisige Winterluft war durchsetzt vom Geruch der nahen Ställe, aber sie war eine Wohltat gegenüber den abgestandenen Dünsten im Innern der Schenke.

»Und Sie?« wandte sie sich an mich. »Wer sind Sie?«

»Ein Freund der Familie«, entgegnete ich und gab mir Mühe, meiner Stimme die nötige Festigkeit zu verleihen.

Der Wirtin war anzusehen, daß sie mir kein Wort glaubte. Trotzdem nickte sie und sagte zu Jade: »Eine Dame wie Sie sollte sich nicht zu lange auf der Straße und in Begleitung dubioser Freunde herumtreiben.« Sie rümpfte die Nase und lachte, als sie meine stille Empörung bemerkte. Von der Prinzessin aber schien sie ehrlich beeindruckt.

»Der Mann, den Sie suchen, war hier«, bestätigte sie.

»Wie geht es dem Jungen?« fragte Jade geschwind, zum einen wohl aus Sorge um ihr Faustpfand, zum anderen, um dem Bild einer verängstigten Mutter zu entsprechen.

»Er hat während der ganzen Zeit geweint«, sagte die Wirtin. Sie sah aus, als ob sie Jades Befürchtung teilte. Es mußte in der Tat schlecht um das Kind bestellt sein.

»Haben Sie den Jungen aus der Nähe gesehen?« fragte ich.

»Nein. Der Engländer hat niemanden an das Kind herangelassen, fast als habe es Aussatz oder eine ansteckende Krankheit. Ich nahm an, es sei die Angst des Vaters um seinen Sohn. Aber *hat* das Kind eine Krankheit?«

»Wir wissen es nicht«, gab Jade wahrheitsgemäß zur Antwort. »Möglicherweise eine starke Erkältung.«

Die Wirtin nickte verständnisvoll. »Das ist gefährlich bei kleinen Kindern.« Plötzlich lachte sie rauh. »Himmel, mein Alter ist an der Grippe eingegangen.«

»Haben Sie Dank für Ihr Mitgefühl.« Unmöglich, mir das zu verkneifen. »Wo ist der Engländer hingeritten?«

»Nirgends ist er hingeritten«, erwiderte sie. »Ich hab sein Pferd hinten im Stall stehen, er hat es mir verkauft. Spottbillig, noch dazu.«

»Was?« entfuhr es mir.

Jade blieb ruhig, als hätte sie derlei erwartet. »Aber er ist doch nicht mehr hier, oder?«

Die Wirtin schüttelte die rote Mähne. »Nein, natürlich nicht. Eine Kutsche hat ihn und das Kind abgeholt, erst heute früh.«

»Was für eine Kutsche war das?«

»Ein schwarzer Zweispänner. Vier Sitze.«

»Haben Sie den Kutscher gesehen? Kannten Sie ihn vielleicht?« wollte Jade wissen.

»Er ist nicht hereingekommen. Soll vermummt auf seinem Kutschbock gesessen haben, stundenlang, vorne an der Kreuzung. Und das fünf Tage hintereinander, jeden Vormittag. Wie es aussieht, hat er Ihren Engländer erwartet. Wenn der nicht kam, ist er um die Mittagszeit verschwunden, Tag für Tag. Heute morgen hat sich seine Warterei dann gelohnt.«

Jade warf mir einen alarmierten Blick zu. Jetzt hatten wir es nicht mehr mit einem, sondern mit mindestens zwei Gegnern zu tun. Und wahrscheinlich warteten dort, wo die Kutsche Stanhope hinbrachte, noch einige mehr.

»Sie wissen nicht, in welche Richtung sie gefahren sind?« fragte Jade heiser.

Die Wirtin sah sie mit ehrlichem Bedauern an. »Das tut mir leid. Ich habe nicht zugesehen, als sie abfuhren.«

»Wie viele Kutschen kommen am Tag an dieser Kreuzung vorbei?« erkundigte ich mich mit schwankender Stimme.

»Ein paar Dutzend wohl.«

Die vage Hoffnung, irgendwelchen Spuren zu folgen, war damit ebenfalls hinüber. Unsere Suche war am Ende. Stanhope hatte gewonnen. Und schlagartig wurde mir klar, was das für Jade bedeuten mußte. Sie war nun gezwungen, ohne das Heiligtum in ihre Heimat zurückzukehren. Ohne das Kind konnte es keinen Handel mit Napoleon geben. Dafür erwartete sie am Hof ihres Vaters der Tod. Sie würde ebenso enden wir ihre Brüder.

Die Prinzesin aber schien sich keineswegs geschlagen zu geben. Ihre hellbraune Haut hatte ein leichtes Grau angenommen, der Schreck saß tief, doch in ihren Augen brannte noch immer das alte Feuer.

»Ist das alles, was Sie uns sagen können?« fragte sie die Wirtin.

Das Schankweib nickte. »Ich fürchte, ja. Nehmen Sie es sich nicht so zu Herzen – aber, nein, das war ein dummer Rat. Natürlich nehmen Sie es sich zu Herzen.« Sie ergriff Jades schmale Schulter und drückte sie aufmunternd. Zu meinem Erstaunen ließ die Prinzessin es widerspruchslos geschehen. »Geben Sie jetzt nicht auf. Sie werden ihn schon finden. Wollen Sie was trinken, das Sie aufwärmt? Einen Glühwein? Schnaps? Alles was Sie mögen, auf Kosten des Hauses.«

»Haben Sie Dank«, entgegnete Jade. »Vielleicht ein wenig Hafer für die Pferde. Wir müssen so schnell wie möglich weiter.«

»Ich fürchte, ich war Ihnen keine große Hilfe.« An mich gewandt, meinte die Wirtin: »Wer immer Sie sind, kümmern Sie sich um sie.«

Mit diesen Worten drehte sie sich um und verschwand durch

die Hintertür ins Haus. Jade und ich blieben in Gedanken versunken zurück. Schließlich gingen wir außen ums Haus zur Vorderseite. Ich dachte im Stillen, daß Jacobs mißmutige Miene jetzt das letzte war, was einer von uns gebrauchen konnte.

Zu meinem Erstaunen empfing er uns mit seinem strahlendsten Lächeln.

Ich warnte ihn: »Warte ab, bis du hörst, was wir erfahren haben, dann vergeht dir das Grinsen.«

Er schüttelte eilig den Kopf. »Wohl kaum.«

»Was ist geschehen?« fragte Jade verdutzt.

Jetzt erst bemerkte ich, daß Jacob eine zusammengerollte Karte in der Hand hielt. Er hob sie hoch und fuchtelte damit vor unseren Nasen herum. »Die habe ich einem Kutscher abgekauft.«

»Und?«

»Und, und!« machte er. »Ich weiß es!«

Jade sah ihn mit aufgerissenen Augen an. »Sie wissen was?«

Jacob holte tief Luft, wie er es immer zu tun pflegte, wenn er zu einer weitschweifigen Erklärung ausholte. Um so verblüffter war ich, als seine Antwort sich auf zwei kurze Sätze beschränkte: »Ich weiß jetzt, wohin Stanhope will! Und es ist nicht einmal weit von hier!«

3

Vaters Taschenuhr war stehengeblieben. Ich hatte in all der Aufregung vergessen, sie aufzuziehen. Als Jacob sie mir am Morgen zurückgab, hatte sie noch getickt. Jetzt aber war ihr metallischer Herzschlag verstummt, die Zeiger rührten sich nicht mehr.

Die Natur wies mit ihren Wetterfingern in eine ganz bestimmte Richtung: Der Eiswind wehte uns in den Rücken, trieb uns schneller, immer schneller vorwärts. Der Abendhimmel hatte sich zugezogen bis auf einen schmalen Riß, durch den eine Säule von

Mondschein zur Erde herabfiel. Häuser und Dächer der Stadt wirkten darin gleichermaßen grau.

Die Stadt. Natürlich.

Nicht einen Augenblick hatte ich an Jacobs Entdeckung gezweifelt. Es mochte alles Zufall sein, ein Scherz des Schicksals. Dann aber war es an der Zeit, die Pointe zu erfahren.

Jade konnte unsere plötzliche Gewißheit nicht nachvollziehen. Trotzdem stellte sie keine Fragen, sie verließ sich auf Jacobs Instinkt.

Es gab keine klugen Ausführungen und Folgerungen, nicht einen Hauch von Logik – nur ein brennendes Gefühl, das Richtige zu tun. Jacob war der erste, der es gespürt hatte; nun aber loderte es auch in mir. Ich wußte, dies war der richtige Weg. Das Ziel lag direkt vor unseren Augen.

Den Kreuzweg und das Gasthaus am Straßenrand hatten wir vor einigen Stunden hinter uns gelassen. Noch war es früh am Abend, doch der Winter hatte das Land schon in Finsternis getaucht. Die verschneiten Hügel lagen in tiefem Schatten. Allein die Stadt schwamm in einer Insel aus Mondlicht, wie ein heller Kieselstein, der aus einer schwarzen Pfütze ragte.

»Weimar«, sagte Jacob und blickte den Hang hinab über die Giebel und Türme. Es war eine schlichte Feststellung, und es lag kein Triumph darin, aber auch keine Scheu. Einzig Erleichterung.

Ein Blick auf die Karte hatte genügt. Das Gasthaus, vor dem die Kutsche auf Stanhope gewartet hatte, war darauf nur die Länge eines Fingergliedes von Goethes Heimatstadt entfernt. Zufall? Wohl kaum. Vorher hatten wir nicht gewußt, wo genau wir uns befanden, denn weder Jacob noch ich hatten die Lage aller Flüsse und Städte im Kopf. Unser Erstaunen, als wir auf die Karte blickten, hätte nicht größer sein können. Es war, als wären wir während der vergangenen Wochen im Kreis gelaufen: Goethes Brief aus Weimar; unsere Reise; die Prinzessin; das Schloß; der Prinz; noch eine Reise, diesmal auf Stanhopes Spur – und wieder

Weimar. Es war unausweichlich. Wir hätten es von Anfang an wissen müssen.

Jetzt, wo wir am Ziel zu sein glaubten, überkam uns eine wundersame Ruhe. Wir ließen die Pferde den Weg hinabtraben, und ich nahm mir gar die Zeit, nach bekannten Bauten Ausschau zu halten. In den vergangenen sieben Jahren, seit den Ereignissen um Schillers verschollenes Manuskript, waren wir nur wenige Male hier gewesen. Die Einladungen des Dichters, zu Beginn unserer Bekanntschaft eine schöne Gewohnheit, waren zuletzt gänzlich ausgeblieben.

Das Mondlicht schälte im Osten deutlich die Anlage des Weimarer Schlosses aus der Nacht. Sein einsamer Glockenturm mit der barocken Haube überragte alle anderen Bauten der Stadt und warf seinen Schatten bis zu den Parkanlagen am Ufer der Ilm, unweit der Fürstenresidenz. Auch die Fürstliche Bibliothek und der wuchtige Stadtturm waren zu erkennen. Ich entdeckte die Stadtkirche zu Sankt Peter und Paul, ein hoher, spitzer Umriß mitten im Herzen Weimars, und weiter dahinter, kleiner, den Turm der Jacobskirche.

Goethes Haus am Frauenplan befand sich im Süden, auf unserer Seite der Stadt. Ich weiß nicht mehr, was ich erwartete, ich kann mich nur erinnern, daß ich mir kaum Gedanken darüber machte. In meinem Kopf herrschte ein heilloses Durcheinander aus Erinnerungen, die mir beim Anblick Weimars kamen, aus Hoffnungen, alles möge sich als Irrtum erweisen. Ich zog die schneidend kalte Luft tief in meine Lungen, in der Hoffnung, dadurch neue Klarheit in mein Denken zu bringen.

Wären mir in diesem Augenblick hundert Reiter mit gezogenen Säbeln entgegengesprengt, meine Furcht wäre verständlich gewesen. Doch die scheinbare Ruhe dieser Stadt, die leeren, dickverschneiten Straßen und die warmen Lichter hinter den Fenstern schienen mir gräßlicher als jede Mörderbande. Es zeigte sich keine greifbare Gefahr, und doch lag in der Luft eine Unruhe, die nur ich und und vielleicht noch die beiden anderen spüren konnten.

Sorgenvoll blickte ich in alle Richtungen und entdeckte doch nur die wohlbekannten Dinge. Weiße, mondbeschienene Dächer; finstere Hinterhöfe und enge Gassen; kleine blaue Flammen in den Glaskästen der wenigen Straßenlaternen; Turmuhren und scharfe Giebel; geschwungene Ornamente an Häuserwänden, seltsam gepaart mit reizloser Schlichtheit. Leblose alte Bekannte mit Steingesichtern und Schieferhaar.

Warum sprach keiner der anderen? Warum stellten sie keine Vermutungen an?

»Warum« ist die älteste der Großen Fragen, hatte die Märchenfrau gesagt.

Hadrians gehetzte Züge tauchten aus der Vergangenheit. *Der Quinternio versteht sich als Verkörperung der fundamentalen Fragen.*

Ein Geist, der durch die Höfe Europas weht, das waren Dalbergs Worte gewesen.

Eine Gewalt mit eigener Exekutive.

Jeder kann ihr Diener sein.

Die fünf Spitzen des großen Pentagramms.

»Wilhelm!«

Jacobs Stimme riß mich aus dem Scherbenhaufen meiner Erinnerungen. Für einen Augenblick schwankte ich benommen im Sattel, dann klärte sich die Umgebung. Jacob und Jade starrten mich an, Besorgnis in den Gesichtern.

»Du hast ausgesehen, als ob du jeden Moment vom Pferd fällst.« Jacob kniff die Augen zusammen, als wolle er in meinen Zügen lesen.

»Es geht schon wieder«, stammelte ich. Es mußte der Schock sein, ein furchtbares Begreifen, das allmählich in meine Gedanken sickerte. Keine echte Überraschung, eher deren Nachwirkung.

»Sind Sie sicher?« fragte Jade zweifelnd.

»Ja, ja, natürlich.«

Wir hatten die Stadtgrenze passiert und näherten uns dem Frauenplan. Goethes Haus lag in einer Kurve, ein großer, dreigeschossiger Bau mit Toreinfahrt und ein paar breiten Stufen, die hinauf zur Haustür führten. Die Fassade war in zartem Gelb gehalten, die Fenster braun umrahmt. Düster blickten sie auf einen weiträumigen Platz, ein unregelmäßiges Dreieck, in das mehrere Gassen mündeten. Der Mond beschien den aufgewühlten Schnee, zerfurcht von Kufen, Stiefeln, Pferdehufen.

Eine einsame Gestalt in weitem schwarzen Mantel, dickvermummt mit Schal und Schlapphut, kam uns entgegen. Langsam humpelte sie über den Platz, einen langen Stab in der Hand.

Der Schnee ringsum verschluckte jeden Laut. Allein mein Herzschlag mußte bis hinauf in die Hügel zu hören sein.

Dann erkannte ich den Mann. Kein maskierter Finsterling, kein Schurke in dunklen Gewändern, nur ein Nachtwächter auf seinem abendlichen Rundgang durch die Straßen. Er grüßte mürrisch, als wir ihn passierten. Wenig später sah ich mich nach ihm um und bemerkte, daß er stehengeblieben war und uns nachschaute. Kontrollierte er nur die Laternen?

Vor dem Haus zügelten wir die Pferde und stiegen ab. Jade zögerte noch. Jacob hatte sich bemüht, ihr einige Zusammenhänge begreiflich zu machen, aber noch immer schien sie sich zu fragen, ob sie wirklich hier sein sollte, ob dieses Haus in dieser Nacht tatsächlich der Ort war, der sie auf ihrer Suche weiterbrachte.

Jacob stieg die wenigen Stufen hinauf und pochte an der braunen Doppeltür. Es dauerte eine Weile, dann ging sie mit einem sanften Knarren auf. Durch den Spalt beäugte uns eine kleine Frau in mittleren Jahren.

»Dorothea!« rief ich erfreut. Die Magd war also immer noch im Haus des Dichters beschäftigt. Seltsam, daß Beständigkeit in uns Menschen immer auch Hoffnung weckt, als sei allein das Zugeständnis des Unveränderlichen etwa Gutes, Erstrebenswertes.

»Die Herren Grimm?« fragte sie zweifelnd. Dann noch einmal, ehrlich beglückt: »Die Herren Grimm, tatsächlich! So eine Freude!«

Sie hatte uns immer schon gemocht, seit wir ihren Herrn heil aus Polen zurückgebracht hatten. Oder er uns, wie man's nehmen mochte.

Wir grüßten und schüttelten ihr die Hand, wobei ihr Blick auf Jade fiel. Dorothea hob mißtrauisch eine Augenbraue, hielt aber ihre Neugier im Zaum.

»Verzeihen Sie die späte Störung, Dorothea«, sagte Jacob. »Aber der Weg hierher war lang und die Stunde unserer Ankunft nicht abzusehen. Können wir den Herrn Geheimrat sprechen, jetzt gleich?«

Sie schüttelte bedauernd den Kopf. »Herr Goethe ist außer Haus.«

»Darf ich fragen, wann er wiederkommt?«

Die Dienstmagd hob die Schultern. »Er und seine Gäste wollten einen Spaziergang machen.«

»Einen Spaziergang? Um diese Zeit? Und bei dieser Kälte?«

Dorothea lächelte. »Sie kennen ihn doch. Er hat manchmal eigenartige Einfälle.« Sie beugte sich vor und senkte die Stimme zu einem Flüstern. »Und, mit Verlaub, seit er ins höhere Alter kommt, häufen sich solche Geistesblitze.«

»Wann ist er aufgebrochen?« Ich hatte Mühe, ruhig zu bleiben.

Zum ersten Mal verdunkelte sich ihr Blick. »Ist etwas geschehen?« fragte sie sorgenvoll. »Ein Unglück? Kommen Sie doch erst einmal herein. Ich werde gleich Frau Christiane wecken. Sie schläft schon, wissen Sie. Steht früh auf, geht früh zu Bett.«

Jacob mühte sich ein freundliches Lächeln auf die Lippen. Äußerlich bewahrte er seine Gelassenheit. »Machen Sie sich keine Gedanken um uns, Dorothea. Wir werden ein wenig durch die Straßen reiten und sehen, ob wir Herrn Goethe begegnen.«

»Sie wollen nicht lieber im Warmen auf ihn warten? Ich koche

Ihnen einen Kräutertee«, erbot sich die Magd mit freundlichem Lächeln und fügte schnell hinzu: »Ihnen und selbstverständlich Ihrer Begleiterin.« Noch ein abschätzender Blick in Jades Richtung.

»Danke, vielen Dank«, lehnte Jacob eilends ab. »Wir wollen Ihnen keine Mühe bereiten. Aber, sagen Sie, nach wie vielen Personen müssen wir Ausschau halten? Sie sprachen von Gästen ...«

»Oh, ja«, entgegnete Dorothea. »Sie sind alle zusammen gegangen. Ich habe sie nicht genau sehen können – sie kamen nach Einbruch der Dämmerung, und der Herr hat selbst die Tür geöffnet. Aber alles in allem sind sie wohl zu sechst. Einschließlich des jungen Herrn, der erst vor ein paar Stunden ankam. Er hatte ein großes Bündel dabei, vielleicht wird er eine Weile bleiben, wer weiß?« Und ein wenig beleidigt ergänzte sie: »Der Herr ist so zerstreut. Er vergißt, mich auf Gäste vorzubereiten, wissen Sie? Und dann stehe ich da, mit unbezogenen Betten, zu wenig Essen in der Vorratskammer und, und, und ...« Ein Seufzer unterstrich den Ernst ihres Kummers.

Jacob nickte mitfühlend. »Wir werden sehen, ob wir Sie finden. Bis später, Dorothea. Und haben Sie Dank.«

Damit trat er zurück zu den Pferden. Als wir aufstiegen, fragte Dorothea noch einmal: »Und ich kann Sie nicht mit einem heißen Trunk an den Ofen locken?« Mütterlich sah sie uns nach.

»Ein andermal« rief ich ihr zu, dann ritten wir los, eine schmale Gasse hinab, die an Goethes Haus vorbei nach Osten führt. Nachdem wir uns außer Hörweite befanden, zügelten wir die Pferde.

»Sechs Männer!« stieß ich mit mühsam gesenkter Stimme aus. »Herrgott, wir sollten machen, daß wir hier wegkommen.«

»Der Mann mit dem Bündel, das ist Stanhope, nicht wahr?« fragte Jade.

Jacob atmete tief und schloß einen Moment lang die Augen. »Das würde bedeuten, daß es wahr ist. Stanhope ist wirklich nach Weimar geflohen. Sein Ziel, sein Auftraggeber, das war Goethe.«

»Er und diese vier anderen«, fügte ich hinzu. »Die fünf Spitzen des großen Pentagramms.«

»All das mystische Brimborium um den Quinternio, die Verschleierung, die Aura das Okkulten – es würde zu ihm passen«, sagte Jacob.

»Aber Goethe verabscheut jede Art von Mystizismus«, warf ich ein.

»Und er kennt seine Macht. Überzeugung und Nutzen sind zwei Paar Schuhe. Aber warten wir ab, bis wir mit ihm gesprochen haben.«

»Du willst ihn wirklich suchen?« fuhr ich auf. »Lieber Himmel, Jacob – Stanhope hat diesem Kutscher die Haut abgezogen, er hat die Amme erdrosselt und mindestens einen Soldaten erstochen. Und du willst es mit ihm aufnehmen?«

Er schüttelte den Kopf. »Ich will mit Goethe reden, nicht mit Stanhope. Glaubst du wirklich, wir haben schon alles erfahren? Nichts haben wir! Wir haben uns ein paar Dinge zurechtgelegt, ja sicher. Aber wissen wir die volle Wahrheit? Nein, Wilhelm, die kennt nur er.«

»Seht, dort!« sagte Jade plötzlich.

Mein Blick folgte ihrem ausgestreckten Arm. Sie deutete in den Schnee vor uns. »Was meinen Sie?«

»Spuren«, erklärte sie. »Sie sind frisch, sie gehen über die anderen hinweg. Man kann es an den Rändern erkennen.«

Ich konte im Halblicht des Mondes nicht das geringste erkennen, keine Spuren, geschweige denn ihre Ränder.

»Wo führen sie hin?« fragte Jacob.

Jade brachte ihren Hengst in Bewegung. »Los!«

Und Jacob, mein Unglücksbruder, ritt tatsächlich hinter ihr her!

Ich selbst dagegen blieb stehen, zerknirscht, vor allem verängstigt. »Aber, vielleicht ... ich meine, wir sollten abwägen ...«

Die beiden waren anderer Meinung. Ihre Entscheidung war

gefallen. Jacobs Drang, die Lösung jeden Rätsels, die Antwort auf jede Frage zu erfahren, trieb ihn hinter der Prinzessin her, direkt in die Arme unserer Gegner, fürchtete ich. Und doch, was blieb mir schon, als den beiden zu folgen?

Nach einer Weile weitete sich die Gasse auf der linken Seite zu einer offenen Wiese, die von hohen Bäumen eingefaßt wurde. Am Ende des Weges erkannte ich die plumpe Silhouette des Stadtturms. Beim Näherkommen sah ich gleich daneben, im Schatten eines mächtigen Verwaltungsgebäudes, die Fürstliche Bibliothek. Goethe hatte uns einmal erklärt, dies sei einst ein altes Sommerschloß gewesen. Die Fürstin Anna Amalia hatte es gründlich überholen lassen, um dort die elftausend Bände ihrer Familienbibliothek unterzubringen – in weiser Voraussicht, denn wenige Jahre später verwüstete ein Feuer einen Großteil des Schlosses, und die wertvollen Bände wären unweigerlich zu Asche verbrannt. Allein der Umzug, seinerzeit wegen der hohen Kosten arg kritisiert, hatte die Bibliothek vor diesem Schicksal bewahrt.

Die Spuren endeten nicht, wie ich heimlich vermutet hatte, vor der Tür dieses Bücherhortes. Sie führten zwischen Bibliothek und Turm hindurch in die fürstlichen Parkanlagen am Ostrande Weimars. Zwanzig oder dreißig Schritte weit vor uns zog sich das Eisband der Ilm durch die verschneite Landschaft. Mond und Sternenlicht ließen die gefrorene Oberfläche des schmalen Flüßchens glitzern.

Goethe und seine Begleiter waren offenbar bis ans Ufer gegangen, hatten sich dann jedoch anders entschieden und waren dem Flußverlauf etwa fünfzig Schritt weit nach Norden bis zum Schloß gefolgt. Dort waren sie über die steinerne Brücke auf die andere Seite gelangt. Der Schnee war weitgehend unberührt, nur die Abdrücke der sechs Stiefelpaare waren jetzt selbst für Jacob und mich deutlich zu erkennen.

Bevor wir noch die freie Fläche bis zur Brücke überquerten, schlug Jacob vor, die Pferde zurückzulassen. Das verminderte zwar im Falle einer Flucht unsere Schnelligkeit, verringerte aber auch die Gefahr, daß man frühzeitig auf uns aufmerksam wurde. So ließen wir die Tiere im Schutz der Bäume stehen und setzten die Verfolgung zu Fuß fort.

Am anderen Ufer führten die Spuren wieder nach Süden. Bäume und Büsche wuchsen hier dichter als auf der Westseite, oftmals zu Hecken und Hainen verwoben. Goethe selbst hatte einst geholfen, den Park zu planen und anzulegen. Weil dazu in des Dichters Augen auch eine verwunschene Einsiedelei und eine Klosterruine samt Glockenturm gehörten, hatte er kurzerhand eine alte Strohhütte, eine Schießmauer und ihren unbenutzten Pulverturm zweckentfremden lassen.

Weiter südlich besaß Goethe ein schmuckes Gartenhaus, idyllisch abseits der Wege gelegen. Ich hatte angenommen, die Spuren würden dorthin führen, doch erneut sah ich mich getäuscht. Die Fährte verlief in einigem Abstand am Ufer entlang.

Erst auf Höhe einer Flußbiegung verschwanden die Fußstapfen in einem kleinen Wäldchen. Gedämpfte Stimmen drangen zwischen den Bäumen hervor.

Wortlos schlichen wir durchs Unterholz und näherten uns dem Herz des dunklen Haines. Die Stimmen brachen ab. Erschrocken blickten wir uns an. Schon glaubten wir uns entdeckt. Jade zog einen langen Dolch unter ihrem Wams hervor. Der Anblick der Klinge jagte mir einen Schauer über den Rücken. Noch mehr Waffen, noch mehr Blut.

Dann vernahmen wir ein Geräusch. Es klang, als grabe jemand ein Loch in die Erde. Das Schweigen der sechs wurde jetzt gelegentlich von angestrengtem Schnaufen durchbrochen. Immer wieder rammte ein Spaten in gefrorenes Erdreich, Dreck und Steine rieselten und wurden beiseite geworfen.

Durch dichtes Geäst und Buschwerk erkannte ich einen Schimmer von Helligkeit. Der Mond beleuchtete eine winzige Lichtung zwischen den Bäumen, kaum größer als mein Studierzimmer, darauf drängten sich mehrere Gestalten, schwarze, vage Umrisse mit Hüten und weiten Überwürfen.

Ein Mann hatte einen Spaten in Händen und gab sich redliche Mühe, ein Loch zu graben – Stanhope!

Er trug weder Hut noch Umhang. Schweiß glänzte auf seiner Stirn. Ich konnte durch die Büsche nur seinen Oberkörper sehen, nicht aber den Boden, auf dem er stand.

»Sieht aus, als grabe er irgend etwas aus«, raunte Jacob an meinem Ohr.

»Wir müssen noch näher heran«, flüsterte Jade. »Ich muß wissen, ob er das Kind dabei hat.«

»Es schreit nicht«, gab ich zurück. »Vielleicht haben sie es im Haus zurückgelassen. Wir hätten Dorothea danach fragen sollen.«

Jacob schüttelte den Kopf. »Sie sprach nur von einem Bündel, das Stanhope bei sich trug. Hätte sie von dem Kind gewußt, so hätte sie es sicherlich erwähnt.«

Stanhope verharrte plötzlich. Er richtete sich auf, blickte angestrengt ins Unterholz und lauschte.

Hatte er uns bemerkt? Jetzt rammte er den Spaten ins Erdreich. Das Werkzeug glitt von der vereisten Kruste ab und fiel scheppernd zu Boden. Eine der vermummten Gestalten sprang fluchend einen Schritt beiseite. Eine andere murmelte etwas. Mehrere Köpfe drehten sich aufgeregt nach rechts und links. Mondlicht fiel auf ihre Gesichter. Alle außer Stanhope trugen schwarze Masken, die Nasen- und Augenpartie bedeckten.

Stanhope starrte genau in unsere Richtung. Endlos lange, so kam es mir vor. Dann glitten seine Blicke weiter, tasteten über die umliegenden Büsche und Bäume. Schließlich schüttelte er unmerklich den Kopf. Er ergriff von neuem den Spaten und mühte sich weiter mit dem vereisten Erdreich ab. Keiner der anderen machte Anstalten, ihm zu helfen.

Wir wagten nicht mehr zu sprechen, versuchten aber, näher an die Lichtung heranzukommen. Kaum mehr als fünf oder sechs Schritte trennten uns noch von der unheimlichen Versammlung.

Und Stanhope grub und grub ...

Ich fragte mich, hinter welcher der fünf Masken sich Goethe verbarg. Ein Teil von mir verachtete ihn, ein anderer aber suchte nach Erklärungen, nach Gründen für diesen Mummenschanz.

Krachend brach der Spaten in den Boden. Wieder und wieder.

Jade war Jacob und mir einen Schritt voraus. Plötzlich blieb sie stehen. Sie gab keinen Laut von sich, und doch sah ich gleich, daß etwas nicht stimmte; irgend etwas war nicht so, wie sie es erwartet hatte. Und als auch ich selbst nahe genug heran war, um die Lichtung ganz zu überblicken, da begriff ich.

Stanhope hatte nicht vor, etwas auszugraben, ganz im Gegenteil. Es war ein Begräbnis. Das Loch, das der Lord in die Erde stemmte, war nicht groß. Das Bündel mit dem leblosen Kind lag neben Stanhope am Boden. Kein Geschrei drang zwischen den Decken hervor. Kein Beinchen strampelte, keine winzige Hand tastete suchend ins Leere. Der Erbprinz von Baden, der Nachfolger des großen Napoleon, war tot.

Ich sah, wie Jade sich spannte. Blitzschnell fuhr meine Hand vor und ergriff ihre Schulter. Ihr Gesicht raste herum, brodelnd bohrte sich ihr Blick in meinen. Heißer Zorn glühte in ihren Augen, Zorn, der sich einen Moment lang allein gegen mich richtete. Ganz kurz schien es, als wollte sie sich losreißen. Dann aber, ebenso unvermittelt, legte sich ihre Wut.

Endlose Minuten verstrichen, in denen Stanhope weiter am Grab des Kindes hackte und grub. Niemand sprach ein Wort, reglos sahen die fünf Maskierten den Mühen des Engländers zu. Nur gelegentlich trat einer unruhig von einem Fuß auf den anderen.

Wir getrauten uns nicht mehr, miteinander zu flüstern. In der Stille hätte man uns unweigerlich bemerkt. Alles, was uns blieb, war abzuwarten.

Endlich war das Loch groß genug. Stanhope legte den Spaten

beiseite und drückte ächzend sein Kreuz durch. Selbst er, ein Meister der Körperbeherrschung und geschult, keine Schwäche zu zeigen, stöhnte vor Erschöpfung. Der gefrorene Boden schien hart wie Stein zu sein und das Graben darin eine rechte Tortur.

Nun bückte er sich und bettete den kleinen Leichnam, der ganz blau im Gesicht und steifgefroren war, in die eisige Grube. Einer der Maskierten, ein Geistlicher vielleicht, murmelte ein Gebet und schlug ein Kreuzzeichen. Sogleich machte Stanhope sich mit verzerrtem Gesicht daran, die Erdbrocken über das tote Kind zu schaufeln.

Die übrigen warteten geduldig, bis er damit am Ende war, still und mit gesenkten Köpfen.

Schließlich war die Grube bis über den Rand hinaus gefüllt. Stanhope versuchte den kleinen Erdhügel mit dem Spaten zu glätten, doch die harten Krumen ließen sich nicht zusammendrücken. Da stieg er mit beiden Füßen auf das Grab und stampfte so lange darauf herum, bis der Boden eben war. Einer der Maskierten streckte den Arm aus, als wolle er den Lord von dieser Scheußlichkeit abhalten, ließ dann die Hand aber sinken. Sie alle wußten, was davon abhing, daß der Leichnam niemals entdeckt werden würde.

Ich schloß die Augen ob dieses Anblicks, und trotzdem kroch die Vorstellung des winzigen Körpers unter Stanhopes Stiefeln in mein Bewußtsein. Kannte dieser Mann den gar keine Achtung, nicht einmal vor einem toten Kind? Selbst Jade hatte sich voller Grausen abgewandt, und Jacob – nun, Jacob hatte sich entschlossen, einzugreifen.

Mit einem wütenden Ausruf sprang er auf, schlug Zweige und Äste beiseite und trat aus dem Unterholz auf die Lichtung, mitten unter die fünf Gestalten, die erschrocken auseinanderströmten. Vier von ihnen hoben die Arme und verdeckten die maskierten Gesichter mit ihren schwarzen Gewändern. Einen Augenblick zögerten sie noch, dann warfen sie sich herum und flohen. Wenige Augenblicke später waren sie von der Lichtung verschwunden. Ich hörte, wie sie in der Ferne durchs Dickicht brachen.

Die fünfte Gestalt war Goethe. Im selben Moment, da er Jacob erkannte, zog er die Maske vom Gesicht und nahm den Hut ab.

»Halt!« rief er energisch, als Stanhope sich auf meinen Bruder stürzen wollte. »Fassen Sie ihn nicht an!«

Jacob funkelte die beiden Männer wutentbrannt an. Allerdings zeigten sich auch die ersten Zweifel auf seinem Gesicht. Allmählich schien er zu begreifen, wozu ihn sein Ungestüm verleitet hatte.

Es half alles nichts – ich mußte mich ebenfalls zeigen.

So stand ich mit einem tiefen Seufzen auf und gesellte mich zu meinem Bruder. Auch Jade verließ ihr Versteck. Als Stanhope sie erkannte, verzerrten sich seine Züge vor Haß, doch Goethes Befehl hielt ihn zurück.

»Der Quinternio der Großen Fragen!« spie Jacob dem Dichter und seinem Mordbuben entgegen. »Was für eine armselige Komödie! Die fünf Spitzen des großen Pentagramms! Alles fauler Zauber.«

»Sie sind aufgeregt«, stellte Goethe betont ruhig fest. Aber ich sah ihm an, das seine Gelassenheit hinter der kühlen Fassade wankte. »Glauben Sie mir, ich verstehe Ihren Zorn.«

»Meinen ... Zorn?« entgegnete Jacob atemlos. Sein Arm zeigte auf den niedergetretenen Erdhügel. Er schnappte fassungslos nach Luft. »Ich bin ...«

»Empört, ja, natürlich«, ergänzte Goethe eilig. »Wer das Falsche verteidigen will, hat alle Ursache, leise aufzutreten; wer aber das Recht auf seiner Seite hat, muß derb auftreten, denn ein höfliches Recht will gar nichts heißen.«

Ich starrte den Dichter mit großen Augen an. »Wie konnten Sie das zulassen?«

Ehrliche Betroffenheit zeigte sich in Goethes Miene. Sein Haar war in den vergangenen Jahren grau, fast weiß geworden, der

Stirnansatz bis hoch auf den Schädel gerückt. Auch sein Doppelkinn war ausgeprägter als dereinst. Tiefe Falten, Spuren von Sorge oder Alter, hatten sich in seine Haut gegraben, und Ringe lagen um seine Augen, als sei sein Schlaf zuletzt nicht mehr der beste gewesen; vielleicht nicht ungewöhnlich für einen Mann von dreiundsechzig Jahren.

»Es ist eine Katastrophe«, sagte er, »dessen bin ich mir bewußt. Doch was geschah, geschah aus Leichtsinn, nicht aus Vorsatz. Wir sollten uns unterhalten, meine Herren.« Und mit einem Blick auf Jade fügte er hinzu: »Wer ist Ihre zauberhafte Begleiterin?«

Die zauberhafte Begleiterin fletschte die Zähne vor Widerwillen, sagte aber nichts. Sie hatte nur Augen für Stanhope, den Mörder Kalas und all ihrer Diener. In ihrer Hand lag der Dolch. Noch zögerte sie, ihn zu benutzen.

»Sie haben ein Kind ermordet!« fuhr Jacob auf, ohne Goethes Frage zu beachten. »Unter Ihren Füßen liegt sein Leichnam. Und Sie machen Komplimente!« Ich hatte Jacob niemals so entrüstet, so durch und durch erbost erlebt.

Goethe schüttelte nachdrücklich den Kopf. »Nicht ich habe das Kind getötet, das Wetter war es. Und, zugegeben, meine Leichtfertigkeit spielte auch eine Rolle. Aber bitte, lassen Sie uns in mein Haus gehen. Diese Versammlung hier« – er hielt vergeblich Ausschau nach den übrigen Maskierten – »scheint mir ohnehin bis auf weiteres aufgehoben.«

»Eine Versammlung von Mördern!« stieß ich wutentbrannt aus. »Und der schlimmste von allen steht an Ihrer Seite.«

Stanhopes Lippen verzogen sich zu einem schmalen Lächeln, doch er sagte nichts. Selbst jetzt noch bewahrte er die gepuderte Arroganz des Adels.

Goethes Züge verrieten eine gewisse Verwunderung. »Sie urteilen vorschnell, Herr Grimm. Es wurden Fehler begangen, in der Tat. Aber Sie kennen die Gründe nicht. Die Richtigkeit des Gedankens ist die Hauptsache, denn daraus entwickelt sich das Richtige der Tat.«

Es war mir unerträglich, daß solche Worte an diesem Ort gesprochen wurden, gleich über dem Grab des Prinzen. Gerne hätte ich ihn angeschrien, ihn vor Gott des Mordes, der Lüge und der Schönrednerei angeklagt. Doch ehe ich dergleichen vorbringen konnte, erhielt ich plötzlich einen groben Stoß von hinten, taumelte zur Seite und sah Jade, die an mir vorbei auf Stanhope zusprang, die Klinge hochgerissen, das Gesicht verzerrt vom brennenden Drang nach Vergeltung.

Sie schrie auf, schrille Worte in ihrer Muttersprache, und ließ den Dolch auf Stanhope herabfahren. Der Lord hatte wohl mit derlei längst gerechnet, denn er federte flink zur Seite, ließ Jade ins Leere laufen und setzte seinerseits nach. Seine Faust streifte die Prinzessin zwischen den Schulterblättern. Jade fuhr herum, kam breitbeinig zum Stehen und durchbohrte Stanhope mit einem Blick, der manch anderen in die Flucht geschlagen hätte. Ihre Klinge zuckte vor, ging jedoch ein weiteres Mal fehl, denn der Lord war bereits aus ihrer unmittelbaren Reichweite getreten. Lauernd standen sich die beiden nun gegenüber, während wir übrigen an den Rand der Lichtung zurückwichen. Ich hatte entsetzliche Angst um die Prinzessin, doch zugleich wünschte ich brennend, es ihr gleichzutun. Dazu freilich fehlten mir Fertigkeit und Mut.

»Hören Sie auf!« rief Goethe den Kämpfenden zu. »Stanhope! Hören Sie sofort auf!«

Doch weder der Lord noch Jade gaben etwas auf die Worte des alten Mannes. Der Kampf entbrannte von neuem, als sich beide aufeinanderstürzten. Etwas blitzte in der Hand des Briten, und mit Schrecken begriff ich, daß auch er einen Dolch gezückt hatte. Schon züngelten die stählernen Klingen. Stanhopes Spitze fuhr über den linken Arm der Prinzessin, zerteilte den Stoff ihres Hemdes und hinterließ einen kirschroten Schnitt. Jade heulte auf, nicht vor Schmerz, sondern aus Erbitterung über ihre Achtlosigkeit. Ihre eigene Klinge glitt mit der flachen Seite an Stanhopes Gesicht vorüber, hinterließ aber dennoch eine blutende Schramme.

Goethe appellierte weiter an die beiden Kontrahenten, man möge den Kampf doch aufgeben und den Streit mit Worten statt mit Stahl ausfechten. Niemand hörte ihm zu. Die Enge der Lichtung erwies sich immer mehr als Gefahr, nicht allein für Stanhope und Jade, auch für Jacob, mich und den Dichter. Immer wieder mußten wir den Stößen und Schlägen der Kämpfer ausweichen, und gerade wollten wir uns ins Dickicht zurückziehen, da sprang Stanhope seinerseits ins Unterholz und machte sich raschen Schrittes davon. Die Prinzessin setzte ihm auf der Stelle nach, und nur Augenblicke später waren beide verschwunden. Keuchen und Flüche, die von der Wiese außerhalb des Wäldchens herüberdrangen, verrieten, daß das Duell dort weiterging.

Jacob wandte sich an Goethe. »Wenn es Stanhope gelingt, die Prinzessin zu besiegen, wird er auch Wilhelm und mich töten.«

Goethe schüttelte den Kopf, aber er war totenbleich geworden. Es war eigenartig, den großen Denker so hilflos zu erleben. »Der Lord ist ein Ehrenmann. Er tötet niemanden, wenn es nicht unbedingt sein muß.«

Ich lachte auf, obgleich mir die Angst um Jade fast das Herz zerriß. »So wie die arme Amme, nicht wahr?«

»Die Amme?« fragte Goethe alarmiert. »Sie ist tot?«

»Tun Sie nicht so, als ob Sie nicht davon wüßten.«

»Was reden Sie denn da, meine Herren?« Zunehmende Verwirrung umwölkte Goethes hohe Stirn. »Das alles ist mir gänzlich neu.«

»So wie die Entführung des Prinzen?« zischte ich böse. »So wie die Spur von Leichen, die Stanhope auf seinem Weg hinterlassen hat?«

In jenem Augenblick umgab Goethe wenig von seinem dichterischen Glanz, von der Glorie des famosen Genies. Für einen Moment stand er da wie ein wirrer, geschlagener Greis. Aber schon Sekunden später hatte er sich wieder in der Gewalt.

»Stanhope hatte niemals den Auftrag, irgend jemanden zu töten. Niemals, hören Sie!«

Jacob glaubte ihm kein Wort. »Es wäre nicht das erste Mal, daß Sie höchst großzügig mit dem Leben anderer umgehen, nicht wahr?«

Goethe wollte auffahren, aber im selben Moment wurde mir wieder bewußt, daß Jade noch immer um ihr Leben kämpfte – und um das unsere. Nicht einmal Goethe würde Stanhope jetzt noch aufhalten können, ganz gleich, in welcher Beziehung sie zueinander standen. Ich drehte mich um und lief durch die Bresche, die die beiden Kämpfenden ins Unterholz geschlagen hatten. Jacob kam hinterher, und nach kurzem Zögern folgte auch Goethe. Sein schwarzes Zeremoniegewand verfing sich in den Zweigen. Er riß es sich kurzerhand vom Leib; darunter trug er fellbesetzte Winterkleidung, Mantel und Stiefel.

Als ich aus dem Hain trat, sah ich, daß Jade und Stanhope sich über die verschneite Wiese dem Fluß genähert hatten. Zwanzig Schritte weiter südlich war die Eisschicht aufgebrochen, dicke Schollen hatten sich mancherorts über- und untereinandergeschoben. An anderen Stellen klafften sprudelnde Löcher. Die beiden Kämpfer hatten eine breite Spur im aufgewühlten Schnee hinterlassen, häßliche Wunden im Weiß, aus denen Erdreich und tote Gräser quollen.

Jetzt standen sie sich unweit des Ufers lauernd gegenüber, vorgebeugt und mit Blicken wie hungrige Wölfe im Kampf um die Beute. Beider Dolchspitzen wiesen auf den Gegner, immer wieder umkreisten sie sich, bereit, jederzeit vorzuschnellen und den anderen aufzuschlitzen. Beide waren verschwitzt und außer Atem; Stanhope hatte bereits mit dem Spaten eine Schlacht gegen den gefrorenen Boden geschlagen, die Erschöpfung machte sich bemerkbar. Mir schien, als reagiere er auf Jades Attacken weniger prompt und behende als noch zu Beginn ihres Kampfes. Und die Prinzessin machte ihrem toten Lehrmeister alle Ehre; immer wieder stieß sie vor und fügte dem Lord winzige Schnitte und Stiche zu, keine schweren Verletzungen, aber schmerzhaft genug, um den Briten zu schwächen. Auch sie selbst hatte einige Schrammen und kleinere Wunden davongetragen.

Goethe hatte es aufgegeben, die beiden durch Rufe und Zureden zum Einstellen des Kampfes bewegen zu wollen. Fassungslos folgte sein Blick dem Duell. Anders als seine Mitverschwörer machte er keinerlei Anstalten, das Weite zu suchen. Ein Rest von Verantwortungsgefühl fesselte ihn an diesen Ort, ergeben harrte er dem Ausgang des blutigen Zwists.

Mit einer ganzen Serie von Ausfällen und gezielten Stichen brachte Jade den Lord dazu, vom festen Ufer auf das Eis der Ilm zu wechseln. Behende sprang sie hinterher. Ich glaubte schon, ihren Plan zu durchschauen. Sicher wollte sie ihren Feind bis zu dem Loch in der Eisfläche drängen, um ihn dann in die frostigen Fluten zu stürzen. Zu meinem Erstaunen sah ich jedoch, daß sie es damit nicht eilig hatte oder aber ein gänzlich anderes Ziel verfolgte. Statt den Schauplatz des Kampfes allmählich nach Süden, in die Richtung der knirschenden Schollen zu verlegen, blieb sie in der Mitte des Flusses stehen und ließ sich auch durch Stanhopes Attacken nicht von dort fortbewegen.

Minutenlang ging es vor der nächtlichen Lichterkette Weimars auf diese Weise hin und her, mal gelang es Jade, einen Treffer mit der Klinge zu landen, mal dem Lord. Dabei bewegte die Prinzessin kaum die Füße, fast als sei sie festgefroren.

»Was tut sie da?« fragte Jacob leise.

»Ich hoffe, zumindest sie selbst weiß es.«

Goethe verfolgte das Geschehen stumm und mit sichtbarem Protest. Nur einmal drehte er sich kurz zu mir um und fragte tonlos: »Und Stanhope hat die Amme wirklich getötet? Das hat er wirklich getan?«

»Ihre Leiche lag zu meinen Füßen«, entgegnete ich widerwillig – worauf der Dichter erneut in bedächtiges Schweigen verfiel.

Mit einer Reihe tückischer Vorstöße versuchte nun Stanhope, die Prinzessin nach Süden zu treiben. Vergebens. Jade wich keinen Schritt zurück, ja, sie nahm sogar einen Hieb gegen ihre Hüfte in Kauf, ohne einen Fingerbreit nachzugeben.

Dann, ganz unerwartet, machte sie blitzschnell einen Sprung nach hinten. Stanhope setzte augenblicklich nach, sah sich schon als Sieger. Seine Stiefel berührten die Stelle, an der gerade noch die Prinzessin gestanden hatte, er holte aus –

– und brach mit beiden Füßen durchs Eis.

Fassungslos weiteten sich seine Augen. Ein Aufschrei entfuhr seiner Kehle. Schon war er bis zu den Lenden im Wasser verschwunden, während seine wedelnden Arme den Dolch verloren. Jade stand nur da und sah zu, wie ihr Feind in die winterlichen Wogen gerissen wurde. Die Ilm war nicht tief, doch schon saugte die Strömung den Lord unters Eis. Wenig später war Stanhope verschwunden, verschluckt vom Fluß und endlich besiegt.

Jade stand noch einen Moment, ihre Hand mit der Klinge zuckte unkontrolliert vor und zurück, nur ganz leicht, als sei der Lord noch immer da, nur unsichtbar; dann schleppte sie sich müde ans Ufer. Sogleich war ich bei ihr und stützte sie. Widerstandslos ließ sie es geschehen. Mein Blick heftete sich auf die Stelle, an der Stanhope eingebrochen war. Der zerborstene Eisrand war dort nur noch einen Fingerbreit dünn. Und als ich Jade nun festhielt und der Wärmezauber, den Kala sie gelehrt hatte, von ihrem Körper auf den meinen überfloß, da wußte ich, was sie getan hatte. Sie hatte das Eis unter sich zum Schmelzen gebracht, so wie sie uns in der Nacht im Wald beide warm gehalten hatte. Am Ende war es Kalas Vermächtnis gewesen, das Stanhope besiegte.

Jacob und Goethe kamen über die Wiese auf uns zugestolpert. Jade wollte sich von mir lösen und sich mit letzter Kraft auf Goethe werfen, ich aber hielt sie zurück.

»Gehen wir zu mir nach Hause«, sagte der Dichter leise und mit einem Anflug von Traurigkeit. Er klang mit einemmal sehr, sehr alt. An die Prinzessin gewandt fügte er hinzu: »Wenn ich mich nicht täusche, dann habe ich dort etwas, das Ihnen gehört.«

* * *

Dorothea servierte Tee und dampfenden Glühwein und bot gar an, eine Kleinigkeit zu kochen. Jacob und ich lehnten dankend ab, während Jade ohnehin einzig Augen für Goethe hatte, der uns in einem gewaltigen Ohrensessel gegenübersaß. Wir anderen hockten auf einfachen Holzstühlen rund um einen Tisch in Goethes Arbeitszimmer. Darauf standen zwei flackernde Kerzenleuchter. Vor den beiden Fenstern beschien der Mond den winterlichen Garten.

Nachdem Goethe Dorothea gestattet hatte, sich wieder zu Bett zu begeben, und sie die Tür hinter sich geschlossen hatte, ergriff der Dichter langsam das Wort.

»Sie halten mich für einen Schurken, und das nicht zum ersten Mal, wenn ich mich recht entsinne.«

»Auch damals lagen wir damit nicht falsch«, versetzte Jacob böse.

Goethe nickte. »Etwas Unverzeihliches ist geschehen. Die Ränke einiger alter Männer und Frauen haben Menschenleben gekostet. Sogar das eines unschuldigen Kindes. Das ist grauenvoll und widerwärtig. Aber ich versichere Ihnen, meine Herren, und auch Ihnen, liebe Dame, nichts davon geschah mit meinem Segen. Wenn es stimmt, was Sie über Stanhope sagen – und daran will ich nicht zweifeln, so gern ich es täte –, so handelte er gegen meinen ausdrücklichen Willen.«

Empört fuhr ich auf. »Man legt eine Mitschuld nicht ab wie eine verschlissene Weste. Aber das muß ich Ihnen kaum sagen, nicht wahr? Ausgerechnet Ihnen! Wer bin ich, Sie über Moral zu belehren.«

»Das alte Spiel«, erwiderte er düster. »Wann weicht die Moral der Notwendigkeit?« Und dann zitierte er sich selbst, diesmal aus *Wilhelm Meister:* »Ihr führt ins Leben uns hinein, ihr laßt den Armen schuldig werden, dann überlaßt ihr ihn der Pein, denn alle Schuld rächt sich auf Erden.« Er seufzte aus tiefstem Herzen. »Das scheint mir der Preis, der auch mich erwartet.«

Zwei Stunden waren vergangen, seit wir Goethe ins Haus am Frauenplan gefolgt waren. Dorothea hatte darauf bestanden, Jades zahllose Schnittwunden mit Salben und Medizin zu behandeln. Die Prinzessin ließ es geschehen, weil sie den Hausmittelchen der Dienstmagd vertraute.

Einen Arzt hätte sie, dessen war ich sicher, nicht an sich herangelassen. Sie war völlig erschöpft und hatte Schlaf dringend nötig; nur Goethes mysteriöse Andeutung hielt sie noch auf den Beinen. Sie weigerte sich, ihre zerfetzte Kleidung abzulegen, und so hatte Dorothea ihr eine Wolldecke umgelegt, die Jade dankbar annahm. Sie mußte Schmerzen haben, und der Blutverlust hatte sie geschwächt. Trotzdem bestand sie darauf, mit uns am Tisch zu sitzen. Dabei übte sie sich in eherner Geduld, denn was immer Goethe mit seiner Bemerkung gemeint hatte, seither hatte er es nicht mit einem Wort erwähnt. Aber Jade drängte ihn nicht. Schweigend wartete sie ab und ließ den Dichter nicht aus den Augen.

Jacob nahm den Glühweinbecher und wärmte sich die Finger. »Erzählen Sie«, verlangte er.

Goethe lehnte sich in seinem ledernen Sessel zurück, verschränkte die Hände vorm Bauch und schloß einige Atemzüge lang die Augen. »Ich will mit dem Quinternio beginnen, dem Quinternio der Großen Fragen. Es fällt mir nicht leicht, davon zu sprechen, denn für jeden Außenstehenden muß es lächerlich, gar kindisch klingen. Aber Sie und ich, wir haben einiges zusammen erlebt, und vielleicht können Sie am ehesten verstehen, um was es hier geht. Der Quinternio ist ein Zusammenschluß von fünf

Personen, der es sich zur Aufgabe gemacht hat, das Geschick unseres Landes in eine glücklichere Richtung zu weisen.«

»Was ihn kaum von Dutzenden anderer größenwahnsinniger Geheimbünde unterscheidet, wie es sie in jeder Stadt gibt, deren Wirtshäuser Hinterzimmer vermieten«, bemerkte Jacob. Seine Respektlosigkeit war beabsichtigt, doch ein Blick in des Dichters Augen reichte aus, um zu sehen, daß Jacobs Spitze fehlging. Es gehörte mehr dazu, einen Mann wie Goethe aus der Fassung zu bringen. Und was hätte ihn stärker treffen können als der Tod des kleinen Prinzen?

»Es gibt einen Unterschied«, widersprach Goethe sanft.

»Die fünf Mitglieder des Quinternio besitzen den Einfluß und die Mittel, einen Teil ihrer Ziele durchzusetzen.«

»Wer sind die anderen vier?« fragte ich.

»Haben Sie bitte Verständnis, wenn ich darüber schweige. Nach Ihrem Auftritt im Park sollten sie längst über alle Berge sein.«

Ich schüttelte verständnislos den Kopf. »Aber dieser ganze Mystizismus um den Begriff des Quinternio, die Sache mit den fünf Großen Fragen, die Andeutungen Hadrians und der alten Märchenfrau – was soll das alles? Weshalb bleibt der Quinternio nicht im geheimen? Warum drängt es ihn – oder Sie – so sehr an die Öffentlichkeit?«

»Ich gestehe, all das war meine Idee.« Er lächelte, während er das sagte, aber es wirkte unehrlich, als sei ihm insgeheim ganz anders zumute. »Wir, Sie und ich, meine Herren, wir haben einst die Macht der Rosenkreuzer erlebt. Auch sie umgeben sich mit dem Anschein des Mystischen, mit aufgeblasener Alchimie, mit einem Hauch von Magie und Okkultismus. Und wir drei wissen nur zu gut, daß all das nur Staffage ist.«

»Sie waren ein Gegner der Rosenkreuzer«, warf Jacob ein. »Jetzt klingen Sie wie ihr Fürsprecher.«

»Oh, nein, um Himmels Willen!« wehrte sich der Dichter. »Ich habe lediglich erkannt, welche Vorzüge eine solche Maskerade haben kann. Im Jahr nach unserer ersten Begegnung, 1806, errang Napoleon seinen gräßlichen Sieg bei Jena und Auerstedt, nur wenige Meilen von hier. Ich habe das Schlachtfeld gesehen, die Tausenden und Abertausenden Leichen, die Verwundeten. Die ganze Stadt wurde seinerzeit zu einem einzigen Feldlazarett – nicht für unsere Soldaten, sondern für die des Siegers, für Napoleon und die Seinen. Begreifen Sie, all das geschah gleich vor meiner Haustür!«

»Zwei Jahre darauf haben Sie Napoleon persönlich getroffen. Man sagt, Sie hätten sich gut verstanden.«

Goethe entfuhr ein schmerzlicher Seufzer. »Bonaparte ist ein überaus kluger Mann. Er versteht es, andere für sich einzunehmen. Ich gebe zu, daß ich nicht abgeneigt bin, ihn als Person, als Menschen zu mögen – als Feldherrn aber verabscheue ich ihn und sein Wirken zutiefst.«

»Weiß er das?«

»Natürlich nicht.«

»Zurück zum Quinternio – und dem ermordeten Kind«, forderte Jacob.

Der Dichter neigte das Haupt, ohne Jacob zu beachten. Er sah Jade an und lächelte zaghaft. »Haben Sie noch ein wenig Geduld, meine Liebe, dann komme ich auch zu jener Angelegenheit, auf die Sie sicher bereits warten.«

Die Prinzessin nickte nur und sagte kein Wort.

»Wo war ich stehengeblieben? Ah, ja«, sagte er und hob den Zeigefinger wie ein Schulmeister, »beim Anschein des Mystischen, mit dem wir den Quinternio umgaben. Die vier anderen und ich, wir taten uns zusammen, um Napoleons Einfluß auf unser Land zu mindern oder gar zu zerschlagen. Fünf alte Männer und Frauen, die Befreier spielen, so könnte man es sicherlich sehen. *Ich* würde es so sehen, an der Stelle eines jeden anderen. Um aber genau das zu vermeiden und dem Quinternio in den Augen des gemeinen Volkes Gewicht zu verleihen, spannen wir einen Mythos nach dem Vorbild altgriechischer, spartanischer und thebanischer Geheimbünde. Wenn Sie ahnten, wie abergläubisch selbst die höchsten Beamten bei Hofe sind, Herrgott, Sie würden auf der Stelle ins Exil gehen! Wir begannen damit, daß wir einer ganzen Reihe von Kartenleserinnen, Wahrsagern und angeblichen Seherinnen den Floh vom allmächtigen Quinternio ins Ohr setzen ließen. Wie nannten Sie es eben, Herr Grimm? Die fünf Spitzen des großen Pentagramms, genau. Ein wenig Firlefanz aus alten Zauberbüchern, dazu ein wenig Kabbala, Gnosis und antiker Götterglaube, und schon war das Bild, das wir im Sinn hatten, abgerundet.« Er lachte hustend in der Erinnerung daran. »Es fiel leicht, das hellseherische Wundervolk von der Legende des Quinternio zu überzeugen, und wir wählten gezielt jene aus, von denen wir wußten, daß sie auch im Dienste von Fürstenhäusern und deren Angehöriger stehen. Tausende von Beamten, Politikern, hochgestellten Persönlichkeiten, ja sogar Herzöge und Fürsten suchen jedes Jahr diese angeblichen Weisen auf und lassen sich von ihnen ihre Zukunft prophezeien. Und allmählich zog das Märchen vom Quinternio auch in die Hirne jener ein, die unser aller Geschick regieren. Glauben Sie mir, es war spielend einfach. Und es ging schnell. Innerhalb weniger Jahre war der Glaube an die Macht des ominösen Quinternio tief in der Gerüchteküche aller Höfe, Regierungspaläste und Adelshäuser verankert.«

Ich sah ihn mit großen Augen an. »Aber damit stellen Sie sich auf eine Stufe mit den Rosenkreuzern, die Sie doch immer wegen ihres Mystizismus so sehr verachtet haben. Es ist keine sieben Jahre her, da haben Sie und Ihre Illuminatenfreunde die Rosenkreuzer aus genau jenem Grund bekämpft.«

»Und wir waren im Recht«, erwiderte er überzeugt. »Aber nun hat sich alles verändert. Der Korse regiert die Welt, und die blutigen Hügel von Jena und Auerstedt haben mir die Augen geöffnet.

Der Zweck, meine Herren, heiligt die Mittel! Wenn das Einzelne durch die Zeit ausgelöscht wird, so geht das Allgemeine doch rein aus ihr hervor. Die Handlungen verschwinden, die Gesinnungen bleiben übrig. Man hört auf, nach den Mitteln zu fragen, und allein die erreichten Zwecke treten vor die Augen des Betrachters.«

»Und der Zweck ist der, Napoleon zu stürzen?« fragte Jacob ungläubig. »Das kann nicht Ihr Ernst sein.«

»Ich fürchte, hierin sind sich die Mitglieder des Quinternio uneinig. Die vier anderen glauben, das einzig Richtige sei, den Korsen so schnell wie möglich vom Thron zu stoßen. Ein illusorisches Vorhaben, gewiß. Ich habe mir daher einen – nun, ich will es Alleingang nennen – erlaubt.« Wieder holte er tief Luft, bevor er fortfuhr. »Sehen Sie ...«

Im selben Augenblick klopfte es an der Zimmertür. Goethe brach widerwillig seine Ausführungen ab und fragte mürrisch, wer da störe.

»Verzeihen Sie, Herr Geheimrat«, erklang gedämpft Dorotheas Stimme, »aber draußen vorm Haus warten zwei Besucher, die Sie zu sprechen wünschen. Sie sagen, es sei überaus wichtig.«

»Wichtig?« grollte der Dichter. »Um diese Zeit? Ich wüßte nicht, wer –«

Dorothea öffnete die Tür einen Spaltbreit und streckte den Kopf herein. »Es sind Soldaten«, flüsterte sie unheilschwanger.

Jade sprang auf. Ihr Stuhl kippte polternd nach hinten. Die Wolldecke fiel zu Boden, und ihre blutverkrustete Kleidung kam zum Vorschein. Wilde Kampfeswut glühte in ihren Augen, trotz ihrer Wunden.

»Gemach«, bat Goethe mit einem besänftigenden Wink und erhob sich. Zu Dorothea sagte er: »Haben die Herren ihre Namen genannt?«

»Dalberg und Stiller«, erwiderte die verschüchterte Dienstmagd. »Es ist noch ein dritter Mann dabei, auch ein Soldat, aber er wartet bei den Pferden. Alle drei sehen nicht recht – nun ja, vertrauenerweckend aus. Ihre Uniformen sind schmutzig und zerrissen, ihr Gesichter dreckig und –«

»Schon gut, schon gut«, beendete Goethe ihren Wortschwall. Falls ihn das Auftauchen des Ministers erschreckt oder auch nur verwundert hatte, so wußte er seine Gefühle gut zu verbergen. Er blieb vollkommen ruhig.

Nicht so Jacob und ich. Von Jade ganz zu schweigen.

Die Prinzessin eilte an Goethe vorbei zum Fenster und blickte prüfend hinaus, als erwäge sie allen Ernstes, in den Garten hinunter zu springen. Mein Bruder und ich, wir starrten uns hilfesuchend an. Keiner von uns wußte, wie mit der neuen Lage zu verfahren war.

Wir hatten Goethe in aller Kürze von unserer Reise an Dalbergs Seite berichtet, ebenso von den Priestern Catays, dem Kampf im Wald und unserer Flucht mit Jade. Dabei hatten wir angedeutet, daß es durchaus möglich wäre, daß der Minister und seine Soldaten getötet worden waren. Wenn Dalberg, Stiller und ein dritter Mann nun in Weimar auftauchten, so bedeutete dies, daß sie unserer Spur bis hierher gefolgt waren. Wahrscheinlich hatte ihnen der Nachtwächter verraten, vor wessen Haus er uns gesehen hatte. Freilich gehörte nicht viel dazu, auch ohne Hilfe auf unseren Gastgeber in Weimar zu kommen; immerhin war es Goethe gewesen, der mein Empfehlungsschreiben an Dalberg verfaßt hatte.

Goethe ging mit Dorothea zur Tür. »Meine Herren, folgen Sie mir bitte. Sie sollten dabei sein, wenn wir unsere Besucher empfangen. Und Sie, Prinzessin, bleiben am besten fürs erste hier.«

Jade nickte steif. Ihr war anzusehen, wie wenig es ihr behagte, allein zurückzubleiben. Trotzdem fügte sie sich – und bewies damit weit größeres Vertrauen in Goethe, als ich selbst für angemessen hielt.

Dorothea war bereits vorgelaufen, um Dalberg und Stiller ins

Haus zu bitten, und so stiegen der Dichter, Jacob und ich allein die Treppe hinab.

»Was wollen Sie denen sagen?« fragte ich angstvoll. »Der Prinz ist tot, Stanhope ebenfalls. Dalberg wird sich nicht mit läppischen Ausreden abspeisen lassen. Er wird wissen wollen, weshalb wir hier sind.«

Goethe sah erst mich, dann Jacob durchdringend an. »Ganz gleich, was geschieht, Sie werden nichts sagen, bevor ich Sie anspreche. Ich kenne Dalberg seit langen Jahren, und ich weiß, wie man mit ihm umgehen muß. Also lassen Sie mich mit ihm reden. Ich verspreche Ihnen, er wird sehr schnell Ruhe geben.«

Goethe empfing die beiden Männer in einem Zimmer, dessen Fenster auf den Frauenplan blickten. Die Wände waren blau gestrichen, weil Blau, wie er uns einmal erläutert hatte, ein Gefühl der Weite im Menschen weckt. Besucher, so glaubt er, würden dadurch fröhlich gestimmt.

Ob dies jedoch auf Dalberg und Stiller zutraf, zog ich in Zweifel.

Wir hörten sie schon von weitem kommen. Ihre Stiefel knallten über die Dielen, und bei jedem ihrer Schritte war mir, als setze mein Herzschlag aus. Ich wünschte mir, mich auf einen der Sessel fallenlassen zu können, aber das geziemte sich nicht.

Die beiden Männer traten durch die Tür. Dorothea wollte sie hinter ihnen schließen, doch Goethe rief: »Bleib nur Dorothea, ich habe gleich eine Aufgabe für dich.«

Er ging auf Dalberg zu, umarmte ihn herzlich und schüttelte Stiller die Hand. Dabei starrte der Rittmeister an Goethe vorbei auf Jacob und mich. Er sah aus, als hätte er den Dichter am liebsten beiseitegestoßen und sich auf uns gestürzt.

»Verzeihen Sie, lieber Freund«, sagte Dalberg zu Goethe, »aber ich muß mich über Ihre beiden Besucher wundern.«

Dabei war es doch eindeutig sein *lieber Freund*, über den er sich hätte wundern sollen! Nicht wir waren für den Tod des Prinzen verantwortlich. Nicht wir hatten Stanhope mit der Entführung des Kindes beauftragt. Die Wahrheit lag mir auf der Zunge, aber ich zügelte meine Wut und schwieg.

Dalberg wandte sich an uns. »Sie waren mit einemmal fort. Wir haben uns die allergrößten Sorgen um Sie gemacht.« Sein Unterton verriet, was ihm tatsächlich Sorgen bereitet hatte: daß nämlich Jacob und ich ihn endgültig verraten und an die Priester ausgeliefert hatten – denn nur so konnte er das plötzliche Auftauchen der Tätowierten nach unserem Verschwinden deuten. Mir an seiner Stelle wäre es nicht anders ergangen.

Goethe ergriff das Wort, bevor einer von uns etwas erwidern konnte. »Ich durchschaue Sie, lieber Dalberg. Sie mißtrauen meinen Gästen.«

»Diese Männer haben uns an den Feind verraten!« unterbrach Stiller ihn. Vor Wut überschlug sich seine Stimme, und sein ganzer Körper bebte. »Ich habe acht meiner besten Soldaten verloren. Es hätte nicht viel gefehlt, und auch der Minister und ich wären diesen Jesuiten zum Opfer gefallen. Der Entführer des Kindes ist uns außerdem entwischt. Und all das verdanken wir allein Ihren Gästen!« Er betonte das letzte Wort, als sei es die übelste Beleidigung.

»Aber, aber, Herr Rittmeister«, entgegnete Goethe gelassen. »Sie tun unseren jungen Freunden unrecht.« Er wandte sich an die Dienstmagd und sagte fast beiläufig: »Dorothea, bitte, geh und weck meine Frau. Sag ihr, es sei an der Zeit. Dann weiß sie, was zu tun ist.«

Stiller hatte keinen Sinn mehr für Höflichkeiten. »Was, zum Teufel, hat Ihre Frau damit zutun?«

Goethe lächelte höflich. »Bitte, lassen Sie uns erst einmal Platz nehmen. Alle!« fügte er mit einem Blick in Jacobs und meine Richtung hinzu. Geschwind folgten wir seiner Weisung. Ich verstand nicht, was Goethe vorhatte. Ich war nicht in der Lage, auch nur einen klaren Gedanken zu fassen.

Nachdem wir widerwillig Platz genommen hatten, fuhr der Minister ungeduldig auf: »Ich verlange endlich eine Erklärung.«

Stiller kam allen anderen zuvor. »Was braucht es da noch Erklärungen? Ist Ihnen bekannt, meine Herrn, was auf Verrat am Kaiser steht? Sicher bedarf auch das keiner Erklärung!«

Ein Kloß entstand in meinem Hals. Ich hätte nichts sagen können, selbst wenn Goethe es gestattet hätte.

»Bitte haben Sie noch ein wenig Geduld«, bat er.

»Worauf warten wir denn?« fragte Dalberg unwirsch.

Goethe lächelte liebenswürdig. »Auf meine Frau.«

»Aber –«

»Bitte!« unterbrach Goethe ihn höflich, wenn auch nicht ohne Schärfe. »Wir mögen noch so viel reden und werden zu keinem Ergebnis kommen, ehe Christiane nicht bei uns ist.«

Ich sah Jacob verdutzt an, doch er zuckte nur mit den Achseln.

So also warteten wir. Eine Minute verstrich, dann zwei, drei, vier. Ich gab mir Mühe, Stillers Blicken auszuweichen. In seinen Augen loderte purer Haß.

Goethe zog seine Taschenuhr hervor, klappte den Deckel auf, verfolgte den Lauf der Zeiger. Ihr Ticken hallte in meinen Ohren wider, dröhnte immer lauter, fast schmerzvoll. Die Anspannung war unerträglich.

Endlich näherten sich leichtfüßige Schritte. Ich hörte ein Geräusch hinter der Tür, erkannte gar, was es war, sagte mir aber, das sei unmöglich. Auch die anderen hatten es gehört. Dalberg legte die Stirn in Falten.

Die Tür ging auf, und Christiane von Goethe trat ein. Die Frau des Dichters war fast zwanzig Jahre jünger als ihr Gatte. Sie trug ein schlichtes, grünes Hauskleid, wohl in aller Eile übergeworfen, hatte große, freundliche Augen und schwellende Lippen. Ihre Wangen strahlten trotz der späten Stunde von rosiger Gesundheit, sie war klein und fraulich gerundet.

In ihren Armen hielt sie ein Kind. Sein Weinen war es gewesen, das wir alle vor der Tür vernommen hatten.

»Einen guten Abend wünsche ich den Herrn«, sagte sie mit sanfter Stimme, hielt dabei jedoch den Blick liebevoll auf das Gesicht des Kindes gerichtet. Sie reichte dem Kleinen ihren Zeigefinger, und sogleich griffen die beiden Händchen danach, und das Weinen wurde zu einem verspielten Gurren.

Mein erster Gedanke war Verwunderung, warum ich nichts vom Nachwuchs im Hause Goethe gehört hatte.

Doch als Dalberg vom Sessel aufsprang und mit zwei hastigen Schritten zu Christiane eilte, da dämmerte mir, was hier vorging. Und wessen Kind dies war.

Stiller verbeugte sich knapp vor der Dame, dann trat er neben den Minister und blickte verwirrt auf den Knaben. »Ist das –«, begann er, doch Dalberg unterbrach ihn:

»Der Prinz, ja, natürlich.« Seine Stimme klang mit einemmal gelöst. »Verzeihung«, bat er Christiane und machte sich an der Decke zu schaffen, in die das Kindlein gewickelt war. Es gelang ihm, einen strampelnden Fuß freizulegen. »Hier, das Mal!« rief er aus. »Es besteht kein Zweifel. Der Knabe ist der Erbprinz von Baden.«

Aufgebracht vor Freude und Erleichterung fuhr er herum. »Aber wie kommt er hierher?«

Meine Verwirrung war unbeschreiblich. Dalberg glaubte, er verstünde nicht, was hier vorging – was aber sollten da erst Jacob und ich sagen? Wir hatten das Begräbnis des Prinzen gesehen. Hatten beobachtet, wie Stanhope Erde auf das tote Gesicht des Kindes schaufelte. Und nun lag der Prinz in den Armen Christianes!

Wen aber hatte der Lord draußen im Park verscharrt?

»Dieses Glück haben Sie unseren beiden Helden zu verdanken«, erklärte Goethe mit Gönnermiene und wies – welch wunderbare Fügung! – auf Jacob und mich!

Helden?

Dalberg blickte verwirrt von einem zum anderen, und sogar

Stiller schien seinen Rachedurst für den Augenblick zu vergessen. »Wie darf ich das verstehen?«

»Wir ... nun ...«, stammelte Jacob.

Goethe kam ihm eilends zu Hilfe. »Ach, soviel Bescheidenheit! So große Aufopferung! Erlauben Sie mir, Ihnen die ganze Geschichte von meiner Warte aus zu erzählen. Sie wissen, Geschichten sind ... mein Steckenpferd, sozusagen. Und Alter bewahrt nicht vor Koketterie.«

Jacob und ich nickten geschwind, während Dalberg und Stiller immer noch höchst verwundert taten.

»Erzählen Sie«, bat der Minister schließlich.

Wieder nahmen wir alle Platz.

Goethe schenkte Christiane ein Lächeln. »Bitte, bring den Kleinen wieder zu Bett. Wir wollen nicht, daß die Zukunft des Kaiserreichs sich eine Lungenentzündung holt, nicht wahr?«

Dalberg gab seinen Segen, und Christiane verabschiedete sich und ging.

»Heute meldete mir meine Dienstmagd den Besuch der ehrenwerten Brüder Grimm«, begann Goethe. Ohne mit der Wimper zu zucken, tischte er nun eine Lüge nach der anderen auf: »Sie können sich meine Verwirrung sicher vorstellen, vermutete ich die beiden doch, oder wenigstens einen von ihnen, in Karlsruhe – in Ihrer Obhut, lieber Dalberg. Nun aber standen sie mit einem Male vor meiner Tür, und nicht nur in wenig erfreulichem Zustand, sondern noch dazu mit einem schreienden Kindlein im Arm. Eine höchst merkwürdige Fügung, wie mir schien. Ich vertraute den Prinzen meiner Frau an, die ihn sogleich mit aller Hingabe umsorgte. Unsere beiden Grimms aber bat ich, mir ihre Geschichte zu erzählen, was sie bereitwillig taten.«

Und nun berichtete Goethe dem staunenden Dalberg und seinem Rittmeister, was Jacob und ich ihm angeblich erzählt hatten: Daß wir uns in jener Nacht im Wald verlaufen hatten und auf die Priester Catays gestoßen waren. Daß wir ihnen unter großen

Mühen entkommen waren und hilflos mit ansehen mußten, wie die drei sich auf die badischen Soldaten stürzten. Und daß wir daraufhin in Panik die Flucht ergriffen, nur um tiefer im Wald, wie der Zufall es wollte, Stanhopes Lager zu entdecken. Mit Hilfe einer klugen List – die Goethe bis ins Detail zu schildern wußte und die mich gar mit Stolz erfüllte, obgleich sie doch nur des Dichters Geist und nicht der Wirklichkeit entstammte – gelang es uns, dem erschöpften Lord das Kind zu entreißen. Da wir fürchteten, die drei Priester könnten Dalberg und seine Soldaten überwältigt haben, beschlossen wir, auf schnellstem Wege dorthin zu fliehen, wo wir uns und das Kind in Sicherheit wähnten, nach Weimar. Unterwegs trafen wir die Prinzessin wieder, die sich aus Karlsruhe davongemacht hatte und nun auf dem Weg zur Küste war, um dort an Bord eines Schiffes in ihre Heimat zurückzukehren. Sie begleitete uns bis zu Goethes Schwelle und ritt schließlich weiter nach Norden; ebenso wie der Verräter Stanhope mußte sie mittlerweile über alle Berge sein.

Fast eine Stunde lang machte der große Dichter seinem Ruf alle Ehre. Die Geschichte, die er vor uns ausbreitete, gelang ihm ganz ausgezeichnet, und seine brillante Art, sie zu schildern, übertünchte sogar die Ecken und Kanten, von denen sie doch einige aufwies. Und zum guten Schluß setzte er dem Ganzen einen Reim als Krone auf: »Den Zufall bändige zum Glück, ergötz am Augentrug den Blick, hast Nutz und Spaß von beiden.«

Dalberg und Stiller hatten aufmerksam zugehört, betört von Goethes opulenter Schilderung unseres Abenteuers. Schließlich saßen sie da wie zwei Kinder am Ofen der Großmutter: mit weiten Augen und offenem Mund, voller Staunen über Glück und Geschick der Helden.

Innerlich wand ich mich vor Scham, doch bemühte ich mich, eine ernste Miene zur Schau zu tragen. Ich verstand noch immer nicht, was für ein Spiel Goethe trieb. Und doch blieb uns keine andere Wahl, als uns darauf einzulassen.

»Ich muß mich wohl bei Ihnen entschuldigen«, erklärte Dalberg schließlich, stand auf und schüttelte Jacob und mir die Hand.

Stiller blieb zurückhaltender. Erst glaubte ich, er habe Zweifel an Goethes Garn, dann aber begriff ich, daß er sich schämte, das Wort an uns zu richten. Mit finsterem Blick starrte er zu Boden und schien sich dringlich zu wünschen, an einem anderen Ort als diesem zu sein.

Goethe bot den beiden an, ihnen Nachtquartiere bereiten zu lassen und einen Doktor zu rufen, der sich ihrer Verletzungen annähme. Doch Dalberg lehnte ab. »Ich mag nicht noch tiefer in Ihrer Schuld stehen, lieber Freund. Ihre Magd soll uns nur den Weg weisen, und wir werden selbst zum Haus des Doktors gehen und die Nacht in einem Wirtshaus verbringen. Das Kind wissen wir bei Ihnen in besten Händen. Morgen dann wollen wir nach einer Kutsche und einer Amme Ausschau halten und aufbrechen.«

Er hatte wohl insgeheim gehofft, Goethe würde darauf bestehen, daß sie in seinem Haus übernachteten, doch der Dichter tat nichts dergleichen. Er bestätigte nur freundlich, dies sei sicherlich der beste Weg, und wir alle sollten nun schlafen gehen. Daraufhin verabschiedeten sich die beiden Männer und ließen sich von Goethe zur Haustür geleiten.

Erst als der Dichter alleine zurückkehrte, fand ich meine Sprache wieder. »Bis eben waren Sie uns nur eine Erklärung schuldig«, brachte ich bebend hervor. »Jetzt aber ist wohl eine rechte Offenbarung zu erwarten.«

Goethe lachte, aber er wirkte längst nicht so gelöst und fröhlich wie eben noch im Angesicht der beiden Männer. Schweiß glänzte auf seiner Stirn, und die Last der Lüge verriet sich nun in einer gewissen Fahrigkeit seiner Bewegungen.

»Gehen wir zurück ins Arbeitszimmer«, bat er leise.

* * *

Die Tür der Kammer war verschlossen. Goethe rüttelte besorgt an der Klinke, ohne Erfolg.

»Sie haben Jade doch nicht eingeschlossen, oder?« fragte ich unsicher.

»Selbstverständlich nicht«, gab er zurück. »Sie muß von innen etwas davorgeschoben haben.«

»Warum hätte sie das tun sollen?«

Ich rief ihren Namen, laut, den Mund ganz nah am Holz der Tür. Ein zweites Mal: »Jade! Machen Sie die Tür auf! Was ist los?«

Im Inneren wurde etwas umgestoßen. Blätter flatterten über den Boden.

Goethe holte tief Luft. »Sie durchsucht die Schränke und Regale. Ich hätte ihr nichts davon sagen sollen.«

»Wovon?« fragte ich, und Jacob setzte hinzu: »Was meinten Sie, als Sie sagten, Sie wollten ihr etwas geben, das ihr gehört?«

Goethe zuckte zusammen, als drinnen eine Schublade aufgerissen wurde und zu Boden polterte. »Können Sie sich das nicht denken? Sie wissen doch, weshalb die Prinzessin hier ist. Und Sie wissen, was sie sucht.«

Fassungslos starrte ich ihn an. »Erst den Prinzen und nun auch –«

»Die Amrita-Kumbha«, führte Jacob meinen Satz fast ehrfurchtsvoll zu Ende.

Der alte Dichter wandte sich wieder zur Tür: »Bitte, Prinzessin, öffnen Sie. Sie sollen sie ja bekommen. Warum müssen Sie vorher meine ganze Einrichtung zerstören?« Seine Sorge wirkte oberflächlich, so als ginge es ihm in Wahrheit gar nicht um ein paar Schubfächer und Papiere. Mir dagegen standen all die literarischen Werte vor Augen, die Jade achtlos aus Schränken und Regalen zerrte. Sie trat des Dichters Werk im wörtlichen Sinne mit Füßen.

Ein wenig erschrocken bemerkte ich, daß in meinem Kopf immer noch zwei Bilder Goethes existierten. Das eine der undurchschaubare Taktiker, der den Tod eines Kindes in Kauf genommen hatte; das andere der großartige Literat von Weltruhm, eine Ikone der Schriftkunst und Kultur, ein Idol.

Welcher der beiden war es, der jetzt erneut an die Tür pochte? So unvereinbar diese beiden Wesenheiten waren, hier standen sie doch vor mir, in einen einzigen Körper gegossen und von den alltäglichen Gebrechen des Alters geplagt.

Jade antwortete noch immer nicht, und so eilte Goethe zur Nebentür und betrat durch sie die Bibliothek. In der düsteren Kammer, die bis zur Decke mit Büchern vollgestopft war, gab es einen zweiten Zugang zum Arbeitszimmer. Doch auch jener war versperrt.

Im Inneren des Zimmers verstummte mit einemmal der Lärm. Die plötzliche Stille bereitete mir größeres Unwohlsein als der Tumult, den Jade zuvor veranstaltet hatte.

Goethe hob ergeben die Schultern. »Zweifellos hat sie gefunden, was sie suchte.«

»Sie haben die Amrita-Kumbha tatsächlich in Ihrem Arbeitszimmer aufbewahrt? Ohne jeden Schutz? Ohne ...« – ich rang nach Worten – »... ohne jede Achtung?«

»Zur Seite!« wies Jacob uns an. Goethe und ich konnten gerade noch beiseite treten, da hatte Jacob schon Anlauf genommen und stürmte mit der Schulter gegen die Tür. Mit einem Schmerzensschrei prallte er gegen das Holz. An der Rückseite polterte etwas, und die Tür öffnete sich einen Spaltbreit.

Jacob hielt sich die geprellte Schulter und zwängte sich ins Arbeitszimmer. Ich folgte ihm, Goethe kam als letzter. Als er einen ersten Blick ins Innere erhaschte, wurde er blaß.

Der Boden war mit handbeschriebenen Papieren bedeckt. Auf manchen erkannte ich schmale Strophen, andere waren von Rand zu Rand beschriftet. Es würde wohl eine Weile dauern, ehe der Dichter seine Schriften wieder geordnet haben würde. Tisch, Stühle und Goethes Pult waren vor die Türen geschoben worden. Überall lagen ausgekippte Schubladen umher.

Jade saß auf dem linken Fensterbrett, die Knie eng an den Oberkörper gezogen. Ihre Hände umschlossen schützend einen Gegenstand, kaum länger als mein Zeigefinger. Ihr Blick war trotz unseres lautstarken Eintretens fest auf ihren Schatz gerichtet. Weißes Mondlicht fiel durchs Fenster und meißelte ihr schmales Gesicht in Marmor.

Goethe stemmte zornig die Hände in die Hüften. »War das wirklich nötig?« Hilflos geisterte sein Blick über das Schlachtfeld seines Arbeitszimmers.

Jade gab keine Antwort, aber sie schaute auf und erwiderte trotzig unsere Blicke.

Ich deutete auf das Ding in ihren Händen. »Ist sie das?« fragte ich leise.

Die Prinzessin nickte. »Sie ist es.«

Jacob sah Goethe scharf an. »Wie, um Gottes Willen, kommt sie hierher? Der Kaiser hat sie Ihnen doch kaum geschenkt, oder?«

Ein gequältes Lächeln erschien auf Goethes Zügen. »Aber freilich hat er. Und wenn erst der Prinz wieder dort ist, wo er hingehört, wird der Kaiser mir noch sehr viel dankbarer sein.«

Ich trat auf Jade zu. »Ist sie beschädigt?«

»Nein«, sagte sie, »ich glaube nicht. Kaum einer hat sie je gesehen. Sie wurde tief im Tempel aufbewahrt, und selbst die Priester, die sie bewachten, haben seit Generationen keinen Blick darauf getan. Erst Napoleons Lakaien entrissen sie dem heiligen Schrein und brachten die Amrita-Kumbha ans Licht.«

Ich räusperte mich leise. »Wie können Sie dann wissen, daß sie es wirklich ist?«

»Sie *ist* es«, ertönte Goethes Stimme in meinem Rücken.

Und auch Jade nickte voller Überzeugung. »Ich spüre es. Das hier ist ein Teil der Götter. Können Sie es nicht fühlen? Nein, natürlich nicht. Sie glauben nicht an die Macht der Phiole.«

Goethe bedachte Jade mit einem zornigen Blick. »Für das, was

Sie getan haben, sollte ich Sie aus dem Haus werfen. Ich werde es nicht tun, um Ihrer beiden Gefährten willen. Sie würden es mir übelnehmen, fürchte ich.« Mit weiten Schritten stieg er über die Papiere hinweg zur Tür. »Falls Sie alle nach wie vor auf Erklärungen bestehen, sollten Sie mir jetzt folgen. Hier drinnen ist es ein wenig« – er schnaubte verächtlich – »ungemütlich geworden.«

Jacob und ich beeilten uns, hinter ihm herzugehen. Jade folgte in einigem Abstand, fast als fürchte sie, jemand wolle ihr das Heiligtum wieder streitig machen.

Wir folgten dem Dichter hinunter in den ersten Stock und durch mehrere Zimmer, in denen er seine reiche Sammlung antiker Plastiken und Kunstgegenstände aufbewahrte. In einem Zimmer mit roten Wänden – »die Farbe hoher Würde«, wie Goethe meinte – setzten wir uns nieder. An den Wänden hing eine Unzahl hölzerner Wechselrahmen, die der Zeichner Goethe mit eigenen und fremden Grafiken versehen hatte. Durch die Fenster erkannte ich im Mondschein den einsamen Brunnen auf dem Frauenplan.

Goethe ergriff das Wort: »Im September vergangenen Jahres wurde, wie Sie wissen, der Erbprinz von Baden geboren. Ich muß Ihnen nicht noch einmal die Umstände seiner Geburt, des Kindertauschs und seines angeblichen Todes schildern – davon haben Sie bereits gehört. Gut zwei Monate später, am 6. Dezember, verließ Napoleon seine geschlagenen Armeen in Rußland und machte sich inkognito, nur in Begleitung seines Getreuen Caulaincourt und eines Kutschers auf den Heimweg nach Paris. Die Amrita-Kumbha hatte er zu diesem Zeitpunkt bereits bei sich, auch das wissen Sie. Kommen wir lieber zu den Dingen, die neu für Sie sind.«

Er hustete kräftig, kam wieder zu Atem und fuhr mit heiserer Stimme fort: »Am Abend des 15. Dezembers pochte es an meiner Tür. Sicher vermögen Sie sich vorzustellen, wer dort bei klirrender Kälte um Einlaß bat? Kein Geringerer als der Kaiser selbst.

Wir hatten uns zuvor bereits zweimal getroffen, einmal beim Fürstenkongreß in Erfurt und kurz darauf ein zweites Mal hier in Weimar. Das war 1808, wenn ich mich recht entsinne. Ich übertreibe nicht, wenn ich behaupte, daß der Korse mich während unserer Gespräche schätzenlernte; daß auch er mich mit seiner erstaunlichen Bildung beeindruckte, habe ich Ihnen ja bereits gestanden.

Daran muß er sich erinnert haben, als ihn sein Weg in jener Nacht vor sechs Wochen über Weimar führte. Zu meinem Erstaunen trug er eine Bitte vor. Unter dem Siegel größter Verschwiegenheit berichtete er mir von den Ereignissen in Karlsruhe und seiner Absicht, den neugeborenen Prinzen als Erben einzusetzen. Dann fragte er mich, ob ich nicht die Erziehung des Kindes übernehmen könne, damit ein, wie er sagte, ›wahrer Herrscher‹ aus ihm werde.« Goethe gestattete sich ein jungenhaftes Schmunzeln. »Sicher hätte er anders gesprochen, hätte er vom Quinternio gewußt. Doch, egal! Ich gab also vor, das Angebot zu überdenken und fragte, wo das Kind versteckt sei. Napoleon, der mir vertraute und den einmal eingeschlagenen Weg nun zu Ende gehen wollte, gab mir eine Beschreibung jenes Steinbruchs und seiner Lage. Daraufhin erklärte ich ihm höflich, mein Alter lasse solche Strapazen leider nicht mehr zu. Statt dessen schlug ich Sie als Ersatz vor, Herr Grimm.«

So also hatte alles begonnen. Fragen drängten sich mir auf, doch ich wagte nicht, ihn zu unterbrechen.

»Napoleon erklärte sich einverstanden, ja, er war mir sogar ausgesprochen dankbar und bat mich, Ihnen zu schreiben und Sie nach Karlsruhe einzuladen. Dort sollten Sie von Dalberg beizeiten alles weitere erfahren.«

»Was ist mit der Amrita-Kumbha?« fragte Jade ungeduldig. Sie hielt die winzige Phiole immer noch mit beiden Händen umklammert. Wenn sie nicht achtgab, würde sie sie noch zerdrücken.

»Sie sollen alles erfahren, meine Liebe«, erwiderte Goethe.

»Wie Sie gesehen haben – und wie Ihre beiden Begleiter schon seit Jahren wissen –, bin ich ein begeisterter Sammler antiker Kunst. Dieses Haus ist voll von Statuen, Vasen und ähnlichen Dingen. Napoleon, nach der einsamen Reise über die russischen Eisebenen in Plauderlaune, offenbarte mir, daß es ihm gelungen sei, die Amrita-Kumbha an sich zu bringen. Ich hatte nie zuvor davon gehört und bat ihn um Erklärung. So erzählte er mir von der Legende und wie es ihm gelungen war, die Phiole in seinen Besitz zu bekommen. Nach allem, was wir miteinander erlebt haben, meine Herren, muß ich Ihnen nicht mein brennendes Interesse an dieser Kostbarkeit schildern. Ich bat den Korsen kurzerhand, den Inhalt der Phiole zu trinken, hier in meinem Haus und auf der Stelle.«

»Was?« entfuhr es Jade. »Wie konnten Sie –?«

»Nicht ich, werte Prinzessin. Er, Napoleon, der Kaiser selbst, hat die Phiole entkorkt – und ausgetrunken.«

Jade sprang auf. Sie war bleich geworden und zitterte am ganzen Leib. Ihre Blicke irrten zwischen Goethe und dem Gefäß in ihren Händen hin und her. Ihre Stimme bebte. »Keinem Menschen ist es gestattet, die Amrita-Kumbha zu öffnen! Niemandem!«

Jacob beugte sich vor und sah Goethe eindringlich an. »Wollen Sie damit sagen, die Phiole ist leer?«

Goethe senkte seine Stimme. »So leid es mir tut.«

»Nein!« kreischte Jade auf. »Sie lügen!«

»Warum schauen Sie nicht nach?«

»Ich darf die Amrita-Kumbha nicht öffnen!« Ihre Stimme drohte sich zu überschlagen. »Niemand darf das!«

Jacob stand auf und streckte die Hand aus. »Ich kann es tun. Geben Sie sie mir. Ich bin kein Inder.«

»Nein!« rief sie noch einmal. »Das ist Blasphemie! Ein Verstoß gegen die Gesetze der Götter. Nicht einmal die Tempelpriester dürfen sie öffnen. Die Essenz des Lebens befindet sich darin, ein Teil des Göttlichen selbst.«

Jacob ließ sich in den Sessel zurückfallen. In Jades Zustand war es sinnlos, zu streiten. Ebensogut hätte man versuchen können, dem Papst den Glauben an den Messwein zu nehmen.

Aufgebracht lief sie im Zimmer auf und ab, betrachtete die tönerne Phiole von allen Seiten und warf immer wieder haßerfüllte Blicke auf den Hausherrn. Das Verlangen, den Pfropfen herauszuziehen und nachzusehen, ob Goethe die Wahrheit sagte, tobte in ihr mit aller Macht.

Ich zauderte noch, konnte dann aber die Frage nicht länger zurückhalten: »Sie meinen, wenn Sie die Amrita-Kumbha in Ihre Heimat zurückbringen, wird niemand hineinsehen und nachschauen, ob sie noch voll ist?«

»Natürlich nicht!« entgegnete sie wütend.

»Warum vergessen Sie dann nicht einfach, was vorgefallen – oder *nicht* vorgefallen ist?« fragte ich.

Ihre schwarzen Augen schossen einen zornigen Blick in meine Richtung. »Wie könnte ich das? Wie könnte ich mit der Wahrheit leben?«

»Vielleicht habe ich gelogen«, sagte Goethe leise.

»Das haben Sie nicht!« fuhr sie ihn an.

»Beweisen Sie es mir«, forderte er. »Öffnen Sie die Phiole.«

Sie öffnete den Mund, um etwas zu sagen, schloß ihn aber gleich wieder. Unschlüssigkeit machte sich auf ihren Zügen breit.

»Wollen Sie nun hören, wie es weiterging?« fragte Goethe sanftmütig.

Jade schwieg, aber Jacob antwortete: »Erzählen Sie.«

Der Dichter lehnte sich zurück. »Napoleon verzog nur das Gesicht, nachdem er – nun, ich will es kein weiteres Mal aussprechen. Nichts weiter geschah, ihm wurde nicht einmal übel. Die Phiole selbst war danach für ihn wertlos, und so bat ich ihn, sie mir für meine Sammlung zu überlassen. Nach kurzem Zögern willigte er ein, wohl weil er glaubte, in meiner Schuld zu stehen. Dann verließ er mich, nicht ohne mir noch einmal das Versprechen abzunehmen, ich möge Ihnen schreiben und Sie nach Karlsruhe bestellen.

Ich zögerte erst, die übrigen Mitglieder des Quinternio von dieser Fügung in Kenntnis zu setzen. Der Kaiser hatte mir erzählt, daß er seit geraumer Zeit von Reitern verfolgt werde, von seltsamen Männern mit Vogelmasken. Daraus und aus einigen Bemerkungen über die wirren Verhältnisse am Karlsruher Hof schloß ich, daß das Kind in größter Gefahr war. Ich fürchtete, der Quinternio könnte mich überstimmen und dem Prinzen ebenfalls ein Leid antun, um dem Kaiser und seinen Plänen zu schaden. Wie leicht aber hätte man die Spuren dann hierher zurückverfolgen können!

Nach einiger Überlegung kam ich dennoch zu der Entscheidung, den anderen alles zu berichten, in der Hoffnung, sie mit gesundem Menschenverstand von meinem eigenen Plan überzeugen zu können. Zu meinem Entsetzen aber beschlossen sie sogleich, den Verräter Stanhope, einen käuflichen Agenten, mit der Entführung des Kindes zu beauftragen. Seine Nähe zu Dalberg machte ihn zum idealen Mann für diese Aufgabe. Freilich ahnte keiner von uns, was für ein Schurke er wirklich war und welche Mittel er für seine – und damit leider auch unsere – Ziele einsetzen würde.

Als ich sah, welch verheerende Dummheit die anderen begehen wollten, verschwieg ich ihnen das genaue Versteck des Prinzen und hoffte, Stanhope würde bereits an dieser Hürde scheitern. Sicherheitshalber setzte ich jedoch meinen eigenen Plan in die Tat um, ohne daß die übrigen Mitglieder des Quinternio davon erfuhren. Dabei nutzte ich die gleiche List, die Dalberg und Napoleon bereits in Karlsruhe angewandt hatten: Ich ließ das Kind austauschen.«

»Deshalb die falsche Amme!« rief Jacob aus.

Goethe seufzte. »Ja, die Amme. Sie ist tot, sagen Sie, nicht wahr?«

»Von Stanhope ermordet«, bestätigte ich.

Er schloß einige Atemzüge lang die Augen. »Dies und der Tod des Kindes ist eine Schuld, mit der ich fortan leben muß. Ich fürchte, dafür gibt es keine Entschuldigung.«

»Dann wechselten Sie also das Kind samt seiner Amme im Felsenhaus aus, damit Stanhope nicht den echten Prinzen in die Hände bekam«, folgerte ich.

»So ist es«, erwiderte er bedächtig. »Hoffen wir, daß Dalbergs Glücksgefühle noch so lange anhalten, daß ihm diese Diskrepanz erst wieder einfällt, wenn er auf dem Rückweg nach Karlsruhe ist. Die echte Amme erhielt eine großzügige Abfindung und tauchte bei Verwandten im Ausland unter. Den Prinzen aber nahm ich insgeheim in mein Haus auf, um ihn im Ernstfall Dalberg und damit dem Kaiser übergeben zu können. Der Plan der anderen mußte fehlschlagen. Es war dumm genug, daß sie einem Mann wie Stanhope ihr Vertrauen schenkten; es hätte sie nicht überraschen sollen, daß ihm das Kind bei solcher Witterung unter den Händen starb.«

»Dann war meine Reise nach Karlsruhe von Anfang an sinnlos«, warf ich ein, »nichts als eine Tarnung für Ihre Unternehmung, nicht wahr?«

»Dafür muß ich Sie wohl um Verzeihung bitten«, sagte er. »Ich wußte, daß Sie kluge Männer sind, die dieser Intrige nicht verfallen würden.« Mit einem Seitenblick auf Jade fügte er hinzu: »Ich konnte ja nicht ahnen, daß eine gewisse Prinzessin auftaucht und alles durcheinanderbringt.«

»Dieser kleine Junge, der jetzt im Park begraben liegt, woher stammte er?« fragte Jacob mit schwerer Stimme.

Goethe sank unmerklich in sich zusammen. »Er war ein todkrankes Kind, ebenso wie jenes, das Dalberg in Karlsruhe gegen den Prinzen eintauschte. Ich ließ ihn über Mittelsmänner aus einem Erfurter Waisenhaus holen. Der Kleine wäre bald gestorben, die Ärzte gaben ihm noch fünf, höchstens sechs Wochen.

Aber das entschuldigt nicht, daß er durch mein Tun selbst diese schmale Spanne Leben verlor. Ich habe eine Sünde begangen, die ich nicht vergelten kann.«

Eine Weile sprach keiner ein Wort. Selbst Jade schwieg und setzte sich lautlos wieder in den Sessel.

Schließlich sagte Jacob: »Hätten Sie es nicht getan, dann wäre statt seiner der Prinz gestorben.«

»Das ist keine Rechtfertigung«, sagte Goethe. »Vielleicht wäre es besser gewesen. Vielleicht hätte ich mich nicht gegen die Pläne des Quinternio stellen dürfen. Aber letzten Endes hätte Napoleon einen anderen Erben gefunden, und alles wäre umsonst gewesen.«

»War es das nicht auch so?« fragte Jade plötzlich, und sie klang mit einemmal viel ruhiger. »War nicht sowieso alles umsonst?«

Keiner wußte darauf eine Antwort. Die Betroffenheit im Zimmer war jetzt so spürbar wie ein übler Geruch.

Eine Frage aber gab es noch, vielleicht jene, auf die es ankam. Meine Stimme drohte zu versagen. »Was, wenn das Elixier seine Wirkung tut? Wenn Napoleon wirklich unsterblich wird?«

Goethe zuckte hilflos mit den Schultern. »Das, Herr Grimm, wird die Geschichte zeigen.«

❉ ❉ ❉

Wenig später legten wir uns aufgewühlt, aber sterbensmüde zur Ruhe. Jacob und ich teilten uns ein Zimmer, Jade schlief eine Tür weiter. Mein Bruder und ich sprachen kaum miteinander, ein jeder hing für sich seinen finstern Gedanken nach. Irgendwann schlummerten wir ein.

Wir hörten nicht, wie die Prinzessin im Morgengrauen ihr Zimmer verließ, hörten auch nicht die Hufe ihres Pferdes auf dem Hof.

Als Dorothea uns in den späten Morgenstunden weckte, waren ihre ersten Worte: »Sie ist fort.«

Es tat weh, sicher, aber es war besser so. Kein Abschied und keine Tränen im Tageslicht. *Es war besser so.* Dieser Satz! Wie oft hatte ich mich damit beruhigt? Vier Wörter, die alles erklärten, alles entschuldigten, so einfach, so mühelos. Zauberspruch der Erleichterung – oder Fluch der Leichtfertigkeit? Sollten andere darüber entscheiden. Ich war des Deutens müde.

Am gleichen Tag noch machten wir uns auf die Rückreise nach Kassel. Dalberg erklärte sich bereit, die Kosten der Fahrt zu begleichen und dem Kaiser eine Empfehlung zu überbringen. Sein Angebot, an der Seite des Kindes zu bleiben, schlug ich dankend aus.

Bevor wir abreisten, führte Goethe meinen Bruder und mich in die Küche. Ich nahm an, er wollte uns Wegzehrung aufdrängen. Dann aber zog er den schwarzen Mantel und die Maske hervor, die er in der Nacht im Park getragen hatte. Er öffnete die Ofenklappe und warf beides ins lodernde Feuer. Es war eine kindische Geste; aber ist es nicht das, was mit dem Alter einhergeht? Selbst Goethe war nicht dagegen gefeit. Symbole bedeuten Ordnung, sie bringen Beruhigung.

Nach allem bin ich nicht sicher, ob er sie wirklich verdient hat.

* * *

Damit endet mein Anteil an dieser Geschichte, wenngleich die Ereignisse um den badischen Prinzen erst ihren Anfang nahmen.

Im Jahr darauf unterlag Napoleons Armee in der Völkerschlacht zu Leipzig den verbündeten Heeren seiner Gegner. Die Niederlage läutete den Untergang des Korsen ein. Sieben Jahre später, im Mai 1821, starb er in der Verbannung auf der Insel Sankt Helena. Seine Pläne für die Zukunft des totgeglaubten Prinzen gerieten in Vergessenheit, ebenso das Versteck des Jungen.

Bereits 1816 war im Rhein eine rätselhafte Flaschenpost angetrieben worden, in der von einem geheimen Thronerben die Rede war. Niemand wußte Rechtes damit anzufangen.

Am Pfingstmontag des Jahres 1828 taumelte ein junger Mann über den Unschlittplatz zu Nürnberg. Er vermochte kaum zu laufen und stieß nur wenige, scheinbar wirre Worte aus. Ein braver Mann nahm ihn auf und lehrte ihn sprechen, schreiben und alles andere, was zum Leben nötig ist. Verwandte schien der Junge keine zu besitzen, niemand wußte, woher er kam. Einem Zettel, den man bei ihm fand, entnahm man seinen Namen – Kaspar Hauser. Bald schon kamen Gerüchte auf, die ihn in Verbindung zum Inhalt der mysteriösen Flaschenpost brachten.

Im Mai 1831 machte Kaspar die Bekanntschaft eines reichen Engländers, der sich ihm unter dem Namen Philip Henry Lord Stanhope vorstellte. Man muß daraus schließen, daß es dem Lord achtzehn Jahre zuvor gelungen war, aus den eisigen Fluten der Ilm zu entkommen; wie er dieses Wunder vollbracht hat, wird sein Geheimnis bleiben.

Stanhope begann, sich ausgiebig um Kaspars Freundschaft zu bemühen, er schenkte ihm edle Kleidung und Geld und führte ihn in die höfische Gesellschaft ein. Er bat gar, daß man ihm die junge Waise als Mündel unterstelle, und viele waren nur zu geneigt, dem charmanten Lord diesen Wunsch zu erfüllen.

Wenig später aber, von nahezu einem Tag auf den anderen, wandte Stanhope sich von dem Jungen ab, denunzierte ihn als Betrüger und untergrub die Sympathien, die Adel und Öffentlichkeit dem Findelkind entgegenbrachten. Einige behaupteten, der Lord habe von Anfang an nichts anderes im Sinn gehabt.

Schließlich, am 14. Dezember des Jahres 1833, als Kaspar sich dem Geheimnis seiner Herkunft so nahe fühlte wie nie zuvor, wurde er im Ansbacher Hofgarten von einem Unbekannten angegriffen und durch einen heimtückischen Messerstich niedergestreckt. Er starb drei Tage später.

Als Kaspar Hauser fünfeinhalb Jahre zuvor in Nürnberg aus

dem Nichts aufgetaucht war, hatte er außer Tränen, Schmerzensschreien und wirren Silben nur einen einzigen vollständigen Satz hervorgebracht:

»Ein solcher möcht ich werden, wie mein Vater einer war.«

Epilog

Und noch immer war der Schloßpark unter einem Meer von Schnee begraben. Schillernd und funkelnd lagen die Sterne im schwarzen Samt der Nacht. Kein Zweig rührte sich, kein Tier verließ seinen Bau. Nur ein Mensch, der nicht mehr wußte, daß er Mensch war, wagte sich ins Freie.

Durch die eisige Kälte lief und sprang und hüpfte der arme Doktor Hadrian. Wedelte mit seinen Schwingen, tanzte durch den Schnee. Sang ein Lied vom Winterling.

Quer über die Wiese eilte er, zu einer der Türen, wo ihn ein Wächter einließ. Man kannte den Doktor und seine Marotten. Verrückt war er wohl, na und?

Hadrian fühlte nicht den Boden unter seinen Füßen. Er dachte: Ich schwebe, denn ich bin der Winterling. Er schwebte durch Säle und Hallen, durch finstere Salons, entlang kalter Flure im Mondenschein. Sein Ziel lag im Ostflügel, zu ebener Erde, zum Glück. Es war nicht leicht, mit seinen Schwingen Treppen hinaufzusteigen.

So schwebte denn der Winterling zu einer hohen Tür. Sie war verschlossen, er mußte sie aufstemmen, gleichgültig, ob ihn die Wachen hörten. Hinein glitt er und dann durch schwere Samtvorhänge.

Um ihn war Bewegung. Brüder, Schwestern, einerlei. Der Winterling spielte und tollte mit ihnen im weißen Licht der Sterne, das durch die hohen Fenster fiel. Sie flatterten um ihn her, um seinen Mund, um seine Augen. Er versuchte sie zu küssen, doch sie waren zu schnell, zu flink, zu schwer zu fangen.

Horch! Laute drangen vom Korridor in den Saal. Fußgetrappel, die Schritte plumper Wächterstiefel. Sie kommen, dachte er, sie kommen. Eile jetzt, oh, eile doch!

Zu den Fenstern schwebte er, schnell und mit zitternden Schwingen. Riß die Riegel herab. Öffnete die Scheiben, so weit er nur konnte. Draußen war die Freiheit.

Und alle flatterten sie hinaus. Welch ein Zittern und Toben in den Lüften, welche Freude, welch unbändige Lust am Leben!

Der Winterling kletterte über die Brüstung, um ihn eine bunte Wolke. Frost schlug ihnen allen entgegen, warf die ersten zu Boden. Manche kamen bis weit über den Weg hinaus, bis zu den vereisten Hecken im vorderen Park. Dort sanken sie in den Schnee. Schlugen noch einmal mit den Flügeln, ein zweites Mal, dann nicht mehr. Nie mehr.

Der Winterling aber tanzte unterm Sternenhimmel und wünschte sich, er könne sein wie sie. Wünschte sich, er könne schweben und frei sein und sterben wie sie.

Denn das war der Wunsch des Winterlings.

Nachwort des Autors

Es war Alfred Döblin, der einst feststellte: »Der historische Roman ist erstens ein Roman und zweitens keine Historie.« Wie schon im ersten Abenteuer der Brüder Grimm, *Die Geisterseher,* vermischt auch diese Erzählung historische Wirklichkeit mit einer gehörigen Portion Erdachtem. Döblins Definition sei hiermit zum Motto erhoben.

Goethe und Napoleon trafen sich wie beschrieben im Jahre 1808 beim Fürstenkongreß zu Erfurt und wenige Tage darauf erneut in Weimar. Seit dem Mittelalter gab es keine vergleichbare Begegnung eines politischen mit einem dichterischen Genie – keine vergleichbare, weil beide Männer von so überwältigender Bedeutung für die Geschichte waren. Ein jeder war vom Verstand des anderen höchst angetan. Goethe hat lange über den Inhalt seiner Unterredungen mit dem Kaiser geschwiegen. In seinem Tagebuch findet sich dazu allein der karge Eintrag: »Nachher beym Kaiser.« Erst sechzehn Jahre später hat er das Gespräch auf vier knappen Seiten für die Nachwelt festgehalten.

Nach seiner Niederlage in Rußland kehrte Napoleon 1812 nur in Begleitung seines Kutschers und des späteren Außenministers Caulaincourt zurück nach Paris. Dabei führte ihn sein Weg, auch das ist verbürgt, am 15. Dezember über Weimar. Über die Gründe des plötzlichen Aufbruchs aus Moskau wurde ausgiebig spekuliert; einen allgemeinen Konsens gibt es nicht. Manche Historiker führen einen Putsch in Paris als Ursache an, andere das Vorhaben des Kaisers, ein neues Heer aufzustellen.

Historisch belegt ist Napoleons Wunsch, durch Rußland nach Indien zu marschieren. Seinem Vertrauten Narbonne gestand er diesen Traum mit folgenen Worten: »Nehmen Sie an, Moskau ist genommen, Rußland unterworfen, der Zar ergibt sich oder kommt bei irgendeiner Verschwörung am Hofe um. Sagen Sie mir, ist es dann für die französische Armee und die Hilfstruppen nicht möglich, den Ganges zu erreichen?« Freilich ist es soweit nicht mehr gekommen.

Die Amrita-Kumbha und die Legende vom Polarstern entstammen der indischen Mythologie. Die Grausamkeit der Odiyan, jener maskierten Meuchelmörder, die sich selbst für Tiermenschen halten, schildert der britische Indienforscher P. Thomas in seinem Buch *Incredible India.*

Über den Fall Kaspar Hauser ist in den vergangenen Jahren viel geschrieben und geredet worden. Noch immer besteht keine Einigkeit über die Herkunft des geheimnisvollen Findelkinds. Ich habe mich in meiner Darstellung dort, wo ich es für angebracht hielt, an die Erkenntnisse des Historikers Johannes Mayer gehalten. Seine opulenten Werke zu diesem Thema, *Kaspar Hauser – Das Kind von Europa* und *Lord Stanhope – der Gegenspieler Kaspar Hausers,* überzeugen durch die Reichhaltigkeit und den Sachverstand ihrer Argumentation.

Lord Stanhope hat tatsächlich eine wichtige und ungemein düstere Rolle im Drama um Kaspars Leben und Tod gespielt. Mit dem badischen Außenminister Emmerich Joseph Herzog von Dalberg verband ihn eine enge Freundschaft. Wie auch die Gräfin Hochberg und ihr Berater Johann Ludwig von Klüber muß Dalberg, der tatsächlich in Kontakt zu Weißhaupts Illuminaten stand, zu den wichtigsten Figuren im Kaspar-Hauser-Drama gezählt werden. Der Gräfin lastet man bis heute das Vertauschen des Erbprinzen gegen das kränkliche Kind einer Dienerin an. Es heißt, sie habe damit ihren Söhnen den Weg auf den Thron ebnen wollen.

Wilhelm und Jacob Grimm, beide damals noch unverheiratet, lebten zu jener Zeit in Kassel unter einem Dach mit ihren Geschwistern. Jacob, der als einziger eine feste und verhältnismäßig gutbezahlte Stelle in der königlichen Privatbibliothek innehatte, sorgte für die ganze Familie. Wilhelm, durch ein Herzleiden jahrelang geschwächt und erst nach einer mehrmonatigen Kur wieder auf dem Wege der Besserung, litt sehr unter der finanziellen Abhängigkeit von seinem Bruder.

Märchenfrauen wie Runhild waren meist alte, alleinstehende Frauen, um die sich die Kinder der Nachbarschaft scharten. Stundenlang lauschten die Kleinen den phantastischen Erlebnissen von Prinzessinnen und Königssöhnen, von armen Waisenkindern, Zwergen und feuerspeienden Drachen. Die Brüder Grimm machten mehrere solcher Märchenfrauen ausfindig und hielten deren Erzählungen in ihrer weltberühmten Sammlung fest.

Der erste Band der *Kinder- und Hausmärchen* war zum Zeitpunkt dieser Geschichte erst wenige Tage erhältlich, er erschien kurz vor Weihnachten 1812. Der überwältigende Erfolg, den das Buch und sein Folgeband in den kommenden Jahrzehnten haben sollten, war keineswegs absehbar – die Grimms rechneten nicht einmal mit einer zweiten Auflage.

»Man muss sich die Kunden des Aufbau-Verlages als glückliche Menschen vorstellen.«

SÜDDEUTSCHE ZEITUNG

Das Kundenmagazin des Aufbau Verlags erhalten Sie kostenlos in Ihrer Buchhandlung und als Download unter www.aufbau-verlag.de. Abonnieren Sie auch online unseren kostenlosen Newsletter.

Kai Meyer
Die Geisterseher
Ein unheimlicher Roman aus dem klassischen Weimar
361 Seiten
ISBN 978-3-7466-2532-4

Unheimlich phantastisch

Die Brüder Grimm auf der Jagd nach einem rätselhaften Manuskript. Durch Adelspaläste, finstere Spelunken und unterirdische Tempel führt die rasante Suche nach Schillers geheimnisvollstem Werk. Auf ihrer Spur: skrupellose Geheimbünde, ein wahnsinniger Mörder – und Goethe, der undurchsichtige Dichterfürst.
Ein phantastischer Abenteuerroman vom preisgekrönten Bestsellerautor Kai Meyer.

»Meyers Stärke sind atmosphärisch dichte Breitwandpanoramen.« DIE WELT

Mehr von Kai Meyer im Aufbau Taschenbuch:
Die Winterprinzessin. Ein unheimlicher Roman um die Brüder Grimm. AtV 2537-9

Mehr Informationen erhalten Sie unter
www.aufbau-verlag.de oder in Ihrer Buchhandlung

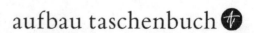

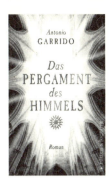

Antonio Garrido
Das Pergament des Himmels
Aus dem Spanischen von Anja Lutter
Roman
571 Seiten. Gebunden
ISBN 978-3-352-00763-7

Wem gehört das Abendland?

Die aufgeweckte, schriftkundige Theresa will unbedingt Pergamentergesellin werden – sie wäre die erste Frau in der Zunft. Doch die Tyrannei ihres ungerechten Meisters macht ihr das Leben schwer und löst schließlich eine Katastrophe aus, die Theresa zur Flucht zwingt. In Fulda findet die junge Frau zunächst Unterschlupf bei der Hure Helga, bis der strenge Kirchenmann Alkuin von York sie im Kloster der Stadt unter seine Fittiche nimmt. Unbemerkt gerät Theresa immer tiefer in die mörderischen Intrigen um ein brisantes Pergament, das ihr Vater Gorgias fälschen soll. Nicht weniger als die Zukunft Karls des Großen, Papst Leos und das Schicksal des Abendlandes hängen von Theresas Scharfsinn und Courage ab. – Das große Historienepos aus dem »Päpstin«-Verlag.

Mehr Informationen erhalten Sie unter
www.aufbau-verlag.de oder in Ihrer Buchhandlung

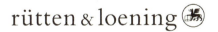

Gabriele Göbel
Die Mystikerin – Hildegard von Bingen
Roman
448 Seiten
ISBN 978-3-7466-2523-2

Die ungewöhnlichste Frau des Mittelalters

Im Jahr 1106 wird ein Mädchen auf den Disibodenberg bei Bingen geführt. Hier, wo einst irische Mönche ein Kloster errichteten, soll die kränkliche Hildegard ihr Leben Gott weihen.
Wenig später hat die junge Frau sich einen legendären Ruf als Heilerin und Seherin erworben. Doch dann gerät sie zwischen die Fronten der Mächtigen des Reiches.

Mehr Informationen erhalten Sie unter
www.aufbau-verlag.de oder in Ihrer Buchhandlung

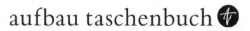

Kathrin Lange
Seraphim
Historischer Roman
474 Seiten
ISBN 978-3-7466-2456-3

Flügelschlag des Todes

Nürnberg im Jahre des Herrn 1491. Die junge Witwe Katharina Jacob arbeitet als Heilerin und schwebt in der Gefahr, als Hexe denunziert zu werden. Doch plötzlich sind all ihr Wissen und Können gefragt: In den unterirdischen Gängen der Stadt hinterlässt ein Mörder entstellte Leichen, denen Engelsflügel aus den Schultern wachsen. Zu spät begreift sie, dass nur sie das Geheimnis des Engelmörders lüften kann.
Die atemlose Jagd auf einen Dämon aus Flammen und Blut, hochspannend und meisterlich erzählt.

Mehr Informationen erhalten Sie unter
www.aufbau-verlag.de oder in Ihrer Buchhandlung

Martina André
Die Gegenpäpstin
Roman
457 Seiten
ISBN 978-3-7466-2323-8

Undenkbar: Eine Frau soll auf den Heiligen Stuhl

Die Archäologin und junge Israelin Sarah Rosenthal ahnt nichts Böses, als sie eines Morgens mit ihrem deutschen Kollegen zu einer Baustelle gerufen wird. Eine Kettenraupe ist eingebrochen. Offenbar befindet sich unter der Straße ein größerer Hohlraum. Als Sarah in das Loch hinabsteigt, verschlägt es ihr beinahe den Atem. Sie entdeckt zwei Gräber mit einer Inschrift, die auf eine Sensation hindeutet: Anscheinend hat sie die letzten Ruhestätten von Maria Magdalena und einem jüngeren Bruder Jesu gefunden. Doch damit beginnen die Verwicklungen erst. Wenig später wird ein Archäologe getötet, die beiden Leichname werden gestohlen und ein Gen-Test besagt, dass Sarah selbst eine Nachfahrin Marias ist. Sie gerät ins Visier einer skrupellosen Sekte, die mit ihrer Hilfe plant, den Papst aus Rom zu vertreiben. – Packend, brisant und hintergründig: ein Religionsthriller der besonderen Art.

»**Ein wirklich toller Thriller, spannend und intelligent.**«
BERGISCHER ANZEIGER

Mehr Informationen erhalten Sie unter
www.aufbau-verlag.de oder in Ihrer Buchhandlung

Martina André
Das Rätsel der Templer
Roman
759 Seiten
ISBN 978-3-7466-2498-3

Das größte Geheimnis des Mittelalters

Mystery pur: Im Jahr 1156 bringt der Großmeister der Templer einen geheimnisvollen Gegenstand aus Jerusalem nach Südfrankreich. Dieses Artefakt sorgt dafür, dass der Orden zu unermesslichem Reichtum gelangt – und dass für die Tempelritter die Grenzen von Raum und Zeit verschwinden. Als 150 Jahre später der Orden vom französischen König verboten und verfolgt wird, soll Gero von Breydenbach, ein Templer aus Trier, dieses sogenannte »Haupt der Weisen« retten. Nur wenn er es schafft, das Haupt unversehrt nach Deutschland zu bringen, kann der Untergang des Ordens verhindert werden. Eine gefahrvolle, wahrhaft phantastische Reise beginnt, denn plötzlich finden Gero und seine Getreuen sich in einer anderen Zeit wieder – in einem Dorf in der Eifel im Jahr 2004!

Mehr von Martina André im Taschenbuch:
Die Gegenpäpstin. Roman. AtV 2323

Mehr Informationen erhalten Sie unter
www.aufbau-verlag.de oder in Ihrer Buchhandlung

Das dritte Schwert
Historischer Roman
406 Seiten
ISBN 978-3-7466-2403-7

Das Schwert, das sie erlösen wird

Während eine tödliche Seuche das Leben der Menschen am Limes bedroht, spitzt sich der Konflikt zwischen Römern und Germanen immer weiter zu. Zwei Brüder, ein begabter Medicus und ein Meister der Waffenschmiedekunst, geraten zwischen die Fronten. Sie müssen alles riskieren, um sich und ihre Familie zu retten – und Liebe und Erlösung zu finden.

Nach „Die sieben Häupter" und „Der zwölfte Tag" wieder ein farbenprächtiger und packender Gemeinschaftsroman von zwölf namhaften und erfolgreichen Autoren: Guido Dieckmann, Tessa Korber, Malachy Hyde, Eric Walz, Walter Laufenberg, Sabine Wassermann, Kurt Uhlen, Günter Krieger, Jörg Kastner, Micaela Jary, Frank S. Becker, Petra Balzer

»Beste historische Unterhaltung!« REBECCA GABLÉ

Mehr Informationen erhalten Sie unter
www.aufbau-verlag.de oder in Ihrer Buchhandlung

aufbau taschenbuch

Die sieben Häupter
Historischer Roman
399 Seiten
ISBN 978-3-7466-2077-0

Sie haben Millionen Bücher verkauft – jetzt schreiben sie eines gemeinsam

Guido Dieckmann, Rebecca Gablé, Titus Müller, Helga Glaesener, Horst Bosetzky, Tessa Korber, Mani Beckmann, Malachy Hyde, Ruben Wickenhäuser, Richard Dübell, Belinda Rodik, Tanja Kinkel

Ein sensationeller Roman, farbenprächtig und ungemein packend, geschrieben von den Meistern des Fachs. Darin dreht sich alles um eine winzige, aber tödliche Fracht aus dem fernen Cathay – und um einen Mann und eine Frau, die ihr Leben dafür riskieren.

»Das Buch ist einfach ein Knüller.« RBB

»Durchgängig spannend erzählt.« NÜRNBERGER ZEITUNG

»Ein spannendes literarisches Experiment.« BERLINER MORGENPOST

Mehr Informationen erhalten Sie unter
www.aufbau-verlag.de oder in Ihrer Buchhandlung